Diogenes Taschenbuch 22653

Guy Cullingford

# *Wer andern einen Strick dreht*

*Roman*

*Aus dem Englischen von Irene Holicki*

Diogenes

Titel der 1956 bei Hammond & Co., London,
erschienenen Originalausgabe:
»Framed for Hanging«

Umschlagzeichnung von
Tomi Ungerer

*Deutsche Erstausgabe*


100/93/43/1
ISBN 3 257 22653 5

Guy Cullingford

# *Wer andern einen Strick dreht*

*Roman*

*Aus dem Englischen von Irene Holicki*

Diogenes

Titel der 1956 bei Hammond & Co., London,
erschienenen Originalausgabe:
»Framed for Hanging«

Umschlagzeichnung von
Tomi Ungerer

*Deutsche Erstausgabe*


100/93/43/1
ISBN 3 257 22653 5

# 1

Die sechs männlichen Leichen lagen säuberlich nebeneinander.

Miss Sarah Donkin streifte einen Handschuh ab, streckte ihren langen Zeigefinger aus, dessen Haut von gleicher Farbe und fast gleicher Beschaffenheit war wie die über dem Fleisch der lieben Verstorbenen, und erklärte: »Ich nehme den hier ... und den, Mrs. Marrowfat.«

»Sie ham ganz freie Wahl, Ma'am«, versicherte ihr Mrs. Marrowfat liebenswürdig. »Der Preis is' für alle gleich. Zwei Schilling Sixpence, und dabei hab' ich selten so schöne, fleischige Hähnchen auf'n Markt gebracht.«

Mrs. Marrowfat saß auf einem dreibeinigen Hocker hinter ihrem Stand. Ihre ebenfalls fleischigen Beine waren unter einem voluminösen, schwarzen Rock und mehreren Unterröcken verborgen, von denen einer mit Sicherheit aus rotem Flanell war. Im Gegensatz zu ihrem Geflügel schien Mrs. Marrowfat freilich überhaupt keinen Körper zu besitzen, sondern lediglich aus Schals und Stoffballen in gedeckten Farben zu bestehen. Ein kleinerer Schal bedeckte ihr kohlschwarzes Haar, und nur ihr Gesicht zeigte kräftigere Töne: eine rötlichbraune Stirn, rote Wangen und Augen so dunkel und glänzend wie zwei blankpolierte Pflaumen aus ihrem eigenen Obstgarten.

»Heute muß alles besonders gut sein«, sagte Miss Donkin. »Richard kommt nämlich zum Dinner zu uns.«

»Ach ja«, strahlte Mrs. Marrowfat. »Wir ham schon gehört, daß er wieder daheim ist. Neuigkeiten sind in dieser Gegend schnell 'rum und kommen sogar bis zu uns nach Copperley Edge. Erst heut' morgen hab' ich zu Jem gesagt, als wir 'reingefahren sind, bitterkalt war's übrigens da oben zwischen den Hecken, und kein Lüftchen hat sich geregt. Jedenfalls hab' ich zu Jem gesagt, die drei Miss Donkins wer'n sich freuen, daß ihr Neffe wieder da is', soviel is' mal sicher. Zwei Jahre sind 'ne lange Zeit, besonders, wenn man nich' mehr der Jüngste is', obwohl's mir vorkommt, als wär's erst gestern gewesen, daß Master* Richard als kleiner Kerl mit seiner Mutter vor mir gestanden hat, und dabei isses zwanzig Jahre her, die alte Königin war noch mitten in ihrer Glanzzeit.«

Wie immer, wenn ihre Lieblingsschwester erwähnt wurde, zog sich Miss Donkins Herz zusammen, obwohl Olivia nun schon so lange unter der Erde lag, und sie sagte leise: »Ja, wir freuen uns sehr, unseren einzigen männlichen Verwandten wieder bei uns zu Hause zu haben.«

»Und der liebe Junge wird auch froh sein, daß er nach dem Herumreisen unter den Wilden wieder hier is', da möcht' ich doch wetten. Jeder nach seinem Geschmack, aber für mich is' England immer noch gut genug«, erklärte Mrs. Marrowfat und warf einen von kleinbürgerlicher Genügsamkeit durchdrungenen Blick in die Runde.

Sie hatte einen besonders guten Platz dicht bei den weit geöffneten Türen der großen Markthalle mit dem hohen

* »Junger Herr«, als Anrede für Knaben der höheren Schichten bis zu sechzehn Jahren gebräuchlich; hier also nicht mehr ganz angebracht.

Glasdach und den vielen Gassen. Hier war sie vor Zugluft geschützt und konnte nach einer Seite hin ungehindert die Stände ihrer Nachbarn überblicken, was sie auch immer wieder tat. Und jedesmal, wenn sie im Geiste ihre eigenen Erzeugnisse mit denen der anderen verglich, gelangte sie zu der beruhigenden Überzeugung, daß ihre Waren qualitativ weit überlegen waren.

Man schrieb Anfang Februar, und obwohl die Stände noch nicht in der trotzig gelben Pracht der Narzissen erstrahlten, hielt man auf dem Markt von Cattminster auch in dieser tristen Jahreszeit die Früchte der Erde im Überfluß feil. Aus großen Körben quollen seidig glänzende Zwiebeln. Aus offenen Säcken lugten dicke, wohlgeformte Kartoffeln und schienen lauthals danach zu verlangen, man möge sie doch anstechen und im Rohr oder in der Asche braten, bis ein leichtes Antippen mit dem Stahlmesser genügte, um ihren mehligen Inhalt zutage zu fördern. Alle Sorten von Wurzelgemüse präsentierten sich, sauber geschrubbt wie für die Sonntagsschule: kugelförmige weiße Kohlrüben, Steckrüben, spitz zulaufende Pastinaken und die knackigen, schlichten Möhren. Es gab bergeweise grüne Kochäpfel und auch einen alten Fischbeutel voll mit kleinen, ledrigen Boskop, die Mrs. Marrowfat gerne an brave Kinder verschenkte.

Die Marktfrau hütete ein riesiges Stück Schweineschulter aus eigener Schlachtung, mit dicker Fettschicht und eingeschnittener Schwarte, und eine Rindskeule, saftiger als ein Apfel, und von beidem säbelte sie mit einem Messer, das fast so dünn und ebenso scharf war wie ein Rasiermesser, auf Anforderung appetitliche Scheiben ab.

Die Butter aus der eigenen Molkerei, goldgelb wie Dotterblumen, war in pastetengroßen Portionen auf Papier angerichtet und mit einem Stempel in Form einer Kuh verziert.

Auch einen gewaltigen Käse hielt sie bereit, ein richtiges Rad, aus dem sie einen Keil herausgeschnitten hatte, damit der fette, krümelige, aprikosenfarbene Kern zu sehen war.

Ihre Kunden konnten unter einem ganzen Sortiment von Gemüsekonserven wählen: eingelegte Zwiebeln, Walnüsse, Rotkohl – sowie unter den verschiedensten Konfitüren und Gelees vom letzten Sommer.

Mrs. Marrowfat war mit sich zufrieden, und sie hatte auch allen Grund dazu.

»Schneeglöckchen!« rief Miss Donkin und beugte sich über einen Strauß in einem irdenen Topf, der früher einmal Dundee-Marmelade enthalten hatte.

»Nehmen Sie sich doch 'n paar«, forderte Mrs. Marrowfat sie auf. »Wo die herkommen, gibt's noch viel mehr. Und wenn Sie gestatten, geb' ich Ihnen auch 'n Glas von meinem Pflaumenmus mit. Master Richard war ja ganz or'ntlich versessen drauf, als er noch klein war. Vielleicht sin' Sie so freundlich und geben es ihm mit den besten Grüßen von mir und Marrowfat. Jem kann die Vögel sofort ins Pfarrhaus 'rüberbringen, dann hat Ihre Emily genug Zeit, sie für heute abend herzurichten. Will Master Richard sich denn nun für immer hier niederlassen?«

»Ich habe keine Ahnung. Seit sein Schiff in Liverpool angelegt hat, hält er sich in London auf. Er und seine beiden Begleiter, Mr. Hearst und Mr. Thorne, hoffen nämlich, eine Ausstellung abhalten zu können, um verschiedene Dinge zu zeigen, die sie mitgebracht haben. Natürlich würden wir Master Richard nur zu gerne bei uns behalten, aber wir müssen einsehen, daß er inzwischen ein sehr berühmter Mann ist und daß wahrscheinlich die Allgemeinheit ihre Ansprüche stellen wird.«

»Was sagt man nun dazu?« staunte Mrs. Marrowfat. Sie warf Miss Sarah einen vielsagenden Blick zu und nickte mehrmals feierlich mit dem Kopf. »Denken Sie an meine Worte. Keinen Steinwurf von hier gibt's 'n paar Leute, die sich vor Verdruß am liebsten die Fingernägel abbeißen würden. Aber was geschehen ist, ist geschehen und läßt sich nich' mehr ändern, auch wenn man's vielleicht noch so gern möchte. Wenn Sie mich fragen, dann hat Master Richard mächtiges Glück gehabt, daß er noch mal davongekommen ist, auch wenn's ihn damals hart getroffen hat.«

Miss Sarah hätte nie im Traum daran gedacht, Mrs. Marrowfat etwas dergleichen zu fragen, und bei dieser Bemerkung kräuselte sie ablehnend ihre schmalen Lippen und lenkte das Gespräch wieder auf rein geschäftliche Dinge. Schließlich ging es nicht an, daß sie die Frau dazu ermunterte, sich über die Fehler von Angehörigen ihrer eigenen Gesellschaftsschicht auszulassen. Wenn Mrs. Marrowfat den stummen Tadel spürte, so nahm sie ihn mit stoischer Gelassenheit hin und konzentrierte sich darauf, Miss Donkin das Wechselgeld auf den Sovereign* herauszugeben, den sie zuvor in einer der Taschen ihrer geräumigen Unterkleidung verwahrt hatte.

* Alte britische Goldmünze im Wert von 20 Schilling.

Miss Sarah dankte ihr, wünschte ihr noch einen guten Tag und schlenderte dann gemessenen Schrittes weiter zwischen den Ständen hindurch. Sie war nun schon so lange Stammkundin bei den Marrowfats, daß es keinem der anderen Standinhaber eingefallen wäre, ihr gegenüber ihre Ware anzupreisen. Trotzdem faßten sie sich an die Stirnlocke, wenn es Männer waren, oder verzogen den Mund zu einem breiten Grinsen, wenn es sich um Frauen handelte, worauf Miss Sarah jeweils mit einem huldvollen Neigen ihres großen, mit einem ausgestopften Vögelchen unbestimmbarer Art geschmackvoll verzierten Hutes antwortete. Sie war groß und schlank, und obwohl sie sich nicht nach der neuesten Mode kleidete, betonte ihr alter, weit geschnittener Mantel, der bis auf die Spitzen ihrer adretten Stiefel fiel, elegant ihre mädchenhaft schmale Taille. Die geschenkten Schneeglöckchen hatte sie sich an den Verschluß ihrer Pelzstola gesteckt, und sie sonnte sich gern in der Gewißheit, immer noch jeder Zoll die Tochter des verstorbenen Kanonikus Donkin zu sein, auch wenn sie ihre Geburtstage schon längst nicht mehr mit derselben Begeisterung feierte wie früher.

Ehe Miss Donkin den Geschirrmarkt erreichte, wo sie ein paar Teller für die Küche zu erstehen gedachte, sah sie sich unvermittelt mit einer der Personen konfrontiert, auf die sich Mrs. Marrowfats Anspielungen bezogen hatten.

Es handelte sich um die Gattin von Colonel Ferrars, einem pensionierten Offizier der anglo-indischen Armee, der seit zehn Jahren in einem grundhäßlichen, aber soliden Haus, das er sich in exponierter Lage gegenüber dem Parktor hatte bauen lassen, seinen Curry aß und seine schlechte Laune pflegte. Man hatte die Ferrars im ersten Jahr ihrer Ehe in Cattminster einquartiert, und von da an war es ihr Wunschtraum gewesen, hier dereinst ihre Pension zu verleben. Wie so oft in solchen Fällen blieb jedoch die Wirklichkeit weit hinter den Träumen zurück. Im Laufe der Jahre hatten sich entweder die Ferrars oder Cattminster verändert, wobei der Colonel und seine Frau überzeugt waren, letzteres treffe zu.

Mrs. Ferrars konnte sich nicht mehr an die englischen Winter gewöhnen, und die violetten, vom Frost erweiterten Äderchen waren nicht unbedingt eine Zierde für ihr ohnehin nicht sehr anziehendes Gesicht. Keine der beiden Damen hatte das Bedürfnis, mit der anderen zusammenzutreffen, aber es ließ sich nicht vermeiden, es sei denn, eine drehte sich um und ergriff die Flucht, und diesen Triumph wollte keine ihrer Gegnerin gönnen. Leider war das Gedränge auf dem Markt zu dieser frühen Stunde noch nicht allzu groß, sonst hätte man mit einem kurzen Kopfnicken weitergehen können, ohne miteinander zu sprechen. Außerdem stand die Begegnung im Mittelpunkt eines gewissen öffentlichen Interesses. Der Charakter der beiden wie auch ihre gegenseitige Abneigung waren wohl bekannt, und mehrere verschmitzte bäuerliche Augenpaare beobachteten das Geschehen mit stillem Vergnügen.

»Guten Morgen, Miss Donkin«, sagte Mrs. Ferrars und zwang sich zu einem Lächeln, indem sie ihre blutleeren Mundwinkel von unten nach oben zog. »Sie sind aber schon früh unterwegs bei dieser Kälte.«

»Von Ihnen könnte man das gleiche sagen, Mrs. Ferrars.«

»Ich bin gekommen, um mich zu beschweren«, erklärte Mrs. Ferrars, die tatsächlich den größten Teil ihrer Freizeit mit dieser Beschäftigung zubrachte. »Man hat mir Fleisch von minderer Qualität geliefert, und ich wollte Mr. Meek deshalb zur Rede stellen, ehe er uns den nächsten Braten schickt.«

Mr. Meek* machte seinem Namen keine Ehre, denn er war ein Mann von grimmigem Äußerem und aufbrausendem Wesen. Wenn er mit seinem ziegelroten Gesicht und seinem gewaltigen Schnurrbart, in der breitgestreiften Schürze, die seinen massigen Körper noch betonte, im weißgestrichenen Türrahmen seines Fleischerladens lehnte, so mußte eine Hausfrau schon sehr unerschrocken oder sehr unbesonnen sein, um sich über einen zu fetten Hammelbraten zu beklagen. Er schlachtete und verkaufte ausgezeichnetes Fleisch, aber wenn ein Kunde bei ihm nicht gut angeschrieben war, schob er dem Unglücksraben nur allzu gern die weniger zarten Stücke unter. Miss Donkin war diese Eigenheit durchaus bekannt, da sie ihn selbst einmal gekränkt hatte, indem sie sich ganz arglos nach seiner Leber erkundigte, eine Frage, die er mißverstand und persönlich nahm. Obwohl sie ihre Differenzen inzwischen längst beigelegt hatten, war ihr voll bewußt, wozu Mr. Meek fähig war, und so stieg unwillkürlich eine gewisse Bewunderung für ein so wagemutiges, wenn auch unbedachtes Unterfangen in ihr auf.

Dadurch milde gestimmt, und weil dieses Ereignis ihr Denken fast völlig ausfüllte und außerdem das einzige

* *Meek* bedeutet sanftmütig.

war, was sie, wenn auch nur im Streit, mit dieser Frau verband, erklärte sie: »Ich habe mich so früh auf den Weg gemacht, um noch eine größere Auswahl beim Geflügel zu haben. Richard kommt heute abend zum Essen.«

»Ach ja... Richard...«, stammelte Mrs. Ferrars ein wenig verlegen. »Wir hörten schon, daß er wieder zurück ist.«

Jeder hat es erfahren, dachte Miss Sarah. Jeder in der ganzen Stadt, sogar bis hinaus nach Copperley Edge ist es gedrungen. Wie ist es nur möglich, daß eine Neuigkeit so schnell von Mund zu Mund geht? Ob gut oder schlecht, es war immer das gleiche. Der Nachbar hörte den Krach, noch ehe die Decke einstürzte, und die ersten Glückwünsche kamen, bevor der Brief des Notars eintraf, der die Erbschaft ankündigte. Als Mrs. Ferrars' Tochter Hester Richard am Vorabend der Hochzeit den Laufpaß gab, hätte man meinen können, die gesamte Bevölkerung von Cattminster sei in dem Augenblick dabeigewesen, als das törichte, rücksichtslose Mädchen seine Meinung änderte, so genau wußten alle über sämtliche Einzelheiten Bescheid.

»Mein Mann findet, man könne ihm zum erfolgreichen Abschluß seiner Abenteuer, ja zu seiner gesunden Rückkehr nur gratulieren«, fuhr Mrs. Ferrars fort. »Eine Expedition in den Urwald ist zwangsläufig mit Gefahren verbunden. Sie sind gewiß sehr erleichtert, daß Sie ihn heil und unversehrt wiederhaben.«

»So ist es... o ja«, stimmte Miss Sarah aus tiefstem Herzen zu. Auch wenn jedermann alles wissen mochte, was in der Stadt vorging, bezweifelte sie doch, ob irgend jemand ermessen konnte, welche Ängste sie und ihre Schwestern in Richards Abwesenheit um den Jungen ausgestanden hatten. Doch sie durfte ihrer Gegnerin an Großmut in nichts nachstehen, und deshalb fragte sie: »Und wie geht es Hester?«, obwohl sie, wie die ganze Stadt, genau wußte, wie es zumindest gesundheitlich um Hester bestellt war.

»Ich fürchte, ihr Zustand hat sich nicht merklich gebessert. Mein Mann und ich sind überzeugt davon, daß sie für ihre Genesung im Grunde selbst verantwortlich ist. Sie muß sich eben Mühe geben und sich zusammennehmen. Schließlich«, fuhr Mrs. Ferrars in nörgelndem Ton fort, »sind wir alle nicht auf Rosen gebettet. Mein Mann und ich hatten mit unzähligen Schwierigkeiten zu kämpfen, und Hester muß ebenfalls lernen, sich zu behaupten. Wir verstehen zwar, daß der Tod der Kleinen ein Schock für sie war, aber sie ist ja noch jung. Sie und der Doktor werden noch mehr Kinder bekommen, und die werden das eine, das leider nicht lebensfähig war, mehr als ersetzen.«

Ein peinliches Schweigen trat ein. Miss Sarah fühlte sich von widerstreitenden Empfindungen hin und her gerissen: einerseits war sie empört über ein so strenges Urteil, das so bar jeden Verständnisses war, andererseits hegte sie eine tiefe Abneigung gegen Hester, die auch durch die Erkenntnis nicht aus der Welt geschaffen werden konnte, daß das Mädchen wirklich litt.

»Die Zeit heilt alle Wunden«, brachte sie schließlich heraus. Doch selbst in ihren eigenen Ohren klangen diese Worte so hohl wie ein Halloween-Kürbis.

Abends bei Tisch wanderten ihre Gedanken wieder zum letzten Teil dieser Unterhaltung zurück, was sich auf die freudig erregte Stimmung ein wenig störend auswirkte.

Albernes Geschwätz, dachte Miss Sarah ungeduldig. Als ob man auf Rosen jemals bequem liegen könnte. Und haben mich meine eigenen Erfahrungen jemals von der heilenden Kraft der Zeit überzeugen können? Obwohl, in Richards Fall ... sie betrachtete ihren Neffen mit neuem Wohlwollen.

Richard hatte zweifellos an Gewicht verloren, und seine Züge traten schärfer hervor, aber er wirkte so vergnügt wie ein Gassenjunge. Was immer er am Amazonas auch für Abenteuer erlebt haben mochte, sie hatten seine Lebensfreude außerordentlich gesteigert.

Das Gaslicht, dessen Anschlüsse an tropisches Lianengewirr erinnerten und ganz und gar nicht zu der klassischen Stuckdecke paßten, flackerte und blubberte fröhlich vor sich hin. Es brachte Miss Sarahs altes, purpurrotes Samtkleid zum Schimmern und zauberte Lichter in Miss Essies majestätische Frisur, bei der das Haar, der neuesten Mode entsprechend, nach hinten genommen und auftoupiert worden war.

Die drei Damen und ihr Gast waren inzwischen bei Obst und Nüssen angelangt, und man hatte das Hausmädchen entlassen. Richard trank, wie es ihm als Mann zustand, ein Gläschen vom Portwein des seligen Kanonikus, die Misses Donkin dagegen begnügten sich mit den kleinen Mengen Weißwein, die sie zu den ersten Gängen des Dinners genossen hatten.

»Richard, heute auf dem Markt habe ich eine alte Freundin von dir getroffen«, bemerkte Miss Sarah. »Sie läßt dir durch mich ein Geschenk schicken. Etwas, worauf du früher – in ihren eigenen Worten – ›ganz or'ntlich versessen‹ warst. Ein Glas Pflaumenmus.«

»Die alte Mutter Marrowfat!« riet Richard entzückt. »Aber was ist das nur für ein grotesker Ausdruck. Ich habe ihn sonst noch nirgendwo gehört. Allerdings ist an Mrs. Marrowfat alles grotesk – sogar ihr Name. Der stammt ganz offensichtlich aus einem Buch. So einen Namen hat es in Wirklichkeit nie gegeben.«

»Was für ein Unsinn!« widersprach Miss Sarah liebevoll. »In Copperley Edge leben seit Generationen Marrowfats.«

»Wenn ich es nicht besser wüßte, würde ich persönlich Mrs. Marrowfat fast für unsterblich halten«, sagte Miss Ruth. »Sie sieht heute noch genauso aus wie damals, als du ein kleiner Junge warst, Richard.«

»Weißt du, es ist erstaunlich, aber eine von meinen Aparai-Indianerinnen, eine Großtante des Häuptlings, hatte eine starke Ähnlichkeit mit Mrs. Marrowfat, das heißt, wenn ihr euch die gute Seele nur mit einer Schürze bekleidet vorstellen könnt.«

»Richard!« rief Miss Essie in gespieltem Entsetzen.

»Ja, wirklich, nur konnte sie bei weitem nicht so gut kochen. Vielleicht war sie auch einfach in ihren Möglichkeiten beschränkt.«

»Was gab es denn im Dschungel überhaupt zu essen, Richard?«

»Ach, recht abwechslungsreiche Kost, Tante Essie, sehr abwechslungsreich sogar. Alles, was uns vor die Flinte oder den Indianern vor die Pfeile kam. Wasservögel, Wildtauben ... alle entsetzlich mager. Manchmal standen auch recht exotische Dinge auf dem Speiseplan: Landschildkröten, Eidechsen, Wasserschweine und Affen.«

»Hört sich absolut grauenvoll an«, erklärte Miss Essie und schauderte.

»Ach, so schlimm war es gar nicht. Nur mit den Affen konnte ich mich nicht anfreunden. Die Caboclos* haben sie im Ganzen gebraten, und sie sahen so menschlich aus, daß ich mir vorkam wie ein Kannibale.«

»Es muß doch auch pflanzliche Nahrung gegeben haben«, warf Miss Ruth hastig dazwischen. Sie hatte nämlich bemerkt, daß Essie ein wenig grün im Gesicht wurde. Richard hatte vielleicht vergessen, daß die jüngste seiner Tanten eher für ihre schwachen Nerven als für ihren gesunden Menschenverstand bekannt war.

»Ja, sicher. Die Eingeborenen gewinnen eine Art Mehl aus den Knollen des Maniok. In einer Form bekommt man es wohl auch hier, wenn man eine Vorliebe für Tapioka-Pudding hat. Im Urzustand ist das Zeug hochgiftig ... voll Blausäure, um genau zu sein. Das ganze Dorf riecht danach, wenn die Frauen die Knollen bearbeiten. Sie zerstampfen sie zuerst, dann stopfen sie den Brei in eine Art Strumpf und drücken das Gift heraus. Für die Indianer ist es ein Grundnahrungsmittel. Sie backen Kuchen daraus, und davon kauen die Frauen kleine Stücke und lassen sie vergären. Das gibt ein garstiges Gebräu.«

* Nachkommen aus den Mischehen zwischen den ersten portugiesischen Siedlern und Eingeborenenfrauen in Brasilien.

»Aber wie können sie sicher sein, daß das ganze Gift draußen ist?«

»Offenbar ist es so, jedenfalls sterben sie nicht daran.«

»Ich würde lieber sterben, als so etwas anzurühren«, erklärte Miss Essie voll Inbrunst.

»Weißt du, Tante Essie, wenn es so weit ist, wirst du feststellen, daß man alles ißt, nur um zu überleben. Einmal, als wir sehr in Bedrängnis waren, haben wir mehrere Tage nur von den Dingern gelebt, die ich jetzt gerade knacke.«

»Paranüsse!«

»Was sonst? Sehr nahrhaft. Ich glaube, wenn überhaupt, dann war es diese kleine Episode, die mich schließlich von der Einbildung heilte, daß ich bereit sei, den Tod mit offenen Armen willkommen zu heißen.«

»Wenn du fertig bist, Richard«, sagte seine Tante Sarah rasch, »dann schlage ich vor, daß wir in den Salon hinübergehen. Green wartet sicher schon darauf, den Tisch abräumen zu können. Würdest du bitte klingeln, Essie? Wir können es kaum erwarten, noch mehr von deinen Abenteuern zu hören, Richard.«

Doch als man es sich schließlich in dem großen, etwas schäbigen Raum vor den prasselnden Scheiten im gemauerten Kamin bequem gemacht hatte – Miss Essie hatte sich ihre Stickerei vorgenommen, und Miss Ruth hielt die Hände im Schoß gefaltet –, schien Richard keine Lust mehr zu verspüren, das Thema Amazonas noch weiter zu verfolgen. Viel lieber saß er schweigend da und starrte verträumt in die Flammen. Er hatte seine Tanten immer gern gehabt, doch bisher hatte er sich kaum je Gedanken über sie gemacht, sondern ihre Existenz einfach als festen Bestandteil seiner Kindheit und Jugend hingenommen. An diesem Abend war ihm zum erstenmal aufgefallen, wie verschieden sie doch waren, und als er aufblickte, um sie verstohlen zu betrachten, stellte er zu seiner Bestürzung fest, daß drei Augenpaare fest auf ihn gerichtet waren.

Um seine Verwirrung zu verbergen, sagte er leichthin: »Ihr habt mich noch gar nicht nach meinen Plänen für die Zukunft gefragt.«

»Wir möchten gern alles hören, was du uns erzählen willst«, antwortete seine Tante Sarah, die sich wie gewöhnlich zur Sprecherin machte, »aber wir sind uns klar darüber, daß du über deine Zukunft ganz allein zu bestimmen hast. Du weißt, wie sehr wir uns freuen würden, wenn du dich entschließen könntest, weiter in Cattminster zu bleiben, und in diesem Haus ist auch immer für dich Platz, aber da in der Öffentlichkeit so großes Interesse an den Ergebnissen eurer Expedition besteht, hielten wir es für sehr wahrscheinlich, daß du deinen Hauptwohnsitz in London aufschlagen willst. Dort wärst du eher in der Lage, mit anderen Menschen zusammenzukommen, Vorträge zu halten und deinen Platz in der Gesellschaft einzunehmen.«

»Meine liebe Tante«, sagte Richard, »ich habe nicht die leiseste Absicht, Cattminster gegen London einzutauschen. Daß ich überhaupt mit Charles und Dol – Graham – gefahren bin, war eine zufällige Entscheidung in letzter Minute. Sollen sie doch Früchte ihrer Mühen und Plagen ernten und nach Herzenslust Vorträge halten. Was euer Angebot angeht, mich hier aufzunehmen, so danke ich euch für eure Güte und Freundlichkeit. Aber ich habe eine andere Idee. Über dem Geschäft befinden sich fünf schöne Zimmer, die seit dem Tod meines Vaters leerstehen und die sich in eine Wohnung umwandeln lassen, die meinen Bedürfnissen voll und ganz entsprechen wird. Dort möchte ich künftig leben.«

Seine Tanten schwiegen betroffen.

»Aber wer wird sich um dich kümmern?« fragte Miss Essie ein wenig ratlos.

»Das muß noch geregelt werden, aber es wird sich gewiß eine Lösung finden. Ich denke zum Beispiel an einen Diener, was meint ihr dazu?«

Miss Ruth räusperte sich. »Du wärst nicht weit von uns weg und doch im Zentrum der Stadt. Aber wird es dich nicht stören, über einem Laden zu wohnen?«

»Warum sollte mich das stören. Immerhin bin ich dadurch ganz in der Nähe des Betriebes.«

»Aber –«, meldete sich Sarah. »Aber – du hast doch wohl nicht vor, dich aktiv in diesem Betrieb zu betätigen?«

»Aber doch . . . genau das ist meine Vorstellung. Was für meinen Vater gut genug war, sollte doch schließlich auch für mich gut genug sein. Ich fürchte, er hat mich durch die ausgezeichnete Erziehung, die er mir zuteil werden ließ, vorübergehend auf Abwege geführt, denn dadurch habe ich gelernt, die ehrliche Arbeit zu verachten.«

»Gegen ehrliche Arbeit ist nichts einzuwenden«, erklärte Miss Sarah in einem Ton, der diese anständige Form des Broterwerbs in Grund und Boden hinein verdammte. »Aber . . .«

»Kein Aber, Tante Sarah. Mit dem Geld, das dieses

Unternehmen abwarf, hat man mich auf die Universität geschickt, und dieses Geld hat uns auch geholfen, unsere kleine Expedition nach Brasilien zu finanzieren.« Hier hielt er inne, denn er dachte, ohne jedoch so taktlos zu sein, es auch auszusprechen, daß genau dieses Geld auch seinen Tanten zugute gekommen war, denn sein Vater hatte ihnen eine sehr großzügige Summe hinterlassen, die es ihnen ermöglichte, ihr Leben in gewohntem Stil weiterzuführen, obwohl der Kanonikus für seine unverheirateten Töchter keinerlei Vorsorge getroffen hatte.

Statt dessen fuhr er fort: »Meine Mutter war nicht zu stolz, den Namen meines Vaters anzunehmen, obwohl er auch über seiner Ladentür stand, und ich bin sicher, sie hat es nie bereut. Ich brauche irgendein Ventil für meine überschüssigen Kräfte, und dies ist das Nächstliegende und noch dazu die Beschäftigung meiner Wahl.«

Seltsamerweise wußten die drei Schwestern auf diese Herausforderung nichts zu entgegnen. Es ließ sich nicht leugnen, daß Olivia unter ihrem Stand geheiratet hatte, und es stimmte auch, daß diese Ehe trotz aller gegenteiligen Prophezeiungen bis zu ihrem Todestag unerschütterlich glücklich gewesen war. Aber daraus konnte man nicht unbedingt schließen, daß ihr Leben völlig ohne kleine Nadelstiche verlaufen war. Gewiß hatte sie oft feststellen müssen, daß der Tochter eines Kanonikus manche Türen offenstanden, die der Frau eines Weißwarenhändlers verschlossen blieben.

Und war dieses Geschäft nicht auch genau der Felsen, an dem einst Richards Glück zerschellt war? Hatte Hester Ferrars, dieses törichte Ding, es etwa nicht als Schmach empfunden, daß ihr Verlobter, mochte er persönlich auch noch so anziehend und mit irdischen Gütern noch so reich gesegnet sein, nur der Sohn eines Krämers war, und hatte sie nicht genau das veranlaßt, Richard im letzten Augenblick über Bord zu werfen und sich dafür diesen Doktor Morby zuzuwenden, der trotz aller anderen Fehler wenigstens keine so enge Verbindung zur Textilbranche hatte?

»Glaubst du, dein Vater wäre damit einverstanden gewesen?« fragte Sarah.

»Was sollte er dagegen haben, solange ich das Geschäft nicht zugrunde richte? Ich muß zugeben, daß ich mit dem alten Herrn zu seinen Lebzeiten nicht immer einer Meinung war, aber welcher Sohn ist das schon? Doch wenn ich im Dschungel in meiner Hängematte lag, mußte ich oft an ihn denken, und dabei ist mir klargeworden, daß wir trotz unserer Reibereien vieles gemeinsam hatten. Er mag ein ungeschliffener Diamant gewesen sein, aber er glaubte fest daran, daß jeder Mensch Pflichten gegenüber seinen Mitmenschen habe und diese Pflichten dort erfüllen müsse, wo man ihn hingestellt hat, ohne ständig zu lamentieren, er könne dies anderswo mit größerem Erfolg tun. Ich werde in seine Fußstapfen treten und sehen, wohin sie mich führen. Ich möchte dafür sorgen, daß das Geschäft reibungslos läuft und daß vom Laufburschen bis zum Abteilungsleiter jeder, der für mich arbeitet, ein menschenwürdiges Leben führen kann.«

»Bravo!« rief Miss Essie hingerissen. »Und dann wirst du dich für das Parlament aufstellen lassen, Richard, und dich für das Wahlrecht der Frauen und für die tapfere Mrs.

Pankhurst* einsetzen, die man in Manchester so abscheulich behandelt hat?«

»Vielleicht würde ich das tun, wenn ich nur erst davon überzeugt wäre, daß die Frauen das Stimmrecht auch wirklich brauchen. Ich hatte bisher immer den Eindruck, als würden sie das Schicksal der Männer auch so vollkommen bestimmen. Was meinst du, Tante Ruth?«

»Für mich war das Schicksal immer nur eine Frage des Gehorsams gegenüber Gottes Willen, und wenn das richtig ist, dann haben Männer und Frauen ohnehin die gleichen Chancen.«

»Du glaubst also, man bekommt von Zeit zu Zeit in den kritischen Momenten des Lebens eine Botschaft, die einem sagt, was man tun soll?«

»Gewiß, man braucht nur genau hinzuhören«, gab Miss Ruth ein wenig sarkastisch zurück.

»Damit könntest du natürlich recht haben. Nun, ich werde also von jetzt an vollauf beschäftigt sein. Ob ich eine Botschaft vernommen habe oder nicht, ich habe mich jedenfalls entschieden, wie meine Lebensplanung aussehen soll. Wenigstens habe ich ein klar umrissenes Ziel, und ich freue mich schon riesig darauf, mein Glück zu erproben.«

Bald darauf entschuldigte sich Miss Ruth bei Richard und zog sich zurück. Essie ging mit ihr. Miss Ruth brauchte viel Zeit für ihre Andachtsübungen, doch Miss Essies Vorbereitungen zum Schlafengehen waren noch langwie-

* Emmeline Pankhurst (1858–1928), englische Frauenrechtlerin.

riger. Im Augenblick stellte sie Versuche mit einer Gesichtsmilch an, von der sie sich erhoffte, daß sie ihr die rosige Haut ihrer Kindheit zurückbringen würde.

»Sie sind doch wirklich reizend!« rief Richard aus, als die Tür sich hinter den beiden geschlossen hatte. »Ist Tante Ruth noch immer so zerstreut wie früher?«

»Als sie letzten Herbst beim Dekan zum Tee eingeladen war, band sie sich die Gartenschürze über den Mantel und nahm den Pflanzspatel unter den Arm, in der Meinung, es sei ihr Retikül.«

»Ach du meine Güte. Glaubst du, alle Heiligen waren so geistesabwesend?«

»Zum Glück weiß das Hausmädchen dort, mit wem sie es zu tun hat. Man nahm ihr in der Diele den Pflanzspatel ab, zog ihr die Schürze aus, und ich bekam beides ohne Aufsehen mit ein paar freundlichen, vom Dekan persönlich geschriebenen Zeilen zurückgeschickt. Sehr aufmerksam von ihm.«

»Das muß man sagen.«

Richards Tante hatte den Eindruck, als beschäftige ihn außer Miss Ruths Vergeßlichkeit noch etwas anderes, und seine nächsten Worte bewiesen, daß sie damit nicht unrecht hatte.

»Tante Sarah, seit ich wieder hier bin, sind mir alle möglichen, widersprüchlichen Dinge über Hester Ferrars ... oder vielmehr Hester Morby zu Ohren gekommen. Vielleicht kannst du mich darüber aufklären, was nun eigentlich die Wahrheit ist?«

»Die Wahrheit, Richard? Nun, die Wahrheit ist vermutlich, daß sie durch den Verlust ihres Kindes vorübergehend schwermütig geworden ist. Sie wird sich sicher wieder erholen. So etwas ist hauptsächlich eine Frage der Zeit.«

»Ich werde sie morgen besuchen«, verkündete er übergangslos.

Miss Sarah war so überrascht, daß sie fragte: »Hältst du das für klug, Richard?«

»Ich finde nicht, daß es geradezu unklug ist. Sie hat mir geschrieben und mich um einen Besuch gebeten. Natürlich hätte ich einen solchen Schritt nicht von mir aus getan. Aber wenn sie nicht gesund ist, wäre es doppelt flegelhaft von mir, die Einladung auszuschlagen. Du kannst jedoch ganz beruhigt sein, Tante Sarah, ich empfinde nichts mehr für sie, höchstens eine ganz unverbindliche Zuneigung, wie etwa für eine entfernt lebende Cousine. Ich hoffe nur, der Doktor ist nicht übermäßig eifersüchtig und wird nicht gleich mit einer Lanzette auf mich losgehen?«

»Was für ein Unsinn! Natürlich nicht. Aber, verzeih mir, Richard, ich glaube, ich war nicht ganz offen zu dir. Ich habe mich einer Untertreibung schuldig gemacht, als ich sagte, Hester leide lediglich unter Schwermut. Die Sache ist etwas komplizierter. Sie benimmt sich ziemlich merkwürdig. Sie verläßt nie das Haus. Es hat fast den Anschein, als lege sie es darauf an, auf Dauer bettlägerig zu werden. Der Doktor behandelt sie nicht selbst, ich weiß, das würde gegen sein Berufsethos verstoßen, aber mir wäre es lieber, er täte es. Sie wird von Doktor Crowe betreut.«

»Dieser alte Säufer!«

»Still, Richard. Du mußt deine Zunge hüten. Wir sind

hier in Cattminster, nicht im Dschungel. Doktor Crowe macht regelmäßig Hausbesuche bei ihr, aber allgemein ist man der Ansicht, daß Hester außer ihrer eigenen Neigung, sich hängenzulassen, eigentlich gar nichts fehlt. Eine solche Gemütsverfassung ist alles andere als gesund, und wer weiß, was für morbide Vorstellungen sich daraus noch entwickeln. Ich bitte dich inständig, das alles genau zu bedenken, ehe du dich für einen Besuch bei ihr entscheidest. Offen gestanden, ich halte es für gefährlich.«

»Gefährlich! Du hältst es für gefährlich, Tante Sarah? Du hättest mich auf meinen Reisen begleiten sollen. Da waren wir wirklich in Gefahr, durch Fieber und durch Stromschnellen, durch Krankheiten, Nahrungsmangel und wilde Tiere, ganz zu schweigen von der ständigen Bedrohung durch feindliche Indianer, die uns gefangennehmen wollten. Soll ich mich da vor einem Besuch bei einer kränklichen, jungen Frau fürchten?«

Seine Tante wartete, bis sein herzhaftes Lachen in dem friedlichen Raum verklungen war, ehe sie unbeirrt wiederholte: »Ich halte es für gefährlich.«

## 2

Während Richard gemächlich die Treppe zu Doktor Morbys imposantem Portikus hinaufstieg, rief er sich noch einmal den Rat seiner Tante ins Gedächtnis. Doch auch wenn die Angst einen Moment lang wie ein bissiger Köter nach seinen Fersen schnappte, so fürchtete er sich eher vor sich selbst als vor dem Mädchen, mit dem er einmal verlobt gewesen war. Immerhin war es nicht ausgeschlossen, daß die Gefühle, die in der Hitze der Tropen verwelkt waren, in der kalten Luft von Cattminster zu neuem Leben erwachten und ihm abermals Qualen bereiteten.

Eine Frau mit harten Zügen, die ein Häubchen mit langen Bändern trug, öffnete die Tür. Obwohl er nicht damit gerechnet hatte, sie hier anzutreffen, erkannte er sie sofort. Früher war sie einmal Hesters Zofe gewesen, und er hatte sie nie leiden können. Seiner Meinung nach hatte ihre Herrin sie zu sehr ins Vertrauen gezogen, denn allzu oft, vor allem dann, wenn sie nicht zu seinen Gunsten sprachen, hatten sich in ihren stahlharten Augen Hesters Gefühle gespiegelt. Nun begrüßte er sie mit so viel Anstand, wie er aufbringen konnte, und sie fletschte ihre Kaninchenzähne.

»Ich hätte nicht erwartet, Ihnen hier zu begegnen, Murch«, bemerkte er, als sie ihm Hut und Mantel abnahm.

»Ich konnte mich nicht von Miss Hester trennen, Sir.«

»Sie meinen, von Mrs. Morby«, verbesserte er scharf.

»Von Mrs. Morby, wie sie jetzt heißt. Hier entlang, Sir, wenn ich bitten darf.«

Der jäh aufflammende Ärger über diese abstoßende Person half ihm über die erste Verlegenheit beim Betreten des Hauses seines erfolgreichen Rivalen hinweg. Besonders anziehend fand er es nicht. Der Vorraum war feucht und kalt, und der Salon, in den Murch ihn nun führte, wurde von schweren Möbeln fast erdrückt und hielt einem Vergleich mit dem in Chippendale und Chintz gehaltenen Salon seiner Tanten nicht stand.

Immerhin schien der Doktor ein vermögender Mann zu sein, wenn auch sein Geschmack zu wünschen übrig ließ.

Das Zimmer war ausnehmend düster. Ein riesiges Gebüsch vor dem Fenster hielt das blasse Licht der Wintersonne ab, und so sah er im ersten Augenblick gar nicht, daß neben dem winzigen Feuer auf einer Chaiselongue eine junge Frau lag.

Sobald er sie jedoch bemerkt und ihre Hand in die seine genommen hatte, waren seine Befürchtungen bezüglich seiner Gefühle beschwichtigt. Zuerst empfand er nur Schrecken und Mitleid, dann fühlte er sich unbändig erleichtert, weil ihn dies alles nichts anging. Auf eine große Leidenschaft ließ beides nicht schließen.

»Oh, Richard! Wie mager du doch geworden bist!« rief sie aus. »Du hast ja richtig Ähnlichkeit mit deiner Tante Sarah.«

Und du, dachte er fast ein wenig gehässig, erinnerst mich verdammt an deine Mutter, diese alte Hexe.

»Und du, meine liebe Hester«, sagte er laut, »bist nur

noch das Phantom des munteren, kräftigen Mädchens, das ich zurückgelassen hatte. Da gibt es nur eins, wir müssen uns alle beide so lange vollstopfen, bis wir wieder so rundlich sind wie einst.«

»Ach, Richard, so werden wir nie wieder sein. Wir werden immer Schatten unseres früheren Ichs bleiben. Richard, wirst du mir jemals verzeihen können, was ich dir angetan habe?«

»Mein liebes Kind«, scherzte Richard ein wenig verlegen, »wenn du glaubst, ich hätte deinetwegen abgenommen, so muß ich dich sofort berichtigen. Ich versichere dir, mein Gewichtsverlust ist nicht auf Liebeskummer, sondern ganz einfach auf die Strapazen und das heiße Klima zurückzuführen.«

»Komm näher und laß dich noch einmal ansehen. Ich finde, das Hagere steht dir sogar, Richard. Es gibt dir etwas Vornehmes. Genau wie deine Kleidung. Sehr à la Savile Row und nach der neuesten Mode... überhaupt nicht provinziell.«

»Dafür kannst du dich bei meiner veränderten Figur bedanken. Ich mußte mich vollkommen neu einkleiden.«

»Hat dich das so lange in London aufgehalten? Dein Schiff ist doch schon vor drei Wochen eingelaufen. Ich habe jeden Tag im Kalender ausgestrichen.«

»Ich muß schon sagen, das schmeichelt mir sehr. Doch was meinen Aufenthalt in London angeht, so hatte ich, wie du dir sicher vorstellen kannst, so einiges zu erledigen.«

»Du glaubst mir nicht?«

»Was glaube ich dir nicht?« fragte Richard etwas unbeholfen.

»Daß ich seit deiner Ankunft die Minuten zähle?«

»Ich halte das für eine liebenswürdige Übertreibung.«

»Das solltest du nicht. Es ist die reine Wahrheit. Als du fort warst, mußte ich ständig an dich denken. Wenn ich im Bett lag und nicht schlafen konnte, rief ich mir immer dein Aussehen und den Klang deiner Stimme ins Gedächtnis. Einige unserer Gespräche habe ich mir Wort für Wort vorgesagt.«

»Kein Wunder, daß du so blaß bist, wenn du solche Dinge treibst, anstatt zu schlafen.«

»Es war mein einziger Trost. Ich habe so deutlich erkannt, wo ich mich falsch verhalten habe. Aber wir waren beide jung und unerfahren ... und Mama hat mir so zugesetzt. Ach, Richard, wenn nur alles anders gekommen wäre.«

Die Aufmerksamkeit ihres ehemaligen Verehrers wurde jedoch vorübergehend von einem prächtigen Blumenübertopf aus Sheffieldsilber abgelenkt, der nun eine Schusterpalme beherbergte, und Richard dachte: ›Aha, sie hat also doch nicht *alle* Hochzeitsgeschenke zurückgeschickt.‹

»Richard, du hörst mir ja gar nicht zu!« rief Hester vorwurfsvoll.

»Aber sicher. Ich habe auch an dich gedacht und dir für dein neues Leben alles Gute gewünscht.«

»Aber es ging mir ganz und gar nicht gut. Hat man dir nicht erzählt, daß ich mein Baby verloren habe ... mein süßes, kleines Mädchen?«

»Das tut mir aufrichtig leid, Hester. Es muß schrecklich für dich gewesen sein.«

»Sie war so ein Schatz, und dazu so hübsch. Sie war meine einzige Freude. Aber sie hat von Geburt an gekränkelt. Und, Richard ...«, sie zögerte.

»Was ist los?«

»Ach, lassen wir das doch jetzt. Erzähle mir zuerst von dir, darauf habe ich schon die ganze Zeit gewartet. Wie war es denn dort, ganz allein, meilenweit von jeder Zivilisation entfernt?«

»Nun, erstens war ich nicht allein. Der alte Charles und Dolly Thorne waren nämlich mit dabei, und dazu noch ein halbes Dutzend Portugiesen. Aber ich glaube, so viel gibt es gar nicht zu erzählen. Wir waren eben ständig unterwegs. Charles hat seine Insekten gefangen, und Thorne hat eine Menge Krimskrams gesammelt, den die Leute hier offenbar interessant finden. Manchmal ging es um Kopf und Kragen, aber wie du siehst, haben wir alles heil und gesund überstanden.«

»In meiner Phantasie warst du ständig in Gefahr, ich stellte mir diese großen Schlangen vor, die sich um die Äste wickelten und nur darauf warteten, ihre gräßliche Zunge herausschnellen zu lassen und auf dich loszugehen.«

»Wenn du die Boa constrictors meinst, so drücken sie nur zu, und es wird dich vielleicht überraschen, aber sie lassen sich recht gut zähmen und im Haus halten.«

»Oder wilde Tiere, die dir im Unterholz auflauerten –«

»Nun, wir haben zwar die Spur eines Jaguars entdeckt, aber wir konnten ihn offenbar nie einholen. Meine liebe Hester, ich bedauere sehr, dir deine Illusionen rauben zu müssen, aber das schlimmste, was uns passiert ist, war eigentlich, daß Charles gegen Ende der Reise einen schweren Fieberanfall bekam. Er wollte Insekten sammeln, und die Insekten haben zurückgeschlagen und hätten ihn fast erledigt. Ach ja, und Thorne hat sich an einem Felsen den Fuß aufgerissen, als wir kurz vor einigen recht spektakulären Stromschnellen mit unserem Kanu umkippten und es beinahe an die Piranhas verloren hätten. Falls du noch nie davon gehört hast, Piranhas sind bösartige Fische, die völlig außer Rand und Band geraten, wenn sie nur einen Tropfen Blut zu sehen kriegen.«

»Und du?«

»Ich war so zäh, daß nichts mir etwas anhaben konnte.«

»Nicht einmal die Indianer... die wilden Indianer?«

»So wild sind sie gar nicht. Mit einigen haben wir uns sogar richtiggehend angefreundet.«

»Aber ich denke, sie sind alle furchtbar grausam und bestreichen ihre Pfeile mit einem tödlichen Gift namens Curare, das einen Menschen schon beim leichtesten Kratzer töten kann?«

»Es gibt Stämme, die mit vergifteten Pfeilen auf ihre Feinde schießen, aber die sind uns zum Glück nicht über den Weg gelaufen. Die Indianer, die wir kennenlernten, waren alle sehr gutmütig und brannten darauf, mit uns Tauschhandel zu treiben. Sie sind sehr an Angelhaken und Jagdmessern interessiert, und mit roten Halstüchern kann man ihnen die größte Freude bereiten.«

»Und sie hatten überhaupt kein Gift?«

»Hester, das klingt ja richtiggehend enttäuscht! Was seid ihr Frauen doch für sonderbare Geschöpfe! Um deine Hoffnungen nicht ganz zu zerstören, mit einer Sorte Gift waren sie tatsächlich ausreichend versehen, sie hatten nämlich ganze Ströme von Blausäure. Bist du jetzt zufrieden?«

»Hast du etwas davon mitgebracht?«

»Eine kleine Menge. Wir haben von allem, was wir in die Finger bekamen, ein paar Muster mitgenommen. Aber du wirst mich nicht dazu kriegen, daß ich dir eine Kostprobe davon überlasse, vielleicht noch in einer blauen Tüte verpackt wie die Pfefferkörner vom Krämer.«

Zu seiner Überraschung brach sie plötzlich in Tränen aus. Er hatte es noch nie ertragen können, eine Frau weinen zu sehen... es verärgerte ihn, während er sich zugleich vorkam wie ein Rohling.

Er hatte bisher auf einem Stuhl neben ihr gesessen, doch nun erhob er sich und betrachtete eingehend das gräßliche Rautenmuster auf dem Teppich des Doktors.

»Ich hätte nicht kommen sollen«, sagte er schließlich verlegen. »Und du hättest mich nicht bitten sollen, dich zu besuchen. Man sieht auf den ersten Blick, daß es dir nicht gut geht, und jetzt habe ich dich mit diesem Unsinn auch noch aufgeregt. Soll ich Murch rufen?«

»Nein, nein, Richard, bitte nicht. Ich werde mich gleich wieder beruhigen, ganz bestimmt. Hab' Geduld und bleib noch ein wenig hier. Verlaß mich nicht schon wieder, ich mußte dich einfach sehen. Ich habe dir geschrieben, weil ich Hilfe brauche und nicht weiß, an wen ich mich sonst wenden soll. Was mein Interesse an Giften angeht, so entspringt es nicht einer krankhaften Neugier, das schwöre ich dir. Oh, es ist alles so schrecklich unfair... du warst die ganze Zeit über in deinem Dschungel viel weniger in Gefahr als ich in diesem Haus!«

»Mein liebes Kind, was redest du da eigentlich?«

»Sieh mich nicht so an, als hätte ich den Verstand verloren. Ich bin verzweifelt, Richard, völlig verzweifelt. Ich ... oh, wie soll ich sagen ... ich bin absolut sicher, daß ich selbst langsam vergiftet werde.«

»Hester!«

»Kein Grund, ›Hester‹ zu rufen. Es ist wahr. Ja ... es ist wahr. Ach, ich sehe schon, ich werde dich nie davon überzeugen können!«

»Hester, du bist ja ganz außer dir. Du weißt nicht, was du sagst. Und du siehst auch gar nicht gut aus ... du bist bestimmt nicht in der Verfassung, um Besuch zu empfangen.«

»Genau damit rechnet er. Er weiß, daß meine Freunde mich im Stich gelassen haben, daß es niemanden gibt, auf den ich zählen kann. Es paßt ihm sehr gut ins Konzept, wenn die Leute glauben, durch den Kummer seien meine Nerven zerrüttet. Aber ich weiß, daß ich umgebracht werde, und Murch weiß es auch. Er ist ein grausames Ungeheuer ... er hat auch mein kleines Mädchen vergiftet. Ich weiß, sie war schwächlich, aber wenn man ihr eine Chance gegeben hätte, hätte sie überlebt.«

Richard schwieg eine Weile und betrachtete voll Anteilnahme die verkniffene Nase und die großen, durch die Tränen noch größer wirkenden Augen seiner einstigen Liebe. Dann sagte er mitfühlend: »Liebes Kind, du irrst dich. Ich bin ganz sicher, daß du dich irrst. Der Verlust deines Kindes hat dein Urteilsvermögen getrübt. Mit der Zeit wirst du dich damit abfinden, und dann kannst du alles wieder im richtigen Licht sehen. Du mußt aus diesem

Zimmer heraus ... selbst ich finde es bedrückend, und dabei bin ich erst so kurz hier. Komm ... versuche doch, vernünftig zu sein. Welcher Mensch könnte denn seinem eigenen Kind etwas Böses wünschen, besonders, wenn es kränklich ist und damit noch mehr Anspruch auf Zuneigung hat?«

»Du hast mich nicht verstanden. Eben weil sie krank war, konnte er sie nicht ertragen. Mein Mann empfindet einen solchen Widerwillen gegen alles Kranke, daß er, um nur ja niemanden in seiner Nähe ständig dahinsiechen zu sehen, den Unschuldigen lieber ganz aus der Welt verbannt.«

»Aber, Teufel noch mal, das ist doch absurd! Der Mann ist schließlich praktizierender Arzt.«

»Und er haßt seinen Beruf. Das hat er mir immer wieder erklärt. Man hat ihn gegen seinen Willen zum Medizinstudium gezwungen. Er verabscheut alles, was schwach ist. Er hat mir gesagt ... wortwörtlich gesagt ... er habe mich nur deshalb geheiratet, weil er mich damals für so robust hielt. Er sagte ... Er sagte« – hier begann sie erneut zu schluchzen – »ich solle sehr darauf achten, mir meine körperlichen Reize zu bewahren, denn andere Eigenschaften, die der Beachtung wert seien, hätte ich kaum zu bieten.«

»Was für ein Schurke!« rief Richard und vergaß dabei ganz, daß er in etwa zu den gleichen Schlußfolgerungen gelangt war, als er in Brasilien sein Herz erforschte.

»War es denn meine Schuld, daß die Geburt meine Gesundheit angegriffen hat, und daß unser Sprößling vom ersten Augenblick an, als sie ihre armen, kleinen Augen öffnete, zart und schmächtig war? Was hältst du von einem Vater, der den Tod seiner einzigen Tochter als ›barmherzige Erlösung‹ bezeichnet?«

Dieses Beispiel gefühllosen Verhaltens erschien Richard nicht ganz so überzeugend, und seine nächste Bemerkung klang folglich eher vorsichtig.

»Wenn das alles wahr ist, Hester, warum in aller Welt hast du dann nicht schon früher Hilfe gesucht? Du stehst ja nicht allein auf der Welt. Warum hast du dich denn nicht deiner Mutter anvertraut?«

»Du kennst doch Mama. Ebenso gut könnte ich mich einem Bettpfosten anvertrauen.«

Er kannte Mama in der Tat, schließlich machte er hauptsächlich sie für die Auflösung seiner Verlobung verantwortlich.

So fragte er ziemlich zaghaft: »Hast du je daran gedacht, dich an einen guten Rechtsanwalt zu wenden? Er könnte dir mit Rat und Tat zur Seite stehen, solltest du gezwungen sein, dich um eine Scheidung zu bemühen.«

Das Wort ließ sie hochfahren.

»Scheidung! Richard! Hast du den Verstand verloren? Wie sollte ich eine Scheidung ertragen? Eine geschiedene Frau ist für ihr ganzes Leben gezeichnet, sie wird nirgendwo mehr empfangen. Oh, ich weiß, wie grausam die öffentliche Meinung sein kann! Ich habe einen Vorgeschmack bekommen, als ich mich von dir trennte, Richard. Was haben sie über mich hergezogen, die alten Klatschbasen, die ständig in der Kathedrale herumschleichen, auch deine Tanten waren darunter. Wenn sie mir auf der Straße begegnet sind, haben sie mich geschnitten.

Selbst die Marktfrauen, die Leute vom Land, haben mich kaum noch gegrüßt. Und wenn ich so etwas nun noch einmal täte und noch dazu mein Ehegelübde bräche, was glaubst du, wie sie darauf reagieren würden? Ich könnte nie wieder bei meinen Eltern leben, und wo sollte ich sonst hin? Außerdem hätte ich gar keinen Grund für eine Scheidung. Mein Mann betrügt mich nicht, er schlägt mich nicht, ich habe kein blaues Auge vorzuweisen. Nein, er bringt mich nur langsam um, und wer kann sich darüber schon beklagen?«

»Still!«

»Du hast recht, ich sollte still sein. Ich muß das Unrecht stumm ertragen, bis meine Stimme für immer zum Schweigen gebracht wird. Außerhalb dieser Mauern wage ich kein Wort davon verlauten zu lassen. Der leiseste Hauch eines Verdachts, und mein Mann würde seinen Lebensunterhalt verlieren, denn wer will sich schon von einem Meuchelmörder ärztlich betreuen lassen?«

»Es muß doch jemanden geben, an den du dich wenden kannst.« Richard war rot geworden. »Denk nach. Gibt es keine vertrauenswürdige Person, die du für eine Weile zu dir einladen könntest?«

»Nein, nein. Ich kann niemanden um Hilfe bitten außer dir, Richard, und du weist mich ab. Du warst meine letzte Hoffnung. Aber ich sehe schon, du empfindest nichts mehr für mich ... du hast mich ganz und gar aus deinem Herzen verdrängt.«

»Darum geht es doch gar nicht«, gab Richard gereizt zurück. »Ich möchte wirklich nicht als herzlos erscheinen, und was du mir eben erzählt hast, ist gelinde gesagt, bestürzend. Aber du bist nicht gesund, Hester, und um es ganz drastisch auszudrücken, Frauen in deiner Verfassung reden sich oft Dinge ein, die nichts mit der Wirklichkeit zu tun haben.«

»Und wenn ich es dir nun beweisen kann?«

»Das wäre eine andere Sache.«

»Dann hör zu, Richard. Was den Tod meiner kleinen Tochter verursacht hat, war ihre Arznei. Ich schwöre es. Du weißt, daß Doktor Crowe mich und mein Baby betreut hat. Der Mann war mir nie sympathisch, aber er ist ein guter Kumpel von Herbert. Er kam einmal die Woche hierher. Wenn er ein Rezept ausschrieb, so wurde es zum Apotheker gebracht, der die Medizin zurechtmachte. Dr. Crowe hat nämlich kein eigenes Dispensarium, so wie Herbert.«

»Und welcher Apotheker war das?«

»Im allgemeinen Crookshank; seine Apotheke liegt am nächsten.«

»Der Mann ist so blind wie eine Fledermaus. Wenn es ein Versehen gegeben hat, ist er wahrscheinlich dafür verantwortlich. Schon gut … erzähle weiter.«

»Trotz all meiner hingebungsvollen Pflege kam die kleine Imogen einfach nicht zu Kräften. Ich habe getan, was ich konnte. Ich habe ihr die Medizin eigenhändig eingegeben.«

»Gewiß«, sagte Richard brüsk. »Aber das hat an sich gar nichts zu bedeuten. Auch wenn es dich betrübt, nicht jede Krankheit läßt sich mit Arzneien und aufopfernder Pflege heilen.«

Sie öffnete die Augen, so weit sie konnte, ein Blick, der

ihn früher einmal völlig hilflos gemacht hätte. Dann sagte sie vorwurfsvoll: »Bitte, Richard, hab doch ein wenig Geduld. Innerhalb einer Woche – einer schrecklichen Woche – verschlechterte sich ihr Zustand dramatisch. Mein kleiner Liebling schwand richtiggehend vor meinen Augen dahin. Ich ängstigte mich fast zu Tode. Endlich mußten wir Doktor Crowe mitten in der Nacht rufen, und um zwei Uhr morgens starb meine arme Kleine in meinen Armen. Ich muß das Bewußtsein verloren haben. Als nächstes weiß ich, daß ich auf meinem eigenen Bett lag, und daß der Arzt mir die Hände rieb. Ich blieb den ganzen nächsten Tag liegen, aß nichts, trank nichts und sprach kaum ein Wort.«

»Armes Mädchen!«

»Aber wenn ich auch nicht sprechen konnte, so konnte ich doch wenigstens denken. Immer wieder ließ ich die Ereignisse dieser grauenvollen Woche an mir vorüberziehen und fragte mich, was ich noch hätte tun können, um mein Kind zu retten. Unter anderem überlegte ich auch, ob nicht vielleicht eine andere Arznei besser gewesen wäre. Und dann kam mir ... die entsetzliche Erkenntnis.«

»Nun?«

»Die Flasche war zu voll. Sie hätte gerade bis zum Ende der Woche reichen sollen. Als Doktor Crowe gerufen wurde, hätte nur noch eine dreifache Dosis übrig sein dürfen, aber nach dem Flüssigkeitsstand in der Flasche waren es mindestens fünf Portionen.«

»Aber wenn das stimmt, dann wäre es dir doch sicher schon früher aufgefallen, als du ihr nämlich die Medizin gegeben hast.«

»Wenn es nur so wäre! Damit hätte ich meinem Kind das Leben gerettet.«

»Es gibt eine ganz einfache Erklärung. Die Flasche mag durchaus mehr enthalten haben, als du gedacht hattest, aber du wirst in deiner Verzweiflung eben ein- oder zweimal vergessen haben, dem Baby die verordnete Dosis zu geben.«

Sie warf ihm einen vernichtenden Blick zu.

»Nichts dergleichen habe ich getan. Die schlichte Wahrheit ist, daß jemand etwas in die Flasche gegossen hatte. Sobald ich mir das klargemacht hatte, stand ich sofort auf und ging ins Zimmer meines Lieblings hinauf. Aber die Flasche war nirgends zu finden, und als ich Murch fragte, was damit geschehen sei, sagte sie: ›Ich habe gesehen, wie der Herr sie mit ins Dispensarium genommen hat.‹ Nun sag mir, Richard, wie beurteilst du das?«

»Ist das alles?«

»Genügt es denn nicht?«

»Und du glaubst, das sei ausreichend, um einen Mann des Mordes an seinem eigenen Kind zu überführen? Du wagst es, deinen Gatten aufgrund des Flüssigkeitsstandes in einem Medizinfläschchen zu verurteilen, an den du dich nur im Unterbewußtsein erinnerst?«

»Nicht nur das, sondern auch aufgrund der Tatsache, daß er die Flasche eigenhändig entfernt und den Inhalt ausgegossen hat, um zu verhindern, daß er untersucht wurde.«

»Aber das war doch ganz natürlich! Er brachte die Flasche dahin, wo auch alle anderen Flaschen aufbewahrt wurden, wahrscheinlich, weil er wußte, daß ihr Anblick dich nur an dein Kind und an das Versagen der Arznei erinnern würde. Wenn du das für einen stichhaltigen Beweis hältst, dann bin ich nur froh, daß du nicht am Richtertisch sitzt.«

»Für ein Gericht mögen die Beweise unzureichend sein, aber um ihn in meinem Herzen zu überführen, genügen sie allemal.«

»Dann wäre es nur fair, ihn mit deinem Verdacht zu konfrontieren, damit er sich verteidigen kann.«

»Aber ich habe doch solche Angst vor ihm. Was würde das denn nützen, wenn er doch schon beschlossen hat, daß ich den gleichen Weg gehen soll wie das Kind?«

»Es ist doch nicht zu fassen. Was hast du denn für einen Anlaß, so etwas zu argwöhnen?«

»Wieder eine Arznei. Heißt es nicht, daß Mörder sich immer der gleichen Methode bedienen? Ich habe versucht, mich gegen die Einnahme zu wehren, mit der Begründung, die Medizin schmecke bitter, aber er bewahrt sie selbst auf und besteht darauf, daß ich sie trinke. Er schüttet sie mir einfach mit einem Löffel in den Mund, wenn ich mich weigere, das Glas zu nehmen, und er wird so wütend, daß ich nicht wage, ihm zu widersprechen.«

»Wird sie auch nach Doktor Crowes Rezept von Crookshank zurechtgemacht?«

»Ja.«

»Warum sagst du denn nicht, daß du die Flasche bei dir behalten willst? Dann kannst du völlig sicher sein, daß niemand etwas nachfüllt.«

»Ich habe das schon mehrmals vorgeschlagen, aber er behauptet, dafür sei ich nicht zuverlässig genug.«

»Du kannst die Flasche also nie in die Hand bekommen, nicht einmal für kurze Zeit?«

»Was würde das denn nützen?«

»Ich dachte nur, du könntest den Inhalt vielleicht analysieren lassen.«

»Ich würde es nicht wagen, hier in der Stadt zu einem Apotheker zu gehen. Was würden die Leute sagen?«

»Ich könnte sie natürlich für dich nach Manchester bringen, aber ich würde es lieber nicht tun. Unsere frühere Beziehung hindert mich daran, mich nun in Dinge einzumischen, die nur dich und deinen Mann etwas angehen: Das wäre einfach nicht klug.«

»Mit solchen Überlegungen beschäftigst du dich, während ich langsam eines qualvollen Todes sterbe?«

»Ich bin sicher, du übertreibst.«

»Dann gib mir bitte eine Dosis Blausäure, um meinen Abgang aus diesem Jammertal zu beschleunigen, denn ich gedenke nicht, bei diesem Katz-und-Maus-Spiel für meinen Mann noch länger die Maus abzugeben!«

»Mein liebes Kind! Nun hör mal, Hester, wisch dir die Tränen ab und nimm dich bitte zusammen. Ich bin ja bereit, in vernünftigen Grenzen alles zu tun, was du willst. Ich kann es nämlich nicht ertragen, dich in so jämmerlicher Verfassung zu sehen. Aber ich werde dir gewiß nicht auch noch dabei helfen, Selbstmord zu begehen. Ich bin völlig sicher, daß das alles nur eine unglückselige Marotte von dir ist. Und jetzt fang um Himmels willen nicht schon wieder an zu weinen. Habe ich nicht eben gesagt, daß ich dir helfen will? Vielleicht bringe ich die Flasche doch für dich nach Manchester.«

»Nein, das ist ganz ausgeschlossen. Ich muß die Arznei dreimal am Tag einnehmen, und selbst wenn ich die Flasche irgendwie an mich bringen könnte, würde mein Mann sicher wissen wollen, wo sie ist, und was sollte ich ihm dann sagen? Nein... es gibt ein viel einfacheres Mittel. Du mußt Herbert aufsuchen und dich einmal mit ihm unterhalten.«

»Hester!«

»Ja, sprich allein mit ihm, von Mann zu Mann. Morgen abend nach dem Dinner wäre genau die richtige Gelegenheit. Sag ihm, du wüßtest Bescheid über alles, was geschehen ist und was sich noch abspielt. Warne ihn, daß du sofort Schritte gegen ihn einleiten wirst, sollte mir irgend etwas zustoßen. Er wird nicht gerade begeistert sein, aber er wird schon begreifen, wann er schachmatt ist.«

»Hester, dein Mann würde mich sofort aus dem Haus werfen! Du sagst doch selbst, daß man nicht so leicht an ihn herankommt, wie wird er da wohl reagieren, wenn der Exverlobte seiner Frau ihn beschuldigt, er versuche sie zu ermorden?«

»Vielleicht wäre es dir lieber, er würde mich tatsächlich ermorden, um dir ein paar unangenehme Minuten zu ersparen.«

»Nein, aber die Sache ist doch keineswegs erwiesen. Wenn ich völlig überzeugt wäre, daß du in Gefahr schwebst, würde ich es tun, aber...«

Er brach ab, als eine Hand ihn am Ärmel packte, und schaute in das hysterisch verzerrte Gesicht der jungen Frau hinab. Es zeigte alle Anzeichen echter Panik.

»Still! Da kommt er! Er hat eben seine Praxis verlassen!

Da, im Vorraum, das sind seine Schritte. Nein, Richard, nein!« fuhr sie mit unnatürlich hoher Stimme fort. »Ich glaube nicht die Hälfte von all den Horrorgeschichten, die du mir da erzählst!«

Doktor Morby betrat seinen Salon. Er war ein Mann in den mittleren Jahren, mit buschigem Schnurrbart und etwas finsterem Gesicht. Viel Phantasie besaß er wohl nicht, er wirkte jedoch leicht erregbar und hatte sicher wenig Geduld mit irgendwelchen Dummköpfen. Als er Richard erkannte, begrüßte er ihn ohne Groll und schüttelte ihm mehrmals kräftig die Hand.

»Wie geht's, Groom? Wissen Sie, es freut mich, Sie heil und gesund wiederzusehen. Wenigstens haben Sie ihren Kopf nicht an die Kopfjäger verloren, ha-ha-ha!«

Dann trat er zu seiner Frau, küßte sie auf die Stirn, und sofort wurde er ernst.

»Hm, das gefällt mir aber gar nicht. Was haben Sie denn mit ihr angestellt, Groom? Überreizt, was? Und Tränenspuren. Ihre Dschungelgeschichten waren wohl zu viel für sie. Dergleichen ist sie nicht gewöhnt, und zur Zeit muß man sie so schonend behandeln wie ein rohes Ei. Ich werde dir jetzt deine Medizin holen, meine Liebe, sie wird dich beruhigen. Sie entschuldigen mich einen Moment, Groom?«

»Da! Siehst du?« hauchte sie, als er das Zimmer verlassen hatte.

»Aber ... aber ...«, stammelte Richard hilflos.

»Da sind wir wieder«, rief der Doktor fröhlich. Er hielt ein kleines Glas in der Hand, das etwa einen Teelöffel einer portweinfarbenen Flüssigkeit enthielt. »Gewöhnlich gebe ich sie ihr mit einem Löffel«, erklärte er, »aber da wir nicht allein sind, bekommst du sie ganz vornehm in einem Glas. Nur runter damit, meine Liebe, das wird dir guttun.«

Sie schauderte, nahm aber das Glas entgegen. »Das Zeug schmeckt widerlich. Muß ich es wirklich trinken, Herbert? Ich fühle mich ganz ruhig, ehrlich.«

»Da kann ich nur sagen, du siehst nicht so aus. Nun sei ein braves Mädchen und trink.« Er grinste Richard verschwörerisch an und bemerkte: »Die Weibchen einer Spezies sind immer am verstocktesten.«

»Ich kann nicht, Herbert. Wirklich, ich kann nicht. Sonst muß ich mich übergeben.«

»Wenn du sie geschluckt hast, kannst du dich ruhig übergeben. Wir werden Nachsicht mit dir haben.«

»Zwing mich nicht, Herbert. Bitte, zwing mich nicht.«

»Wenn du das Mittel jetzt nicht auf der Stelle nimmst, halte ich dir die Nase zu und schütte es dir in den Mund.« Er sagte es scherzhaft, aber aus seiner Stimme war ein deutlicher Unterton von Ärger herauszuhören.

Hester warf Richard einen verzweifelten Blick zu und hob das Glas an die Lippen. Als sie die Arznei hinunterwürgte, mußte auch er krampfhaft schlucken.

Das gab den Ausschlag. »Doktor Morby«, sagte er steif, »für den Salon einer Dame mögen meine Geschichten nicht ganz passend gewesen sein, aber ich glaube, für Sie als einen Mann der Wissenschaft wäre manches davon durchaus von Interesse. Ich würde mich freuen, wenn sich eine Gelegenheit fände, mit Ihnen zu plaudern, Sir, wann immer es Ihnen paßt.«

»Mit Vergnügen, mein Junge. Freut mich, daß Sie mir

nichts nachtragen. Zur Abwechslung habe ich ganz gern ein wenig männliche Gesellschaft. Wir müssen nur einen Termin finden, der uns beiden konveniert.«

»Je eher, desto besser, Sir«, mahnte Richard grimmig. »Möglicherweise muß ich schon bald wieder nach London, und es wäre mir lieb, wenn wir uns vorher treffen könnten. Was halten Sie von morgen abend, nach dem Dinner?«

»Was meinst du dazu, Hester? Hättest du etwas dagegen, wenn ich morgen abend ein oder zwei Stunden mit diesem netten jungen Burschen verbrächte? Gib mir das Glas, meine Liebe, wenn du fertig bist. Ich hoffe, es ist nichts mehr übrig.«

»Ich habe den Becher bis zur Neige geleert. Bist du jetzt zufrieden? Soweit ich mich erinnere, hast du morgen abend keine andere Verabredung, Herbert.«

»Und du willst vermutlich wieder früh zu Bett?«

»Gewiß, Herbert.«

»Das ist ja ausgezeichnet. Dann kommen Sie morgen zu mir, mein Junge. Ich erwarte Sie gegen neun. Ich werde in meinem Arbeitszimmer ein schönes Feuer anmachen, und ich garantiere Ihnen, daß Sie mich im Gegensatz zu Hester auch mit ihren wildesten Gruselgeschichten nicht ins Bockshorn jagen werden.«

# 3

Die drei unerschrockenen Forschungsreisenden saßen im holzgetäfelten Nebenzimmer des »Three Cups« vor einem prasselnden Feuer und ließen sich die Füße braten. Dank einer Absprache mit dem Wirt, der jungen Herren aus guter Familie und mit wohlgefüllten Taschen besonders in dieser flauen Jahreszeit nur zu gerne gefällig war, hatten sie den Raum für sich allein. Erst im Sommer würde dieses rustikale Fachwerkhaus wieder zum Jagdrevier für reiche amerikanische Touristen werden.

Die drei jungen Männer hatten ein sechsgängiges Dinner verzehrt und zu jedem Gang den passenden Wein getrunken. Nun befanden sie sich, von guten Zigarren und ausgezeichnetem Brandy noch weiter gestärkt, in der angenehmsten Phase jeder abenteuerlichen Expedition und ließen, gemütlich im Lehnstuhl sitzend, die gefährlichsten Augenblicke noch einmal an sich vorüberziehen.

»Mein Gott, wir müssen wie die reinsten Grünschnäbel ausgesehen haben, als wir, aufgetakelt wie die Christbäume, in Manaus den Dampfer verlassen haben!« lachte Charles, der Entomologe. Er war ein strammer junger Mann mit breiten Schultern und kräftigen Knochen, der im Moment nach seinem Fieberanfall noch etwas abgezehrt wirkte.

»Fast so grün wie der Urwald.«

»Nur schade, daß einige der grinsenden Zuschauer uns

nicht ein paar Wochen später sehen konnten, als wir den ganzen Firlefanz abgestreift hatten und wirklich zur Sache kamen«, spann Richard den Faden weiter. »Vor allem Charles gab ein herrliches Bild ab, als er, bis zu den Ellbogen in Blut, Federn und Arsen steckend, versuchte, seinen ersten Papagei auszustopfen.«

»Wenn ich mich recht erinnere, hast du nach einmonatiger Trennung von der Badewanne auch nicht mehr so gut ausgesehen«, bemerkte Charles. »Und was Dolly hier angeht, so hätte ihn wohl nicht einmal seine eigene Großmutter wiedererkannt.«

»Da wir gerade von Großmüttern sprechen«, kam es gedehnt von Thorne, »als ich der meinen davon erzählte, wie euch die Piums angegriffen haben, fand ich, die alte Dame mache sich etwas übertriebene Sorgen, etwas später stellte sich jedoch heraus, daß sie ›Pium‹ mit ›Puma‹ verwechselt hatte.«

»Mein Gott, mir wären Pumas auch lieber gewesen«, sagte Charles schlicht. »Ich habe lieber mit etwas zu tun, was ungefähr meiner eigenen Größe entspricht.«

»Du bist erschreckend undankbar, Charles. Schließlich bist du eigens da hinuntergefahren, um tropische Insekten zu studieren. Und dann beklagst du dich, wenn du Informationen aus erster Hand bekommst.«

Graham Thorne wurde von seinen Freunden »Dolly«, Püppchen, genannt, weil er eine ausgeprägte Ähnlichkeit mit einer holländischen Puppe hatte, in seinem runden Kopf steckte jedoch mehr, als man nach den etwas hölzernen Zügen vermutete.

»Letztlich läuft alles auf folgendes hinaus«, faßte Charles zusammen. »Bei einer Expedition gibt es außer den Gewehren und den Moskitonetzen nichts, was unentbehrlich wäre. Beim nächsten Mal werde ich jedenfalls verdammt gut aufpassen, daß die Netze fein genug sind, um auch die kleinsten Insekten draußenzuhalten.«

»Beim nächsten Mal!« rief Richard aus. »Du hast doch wohl nicht vor, dich noch einmal in ein solches Abenteuer zu stürzen?«

»Ich will verdammt sein, wenn ich das weiß, Dick. Als wir da unten waren, hatte ich nur eines im Sinn, nämlich so schnell wie möglich und mit so viel heiler Haut, wie sich diese elenden Blutsauger nur abringen ließen, wieder nach Hause zu kommen. Aber seit wir zurück sind und die erste Begeisterung über die glückliche Heimkehr abgeflaut ist, kommt mir alles so entsetzlich schal vor. Die einzigen Dinge, auf die man sich freuen kann, sind das Rennen von Cattminster und die Grafschaftskirmes.«

»Ich möchte aus den Aktien des Verlorenen Sohnes noch möglichst viel Kapital schlagen, ehe der Markt zusammenbricht«, erklärte Dolly zynisch. »Mein Alter hat mir versprochen, ich könnte mir eins von den neuen Automodellen aussuchen, und ich habe mein Herz an einen Panhard gehängt. Die Kiste hat alle Schikanen und ist ein verdammt flottes Ding.«

»Warum zum Teufel ist mir das nicht eingefallen! Ich habe mich mit einem neuen Jagdpferd zufriedengegeben. Trotzdem, in einem Jahr hast du es satt, ständig den Kopf unter die Kühlerhaube zu stecken, Dolly, und dann bist du nur zu gern zu einem weiteren kleinen Ausflug in die Wildnis bereit!«

»Nicht mit mir. Was ich an der Provinz schätze, ist ihre Behaglichkeit. Hier passiert nie etwas, und ich bin zu dem Schluß gekommen, daß dieser Zustand für jemanden von meiner Veranlagung geradezu ideal ist.«

»Vielleicht komme *ich* mit, Charles.«

»Ich dachte, du steuerst volle Kraft voraus auf ein Dasein als wohlhabender Geschäftsmann zu, Richard?«

»Na ja, vielleicht ist diese Aussicht aus der Nähe betrachtet nicht mehr ganz so attraktiv.«

»Klappt etwas nicht? Gibt's Probleme mit den Zimmern über dem Laden?«

»Nein, nein. Ich habe mich heute morgen mit den Handwerkern zusammengesetzt, in einem Monat müßte alles zum Einzug bereit sein. Übrigens habe ich mir ein ganz fabelhaftes Badezimmer ausgesucht, ganz in Mahagoni und Messing.«

»Weißt du was, Charles«, sagte Dolly. »Wenn du wirklich an eine zweite Reise denkst, mußt du diesmal weiter fahren als nur bis zum Amazonas.«

»Was in aller Welt soll das heißen?«

»So rasant, wie sich alles entwickelt, wird es bald nichts mehr zu erkunden geben. Die Schatten der Zukunft waren doch schon in Manaus zu erkennen. Wenn erst einmal die Eisenbahn gebaut ist, werden neue Städte wie Pilze aus dem Boden schießen. Ehe du dich versiehst, leben alle Indianer in Backsteinreihenhäuschen wie in Manchester.«

»Was für ein Unsinn, Dolly!«

»Denk an meine Worte. Angesichts des Wachstums der Automobilindustrie wird man immer mehr Kautschuk für Reifen benötigen. Sollte es zum Krieg kommen – und das ist früher oder später unvermeidlich, weil diese Quadratschädel von Preußen es ja partout nicht anders haben wollen – folgt zwangsläufig die Mechanisierung des Militärs. Die ganze Welt wird nach Gummi schreien. Anstelle von Muschkoten und Kavallerie werden Flotten von Panzerwagen in die Schlacht ziehen.«

»Warum nicht gleich Flugmaschinen?« höhnte Richard, während Charles kategorisch erklärte:

»Quatsch. Nichts wird jemals die Pferde vom Schlachtfeld verdrängen.«

»Na schön. Ich werde dem Fortschritt sagen, er soll stehenbleiben, weil Charles Hearst aus Cattminster, England, nicht an ihn glaubt.«

»In vernünftigen Grenzen glaube ich ja daran, Dolly. Ein Projekt wie der Kanaltunnel liegt zum Beispiel durchaus im Bereich des Möglichen.«

»Warum sollte man mit kolossalem Aufwand ein Loch durch die Erde graben, wenn demnächst jedermann schneller durch die Luft über diesen kleinen Wasserstreifen gelangen wird, als er durch deinen kostbaren Tunnel fahren könnte?«

»Wie du meinst. Aber über eines bin ich mir sicher. Expeditionen an den Amazonas wird es auch noch in zwanzig, dreißig und fünfzig Jahren geben. Dafür lege ich meine Hand ins Feuer.«

»Streitet ruhig weiter.« Richard stand auf. »Ich muß gehen.«

»Was! Du willst so ein Feuer verlassen – an einem solchen Abend?« rief Charles.

»Erzähle mir nicht, daß du schon wieder deine Tanten besuchen mußt.«

»Kümmere dich, verdammt noch mal, um deine eigenen Angelegenheiten, Dolly«, fuhr Richard ihn schroff an. »Gute Nacht, ihr beiden.«

»Was hat den denn gestochen?« fragte Charles verdutzt.

»Etwas Schlimmeres als ein Moskito. *La belle dame sans merci* hat ihn in ihren Bann geschlagen.«

»Wie?«

»Schon gut, Charles. Es geht um Hester Morby, geborene Ferrars. Ich fürchte sehr, sie hat den alten Richard wieder in ihren Klauen. Gestern bin ich ihm begegnet, als er gerade aus dem Haus des Doktors kam, und er sah aus, als hätte er eben eine Bootsladung Proviant in den Stromschnellen verloren.«

»Aber ich dachte, darüber sei er längst hinweg?«

»Das war er auch, da könnte ich schwören. Ich schätze, sie bläst ein wenig in die Asche, um zu sehen, ob die Flammen nicht noch einmal auflodern. Nach allem, was man hört, hat sie das große Glück nicht gefunden. Ihr Kind ist gestorben, und die Gesellschaft des Doktors verliert offenbar zusehends an Reiz.«

»Der Bursche ist ein ausgemachter Schuft.«

»Das würde sie nicht weiter stören, wenn er obendrein nicht auch noch langweilig wäre.«

»Teufel nochmal, sie ist immerhin mit ihm verheiratet.«

»Das ist es doch, was sie so verbittert. Richard hat sich mit eingekniffenem Schwanz aus ihrem Leben davongeschlichen, und jetzt ist er als junger Held zurückgekehrt. Da war es schließlich abzusehen, daß sie noch einmal versuchen würde, ihn mit ihrem Charme zu betören, aber ich begreife nicht, warum in Gottes Namen er sich ein zweites Mal zur Schlachtbank führen lassen will. Vielleicht will er das ja auch gar nicht, oder warum glaubst du, daß er an Flucht denkt? In diesem Punkt bin ich übrigens seiner Meinung. Ich würde auch lieber den Gefahren des Amazonas trotzen als einer leibhaftigen Amazone.«

»Ist es eigentlich ratsam, so spät noch eine verheiratete Frau zu besuchen? Cattminster ist schließlich nicht London.«

»Vielleicht ist der Doktor in seinem Club. Man munkelt, daß er sich dort wohler fühlt als zu Hause. Es gehen überhaupt ein paar verdammt merkwürdige Geschichten über dieses Ehegespann herum. Ich habe gehört, daß er sie schlägt, daß er sie völlig unter dem Daumen hat und daß sie das Haus nicht verlassen darf. Dann wird wieder getuschelt, daß sie ihn schlägt oder etwas in dieser Richtung und daß die ganze Schuld bei ihr liegt. Meine Großmutter behauptet, das Mädchen sei ein ganz klein wenig, du weißt schon, und sie müßte es eigentlich beurteilen können, schließlich ist sie selbst so verrückt wie ein Märzhase.«

»Warum kommen mir solche Dinge nie zu Ohren?«

»Weil die Leute wissen, daß du zu gutmütig bist, um sie richtig schätzen zu können. Ich bin dem Frauenzimmer nur einmal begegnet, aber sie hatte etwas an sich, was mir gegen den Strich ging. Als sie Dick den Laufpaß gab und er zu mir gelaufen kam, um sich bedauern zu lassen, habe ich ihm den Wind aus den Segeln genommen, indem ich ihn aufs herzlichste beglückwünschte.«

»Ihrem Benehmen nach scheint sie ein schamloses Flittchen zu sein.«

»So könnte man sagen. Meiner Meinung nach ist sie so raffiniert wie ein ganzer Käfig voll Affen und so blutgierig wie ein Schwarm Piranhas.«

»Ich werde ein Wörtchen mit Richard reden. Ein kleiner Ratschlag...«

»Du solltest niemals Ratschläge in Herzensangelegenheiten geben, Charles. Man wird es dir nicht danken, und außerdem ist es sinnlos. Niemand nimmt einen solchen Rat an. Es wäre viel einfacher, wenn wir einen kleinen Plan ausheckten, um diese *femme fatale* aus dem Weg zu räumen.«

»Was in aller Welt willst du damit sagen, Dolly? Aus dem Weg räumen... wie sollen wir sie denn aus dem Weg räumen?«

»Oh, wir könnten sie auf schmerzlose Weise ins Jenseits befördern.«

»Mein lieber Dolly!«

»Na, sollen wir etwa zulassen, daß dieses heimtückische Satansweib Richards Leben noch einmal verpfuscht, ohne daß wir etwas dagegen unternehmen? Du mußt das anders sehen, Charles. Wenn wir im Dschungel angegriffen wurden, haben wir doch auch keine langen Diskussionen über die Moral der Selbstverteidigung angefangen, wir haben einfach geschossen, und zwar scharf.«

»Aber dabei ging es nur um Tiere.«

»Oho, und der Indianer, der mit seinem Jagdmesser auf mich losging und von Dick mit einem sauberen Schuß flachgelegt wurde, war also ein Tier?«

Charles schwieg. Sein ehrliches Gesicht legte sich in nachdenkliche Falten.

»Schließlich würden wir nicht egoistisch handeln, mein Lieber. Unsere Motive wären nicht weniger edel als damals in meinem Fall … ein notwendiger, wenn auch bedauerlicher Akt, um einen Freund aus tödlicher Gefahr zu retten.«

»Aber wir sind hier nicht im Dschungel. Cattminster ist immerhin eine Bischofsstadt.«

Dolly schuttelte sich vor Lachen.

»Du bist wirklich ein komischer Kauz, Charles. Kopf hoch, wenn es nach mir geht, hat die Dame die besten Chancen, so alt zu werden wie Methusalem. Aber wenn sie die Finger nicht von Richard läßt, müssen wir ihr auf jeden Fall einen Schuß vor den Bug verpassen.«

Inzwischen hatte der Mann, mit dem die beiden sich so eingehend beschäftigten, das warme, gastfreundliche »Cups« verlassen und sich dem Winterwind ausgesetzt, der ohne viel Wirbel, aber mit eisiger Entschlossenheit die Northgate Street entlangfegte. Am mondhellen Himmel war keine Wolke zu sehen, nur die Sterne glitzerten frostig im Gefolge des Mondes. Obwohl Richard über seinen Ulster noch einen Paletot gezogen hatte und bis zum Kinn eingemummelt war, kam es ihm vor, als seien seine Kleider so dünn wie Papier. Es war noch recht früh am Abend, aber der Wind hatte die Menschen von den Straßen vertrieben. Das flackernde Gas in den Straßenlaternen bildete kleine Lichtpfützen, über die sich die größere Lampe am Himmel sanft mokierte. Die bunt zusammengewürfelten Gebäude mit den vorspringenden Giebeldächern, die langgezogenen Schatten der etwas erhöht stehenden Reihenhäuser, die dunkel glänzenden, unbeleuchteten Schaufenster und, in den oberen Stockwerken, hin und wieder ein Lichtstreifen, der seitlich hinter zugezogenen Gardinen hervordrang, dies alles verlieh der Stadt eine merkwürdig unwirkliche Atmosphäre.

Hinter den Häusern sah Richard den quadratischen Turm der Kathedrale gen Himmel ragen, die Umrisse ihrer Mauern zeichneten sich scharf vor dem preußischblauen Firmament ab. Er bog nach rechts ein und gelangte, verfolgt vom Widerhall seiner eigenen Schritte, auf den Hauptplatz, wo der große, massige Klotz der Markthalle und das neugotische Rathaus in stummer Feindseligkeit nebeneinander standen. Auch dieser Platz war bis auf eine hin und wieder vorbeihuschende, zwergenhaft anmutende Gestalt fast menschenleer, und einen Augenblick lang hatte Richard das Gefühl, als sei das Ganze nur eine Theaterkulisse, der Schauplatz irgendeines Dramas, in dem er, seiner Rolle nicht gewachsen und nicht einmal seines Textes sicher, als Akteur auf der Bühne stand.

Die Uhr der Kathedrale entließ neun hallende Schläge in die eisige Nacht, und gleich darauf ließ sich die blecherne, weit weniger erbaulich klingende Stimme der Rathausuhr vernehmen.

Richard war nicht in bester Stimmung, als er durch die verlassenen Straßen schritt. Seit seiner Rückkehr aus den Tropen litt er mehr unter der Kälte als früher, und die Aussicht auf das bevorstehende Gespräch behagte ihm gar nicht. Innerlich verfluchte er sich, weil er sich überhaupt in eine so unangenehme Geschichte hatte hineinziehen lassen, und er bedauerte von Herzen, den Rat seiner Tante Sarah nicht befolgt und einen weiten Bogen um seine frühere Angebetete gemacht zu haben.

Er probte verschiedene einleitende Sätze, einer alberner als der andere, denn wie zum Teufel sollte man es auch anstellen, einen Mann taktvoll zu beschuldigen, er beabsichtige, seine eigene Frau zu vergiften? Und selbst wenn der erste Satz gelang, wie konnte man voraussehen, in welcher Richtung das Gespräch sich weiterentwickeln würde? Entweder würde der Doktor ihm einfach ins Gesicht lachen, oder er würde ihn hinauswerfen, und keines von beiden wäre ein zufriedenstellendes Ergebnis. Wenn er sich wenigstens Hesters sicher sein könnte. War sie aufrichtig überzeugt, daß sie in Gefahr schwebte, oder war das Ganze nur eine unausgegorene, romantische Intrige, um sein Mitgefühl zu gewinnen und der Stadt einen neuen Skandal zu bescheren? Und selbst wenn sie wirklich glaubte, was sie sagte, war sie möglicherweise durch den Tod ihres Kindes immer noch geistig verwirrt und gab sich einer Wahnvorstellung hin. Die einzige Spur einer Tatsache war der häßliche, kleine Vorfall mit der Arznei, der ihm gestern noch ausreichend erschienen war, um ihn zum Handeln zu bewegen. Bei ruhiger Überlegung erkannte er nun freilich, daß diese Episode ihre starke Wirkung hauptsächlich den vorangegangenen Enthüllungen verdankte. Aus dem Zusammenhang gerissen, war überhaupt nichts Belastendes daran, der Doktor hatte sich nur als entschlossener Mann gezeigt, der bei einem Streit recht unangenehm werden konnte.

Und doch – Richard biß sich auf die Lippen. Wenn Hesters Geschichte der Wahrheit entsprach und er nichts unternahm, war er schuld an ihrem Tod. Wahrscheinlich hatte sie sonst tatsächlich niemanden, an den sie sich wenden konnte. Der Colonel war vollauf mit seinen eigenen Wehwehchen beschäftigt, und Mrs. Ferrars war ebenso kalt und herzlos wie die gesellschaftlichen Konventionen, denen sie anhing.

Immer noch beunruhigt und unschlüssig stand Richard schließlich am Fuß der Treppe, die zu Morbys Haustür hinaufführte. Über der Veranda hing eine Laterne und zeichnete ein Dreieck aus Licht in die Finsternis – Richard stolperte hinauf und riß wutentbrannt am Klingelzug. Tief im Inneren des Hauses hörte er eine Glocke anschlagen, ein paar Sekunden vergingen, und dann erschien Murch vor den höhlenartigen Tiefen des Vorraums. So etwas wie ein Lächeln lag auf ihrem unsympathischen Gesicht. Als sie ihm aus dem Mantel half, kam der Doktor persönlich aus seiner Praxis.

»Abend, Groom«, grüßte er beiläufig. »Oh, Murch, sorgen Sie dafür, daß das Licht da drinnen nicht ausgemacht wird ... Griffiths, der Postbote, kommt noch einmal vorbei, um ein paar Pillen für seine Mutter abzuholen, und ich muß mit ihm sprechen. Das ist das schlimmste am Leben eines Arztes. Die Leute lassen einen keine Minute in Frieden. Mitten in der Nacht holen sie einen wegen einer kleinen Kolik aus dem Bett, und jeder erwartet, daß man ständig auf Abruf zur Verfügung steht. Aber lassen wir das ... jeder Beruf hat seine Schattenseiten. Kommen Sie rein, hier draußen zieht es wie der Teufel. Schon gut,

Murch, ich führe Mr. Groom selbst ins Arbeitszimmer. Sie haben das Übliche bereitgestellt, nehme ich an.«

»Jawohl, Sir.«

»Dann ist es ja gut. Sie können sich wieder zur Köchin an den Küchenherd setzen. Griffiths kommt an die Praxistür. Ich lasse ihn rein und schließe dann selbst ab.«

»Danke, Sir. Das ist wirklich sehr freundlich, Sir.«

Das Gesicht zu einer abstoßenden Grimasse verzogen, wandte Murch sich an die beiden Herren, wünschte ihnen eine gute Nacht und entfernte sich. Sobald das Geklapper ihrer Schwesternschuhe auf den Fliesen hinter der friesbespannten Tür, die den Dienstbotenflügel vom Rest des Hauses trennte, leiser wurde, murmelte der Doktor: »Kann das verdammte Weib nicht ausstehen. Weiß nicht, woran es liegt, aber sie macht mich rasend. Würde sie ja keine Minute länger im Haus behalten, aber Hester besteht darauf. Hier entlang, mein Junge. Das ist mein Allerheiligstes; allein dem Männchen der Spezies vorbehalten.«

Richard fand, dies sei bei weitem der behaglichste Raum im ganzen Haus, unter anderem deshalb, weil er klein und anheimelnd rubinrot tapeziert war, wodurch die Decke nicht mehr ganz so hoch erschien. Er enthielt mehrere der neuesten, anbaufähigen Bücherschränke von Globe-Wernicke, in denen hinter Glastüren, die man anheben und wie Schubladen einschieben konnte, die medizinische Fachliteratur des Doktors verwahrt wurde. Außerdem gab es einen schönen Kamin, und wenn es darum ging, daß er selbst es warm und behaglich hatte, schien der Arzt nicht ganz so knauserig zu sein wie sonst. Zu beiden Seiten des Feuers waren zwei große Sessel mit geschwungener Lehne aufgestellt, und auf dem Schreibtisch in der Mitte des Zimmers prangte ein Tantalus, ein verschließbarer Spirituosenständer mit Karaffen für Whisky, Brandy und Rum, deren Inhalt durch Anhänger aus Sheffieldsilber kenntlich gemacht wurde. Daneben stand ein versilberter Spirituskocher auf einem Untersatz, der sich wiederum zusammen mit einer Schüssel Kandiszucker, einem Teller mit Nelken besteckter Zitronenscheiben und einer mit einem bräunlichen Pulver gefüllten Bonbonschale auf einem massiven Tablett befand.

»Nehmen Sie Platz, mein Junge. Machen Sie sich's bequem. Sie trinken doch hoffentlich ein Glas mit mir? Ich nehme einen Grog mit Rum – mein üblicher Schlaftrunk im Winter, das beste Mittel zur Vorbeugung gegen Husten und Erkältungen. Man muß schließlich auf sich aufpassen... sich vor Infektionen schützen. Ich mag ihn am liebsten mit einer Prise Zimt. Möchten Sie's auch mal probieren?«

»Danke, ich bleibe lieber beim Brandy, wenn es recht ist. Meine Freunde und ich haben heute schon damit angefangen, und ich trinke nicht gern durcheinander.«

»Wie Sie wollen. Hier, bitte schön, bedienen Sie sich. Stört es Sie, wenn ich inzwischen den Brenner anmache? Es dauert ein paar Minuten, bis das Wasser kocht. Wie geht es übrigens Hearst und Thorne? Hearst soll ja angeblich einen Fieberanfall gehabt haben.«

»Ja, aber jetzt ist alles wieder in Ordnung.«

»Viele Krankheiten da unten, was?«

»Das kann man wohl sagen. Malaria, Schwarzwasser- und Gelbfieber, Beriberi, Lungenentzündungen.«

»Hoho! Ganz schöne Auswahl, wie? Da hatten Sie aber mächtiges Glück, daß Sie ungeschoren davongekommen sind. Und die Indianer sterben am Katarrh ... das stimmt doch, nicht wahr?«

»Ja, aber sie tun schon einiges, um die Ausbreitung zu verhindern. Wer einen Schnupfen einfängt, hält sich von den anderen fern ... wie in freiwilliger Quarantäne.«

»Ich wünschte, das verdammte Volk würde das auch hier machen, anstatt schniefend zu mir in die Praxis zu kommen. Sie haben ja nur einen einzigen Schluck Brandy im Glas, mein Junge.«

»Das genügt mir vollauf, glauben Sie mir.«

»Trinken Sie ruhig. Sie brauchen nicht auf mich zu warten. Ich messe schon mal den Rum ab, aber das Wasser ist noch nicht soweit.«

Richard trank jedoch nicht, sondern befingerte nur nervös sein Glas.

»Und was halten Sie von meiner Frau?« fragte der Arzt unvermittelt, als besitze er die Fähigkeit, die geheimsten Gedanken seines Besuchers zu lesen.

»Ich ... sie ... ich fand, sie sah ganz und gar nicht gut aus.«

»Nein, da haben Sie recht. Komisch, wie man sich täuschen kann, sogar als Mediziner. Ich hätte gewettet, daß sie eine Konstitution wie ein Pferd hat, und dann sehen Sie sich das Kind an, das sie zur Welt gebracht hat. Miserable Erbmasse.«

Das klang so herzlos, daß Richard die Galle hochstieg. Doch ehe er etwas sagen konnte, fuhr der Doktor schon fort: »Natürlich war es ein Schock für sie, als das Balg starb, aber glauben Sie mir, es war das Beste, was passieren konnte. Immerhin ist es nun schon eine Weile her, und sie hätte sich längst wieder aufrappeln müssen. Übrigens schicke ich sie immer sofort nach dem Dinner zu Bett. Sie braucht viel Ruhe. Offen gestanden, ihr Zustand gefällt mir nicht, aber Crowe meint, es gebe keinen Grund zur Beunruhigung. Sie ist bei ihm in Behandlung. Ich kann also gar nichts tun.«

»Wirklich nicht?« fragte Richard in merkwürdigem Ton.

»Keine Möglichkeit. Ich kann einem Kollegen keine Vorschriften machen, wie er mit seinen Patienten umgehen soll, selbst wenn es sich um meine eigene Frau handelt.«

»Doktor Morby!« rief Richard aus. »Ich bin unter einem falschen Vorwand zu Ihnen gekommen. Ich bin im Auftrag Ihrer Frau hier. Sie wird sich nie ganz erholen, solange sie ihren Seelenfrieden nicht wiederfindet. Sie ... sie ... sie glaubt, daß Sie versuchen, sie zu vergiften!«

So, nun ist es heraus, dachte er. Ein ganzes Kaleidoskop von Gefühlen, von offenem Erstaunen über zynische Belustigung bis zu unverblümtem Ärger zuckte über die groben Gesichtszüge des Arztes. Er goß den Rum aus dem Meßbecher in ein Glas, mit dem er schon die ganze Zeit herumspielte, und polterte los: »Sie unverschämter junger Naseweis! Wie können Sie es wagen, einem Mann, bei dem Sie zu Gast sind, mit einer solch schamlosen Lüge zu konfrontieren! So viel Dreistigkeit ist mir doch noch nicht untergekommen!« Das Blut schoß ihm ins Gesicht, als habe er den heißen Rum bereits getrunken.

»Wenn es eine Lüge ist, so kommt sie aus dem Mund Ihrer Frau, nicht aus meinem«, protestierte Richard erregt und stand auf. »Wenn Sie so freundlich wären, mich anzuhören, dann könnten ...« In diesem Augenblick begann irgendwo im Haus eine Glocke zu läuten.

»Das ist dieser verdammte Griffiths! Ich werde ihn zuerst abfertigen müssen, aber dann komme ich zurück und höre mir an, was Sie zu sagen haben. Mein Gott! So etwas habe ich doch noch nie erlebt!«

»Vielleicht sollte ich lieber gehen. Ich könnte Sie ja morgen früh noch einmal aufsuchen.«

»Nein, mein Bester, schlagen Sie sich das aus dem Kopf. Wenn wir diese Angelegenheit nicht heute abend aus der Welt schaffen, kommen wir nie mehr dazu. Setzen Sie sich! Setzen Sie sich, sage ich. Und schleichen Sie mir ja nicht hinter meinem Rücken aus dem Haus.«

»So etwas würde ich ganz gewiß nicht tun!« beteuerte Richard entrüstet. Er hätte es nur zu gerne getan.

Der Doktor blieb vielleicht fünf Minuten lang weg, und währenddessen nahm Richard Platz, stand wieder auf, ging um den Schreibtisch herum und kehrte abermals zu seinem Sessel zurück. Am liebsten hätte er sich mit einem Schluck Brandy Mut gemacht, aber er hielt es für unschicklich, mit jemandem zu trinken, den er gleich darauf des Mordes beschuldigen wollte. Außerdem mußte er seine fünf Sinne beisammen haben. Der Arzt hatte auf seine Erklärung genau so reagiert, wie er es erwartet hatte; ein schuldiger wie ein unschuldiger Mann hätte sich so verhalten können. Dadurch wurde die Lage nicht geklärt.

Er hörte laute Stimmen, dann wurde sehr energisch die

Praxistür zugeschlagen und verriegelt. Als der Doktor zurückkam, hatte sich sein Zorn eher noch verstärkt. Er hatte sich wohl mehr damit beschäftigt als mit den Pillen, die er Griffiths ausgehändigt hatte. Das Wasser kochte inzwischen, und er schob mit angriffslustigem Daumen den Deckel auf den darunterstehenden Spiritusbrenner.

»So!« sagte er. »So! Vielleicht könnten Sie mir diese absurde Erklärung, die Sie vorhin glaubten, abgeben zu müssen, nun etwas genauer erläutern. Auf welche Weise gedenke ich meine Frau denn loszuwerden? Wenn sie tatsächlich so gut informiert sind, wie Sie vorgeben, muß Ihnen doch auch das bekannt sein. Also, was ist es... Arsen... Strychnin... Laudanum...? Nur heraus damit, Sie brauchen mich nicht zu schonen.«

»Es ist... es ist die Medizin«, stammelte Richard verlegen. »Sie glaubt, es sei etwas in der Medizin.« Er war sich durchaus bewußt, daß es nicht gerade ein Zeichen von Tapferkeit war, sich hinter den Röcken einer Frau zu verstecken, aber die ganze Sache war so elend peinlich. Ein Gedanke, der ihm schon früher einmal gekommen war, tauchte nun wieder auf, und er plapperte aus lauter Verlegenheit weiter, wobei ihm zum erstenmal voll bewußt wurde, daß der Doktor ein ausgewachsener Mann war, während er selbst sich trotz seiner Abenteuer doch nur wie ein grüner Junge vorkam. »Ich hatte vor, sie analysieren zu lassen – nicht hier am Ort natürlich –, damit wäre die Sache ein für allemal bereinigt.«

»Meinen Sie?« höhnte Doktor Morby. »Meinen Sie wirklich? Ich muß schon sagen, Groom, ich bin Ihnen sehr zu Dank verpflichtet. Schließlich sind Sie bereit, mir noch eine Chance zu geben, bevor Sie mich endgültig verdammen.« Sein Tonfall veränderte sich, nun klang kalte Wut aus seiner Stimme. »Nun hören Sie mir gut zu, Sie junger Klugscheißer, ehe ich Sie die Treppe hinunterwerfe. Sie mögen sich recht gut auf tropische Krankheiten verstehen, aber in diesem Fall haben Ihre diagnostischen Fähigkeiten versagt. Meine Frau leidet unter einer kranken Phantasie, und was Crowe, der alte Säufer, ihr verschrieben hat, ist nichts anderes als ein Beruhigungsmittel für die Nerven. Mag sein, daß sie langsam vergiftet wird, aber nur von ihren eigenen Einbildungen. Sie ist so morbide wie ein Leichenbestatter. Soll ich Ihnen erzählen, was sie gerade las, als Sie sie gestern besuchten? Ich fand das Buch unter den Sofakissen, nachdem Sie gegangen waren ... sie muß es sich irgendwoher beschafft haben – ich kann nämlich beschwören, daß ich es nie ins Haus gebracht habe. *Die Geschichte der Mrs. Maybrick*! Was sagen Sie dazu? Halten Sie das für die richtige Lektüre für eine Kranke? Diese verdammte Ehebrecherin aus Liverpool, die wegen Mordes an ihrem eigenen Ehemann verurteilt wurde, kurz bevor Sie das Land verließen. Wohlgemerkt, es war der Ehemann, der sterben mußte, nicht die Frau. Wie erklären Sie sich das? Eines will ich Ihnen ganz offen sagen, als Hester Ihnen meinetwegen den Laufpaß gab, hat sie Ihnen einen Gefallen getan, so viel Glück werden Sie in Ihrem ganzen Leben nicht wieder haben.

Und jetzt raus mit Ihnen! Hinaus, sage ich, und überlassen Sie es mir, meine Probleme zu bewältigen, wie ich es für richtig halte. Ihr Hut und Mantel hängen draußen im

Vorraum. Mischen Sie sich nicht in Dinge, die Sie in Ihrer kindlichen Einfalt nicht verstehen. Und nun gehen Sie endlich, ehe ich Ihnen Ihr verdammt arrogantes, dummes Gesicht zerschlage!«

Mit schwellenden Stirnadern und drohend geballten Fäusten baute er sich vor dem unglücklichen Richard auf. Doch dann schien er sich zu besinnen, er öffnete seine rechte Hand, griff mit zitternden Fingern nach einer Schachtel Wachsstreichhölzer, zog sie auf, rieb ein Hölzchen an, nahm den Deckel des Spiritusbrenners ab und entzündete von neuem den Docht. Sofort stiegen Dampfwolken aus dem Topf.

So sah ihn Richard zum letztenmal. Der unerwünschte Gast kam irgendwie auf die Beine und stürmte in blinder Hast aus dem Zimmer. Er nahm Hut und Mantel vom Garderobenständer, riß, ohne die Knöpfe seines Paletots zu schließen, den Ulster noch in der Hand haltend, die Eingangstür auf, warf sie hinter sich zu und rannte die Stufen hinab, als sei der leibhaftige Teufel hinter ihm her.

Auf die Minute genau um halb elf Uhr wurde die Tür erneut geöffnet, Murch, noch in Häubchen und Schürze und ohne Mantel, flog die Treppen hinunter und warf sich dem Polizeiwachtmeister Graves in die Arme.

»Na, na, mein Mädchen! Was ist denn hier los! Nun mal langsam, ja!«

»Es ist mein Herr. Mein gnädiger Herr! Sie müssen sofort zu meinem Herrn kommen! Er is' ganz blau im Gesicht. Ich glaub, er is' tot!«

## 4

Inspektor Thomas Yeald saß ziemlich unbequem auf der Kante eines Stuhls, der für sein Gewicht viel zu zierlich war, im Salon der Misses Donkin. Und doch gehörten die halben Stunden, die er einst in diesem Raum verbracht hatte, zu seinen angenehmsten Erinnerungen. Er erinnerte sich an jedes einzelne Möbelstück, besonders an das Regencysofa mit seiner gestreiften Polsterung und den Nakkenrollen, das ihn immer fasziniert hatte. Die Bilder und Stiche hingen noch genau an denselben Stellen auf – ja – es war tatsächlich noch dieselbe Tapete, und, Donnerwetter, da waren ja auch die beiden Scherenschnitte, Mann und Frau, in der Taille zusammengewachsen, ein Ehepaar, das sich für alle Zeiten unverwandt in die Augen blicken mußte.

Auf dem Klavier mit den verschnörkelten Kerzenhaltern hatte Miss Essie ihre ewigen Tonleitern geübt. Er brauchte nur die Augen zu schließen, um sie vor sich zu sehen, in steifer Haltung, mit ihren Korkenzieherlöckchen. Schon damals war sie sich ihrer Sonderstellung als Liebling des Kanonikus voll bewußt gewesen.

Nein, der Raum war sich vollkommen gleichgeblieben, was sich verändert hatte, war nur er selbst. Er war nicht länger der ernste Junge im Matrosenanzug, der zur Belohnung für seinen Fleiß und sein gutes Benehmen seiner Sonntagsschullehrerin die Bücher nach Hause tragen und sich dort für kurze Zeit im Kreise der Familie aufhalten durfte. Seither war er, wieder zur Belohnung für seinen Fleiß und sein gutes Benehmen, in regelmäßigen Abständen befördert worden, bis er nunmehr seine alte Sonntagsschullehrerin in seiner Eigenschaft als Inspektor bei der Stadtpolizei aufsuchen konnte, freilich unter Umständen, die alles andere als erfreulich waren.

Der Inspektor warf einen Blick auf seine Taschenuhr und stellte dabei fest, daß die prunkvolle französische Uhr unter dem Glassturz immer noch mit bewundernswerter Präzision die Zeit anzeigte. Er wollte immer ganz genau wissen, wie spät es war, das war eine Marotte von ihm, und wie seine Taschenuhr, so ging auch diese französische Uhr keine einzige Minute vor oder nach. Halb zehn! Viel zu früh für einen Besuch im Salon einer Dame, wo das Feuer noch kaum die Holzstöckchen und das Papier verzehrt hatte, mit denen das Hausmädchen es allmorgendlich fütterte. Aber er hatte so früh kommen müssen, denn er wollte der erste sein, der ihr die Nachricht brachte, und er wußte, wie schnell sich Neuigkeiten in Cattminster verbreiteten, besonders, wenn es schlechte Neuigkeiten waren. Seine Lippen unter dem buschigen Schnurrbart bewegten sich nervös. Er probte seine Ansprache.

Doch als sie mit den wiegenden Schritten, die er so gut kannte, ins Zimmer trat, da wußte er sofort, daß er zu spät gekommen war. Miss Sarah wirkte völlig ruhig, ihr Blick drückte wie gewohnt wohlwollendes Interesse aus, doch ihr Gesicht, über dessen Farbe sie keine Kontrolle hatte, weil sie die Verwendung von Rouge verschmähte, war kreideweiß.

Der Inspektor sprang so hastig auf, daß er beinahe den Stuhl umgeworfen hätte, und als er in seinen blankpolierten Stiefeln auf dem Teppich mit dem Blumenmuster vor ihr stand, stellte er überrascht fest, daß er inzwischen ebenso groß war wie sie. Seit mehr als zwanzig Jahren war er ihr nicht mehr so nahe gewesen.

»Guten Morgen, Tom«, begrüßte sie ihn gelassen. »Emily sagte mir, daß du mich sprechen wolltest.«

Emily hat dir noch viel mehr erzählt, dachte er aufgebracht, denn er hatte ganz richtig erraten, daß die Information vom Chefportier des »Cups« vermutlich mit der Milch in die Küche des Pfarrhauses und von dort zu ihr gelangt war.

Nun, jetzt mußte er die Sache durchstehen und konnte nur hoffen, daß seine Verstellungskünste den ihren gewachsen sein würden.

»Guten Morgen, Miss Sarah. Ich möchte Sie nicht beunruhigen, aber ich habe eine ziemlich traurige Nachricht für Sie. Ich muß Ihnen mitteilen, daß Ihr Neffe Richard Groom in polizeilichen Gewahrsam genommen wurde. Er wird verdächtigt, den Tod von Doktor Morby, wohnhaft in *The Shrubbery*, Eastgate Street, verschuldet zu haben.«

Wäre sie Schauspielerin an einer Londoner Bühne gewesen, ihr Mienenspiel hätte nicht ausdrucksvoller sein können. Zuerst absolute Verblüffung, gefolgt von Ungläubigkeit, dann sogar ein halbes Lächeln angesichts einer völlig widersinnigen Behauptung und schließlich, deutlich sichtbar, der Appell an die eigene Vernunft, der Situation angemessen zu begegnen.

»Was du nicht sagst, Tom! Und wann soll dieser – äh – Mordanschlag denn stattgefunden haben?«

»Gestern abend, zwischen neun und zehn Uhr.«

»Würde es dich denn überraschen, wenn ich dir sagte, daß mein Neffe Richard den ganzen gestrigen Abend hier bei uns verbracht hat und daß meine Schwestern und ich das bezeugen können?«

Er sah sie fest an. Beide fühlten sich mit einem Schlag in die Vergangenheit zurückversetzt. Die großen, glänzenden Stiefel des Inspektors verwandelten sich auf wundersame Weise in kleinere Exemplare mit Knöpfen. Die Uniformmütze, die er in der Hand hielt, veränderte ihren Umfang nicht, aber nun war sie mit einem schwarzen Band versehen, auf dem in goldenen Lettern *H. M. S. Invincible* zu lesen stand. Eine Stimme des gleichen Timbres, allerdings um einiges schüchterner und weicher als die der heutigen Miss Sarah, schwebte zwischen ihnen.

»Du kannst nichts dabei gewinnen, wenn du die Unwahrheit sagst, Tom.«

Nach Ansicht des Inspektors war es keineswegs ein Verrat an seinem Amt, daß er so knapp und freundlich wie nur möglich den Kopf schüttelte. Es bedurfte nur dieses einen Hinweises. »Wenn ich es mir recht überlege«, verbesserte sie sich, »war Richard möglicherweise auch schon einen Abend zuvor zum Dinner bei uns. In meinem Alter ist das Gedächtnis nicht immer ganz zuverlässig.«

Wie mußte sie den Jungen vergöttern, um mit einer so plumpen Lüge herauszuplatzen! Miss Ruth hätte sich dazu freilich niemals überreden lassen, dachte der Inspektor. Trotz alledem, der Versuch hatte etwas Heldenhaftes.

»Ich fürchte, es gibt Zeugen für Master Richards Anwesenheit in *The Shrubbery*«, sagte er traurig.

»Falls es sich dabei um diese Murch handeln sollte, so kann doch gewiß niemand so verblendet sein, ihr auch nur ein Wort zu glauben. Immerhin ist sie nur eine Hausangestellte, und außerdem gehässig und bösartig. Das einzige, was meines Wissens für sie spricht, ist ihre bedingungslose Treue zu ihrer Herrin.«

Bei dem Wort »Herrin« hob sich ihre Stimme, ihre hellgrauen Augen wurden groß und hefteten sich flehentlich auf ihren ehemaligen Schüler. Der begriff sofort, was sie auf dem Herzen hatte. Sag mir doch, bat sie ihn stumm, sag mir, daß dies eine abscheuliche Intrige ist, die diese beiden gemeinsam ausgebrütet haben ... daß dieses Verbrechen auf das Konto der Ehefrau geht ... und daß Richard überhaupt nichts mit der Sache zu tun hat. Bestätige mir wenigstens das.

»Es gibt auch noch einen unabhängigen Zeugen dafür, daß Master Richard den Doktor zu dieser Zeit besuchte. Sie kennen doch Jim Griffiths, den Postboten. Er kam um halb zehn in die Praxis, um eine Schachtel Pillen für seine Mutter abzuholen. Gewöhnlich empfing der Doktor so spät keine Patienten mehr, außer sie konnten ihn davon überzeugen, daß es um Leben und Tod ging, aber dies war ein besonderer Fall. Griffiths konnte nicht früher kommen, weil er erst seine Runde machen mußte, er hatte auch niemanden, den er hätte hinschicken können, und seine Mama hatte ihm so lange in den Ohren gelegen, bis er mit dem Doktor vereinbart hatte, er würde die Pillen am Abend abholen und sich auch sagen lassen, wie sie eingenommen werden sollten. Jim Griffiths ist ein ehrlicher Mann, und man muß seiner Aussage wohl glauben.«

»Er ist Waliser«, gab Miss Sarah verächtlich zu bedenken.

»Aber nicht alle Waliser sind Lügner, Miss Sarah, andernfalls wäre diese Stadt durch und durch verdorben.«

»Doch selbst wenn zweifelsfrei erwiesen ist, daß Richard den Doktor besucht hat, warum sollte er deshalb in diesen entsetzlichen Verdacht geraten?«

»Weil Jim Griffiths bezeugen wird, daß er und der Doktor in einem heftigen Streit begriffen waren, den er unterbrach, als er in die Praxis kam. Er sagt, der Doktor sei sehr wütend gewesen, und seine Hände hätten so stark gezittert, daß er nicht einmal die Pillenschachtel richtig einpacken konnte. Er war puterrot im Gesicht und murmelte etwas über junge Schnösel, die ihre Manieren vergessen hätten und eine anständige Lektion brauchten, und als Griffiths, zugegeben, er ist neugierig wie alle Waliser, ihn fragte: ›Um welchen jungen Schnösel geht's denn eigentlich, Doktor?‹, da antwortete Dr. Morby: ›Um den Exverlobten meiner Frau, verdammt, den jungen Richard Groom, der vor kurzem vom Amazonas zurückgekehrt ist.‹«

»Daß er sich überhaupt so weit erniedrigt hat, in dieser Weise mit jemandem aus den unteren Schichten über einen Gentleman zu sprechen!«

»Ein Arzt kommt in seinem Beruf mit allen möglichen Leuten zusammen, und ich schätze, irgendwann zieht er den Schluß, daß sich die Menschen bei allen Unterschieden der Herkunft doch sehr ähnlich sind«, bemerkte der

Inspektor, bei dem gelegentlich erste Anfänge von Klassenbewußtsein aufflackerten.

»Nun gut. Und weiter, Tom?«

»Ich überschreite eigentlich meine Befugnisse, wenn ich Ihnen noch mehr sage, Miss Sarah, aber ich kenne Ihre Familie seit meiner Kindheit, und ich habe Ihnen viel zu verdanken. Auch als Polizist bleibt man schließlich ein Mensch, aber was in diesem Zimmer gesprochen wird, muß unter uns bleiben, und ich bitte Sie, es vorerst für sich zu behalten. Vor Gericht kommt alles noch früh genug heraus. Ich erzähle es Ihnen auch nur, weil ich weiß, wie sehr Sie an Ihrem Neffen hängen und, nun ja... weil ich seine Mutter gekannt habe.«

»Oh, Tom! Tom!« rief Miss Sarah und schlug einen Moment lang die Hände vors Gesicht. Doch gleich darauf ließ sie sie wieder sinken und sagte:

»Das ist sehr freundlich von dir, Tom, und ich weiß es wirklich zu schätzen, das versichere ich dir. Ich glaube, ich hätte es nicht ertragen, wenn man jemand anderen geschickt hätte. Oh, es ist so ein Schock... so ein schrecklicher Schock. Wir waren alle so glücklich, daß Richard heil und gesund zurückgekehrt war, und jetzt ist die ganze Freude zerstört. Aber ich weiß, wir müssen vernünftig sein. Wir müssen uns bemühen, Ruhe zu bewahren, und ihm helfen, soweit es in unseren Kräften steht, damit er sich von dieser schrecklichen Beschuldigung reinwaschen kann.«

»Bisher steht er nur unter Verdacht, Miss Sarah. Weiter ist die Sache noch nicht gediehen. Ich selbst hätte ihn ja nicht einmal verhaftet, sondern nur einen Mann abgestellt, um ihn beobachten zu lassen. Aber in solchen Fällen liegt die Entscheidung beim Polizeipräsidenten.«

»Was veranlaßt die Polizei eigentlich zu der Annahme, daß Doktor Morby ... ermordet wurde?«

»Nur ein einziger Umstand, daß er nämlich Rum aus einem Glas getrunken hat, in dem sich Blausäure befand«, antwortete der Inspektor grimmig.

»Blausäure!«

»Bestimmt nicht die angenehmste Art, aus dieser Welt zu scheiden, Miss Sarah, allerdings geht es ziemlich schnell, wenn wir den Aussagen des Arztes glauben dürfen.«

»Dann hat niemand gesehen, wie er starb?«

»Das wüßten wir alle gerne. Er wurde von der Hausangestellten Murch tot aufgefunden, als diese um halb elf von der Küche heraufkam, um das Haus abzuschließen. Sie hat einen Schrei ausgestoßen und ist aus dem Haus und die Stufen hinuntergelaufen, einem unserer Wachtmeister direkt in die Arme.«

»Und wo war Mrs. Morby die ganze Zeit?« Miss Sarahs Stimme klang scharf.

»Mrs. Morby war wie gewöhnlich früh zu Bett gegangen und schlief fest. Sie war fast nicht wachzubekommen, weil sie ein Schlafmittel genommen hatte, aber der Wachtmeister und Murch gingen zusammen in ihr Schlafzimmer und konnten sie schließlich zu sich bringen. Meiner Ansicht nach war das eine Dummheit, denn sie war von dem Mittel noch ganz benommen und begriff gar nicht so recht, was die beiden von ihr wollten. Seither wird sie von Doktor Crowe betreut. Nach allem, was man hört, ist sie nicht besonders stabil, und man befürchtete, sie würde durch dieses neue Unglück völlig den Verstand verlieren.«

»Was meinst du, wäre es möglich, daß der Doktor sich selbst getötet hat?«

»Möglich wäre es, aber wahrscheinlich ist es nicht, Ma'am. Als Arzt hätte er wissen müssen, wie gerade dieses Gift wirkt.«

»Du sagst ganz richtig, er ist... oder war... Arzt. Hat denn Blausäure nicht einen besonders durchdringenden Geruch nach bitteren Mandeln? Und hätte er daran nicht sofort erkennen müssen, was sich in dem Glas befand, das er zum Munde führte?«

»In heißem Grog mit Zimt? Dazu bräuchte man schon einen sehr feinen Geruchssinn, Miss Sarah, und wenn der Doktor tatsächlich so wütend war, wie manche Leute behaupten, dann könnte er das Glas ziemlich hastig hinuntergekippt haben. Ich tue das auch manchmal, wenn mich etwas aus der Fassung bringt.«

»Wie *manche Leute* behaupten«, wiederholte Miss Sarah. »Gibt es denn außer Griffiths, dem Postboten, noch andere Zeugen?«

»Murch und die Köchin. Sie hörten sein Gebrüll bis in die Küche hinunter. Der Dienstbotenflügel ist zwar mit einer friesbespannten Tür vom Vorraum abgetrennt, aber zufällig befindet sich das Arbeitszimmer des Doktors direkt über der Küche. Wenn in normaler Lautstärke gesprochen wird, hört man gar nichts, höchstens ein leises Brummeln, aber wenn ein Streit im Gange ist, sieht die Sache anders aus. Auf jeden Fall dringen die Stimmen durch, auch wenn man die einzelnen Worte nicht versteht.«

»Man kann seine Stimme nicht nur im Zorn erheben. Kein Mensch, der bei klarem Verstand ist, würde das als Beweis gelten lassen.«

Der Inspektor hob seine breiten Schultern und ließ sie wieder fallen. »Ich habe es mit zwei von meinen Männern ausprobiert und kann bestätigen, daß die Aussage der beiden Frauen soweit zutrifft. Natürlich hätte der Doktor auch einen dramatischen Monolog rezitieren können, aber man muß doch auch überlegen, was noch als wahrscheinlich anzusehen ist.«

Miss Sarah schwieg einen Augenblick, dann fragte sie unvermittelt, als sei ihr der Gedanke eben erst gekommen: »Und was sagt Richard dazu?«

»Das ist ja das Problem. Er sagt gar nichts. Man kriegt kein Wort aus ihm heraus, fast als hätte er plötzlich die Sprache verloren. Aber er hat sich bereit erklärt, heute morgen mit seinem Anwalt zu sprechen, vielleicht ist er danach etwas mitteilsamer.«

»Der alte Mr. Doddridge ist dafür aber nicht geeignet. In solchen Dingen ist er bestimmt völlig ratlos. Er gerät ja schon ganz aus dem Häuschen, wenn er ein Kodizill an ein Testament anfügen soll. Mag sein, daß er unser Familienanwalt ist, aber er ist nicht fähig, einen Fall von dieser Tragweite zu bewältigen.«

»Keine Sorge, Miss Sarah. Er hat lediglich die Aufgabe, den Strafverteidiger vor Gericht zu instruieren. Falls es zum Prozeß kommt, wird er dafür sorgen, daß Master Richard würdig vertreten wird.«

»Ich kann es einfach nicht glauben. Wo ist Richard überhaupt? Wo habt ihr ihn hingebracht?«

»Oh, er ist nicht weit weg, im Moment befindet er sich in einer der Zellen im Rathaus.«

»In einer Zelle!«

»Die Bezeichnung trifft eigentlich gar nicht zu, Miss Sarah«, beruhigte der Inspektor sie verlegen. »In Wirklichkeit ist es ein ganz normales Zimmer. Und er bekommt von draußen anständiges Essen, dafür habe ich gesorgt.«

»Darf er Besuch empfangen? Kann ich ihn sehen?«

»Für die nächsten Verwandten wird es wohl eine Genehmigung geben. Aber sind Sie denn sicher, daß er Sie sehen will? Sie müßten in Gegenwart eines Polizeibeamten mit ihm sprechen, und das wäre für Sie beide eine Qual. Hören Sie auf mich und warten Sie wenigstens ein oder zwei Tage ab, bis Sie sehen, wie alles läuft. Und da wir gerade von Laufen sprechen, ich muß weiter. Sie können sich sicher vorstellen, daß ich eine Menge um die Ohren habe. Lassen Sie den Kopf nicht hängen, Miss Sarah. Sie waren immer ein Mensch mit viel Courage, und Sie müssen schließlich auch an Ihre Schwestern denken, nicht nur an Ihren Neffen.«

»Gott helfe mir«, stöhnte Miss Sarah. »Ich muß ihnen ja erst noch beibringen, was geschehen ist.«

»Nur die nackten Tatsachen, Miss Sarah. Ich verlasse mich darauf.«

»Nur die nackten Tatsachen, Tom. Und ... ich danke dir. Du bist ein wahrer Freund.«

Als Inspektor Yeald auf die Polizeiwache zurückkehrte, die im hinteren Teil des Rathauses untergebracht war, erwarteten ihn bereits zwei empörte junge Männer.

Ohne ein Wort der Begrüßung fuhr Charles Hearst ihn sofort an: »Was soll denn der verdammte Unsinn, Inspektor? Wir haben erfahren, daß Sie die unglaubliche Frechheit hatten, Richard Groom mit der völlig aus der Luft gegriffenen Anschuldigung, er habe irgendwann letzte Nacht Doktor Morby ermordet, in Haft zu nehmen.«

»Wenn man das Drum und Dran wegläßt, ist die Information im großen und ganzen zutreffend, außer, daß Mr. Groom nur als Verdächtiger in Gewahrsam genommen wurde«, antwortete Yeald und hängte seinen Hut an den Garderobenständer, der zu diesem Zweck in der Ecke seines Büros stand.

»Dann wird es Sie vielleicht überraschen, wenn Sie erfahren, daß Richard Groom den ganzen gestrigen Abend in unserer Gesellschaft verbracht hat. Das können wir beschwören«, erklärte Dolly Thorne in heftiger Erregung.

»Mr. Groom hat wirklich gute Freunde«, bemerkte der Inspektor trocken. »Sie sind nun schon der zweite, der behauptet, ihn während der fraglichen Zeit keinen Moment aus den Augen gelassen zu haben. Das unangenehme an zwei Alibis ist nur, daß sie sich gegenseitig aufheben.«

»Der Teufel soll mich holen!« sagte Dolly.

»Was redet der Bursche da eigentlich?« fragte Charles Hearst gereizt.

»Ach, er gibt uns nur zu verstehen, daß wir es mit unserer Hilfsbereitschaft übertrieben haben, Charles. Richard kann nicht gut an zwei Orten gleichzeitig gewesen sein. Irgend jemand nimmt es mit der Wahrheit wohl nicht allzu genau.«

»Um Sie vor weiteren Erfindungen zu bewahren, möchte ich Ihnen gleich sagen, daß es mindestens drei Zeugenaussagen gibt, die belegen, daß Mr. Groom gestern abend Dr. Morby aufgesucht hat. Und ein Meineid im Zeugenstand ist unter anderem deshalb nicht zu empfehlen, weil dergleichen mit Gefängnis bestraft zu werden pflegt.«

»Aber die ganze Sache ist doch einfach grotesk!« rief Hearst aus. »Dolly und ich, wir kennen Richard in- und auswendig. Er käme ebensowenig auf die Idee, seinem Gastgeber Gift ins Glas zu tun, wie er eine Reise zum Mond unternehmen würde.«

»Wer hat denn etwas von Gift gesagt?« fragte der Inspektor scharf.

»Die ganze Stadt redet von nichts anderem«, antwortete Dolly. »Uneins ist man sich nur, welches Gift verwendet wurde. Von Arsen bis Belladonna werden alle Sorten gehandelt.«

»Nur Blausäure hat vermutlich niemand erwähnt?« fragte der Inspektor, der innerlich seine schwatzhaften Wachtmeister verfluchte und zu dem Schluß kam, in Cattminster etwas geheimzuhalten sei ungefähr genauso aussichtslos, wie eine Mädchenschule zu völligem Stillschweigen zu verpflichten.

»Blausäure!« wiederholte Hearst.

»Verstehen Sie etwas von Blausäure?«

»Ich verwende sie, um Insekten zu töten. Aber da, wo wir gewesen sind, hatte man ausreichend Gelegenheit, sich an den Geruch zu gewöhnen. Die Indianer haben es aus...

na ja...«, murmelte Charles, als er plötzlich von dem etwas gewitzteren Dolly einen Tritt vors Schienbein bekam, »...das ist sicher nicht weiter von Interesse.«

»Glauben Sie?« bemerkte der Inspektor sarkastisch. »Nun, ich halte es durchaus für möglich, daß der Coroner, der gerichtliche Leichenbeschauer, sich sehr wohl dafür interessiert.«

»Sie meinen, wir müssen bei der gerichtlichen Voruntersuchung anwesend sein und eine Aussage machen?«

»Nicht ausgeschlossen. Man wird Sie benachrichtigen, falls Sie gebraucht werden, Mr. Hearst. Soweit mir bekannt ist, befand sich Mr. Groom in Ihrer Gesellschaft, bis er das ›Three Cups‹ verließ, um sich zu Doktor Morby zu begeben. Ich nehme an, er hat nichts von dem beabsichtigten Besuch verlauten lassen?«

»Kein Sterbenswörtchen. Wir wußten gar nicht, wohin er wollte«, sagte Dolly.

»Und Sie hatten auch keinen Verdacht?«

»Wenn überhaupt, dann dachten wir eher, er wolle zu Mrs. Morby, nicht zu ihrem Gatten«, gestand Charles.

»Genau.«

»Ich glaube, wir sollten jetzt gehen, damit der Inspektor mit seinen Ermittlungen fortfahren kann«, drängte Dolly.

»Mr. Thorne hat recht«, stimmte Inspektor Yeald zu. »Und wenn ich Ihnen einen Rat geben darf, meine Herren, Reden ist Silber, Schweigen ist Gold.«

»Ich nehme Ihren Rat an, Inspektor«, sagte Dolly, »und ich werde tun, was ich kann, um auch Mr. Hearst dazu zu bewegen«, fügte er grimmig hinzu.

»Das kann ich einfach nicht glauben!« erklärte Miss Essie. »Es ist unmöglich.«

»Wenn Sarah es sagt, muß es aber wahr sein«, wandte Miss Ruth ein. »Natürlich ist alles nur ein schreckliches Mißverständnis. Jeder, der Richard kennt, weiß genau, wie albern eine solche Beschuldigung ist. Er braucht nur zu sagen ›Nein, ich habe es nicht getan‹, und man wird ihn sofort freilassen. Schon als kleiner Junge war er bei allen Ungezogenheiten immer die Aufrichtigkeit in Person. Niemand könnte an seinem Wort zweifeln.«

»Aber bei Gericht gibt man sich nicht mit dem Wort eines Gentleman zufrieden«, widersprach Miss Sarah gequält. »Dort legt man großen Wert auf Indizien.«

»Aber Indizien können doch nicht lügen.«

»Glaubst du? Man kann aber auch nicht erwarten, daß sie die Wahrheit sagen. Nein ... sie sind einfach da ... eine Reihe von Fakten, aus denen man Schlüsse ziehen kann. Ich will euch beide ja nicht noch mehr erschrecken, aber ich kann euch auch nicht in falscher Sicherheit wiegen, indem ich euch verschweige, daß Richard meiner Meinung nach in großer Gefahr schwebt.«

»Oh, es ist entsetzlich ... ganz entsetzlich», schluchzte Miss Essie. »So etwas ist in unserer Familie noch nie vorgekommen. Daß Richard wie ein gemeiner Verbrecher von der Polizei verhaftet wird, richtiggehend verhaftet wird! Wir können uns ja in der Stadt nie mehr sehen lassen.«

»Was für ein Unsinn, Essie! Du solltest dein Mitgefühl lieber für Richard aufheben, anstatt es auf dich selbst zu verschwenden.«

»Du bist immer so hart, Sarah. Oh, Olivia, wie gut, daß du tot bist und nicht mehr zu erleben brauchst, wie dein Sohn in ein gewöhnliches Gefängnis geworfen wird!«

»Wenn Olivia jetzt hier wäre«, sagte Miss Ruth, »dann hätte sie nur eines im Sinn, nämlich, wie Richard am besten zu helfen wäre. Gibt es irgend etwas, was wir tun können, Sarah?«

»Im Augenblick wohl nicht, höchstens, ja, ich glaube, wir müssen uns alle in der Stadt zeigen und uns genauso benehmen wie sonst auch. Du könntest zu Groom gehen, Ruth, und ein paar Einkäufe machen. Tu so, als wäre nichts geschehen. Ich werde Mr. Doddridges Kanzlei aufsuchen und mir einen Termin bei ihm geben lassen, um zu hören, was er uns rät.«

»Und was soll ich tun?« stöhnte Essie.

»Du wäschst dir die Tränen ab, setzt den Hut mit der Feder auf und trinkst bei Bolsom eine Tasse Kaffee. So demonstrieren wir wohl am besten, daß wir volles Vertrauen zu Richard haben und uns durch diese Wendung der Dinge nicht im geringsten beunruhigen lassen.«

Inzwischen kehrten Hearst und Thorne, die beiden jungen Männer, mit finsteren Gesichtern in ihr Domizil, das »Cups«, zurück.

»Hör mal, Dolly«, begann Hearst, der bis dahin tief in Gedanken versunken gewesen war, »wer zum Teufel könnte wohl noch behauptet haben, er sei gestern abend mit Richard zusammengewesen?«

»Wer sonst als seine drei Tanten?«

»Aber die sind doch so fromm.«

»Sie vergöttern Richard. Sie würden für ihn einen Mord begehen. Entschuldige, Charles, das war nicht gerade die glücklichste Wortwahl.«

»Verdammt anständig von ihnen. Aber es hat nichts genützt, was? Damit haben sie die Sache erst recht verpfuscht.«

»Wir haben die Sache offenbar auf der ganzen Linie verpfuscht. Du lieber Himmel, Charles, wer hätte denn gedacht, daß Dick sich so dumm anstellt?«

»Beim Henker, du glaubst doch nicht etwa, daß er es wirklich getan hat?«

»Der Teufel soll mich holen, wenn ich weiß, was ich davon halten soll. Er saß wie auf glühenden Kohlen, ehe er ging ... weißt du noch, wie er mich angefahren hat? Andererseits, so vernarrt er auch in die Dame sein mag, würde er wirklich wie ein vollkommener Idiot vorgehen? Der Junge ist doch nicht so ein Tolpatsch wie du, Charles, sei mir nicht böse. Er hat ein einigermaßen helles Köpfchen. Auch wenn er seinen Rivalen unbedingt aus dem Weg haben wollte, muß ihm doch klar gewesen sein, daß es raffiniertere Methoden gibt, als den Burschen in seinem eigenen Arbeitszimmer zu nachtschlafener Zeit mit Blausäure zu vergiften. Nur ein Irrer käme auf die Idee, auf diese Weise einen vorsätzlichen Mord zu planen.«

»Und nur ein Provinzbulle kann auf die Idee kommen, Richard auf Grund einer so lächerlichen Anschuldigung festzunehmen.«

»Ja, aber genau darin liegt die Gefahr, verstehst du? Gerade weil die Polizei nicht weiter sieht als bis zu ihrer eigenen, dicken Nasenspitze, müssen wir so verflucht vorsichtig sein. Sie halten sich an Indizien, nicht an den gesunden Menschenverstand. Mein Gott!«

»Was ist denn jetzt wieder?«

»Nun, ich wette das ganze Londoner Bankenviertel gegen eine Porzellanorange, daß sie in Dicks Medizinschrank Blausäure finden werden.«

»Solange sie nicht ein Fläschchen davon in seiner Hosentasche finden! Ich meine, wir hatten doch abgemacht, daß wir immer einen Schluck von dem Zeug bei uns tragen, für Notfälle, feindliche Indianer und so weiter. So etwas wird irgendwann zur Gewohnheit.«

»Du glaubst also, die beiden haben sich gestritten, Richard hat den Kopf verloren, der Doktor hat ihm kurz den Rücken zugekehrt, und schwuppdiwupp! raus mit dem guten, alten Fläschchen, und zum Teufel mit den Folgen?«

»Wenn du es so ausdrückst, klingt es einfach hirnverbrannt.«

»Aber der Kerl ist tot, Charles. An dieser Tatsache kommen wir nicht vorbei. Und offenbar ist er durch den Genuß von Blausäure gestorben. Das ist die zweite Tatsache. Davon ausgehend können wir unsere eigenen Schlüsse ziehen. Ich frage mich, ob nicht dieses Teufelsweib für die ganze Geschichte verantwortlich ist.«

»Aber sie lag im Bett und hat tief geschlafen. Boots sagte, das habe ihm der Bobby erzählt. Sie hatten verdammt viel Mühe, sie wachzukriegen, weil sie ein Schlafmittel genommen hatte.«

»Sie hätte das Gift in den Rum schütten können, ehe sie zu Bett ging, um dann ein Mittel zu nehmen und sich in süße Träume zu flüchten.«

»Wenn es so war, wird die Polizei es schon spitzkriegen. Sehr wahrscheinlich klingt es nicht. Wo sollte sie denn das Gift herbekommen haben?«

»Vielleicht hat sie Richard so lange bearbeitet, bis er es ihr gegeben hat.«

»Unsinn!«

»Sie könnte es auch aus der Praxis ihres Mannes stibitzt haben. Das wäre doch am einfachsten.«

»Aber Gift wird doch streng unter Verschluß gehalten.«

»Pah, kennst du eine Frau, die nicht raffiniert genug wäre, um jeden Schlüssel am Bund ihres Mannes ohne sein Wissen und seine Zustimmung benützen zu können?«

»Aber damit wäre sie ja eine Mörderin!«

»Auch Mrs. Maybrick wurde wegen Mordes verurteilt. Und was ist mit Lucrezia Borgia? Wenn du so ritterlich bist, daß du sie nicht an Richards Stelle am Galgen sehen willst, ich bin es nicht. Weißt du was, Charles, sobald wir im ›Cups‹ sind, gehe ich sofort in Richards Zimmer hinauf und sehe mich nach belastenden Indizien um. Du kannst Schmiere stehen.«

»Hör mal, wenn es irgendwie gefährlich ist, will ich aber nicht ausgeschlossen werden.«

»Du hast für einen Tag genug Schaden angerichtet, du alter Knallkopf.«

Doch als Dolly sich eine halbe Stunde später wie verabredet mit Charles traf, schüttelte er den Kopf.

»Wir sind zu spät gekommen: Das Zimmer ist abgesperrt, und die Polizei hat die Schlüssel mitgenommen. Während wir weg waren, haben sie Richards sämtliche Sachen durchsucht. Boots hat es mir erzählt.«

## 5

»Wir dürfen den Kopf nicht verlieren, meine Damen!« mahnte Mr. Doddridge. »Alles wird gut werden, solange wir nur unter keinen Umständen den Kopf verlieren.«

»Aber schließlich sind ja nicht unsere Köpfe in Gefahr«, jammerte Miss Essie, »sondern der Kopf des armen Richard.«

Mr. Doddridge trippelte in seinem Frack, die Hände auf dem Rücken verschränkt, vor dem gemauerten Kamin hin und her.

›Du selbst bist in Gefahr, vollkommen den Kopf zu verlieren, du dummer, alter Ziegenbock, nicht wir drei‹, dachte Miss Sarah ungeduldig. Sie wußte jedoch, daß sie ihn keinesfalls verärgern durfte, und so unterdrückte sie ihre spontane Entrüstung, um in vernünftigem Ton zu bemerken: »Wir wollen unbedingt erfahren, wie die gerichtliche Voruntersuchung ausgegangen ist, Mr. Doddridge.«

»Oh, da gibt es wenig zu berichten. Sie wurde in erster Linie deswegen abgehalten, damit die Witwe die Leiche offiziell identifizieren konnte.«

»Sie war da ... Mrs. Morby?«

»Ja, das arme Ding, tief verschleiert und in Begleitung ihres eigenen Arztes. Natürlich war sie völlig verstört – es war wirklich eine schwere Prüfung für eine junge Dame, die immer nur liebevoll umhegt wurde und außerdem nicht bei bester Gesundheit ist.«

»Ha! Diese Jesabel!« rief Miss Essie mit glühenden Wangen.

»Still, Essie«, flehte Miss Ruth. »Du darfst dich von deiner Liebe zu Richard nicht zu unbedachten Worten hinreißen lassen, die du später bereuen wirst. Mrs. Morby ist keine Jesabel, und wenn du sie so nennst, zeigst du nur, daß du in der Heiligen Schrift nicht genügend bewandert bist. So sehr wir uns auch um Richard ängstigen mögen, sie hat ebensoviel Anspruch auf unser Mitgefühl wie jede andere Frau, die ihren Gatten verloren hat, vielleicht sogar noch mehr, nachdem er unter so tragischen Umständen von ihr gegangen ist.«

»War Richard auch da?« wollte Miss Sarah wissen.

»Nein, ich habe ihn vertreten. Die Sache dauerte übrigens nicht lange. Wir waren nur knapp eine Stunde im Gerichtssaal, und am Ende vertagte der Coroner die Voruntersuchung auf nächsten Freitag. Dieser Aufschub ist erforderlich, um der Polizei Gelegenheit zu geben, den Fall vorzubereiten.«

»Inzwischen wird aber wohl das Begräbnis des Doktors stattfinden?«

»Ja, ja, das nehme ich an; sobald die Ergebnisse der Autopsie vorliegen.«

»Aber ich dachte, es sei bereits erwiesen, daß Doktor Morby an Vergiftung durch Blausäure gestorben ist.«

»Meine Gnädigste, eine oberflächliche medizinische Untersuchung, die sich lediglich auf das Aussehen des Verstorbenen stützt, wird in unserer Zeit, in der man so großen Wert auf wissenschaftliche Genauigkeit legt, nicht länger als ausreichend erachtet. Jedes Organ des Körpers muß entfernt und aufs eingehendste analysiert werden: Magen, Milz, Herz, Lungen, Leber, Nieren, Eingeweide...«

Wer weiß, wie lange der alte Herr diese hübsche Aufzählung noch fortgesetzt hätte, wäre er nicht dadurch unterbrochen worden, daß Miss Essie totenbleich wurde und besinnungslos auf das Sofa sank.

»Ach du meine Güte, ach du meine Güte, ach du meine Güte!« murmelte Mr. Doddridge voll Entsetzen über das Unheil, das er nichtsahnend angerichtet hatte.

»Deshalb brauchen Sie sich weiter keine Sorgen zu machen«, beruhigte Miss Ruth ihn freundlich. »Sie wird sich schnell erholen. Sehen Sie, sie kommt bereits wieder zu sich.«

»Wo bin ich?« fragte Miss Essie und schlug die Augen auf. »Wo bin ich?«

»Du bist im Salon. Und jetzt gehst du mit mir nach oben in dein Schlafzimmer. Komm, meine Liebe, stütze dich auf mich. Sie werden uns sicher entschuldigen, Mr. Doddridge.«

»Gewiß, gewiß. Das war nun ganz und gar nicht meine Absicht. Bitte gestatten Sie mir, Ihnen behilflich zu sein.«

»Wenn Sie nur so freundlich wären, die Tür zu öffnen. Dann kommen wir sehr gut zurecht.«

»Ach du meine Güte, ach du meine Güte, ach du meine Güte!« wiederholte Mr. Doddridge, als er die Tür hinter den beiden Damen wieder geschlossen hatte.

»Es besteht überhaupt kein Grund zur Beunruhigung«,

erklärte Miss Sarah gelassen. »Die Ohnmacht meiner Schwester ist eher auf ihre eigene Eitelkeit als auf Ihren realistischen Katalog zurückzuführen. Sie läßt sich nicht davon abbringen, sich so eng zu schnüren, daß jedenfalls ich es für gesundheitsschädlich halte. Im übrigen bin ich froh, daß die beiden fort sind. Jetzt können wir zur Sache kommen, ohne ein Blatt vor den Mund nehmen zu müssen. Ich möchte genau von ihnen wissen, wie es um Richard steht. Was ist der nächste Schritt in dieser schrecklichen Geschichte?«

»Zunächst steht uns die Wiederaufnahme der Voruntersuchung bevor. Dabei wird man auch Zeugen befragen, aber ich glaube nicht, daß man Richard aufrufen wird. Es gibt da eine bemerkenswerte Bestimmung, hm, in der Tat sehr bemerkenswert. Befindet sich nämlich eine vom Coroner aufgerufene Person bereits in Gewahrsam, so wird die Erste Kammer des Obersten Zivilgerichts... aber, t-t-t, das ist für Sie gewiß nicht von Interesse. Sie sollten lediglich wissen, daß ich Mr. Arthur Hardwick als Richards Verteidiger gewonnen habe, einen Herrn, der uns beiden wohlbekannt ist. Mehr können wir nicht tun, solange wir nicht wissen, wie die Geschworenen bei der Voruntersuchung entscheiden. Sollte Richard aufgrund ihres Spruchs eines Verbrechens, nämlich des Mordes an Doktor Morby angeklagt werden, so wird der Coroner den Fall zur Verhandlung an das nächste Assisengericht* verweisen.«

Er starrte Miss Sarah ängstlich an und fragte: »Soll ich

* periodisch in den einzelnen Grafschaften tagendes Geschworenengericht.

nach Ihrer Zofe läuten oder benötigen Sie vielleicht Ihr Riechsalz?«

»Nein, vielen Dank. Ich will nicht so tun, als ließe mich dies alles völlig ungerührt, aber ich versichere Ihnen, ich bin durchaus in der Lage, mir anzuhören, was Sie mir zu sagen haben, ohne gleich einen hysterischen Anfall zu bekommen. Ich muß sogar ganz genau wissen, wie die Dinge stehen, um an meine Schwestern so viel davon weitergeben zu können, wie ich für angebracht halte, und dazu müssen Sie meiner Unwissenheit in juristischen Dingen in gewissem Rahmen abhelfen. Ich hatte bisher noch keine Gelegenheit, Erfahrungen mit den Verflechtungen des Rechtswesens zu sammeln.«

»Meine liebe Miss Sarah, dessen bin ich mir doch voll und ganz bewußt, und es betrübt mich über alle Maßen, daß gerade Ihre Familie von einem solchen Schlag getroffen wurde.«

Sie neigte dankend den Kopf. »Nun wollen wir versuchen, uns Klarheit zu verschaffen. Wenn Richard an das Assisengericht verwiesen wird ... dabei handelt es sich um das Assisengericht von Cattminster, nehme ich an?«

»Ja, es sei den, er stellt den Antrag, den Fall anderswo verhandeln zu lassen, aber dafür sehe ich keinen Grund. Das geschieht nur, wenn die Bevölkerung an einem Ort über den Angeklagten sehr aufgebracht ist.«

»Niemand, der Richard kennt, kann etwas gegen ihn haben. Er hat eine ganze Schar von Freunden in der Stadt, reiche und arme. Und was unsere Familie angeht, so genießt sie in Cattminster seit Generationen allgemein Respekt.«

»Ja, gewiß, das alles wird niemand bestreiten.«

»Wenn Richard nun an die Assisen von Cattminster verwiesen wird, was Gott verhüten möge, bedeutet das, daß er nicht vor den Friedensrichter kommt?«

»Nein, er würde auch vor den Friedensrichter kommen, und dabei würde man die Aussagen der Zeugen protokollieren und signieren lassen. Wenn der Richter zu dem Schluß käme, die Beweise reichten aus, um ihn vor ein Geschworenengericht zu stellen, dann würde man offiziell Anklage erheben.«

»Aber das kommt mir so vor, als würde man etwas zweimal tun, wenn doch einmal schon genügte.«

»So will es das Gesetz«, verkündete Mr. Doddridge würdevoll.

»Ich verstehe. Und wenn Richard vor den Friedensrichter kommt, wer wird ihn dann vertreten?«

»Dann läge die Sache immer noch in den ... äußerst fähigen ... Händen meines gelehrten Freundes Hardwick. Er würde sich wahrscheinlich die Verteidigung vorbehalten.«

»Aber Mr. Hardwick ist doch nur hier am Ort bekannt. Er genießt keinen landesweiten Ruf. Er ist kein großer Advokat. Mr. Doddridge, wenn Richard wirklich der Prozeß gemacht wird, dürfen keine Kosten gescheut werden, darauf bestehe ich. Die Firma Groom kann die nötigen Mittel durchaus aufbringen, und selbst wenn Richard sich nicht dazu äußern sollte, muß alles Erforderliche geschehen.«

»Natürlich, natürlich, in dieser Hinsicht brauchen Sie nichts zu befürchten.«

»Und Sie werden auch nicht zu lange zögern, nicht daß etwa schon bestehende Verpflichtungen einen wirklich bedeutenden Mann daran hindern, sich unserer Sache anzunehmen?«

»Die Sache läuft bereits, und sollte dieser Fall eintreten, so werden wir Mr. Hardwick als Juniorpartner beibehalten. Aber ich bin guter Hoffnung, daß sich diese Vorsichtsmaßnahmen als überflüssig erweisen werden. Vielleicht sind gar nicht genügend Beweise vorhanden, um eine Mordanklage gegen Richard zu rechtfertigen, und dann wird man ihn bald freilassen.«

»Aber damit wäre er doch nicht rehabilitiert. Das klingt ja fast so, als hielten Sie ihn für schuldig!«

»Mein liebes, gnädiges Fräulein, kein Anwalt hält seinen Klienten für schuldig, solange der noch seine Unschuld beteuert.«

»Dann tut er das also? Dem Himmel sei Dank dafür!«

»Haben *Sie* ihn denn für schuldig gehalten?«

»Was für ein Gedanke! Nein, ich dachte nur, irgendeine falsche Vorstellung von Ritterlichkeit könnte ihm vielleicht die Lippen versiegeln.«

»Irgendeine falsche Vorstellung hat ihm tatsächlich die Lippen versiegelt ... aber ob es Ritterlichkeit war, vermag ich nicht zu entscheiden«, bemerkte Mr. Doddridge und zupfte gereizt an seinem Spitzbart. »Der törichte Junge will nicht mit der Sprache heraus, und ich bin mit meiner Weisheit am Ende und weiß nicht mehr, was ich noch anfangen soll. Ohne Stroh kann niemand Ziegel machen, und das hat Hardwick auch Richard ganz deutlich zu verstehen gegeben. Unser Mandant will uns nicht einmal den Grund für seine Meinungsverschiedenheit mit dem Doktor nennen. Ich möchte Sie nicht unnötig beunruhigen, Miss Sarah, aber die Lage ist heikel, wirklich sehr, sehr heikel.«

»Wenn Doktor Morby durch den Genuß von Rum vergiftet wurde, sehe ich keinen Grund, warum mein Neffe als einziger unter Verdacht stehen sollte, selbst wenn die beiden Männer zum fraglichen Zeitpunkt zusammen waren. Gewiß hätte doch jedes Mitglied des Haushalts das Gift schon früher in die Rumflasche schütten können?«

Der Anwalt kratzte sich hinter einem Ohr.

»Es war eine Karaffe, keine Flasche, um genau zu sein, und in der Karaffe wurde keine Spur von Gift gefunden. Sie wurde sofort von der Polizei beschlagnahmt, verplombt und später im Labor untersucht. Die Giftreste befanden sich im Glas, eine mikroskopisch kleine Menge, aber schließlich genügt bereits ein Bruchteil eines Gramms, um den Tod herbeizuführen. Daraus folgert man, daß Richard die Gelegenheit nützte, als der Doktor in die Praxis zu seinem Besucher gerufen wurde, um dem bereits im Glas befindlichen Rum eine kleine Menge Blausäure hinzuzufügen.«

»Unmöglich!«

»Gewiß, gewiß. Sie haben sicher bemerkt, daß ich das Wort ›folgern‹ verwendet habe.«

»Hatte Richard mit dem Doktor getrunken?«

»Er erklärt, er habe einen oder zwei Schluck Brandy zu sich genommen, und das wird durch das Vorhandensein des zweiten Glases bestätigt. Ob Richard tatsächlich sah, wie sein Gastgeber den vergifteten Rum trank oder nicht, und er sagt nein, ist eigentlich kaum von Bedeutung. Wir wollen es dabei belassen, daß er getrunken wurde und daß der Doktor unmittelbar darauf sein Leben aushauchte. Murch, die Zofe, sagte aus, sie sei höchstens eine Viertelstunde, nachdem sie und die Köchin die Vordertür hatten zuschlagen hören, hinaufgegangen, um abzuschließen und das Tablett wegzuräumen, und dabei habe sie ihren Herrn tot aufgefunden.«

»Wäre es nicht möglich, daß der Doktor infolge einer Auseinandersetzung mit meinem Neffen beschloß, sich selbst das Leben zu nehmen?«

»Unter uns gesagt, meine Liebe, der Doktor war kein Mensch, den die Meinung anderer besonders berührt hätte, und daher ist es äußerst unwahrscheinlich, daß er sich selbst getötet haben soll, weil ihn jemand nicht gerade bewunderte.«

»Angenommen... und dies ist wirklich reine Spekulation, Hester... Mrs. Morby hätte beschlossen, Richards wegen ihren Gemahl zu verlassen? Ich weiß, daß Richard vorhatte, sie an jenem Nachmittag zu besuchen. Er hat es mir selbst erzählt, und ich habe sogar noch versucht, ihn davon abzubringen.«

»Dann ist es wirklich ein Jammer, daß er nicht auf Sie gehört hat. Daß ein solches Gespräch stattfand, ist uns nicht unbekannt, doch was seinen Inhalt angeht, was sich bei dieser Gelegenheit zwischen den beiden Beteiligten abgespielt hat, darüber schweigt Richard wie ein Grab, und die Dame hat sich bisher geweigert, sich dazu zu äußern. Bei der Wiederaufnahme der Voruntersuchung wird man sie wohl zwingen, damit herauszurücken, und vielleicht löst das auch Master Richard die Zunge.«

»Sie glauben also, Mr. Doddridge, wenn so etwas der Fall gewesen wäre und Richard, wie es sich für einen Ehrenmann gehört, den Doktor aufgesucht hätte, um ihm seine Absichten mitzuteilen ...«

»Einen Mann, der die Absicht hat, mit der Frau eines anderen durchzubrennen, kann man gewiß nicht als Ehrenmann bezeichnen!«

»Nun, dann einigen wir uns darauf, daß er nicht allzu ehrlos handeln wollte. Glauben Sie, das hätte genügen können, um den Doktor in den Selbstmord zu treiben, nachdem Richard gegangen war?«

»Wer mag das beurteilen? Doch wenn ich den Charakter des Doktors nicht völlig falsch einschätze, so scheint es mir selbst unter dieser Voraussetzung, die ja, wie ich Sie erinnern muß, reine Spekulation ist, nicht sehr wahrscheinlich. Man braucht gar nicht weit zu gehen, um etwas zu finden, was dagegen spricht. Der Doktor würde wohl kaum ein Fläschchen mit Gift in seiner Westentasche mit sich herumtragen.«

»Er hat während des Gesprächs, als er bereits sehr erregt war, die Praxis aufgesucht.«

»Aber dort wurde er von James Griffiths beobachtet, einem zuverlässigen Mann, mit dem ich mich persönlich unterhalten habe. Offenbar gab es keinerlei ungewöhnliche Verzögerung, seine Transaktion mit dem Arzt war innerhalb von wenigen Minuten erledigt.«

»Trotzdem hatte Morby vor seiner Rückkehr ins Arbeitszimmer Gelegenheit, das Gift an sich zu nehmen.«

Der Anwalt zuckte skeptisch die Achseln. »Wir werden das alles untersuchen, liebes gnädiges Fräulein, verlassen Sie sich darauf. Wir werden uns alle erdenkliche Mühe geben, so viele Hasen aufzuscheuchen, wie nur möglich.«

»Und was halten Sie von folgender Möglichkeit? Wenn nun der Doktor derjenige gewesen wäre, der Richards Tod herbeiführen wollte, und zu diesem Zweck Gift in eines der Gläser gegeben hätte? Sie sagen ja selbst, es sei nur eine winzige Menge erforderlich, und obwohl ich nichts von Blausäure verstehe, könnte ich mir denken, daß ein Bruchteil eines Gramms auf dem Boden eines Glases wohl kaum auffallen würde. In der Hitze des Gefechts werden die Gläser vertauscht, der Doktor greift versehentlich nach dem falschen, er gibt Richard den harmlosen Brandy und erhält selbst das Gift.«

»Meine liebe Miss Sarah, Sie setzen mich in Erstaunen! Ihr Einfallsreichtum ist wirklich bewundernswert. Sie würden einen erstklassigen Detektiv abgeben, mein Wort darauf. Ich hege den Verdacht, Sie haben in den Abenteuern des Mr. Sherlock Holmes geschmökert.«

»Sie brauchen sich gar nicht über mich lustig zu machen. Ich meine es völlig ernst.«

»Dann werde ich mir ein Beispiel an Ihnen nehmen. Ehe wir einer der von Ihnen aufgestellten Hypothesen nachgehen, müssen wir entscheiden, ob es überhaupt ratsam ist zu betonen, daß Richard dieser Dame weiterhin seine Aufmerksamkeit gewidmet hat. Schließlich war sie eine verheiratete Frau, und alles, was Richard in der Rolle des Verführers erscheinen lassen könnte, muß unbedingt vermieden werden. Geschworene neigen dazu, einen Verstoß gegen die Moral als ausreichend anzusehen, um jemanden eines Verbrechens schuldig zu sprechen. Sie brauchen nur an Liverpool zu denken … Mrs. Florence Maybrick wurde deshalb verurteilt.«

»Aber ich bin überzeugt, daß in dieser Hinsicht nichts vorgefallen ist, dessen Richard sich zu schämen hätte.«

»Und doch gründen die Theorien, die Sie mir eben vorgetragen haben, auf der Annahme, Richard wollte Mrs. Hester Morby dazu verleiten, ihre ehelichen Pflichten zu vergessen.«

Damit war Miss Sarah erst einmal der Wind aus den Segeln genommen. Ganz unerwünscht und ohne Vorwarnung schoß ihr eine Äußerung Richards am Abend der Dinnerparty durch den Kopf.

›Ich empfinde nichts mehr für sie, höchstens eine ganz unverbindliche Zuneigung, wie etwa für eine entfernt lebende Cousine.‹

Vermutlich waren ihr die Worte nur deshalb im Gedächtnis geblieben, weil der Vergleich sie damals eher verblüfft hatte. Richard hatte nämlich gar keine Cousinen, sie selbst dagegen hatten eine ganze Menge, und deshalb verstand sie ganz genau, was er damit meinte: ein freundschaftliches, aber oberflächliches Verhältnis.

Bei diesem nachmittäglichen Treffen mit Hester hätte schon etwas sehr Gewichtiges vorfallen müssen, um die Erklärungen zu stützen, die Richards Tante für den Mord vorgebracht hatte. Aber warum hatte Richard am nächsten Abend den Arzt besucht, und worüber hatten die beiden gestritten? Miss Sarah hatte das Gefühl, zwischen zwei widersprüchlichen Tatsachen in der Falle zu sitzen, die beide so gut fundiert waren wie die Mauern eines Gefängnisses.

Sie wartete, bis ihr Atem wieder ruhiger ging, dann fragte sie:

»Ist es möglich, daß ich mit Richard sprechen kann?«

»Hm, äh, nun ja ... da Sie seine nächste Verwandte sind, sollte es sich einrichten lassen. Allerdings, und bitte, verstehen Sie mich jetzt nicht falsch, Richard möchte es im Augenblick nicht. Er hat sich selbst dahingehend geäußert, und ich glaube nicht, daß es ratsam wäre, gegen seinen Willen zu handeln. Es ist ohnehin so verteufelt schwierig, mit ihm umzugehen, daß ich die Situation nicht noch verschärfen möchte.«

»Aber ich sehe keinen Grund, warum wir nicht der Voruntersuchung beiwohnen sollten, wenn sie wieder aufgenommen wird.«

»Ich kann Sie nicht daran hindern, wenn Sie das unbedingt wollen, aber ich bitte Sie zu bedenken, wieviel öffentliches Aufsehen damit verbunden wäre. Die Belastung für Sie wäre sehr groß, und der Coroner wäre gewiß auch nicht besonders davon angetan, wenn in seinem Gerichtssaal Damen in Ohnmacht fielen.«

»Falls Essie mitkommt, werde ich dafür sorgen, daß sie nicht in Ohnmacht fällt«, erklärte Miss Sarah kategorisch. »Sie brauchen nicht zu befürchten, daß Richard sich für seine Tanten schämen muß. Aber ich finde, wir sollten dabei sein. Heute bereue ich es, daß wir den letzten Termin versäumt haben. Zumindest wird er dann wissen, daß wir fest hinter ihm stehen, und die Stadtbevölkerung weiß es ebenfalls.«

Mr. Doddridge fuhr sich mit Daumen und Zeigefinger von oben bis unten durch seinen Bart, womit er sein Mißfallen so deutlich zum Ausdruck brachte, daß Miss Sarah in hellen Zorn geriet.

»Oh!« rief sie und stampfte wütend mit dem Fuß auf. »Sie haben ja keine Ahnung, was Richard uns bedeutet! Er ist Olivias Sohn, und wir sind drei alte Jungfern, die nie eigene Kinder hatten. Als ihm dieses dumme Ding fast das Herz gebrochen hätte und die Leute wegen ihrer Treulosigkeit zu klatschen anfingen, hätten wir sie am liebsten erwürgt. Nur ihretwegen hat er seine Heimat verlassen und sich mehr als zwei Jahre lang in der Wildnis herumgetrieben, und die ganze Zeit über haben wir wie in einem finsteren Tal gelebt, ständig der Nachricht gewärtig, daß ein Unglück die Expedition getroffen habe, daß Richard im Sterben liege oder bereits tot sei. Dann endlich kündigte er uns seine Rückkehr an. Sie werden nie begreifen können, was wir empfunden haben, nicht etwa, weil die Expedition ein Erfolg war, weil man so viel Wesens um die drei jungen Männer machte und sie überall feierte, sondern einfach, weil Richard wieder da war, weil unser Leben wieder einen Sinn hatte. Und nun« – sie breitete hilflos die Arme aus – »dies!«

Mr. Doddridge besaß immerhin so viel Anstand, verlegen zu Boden zu blicken.

»Zur Verzweiflung besteht wahrhaftig kein Grund. Wir stehen erst am Anfang, und nicht alles, was wir eben besprochen haben, muß auch zwangsläufig eintreten. Das stärkste Argument zu Richards Verteidigung sollte nicht das fehlende Motiv oder die fehlende Gelegenheit sein, sondern das fehlende Mittel. Solange sich niemand meldet und aussagt, er habe Blausäure gekauft oder sonstwie in seinen Besitz gebracht, ist unsere Position ziemlich unangreifbar. Beten wir zu Gott, daß das niemals geschieht.«

Miss Sarahs Augen weiteten sich erschrocken, und ihr Mund klappte auf. Sie mußte ihre ganze Willenskraft aufbieten, um ihre Züge wieder unter Kontrolle zu bekommen, und dann konzentrierte sie sich mit allen Fasern ihres Wesens darauf, den ältlichen Anwalt ohne weiteren Aufschub aus dem Haus zu geleiten.

Kaum hatte sie ihre Selbstbeherrschung wiedergefunden, als ihr ein zweiter Besucher gemeldet wurde. Zuerst wollte sie Green schon auftragen, sie sei nicht zu Hause, doch dann entschied sie, sie könne Charles Hearst nicht abweisen, auch wenn sie keine Lust auf seine Gesellschaft verspürte, und ließ ihn in den Salon führen. Inzwischen kam auch Miss Ruth die Treppe herunter. Sie hatte Miss Essie bei einem Stapel Modezeitschriften zurückgelassen, ein Wundermittel, das sie immer wieder aufrichtete.

»Komm doch mit, Ruthie, Mr. Hearst ist da«, flüsterte ihre Schwester. »Ich bin nicht gewohnt, so viel Herrenbesuch zu empfangen, und ich brauche dringend deine Unterstützung.«

»Ich unterhalte mich sehr gern mit Mr. Hearst. Ich konnte ihn immer besonders gut leiden, er ist so ein kräftiger, zuverlässiger Junge. Außerdem bringt er vielleicht Neuigkeiten von Richard. Wie bist du mit Mr. Doddridge zurechtgekommen, nachdem wir euch allein gelassen hatten?«

»Davon erzähle ich dir später.« Sie öffnete die Tür zum

Salon. »Oh, guten Tag, Mr. Hearst. Sie erinnern sich doch sicher an meine Schwester Ruth?«

»O ja, gewiß.« Charles schüttelte den beiden Damen die Hand, wobei er mit seiner Pranke so fest zudrückte, daß nur wie durch ein Wunder keiner der zarten Knochen gebrochen wurde.

»Wir hatten bisher noch keine Gelegenheit, Ihnen persönlich zu dem großartigen Erfolg Ihrer Expedition zu gratulieren«, sagte Miss Ruth und rieb sich nachdenklich die Finger.

»Ach, nach allem, was inzwischen geschehen ist, hat das keinerlei Bedeutung mehr. Miss Donkin ... Miss Ruth ... Sie haben gewiß erraten, was mich hierhergeführt hat. Es geht um Richard. Dolly und ich sind schon ganz verzweifelt, weil wir nicht wissen, was wir für ihn tun können. Niemand sagt uns, was eigentlich vorgeht, und obwohl wir uns bei der gerichtlichen Voruntersuchung in den Zuschauerraum gedrängt haben, waren wir hinterher auch nicht klüger. Wir dachten, vielmehr ich dachte, daß Sie als Richards Tanten vielleicht mehr Informationen hätten und mir sagen könnten, wie man dem armen Burschen helfen soll. Es muß doch etwas geben, was man unternehmen kann?«

»Daß Sie an seine Unschuld glauben, ist an sich schon eine Hilfe«, behauptete Miss Ruth.

Damit hatte sie Charles ein wenig aus dem Konzept gebracht. Er war nämlich gar nicht so überzeugt von Richards Unschuld, sicher war er sich nur seiner unverbrüchlichen Loyalität zu seinem Freund, unter allen Umständen, Mord eingeschlossen.

»Dolly und ich haben zwei Jahre lang unter härtesten Bedingungen mit Richard zusammengelebt«, erklärte er verlegen. »Ich glaube, es ist nicht übertrieben, wenn ich sage, daß jeder von uns sein Leben für ihn hingeben würde, falls sich das als nötig erweisen sollte.«

»Mr. Doddridge – unser Familienanwalt – Sie kennen ihn sicher – war eben hier«, sagte Miss Sarah. »Aber er wußte eigentlich nichts Neues zu berichten; nur den Termin für die Wiederaufnahme der Voruntersuchung, der schließlich kein Geheimnis ist und den Sie, wenn Sie beim erstenmal anwesend waren, sicher bereits kennen. Ich glaube, wir werden erst dann genau wissen, wo wir stehen, wenn diese Untersuchung abgeschlossen ist. Meine Schwestern und ich wollen daran teilnehmen, und deshalb werden wir uns vermutlich im Gerichtssaal wiedersehen.«

»Das nenne ich verd – ausnehmend schneidig, Miss Sarah.«

»Ganz und gar nicht. Wir betrachten es als unsere Pflicht, aber auch als eine Ehre. Im Moment vertritt Mr. Arthur Hardwick Richards Interessen. Sollte ... sollte die Sache noch weitergehen, so wird Mr. Doddridge dafür sorgen, daß Richard von einem wirklich großen Mann verteidigt wird. Ich halte es im Augenblick freilich nicht für angebracht, Namen zu nennen.«

Bis zu diesem Augenblick hatte Miss Sarah in ganz normalem Tonfall gesprochen, doch plötzlich schien ihre Entschlossenheit ins Wanken zu geraten, und sie zeigte Anzeichen starker Erregung. Sie schniefte hörbar und fuhr dann mit stockender Stimme fort: »Verzeihen Sie, Mr. Hearst. In solchen Zeiten liegen die Gefühle gefährlich dicht an der Oberfläche. Wenn ich Sie so freundschaftlich von Richard sprechen höre, dann könnte ich... ich... Ruth, wärst du wohl so nett, mir ein frisches Taschentuch aus meinem Zimmer zu holen? Ich kann das meine im Moment nicht finden.«

»Nehmen Sie meins«, bot Charles an und zog ein Stück Stoff von der Größe eines Kissenbezugs aus der Tasche.

»Nein, nein. Ruth wird mir eins holen. In der rechten Schublade meines Toilettentisches, Ruth.«

Sobald ihre Schwester das Zimmer verlassen hatte, erlangte Miss Sarah mit wunderbarer Schnelligkeit ihre Fassung wieder und sagte schnell: »Verzeihen Sie den kleinen Schwindel, Mr. Hearst, aber mir fiel eben ein, daß ich unter vier Augen mit Ihnen sprechen muß. Mr. Hearst, ich brauche Ihre Hilfe in einer ganz praktischen Sache.«

»Ich stehe zu Diensten.«

»Ich bin absolut sicher, daß Richard kein Mörder ist. Eine solche Tat und schon gar auf diese Weise ist, Gott sei Dank, seinem Charakter vollkommen fremd. Aber es hat keinen Sinn, die Augen vor den Tatsachen zu verschließen. Ich wäre töricht, würde ich nicht begreifen, wie erschrekkend groß die Möglichkeit ist, daß man ihn dieses Verbrechens bezichtigt. Ich fürchte, die größte Gefahr liegt darin, daß er wahrscheinlich ein gewisses Quantum dieses speziellen Gifts in seinem Besitz hatte. Im Gespräch mit uns erwähnte er, Blausäure sei in erheblichen Mengen in einer Pflanze enthalten, die von den Indianern als Nahrungsmittel verwendet wird. Weiter hat er nichts gesagt, aber ich dachte mir, daß Sie ja von Ihrer Reise verschiedene Proben der dortigen Flora und Fauna mitgebracht hatten und daß sich darunter durchaus auch diese Pflanze oder, schlimmer noch, das daraus gewonnene Destillat befinden könnte. Da Sie alle drei im Hotel wohnen, habe ich mir daraufhin überlegt, ob, ob ... kurz gesagt, Sie müßten doch wissen, wo etwas dergleichen ... falls es existiert ... aufbewahrt würde, und könnten es an sich nehmen?«

Charles schüttelte bedrückt den Kopf.

»Das war das erste, woran Dolly und ich dachten. Aber wir waren nicht schnell genug. Richards Zimmer wurde am gleichen Vormittag, an dem er in Haft genommen wurde, von der Polizei durchsucht. Was immer sich dort befand, ist verschwunden.«

»Sagen Sie mir ganz offen ... muß man davon ausgehen, daß etwas da war?«

»Ich weiß, daß Richard ein Fläschchen von dem Zeug hatte«, gestand Charles verzweifelt. »Wir trugen alle drei Gift bei uns. Wie Sie schon vermutet hatten, ist es leicht zu beschaffen. Ich möchte Sie ja nicht erschrecken, Miss Sarah, aber bei einem solchen Unternehmen gibt es Momente, wo es ratsam ist, ein Mittel zur Hand zu haben, um sich nach eigenem Ermessen einen schnellen Abgang zu verschaffen. Primitive Völker haben manchmal sehr eigenartige Stammesbräuche. Natürlich hätten wir nur in einem Notfall davon Gebrauch gemacht.«

»Ich muß mich noch einmal mit Doddridge in Verbindung setzen und ihn darüber informieren. Er schwelgt momentan noch in seliger Unwissenheit und muß aus diesem Zustand aufgeschreckt werden.«

»Aber Richard wird sich doch seinem Anwalt anvertraut haben?«

»Richard benimmt sich sehr merkwürdig. Man bekommt nichts aus ihm heraus. Ich bin überzeugt davon, daß er Hester Morby schützen will und erst sprechen wird, wenn er ihre Aussage bei der Voruntersuchung gehört hat. Offenbar hat er keine Ahnung, wie ernst seine Lage ist. Ich habe schreckliche Angst, daß er so lange zögern wird, bis es zu spät ist.«

»Können Sie ihn denn nicht dazu bewegen, den Mund aufzumachen?«

»Er will mich nicht sehen, und wie kann ich gegen seinen Willen handeln?«

»Die Sache ist verteufelt peinlich. Dolly und ich haben natürlich erst recht keine Chance, zu ihm vorzudringen, da wir nicht mit ihm verwandt sind. Wenn ich nur an dieses verflixte Mädchen herankäme! Glauben Sie, es hätte einen Sinn, ihr einen Besuch abzustatten? Hätte ein Appell an ihr besseres Ich eventuell Aussicht auf Erfolg?«

»Ich glaube nicht, daß sie ein besseres Ich hat«, erklärte Miss Sarah kalt.

Plötzlich stieg ein gewaltiger Zorn in ihr auf, nicht zu vergleichen mit dem kindischen Trotz, dem sie in Gegenwart des Anwalts freien Lauf gelassen hatte. Wie eine glühende Woge überflutete er ihren ganzen Körper, ohne daß sie hätte sagen können, ob er in ihrem Kopf oder in ihren Eingeweiden entstanden war. Es war ein beschämendes Gefühl.

Sogar der phlegmatische Charles spürte ihre Erregung, und er sagte beklommen: »Sie hat Ihnen und Ihren Schwestern viel angetan.«

»Gott möge mir verzeihen, aber ich hasse sie«, preßte

Miss Sarah mit heiserer Stimme hervor, und das Schrecklichste daran war, daß es stimmte. Sie räusperte sich und fuhr fort: »Glauben Sie bitte nicht, daß wir Ihnen und Mr. Thorne nicht dankbar wären. Richard hat keinen Anlaß, sich über seine Freunde zu beklagen.«

»Er kann sich voll und ganz auf uns verlassen, Miss Sarah«, erklärte Charles nachdrücklich und schüttelte ihr die Hand.

»Davon bin ich überzeugt. Ich werde Sie sofort benachrichtigen, wenn ich etwas Neues erfahre.«

Sie führte ihn selbst hinaus, und als sie sich an der Eingangstür umdrehte, sah sie Miss Ruth, zum Ausgehen gekleidet, die Treppe herunterkommen.

»Ist der nette, verläßliche Charles gegangen?«

»Ja, gerade eben.«

»Ich will nur in die Kathedrale, um für Richard zu beten«, erklärte Miss Ruth, ohne mit einem Wort auf den Auftrag einzugehen, zu dem man sie weggeschickt hatte.

»Großartig, großartig!« lobte Miss Sarah.

Als die Tür hinter ihrer Schwester ins Schloß fiel, kehrte sie so gedankenverloren wie eine Schlafwandlerin in den Salon zurück und setzte sich steif in einen Ohrensessel. Noch ehe eine Minute vergangen war, begann sie, wie im Fieber am ganzen Leibe zu zittern. Ein letzter Schauer beendete den Anfall, ihr finsterer Zorn verflog, und sie war nur noch ein klägliches Häufchen Elend. Nun kam das angeblich unauffindbare Taschentuch zum Vorschein, und sie war froh, ohne Zeugen die Tränen vergießen zu können, die sie vor kurzem noch als Vorwand benützt hatte.

# 6

Da seht ihr«, rief Miss Essie triumphierend, »ich war entschlossen, nicht in Ohnmacht zu fallen, und deshalb bin ich auch nicht in Ohnmacht gefallen, nicht einmal, als das Urteil gesprochen wurde.«

Miss Sarah spürte, wie ihr die Kehle eng wurde, aber Miss Ruth sagte sanft: »Ich finde, du hast dich sehr gut gehalten, Essie.«

»Ich habe es genauso gemacht, wie du gesagt hast, Ruth. Sobald Hester Morby in den Zeugenstand trat, habe ich mir von Kopf bis Fuß jedes Stück angesehen, das sie trug. Schwarz steht ihr, meint ihr nicht auch? Ich möchte nur wissen, wo sie ihre Trauerkleidung gekauft hat. Sie wird doch wohl nicht so geschmacklos gewesen sein, sie in Grooms Warenhaus zu bestellen?«

»Dafür waren die Sachen zu gut geschnitten«, bemerkte Sarah boshaft.

»Ich fand, sie sah schrecklich angegriffen aus«, sagte Miss Ruth. »Als der Leichenbeschauer ihr anbot, sie könne sich setzen, um ihre Aussage zu machen, hat mich das gar nicht überrascht.«

»Aber sie wollte nicht!« rief Essie. »So etwas von Unverfrorenheit. Sie hat sich für ihre frechen Lügen kein bißchen geschämt. O nein, ganz im Gegenteil. Sie wollte stehen, damit jeder sie hören konnte, auch die Leute, die ganz hinten saßen.«

»Ich glaube, so viele Menschen waren noch nie in diesem Saal«, seufzte Miss Ruth. »Ich habe nur einen kurzen Blick auf die Menge geworfen, ehe wir unsere Plätze einnahmen, und danach konnte ich mich natürlich nicht mehr umdrehen. Hast du bemerkt, ob Mr. Hearst und Mr. Thorne gekommen waren, Sarah?«

»Ich glaube, sie standen direkt hinter uns. Es war sehr freundlich von Tom Yeald, uns Plätze zu reservieren.«

»Tom ist ein braver Bursche, und er hängt sehr an dir.«

»Das hat *sie* auch gesagt«, verkündete Miss Essie. »Sie hat gesagt, sie und der Doktor hätten sehr aneinander gehangen. Ich hätte mich beinahe verschluckt. Jedermann weiß doch, daß sie ständig auf Kriegsfuß standen.«

»Pst, Essie. Du darfst nicht auf das Gerede der Leute achten. Nur diejenigen, die mit Hester und ihrem Gatten im gleichen Haus lebten, können wirklich darüber urteilen, und sowohl Murch als auch Betsy Jones, die Köchin, haben beteuert, daß das Ehepaar Morby in schöner Eintracht zusammenlebte.«

»Diese Murch würde doch alles sagen, um sich bei Hester lieb Kind zu machen, und Betsy Jones müßte man schon erst ein blaues Auge schlagen, um sie davon zu überzeugen, daß zwei Leute sich in den Haaren liegen.«

»Findest du es hier nicht auch kalt, Ruth, nach dem überheizten Gerichtssaal?« fragte Miss Sarah fröstelnd.

»Wißt ihr, was ich dachte?« fuhr Essie dazwischen. »Ich dachte, der alte Ofen fliegt in die Luft und befördert uns alle ins Jenseits. Er war rotglühend.«

»Ich nehme an, der alte Mr. Samuelson friert sehr leicht. Er muß doch auf die achtzig zugehen.«

»Jedenfalls ist er zu alt, um sein Amt als Coroner noch weiter auszuüben«, kritisierte Miss Sarah. »Man sollte ihm einfach nicht gestatten, eine so verantwortungsvolle Stellung zu bekleiden, wenn er dazu nicht mehr in der Lage ist.«

»Wir müssen gerecht bleiben, Sarah. Ich fand, er hatte das Verfahren ausgezeichnet im Griff. Und er war einmal ein sehr kluger Mann.«

»Wenn du damit sagen willst, daß er in den letzten vierzig Jahren machen konnte, was er wollte, dann würde ich dir zustimmen. Aber jetzt ist er vollkommen senil. Jede einigermaßen gutaussehende Frau könnte ihn auch ohne Witwenschleier zum Narren halten.«

»Oh, glaubst du, das hat sie getan? Er würde sich doch gewiß niemals durch private Gefühlsregungen in seiner Pflicht beirren lassen?«

»Meiner Meinung nach hatte sie ihn vom ersten Augenblick an um den kleinen Finger gewickelt. Er hat sie behandelt, als würde sie zerbrechen, wenn man sie ein wenig härter anfaßte. Sobald sie sich in die Enge getrieben fühlte, brauchte sie nur einmal kurz zu schluchzen, und schon wechselte er das Thema. Wenn jemals eine Zeugin manipulierte, dann sie. Wie kam er überhaupt dazu, die ganze Geschichte ihrer früheren Beziehung zu Richard wieder aufzurollen? Das mußte die Geschworenen doch negativ beeinflussen.«

»Sie war aber doch verpflichtet, seine Fragen zu beantworten, nicht wahr?«

»Es wäre nicht nötig gewesen, daß sie von sich aus betonte, wie erschrocken Richard über ihr Aussehen gewesen sei, als er sie an jenem Nachmittag besuchte, und daß er ihr geraten habe, eine Scheidung anzustreben.«

»Ich finde es auch ziemlich eigenartig von Richard, so etwas vorzuschlagen«, mischte Essie sich ein. »Es hat auf alle einen schlechten Eindruck gemacht, und uns bringt es in Verlegenheit.«

»Es gibt absolut keinen Grund zu glauben, daß er das wirklich gesagt hat«, gab Sarah wütend zurück. »Wir haben nur ihr Wort dafür.«

»Wie schade, daß Richard nicht selbst dabeisein und ihr widersprechen konnte.«

»Mr. Arthur Hardwick war doch da, um ihn zu vertreten.«

»Dann kann ich nur sagen, daß er dabei nicht sehr überzeugend war. Es war ja nicht so, daß man ihm keine Gelegenheit gegeben hätte. Ich habe deutlich gehört, wie der Coroner wissen wollte, ob er irgendwelche Fragen an Hester habe, aber er ist nur aufgestanden, hat mit zwei Fingern seine Nase zusammengedrückt und ›nein‹ gesagt.«

»Dafür hatte er sicher seine Gründe, Essie«, beschwichtigte Ruth. »Anwälte haben ihren eigenen Kodex, den wir als Laien wohl nicht verstehen können.«

»Ich finde jedenfalls, es war töricht von ihm, die Chance nicht zu nützen, die ihm geboten wurde.«

»Er wird andere Möglichkeiten haben, wenn Richards Fall vor den Friedensrichter oder ... oder vor das Schwurgericht kommt.«

»Sie können Richard doch nicht wie einen gewöhnlichen Verbrecher auf die Anklagebank des Assisengerichts setzen. Das kann ich einfach nicht glauben. Sag mir, daß das nicht möglich ist, Ruth.«

»Der Spruch besagt aber, daß ihm der Prozeß gemacht werden muß, meine Liebe. Ich dachte, das hättest du mitbekommen?«

»Bist du taub, Essie?« fragte Miss Sarah schroff. »Hast du nicht gehört, wie der Sprecher der Geschworenen sagte, sie hätten entschieden, daß Doktor Morby durch Verabreichung von Blausäure gestorben sei, und die Mehrheit von ihnen mache Richard dafür verantwortlich?«

»Du brauchst mich gar nicht so anzufahren, Sarah. Natürlich habe ich das gehört, aber ich dachte nicht, daß es irgendwie von Bedeutung sein könnte, was die Geschworenen denken. Es waren so gewöhnliche Leute. Einer davon war doch dieser gräßliche, kleine Mann, der in dem Fischgeschäft an der Eastgate Street bedient.«

Manchmal konnte Miss Sarah ihre Schwester Essie einfach nicht mehr ertragen. Mit Mühe gelang es ihr, das alberne Geschwätz zu ignorieren und fast so energisch wie sonst zu erklären: »Ich bin jedenfalls sehr froh, daß wir hingegangen sind, Ruth. Zuerst hielt ich das Ganze nur für eine Gelegenheit zu zeigen, daß wir fest zu Richard stehen, aber inzwischen ist mir klargeworden, daß es noch mehr war. Jetzt haben wir wenigstens eine gewisse Vorstellung, was ihm erwartet.«

»Hilft es uns denn, das zu wissen?«

»Es muß uns helfen. Wenn wir noch einmal sorgfältig durchgehen, was jeder einzelne gesagt hat, finden wir sicher irgendeine Unstimmigkeit, die uns einen Schlüssel zu der ganzen traurigen Geschichte liefert. Ich wünschte, ich könnte mich besser an Murchs Aussage erinnern. Sie war bei weitem die wichtigste Zeugin, und nichts konnte sie erschüttern, obwohl Hardwick sich wirklich alle erdenkliche Mühe gegeben hat.«

»Ich verstehe ohnehin nicht, warum Mr. Hardwick so auf Murch herumgehackt hat, während er mit Hester Morby so viel Geduld zeigte«, bemerkte Essie unschuldig. »Es war richtig amüsant zu hören, wie er ihre Behauptung, Richard sei bereits wütend in das Haus des Doktors gekommen, mit Spott überhäufte. Wie hat sie es doch noch ausgedrückt? Ach ja, ich weiß schon, sie sagte, er habe empört gewirkt, und Mr. Hardwick gab zurück, so wirke auch eine Katze, wenn man sie abends vor die Tür setze, worauf alles kicherte und Mr. Samuelson sehr verärgert war. Und dann fuhr er fort, sie habe ihn sowieso nur einen Moment lang gesehen, als sie ihm aus dem Mantel half, und wie sie in dieser kurzen Zeit so genau die Gemütsverfassung eines Gentleman habe einschätzen können, den sie doch nur in ihrer Eigenschaft als Hausangestellte kenne.«

Miss Sarah sah sie verblüfft an. »Hör mal, Essie, du kannst das ja fast alles auswendig.«

Essie warf stolz den Kopf zurück. »Ach, ich bin gar nicht so dumm, wie du immer glaubst.«

Miss Sarah und Miss Ruth warfen sich einen vielsagenden Blick zu. Für Essie war die gerichtliche Voruntersuchung eine unerhört aufregende Sensation gewesen. Selbst jetzt war noch nicht sicher, ob sie überhaupt begriffen hatte, was dieses Verfahren bedeutete. Sie schien es eher wie ein Gesellschaftsspiel zu betrachten, bei dem man Leitern hinaufstieg und über Schlangen nach unten rutschte.* Ihre älteste Schwester reagierte dagegen ganz anders. Was bisher für sie nur ein reißender Strom formloser Greuel gewesen war, nahm nun allmählich Gestalt an, ohne freilich in seiner neuen, fast biederen Erscheinungsform an Schrecken zu verlieren.

Irgendwo in diesem schlichten, aus verschiedenen Berichten zusammengefügten Bild der Ereignisse dieser Nacht mußte sich doch etwas finden lassen, was Richard entlasten konnte.

Miss Sarah wandte sich wieder an Essie und fragte scharf: »Kannst du dich auch wirklich ganz genau an alles erinnern? Was hat zum Beispiel Betsy Jones gesagt... Wort für Wort?«

»Sie hat gesagt: ›Soviel ich weiß, ham der gnädige Herr und die gnädige Frau 'ne glückliche Ehe geführt‹, und dann: ›Wir ham durch die Küchendecke wütende Stimmen gehört, genau so, wie's Miss Murch erzählt hat.‹«

»Den Akzent brauchst du nicht nachzumachen. Jetzt möchte ich wissen, was James Griffiths darüber aussagte, wie Doktor Morby Richard beschrieben hat.«

»Meinst du das mit dem unverschämten Schnösel? Griffiths sagte, er habe gefragt: ›Um welchen Schnösel geht's denn eigentlich, Doktor?‹, und darauf soll der Doktor geantwortet haben: ›Um den Exverlobten meiner Frau,

* Anspielung auf das englische Spiel *Snakes and Ladders*, eine Art *Mensch ärgere dich nicht*, bei dem man, je nach Würfelglück, über eine Leiter nach vorne kommt oder über eine Schlange wieder zurückgeworfen wird.

verdammt, den jungen Richard Groom, der vor kurzem vom Amazonas zurückgekehrt ist.‹ Das muß man sich einmal vorstellen, vor zwei Monaten hat dieses Scheusal noch hier vor der Tür gestanden, um sich sein Weihnachtspaket abzuholen! Ich weiß gar nicht, warum du mich das alles fragst, Sarah. Du warst doch selbst dort.«

»Aber ich habe kein so gutes Gedächtnis wie du. Und jetzt wiederhole mir bitte so genau wie möglich, was Murch darüber ausgesagt hat, welche Vorbereitungen sie vor Richards Ankunft im Arbeitszimmer treffen mußte.«

»Du meinst die Sache mit dem Rum?«

»Ja ... und den anderen Getränken.«

»Widerliches Zeug. Ich verstehe nicht, wie jemand diesen süßlichen Geruch ertragen kann. Ruth hat mich einmal überredet, ein Glas zu trinken, als ich eine schwere Erkältung hatte.«

»Darum geht es jetzt nicht. Ich will nur hören, was Murch gesagt hat.«

»Ach ja, sie sagte, der Doktor habe die Angewohnheit gehabt, jeden Abend vor dem Schlafengehen heißen Rum mit Zimt zu trinken. Wie er sich dazu überwinden konnte, ist mir unbegreiflich. Sie hat den Tantalus herausgestellt, der je eine Karaffe mit Whisky, Rum und Brandy enthält. Dann hat sie, glaube ich, etwas von einem Tablett erwähnt, ja, richtig, ein Tablett aus Sheffieldsilber – sieht ihnen ähnlich, nicht einmal richtiges Silber zu haben – mit einem Spirituskocher, gefüllt mit Wasser aus dem Hahn in der Küche, zwei Gläsern und einer Bonbonschale mit einer Gewürzmischung. Außerdem befanden sich ein Krug mit Wasser, ein Rührstäbchen und zwei silberne Teelöffel darauf. Was sagst du nun, Sarah? Glaubst du, ich habe etwas vergessen?«

»Das war sehr beachtlich«, gab ihre Schwester zu.

Dieses unerwartete Lob von einer Seite, die sonst eher zum Tadel neigte, stieg Essie unverzüglich zu Kopf. Nun war sie nicht mehr zu halten.

»Murch sagte, sie und Jones hätten die Haustür zuschlagen hören, und sie hätten vermutet, daß Richard gegangen sei. Ein paar Minuten später ging sie hinauf, um das Tablett wegzuräumen, wobei ich übrigens nicht einsehe, warum das nicht bis zum nächsten Morgen warten konnte. Und dann dachte sie, der Doktor sei vielleicht noch drin und ein wenig eingenickt, und sie drehte ganz vorsichtig den Türknopf und steckte den Kopf ins Zimmer. Dann erst trat sie ein, und da lag er, halb auf dem Stuhl und halb auf dem türkischen Teppich, als habe er aufstehen wollen, es aber nicht mehr geschafft. Er hatte die Hände zu Fäusten geballt und starrte hinauf zur Gaslampe, sein Hals war ganz steif, und seine Wangen waren fahl wie Lehm, die Lippen blau angelaufen und...«

»Das genügt, Essie.«

»Ich will dir doch nur wiedergeben, was Murch gesagt hat.«

»Was meinst du, Essie, wollen wir nicht hinaufgehen und uns ein wenig frischmachen?« fragte Miss Ruth schnell. »Ich habe da etwas, was dich vielleicht interessiert. Komm schon, lassen wir Sarah in Ruhe. Ich weiß, daß sie noch ein paar Briefe zu schreiben hat.«

Sie faßte ihre jüngste Schwester am Ellbogen und schob sie sanft zur Tür.

Sarah vergalt es ihr mit einem dankbaren Blick.

Fast mechanisch ging sie zu dem kleinen Nußbaumsekretär und klappte den Deckel auf. Sie hatte in letzter Zeit tatsächlich eine ganze Reihe von Dingen vernachlässigt, die jetzt erledigt werden wollten. Also setzte sie sich, legte sich ein Blatt Schreibpapier zurecht und tauchte die Feder in die Tinte.

Doch es wurde kein Brief daraus, den sie hätte abschikken können.

Als sie wieder zur Besinnung kam, sah sie, daß sie nur zwei krakelige Worte geschrieben hatte, die die ganze Seite einnahmen.

Richard ... Richard ...

# 7

Richard saß an einem Ende des Tisches und seine Tante Sarah am anderen. Freilich trennte die beiden mehr als nur eine sechs Fuß breite Holzplatte.

In einer Ecke des Zimmers hatte sich ein kräftiger Mann in marineblauer Uniform postiert, der sich zwar, soweit es die beiden am Tisch betraf, möglichst unsichtbar zu machen suchte, aber dennoch so einschüchternd wirkte wie der biblische Engel mit dem Flammenschwert. Nicht der Raum an sich war es also, was Miss Sarahs sonst so flinke Zunge lähmte, auch wenn er kahl und nüchtern war – man hatte Richard nämlich inzwischen in das in einem Flügel der alten Burg untergebrachte Stadtgefängnis verlegt –, sondern die Gegenwart dieses Dritten, dem die Situation nicht weniger peinlich war als ihr. Er betrachtete eingehend die Spitzen seiner blankpolierten Stiefel, die ihn daran erinnerten, daß früher einmal auch das Putzen von Schuhwerk in der Spülküche des Kanonikus zu seinen Pflichten gehört hatte.

Nun, sie konnten sich nicht ewig anschweigen.

Im Verlauf ihrer zaghaften Fragen nach seinem allgemeinen Wohlbefinden wurde Miss Sarah immer deutlicher bewußt, daß sie durch ihren Stolz kostbare Minuten vergeudete, und schließlich zwang sie sich, so mit ihrem Neffen zu sprechen, als seien sie allein.

»Richard«, sagte sie, »Richard, verzeih mir, daß ich gekommen bin. Ich weiß ja, daß du niemanden von uns hier haben wolltest.«

Sie hob ängstlich den Blick und sah ihn an, und obwohl sie geglaubt hatte, auf alles gefaßt zu sein, erschreckte sie sein Aussehen mehr, als sie es für möglich gehalten hätte. Schmal war er schon bei seiner Rückkehr aus Brasilien gewesen, aber das hatte seine Züge nur markanter hervortreten lassen. Jetzt war sein Gesicht hohlwangig und von Falten durchzogen wie das eines alten Mannes, und seine Augen lagen wie zwei glanzlose Steine tief in ihren Höhlen.

Als er antwortete, war seine Stimme das einzige Lebendige an ihm, und sie vibrierte vor innerer Spannung.

»Mir war von vornherein klar, daß ein solches Treffen nur schmerzlich sein würde, ohne daß jemandem damit gedient wäre. Es ist töricht, sich mehr Kummer zu bereiten als nötig.«

»Ich mußte dich einfach sehen. Wir müssen doch wissen, wie die Sache steht.«

»Du kannst von Doddridge alles erfahren, was von Belang ist. Wenn es etwas Neues gibt, wird er es dir sofort mitteilen.«

»Aber Richard, ich wollte mich persönlich vergewissern, daß du zu deiner Rettung alles tust, was in deinen Kräften steht, daß du dich nicht durch irgendwelche falschen Vorstellungen von … von Ehre zurückhalten läßt. Es ist von größter Wichtigkeit, daß du nichts verschweigst. Schließlich steht dein Leben auf dem Spiel.«

»Wenn mein Leben von dem abhängt, was ich zu sagen habe, dann ist es bereits verloren«, gab er verbittert zurück.

»Was soll das heißen?«

»Nur daß ich mich, als man mir mitteilte, was bei der Voruntersuchung geschehen war, dazu entschlossen habe, deinen Rat zu befolgen und alles zu enthüllen. Mit dem Ergebnis, daß man mir erklärte, kein Mensch würde auch nur ein Wort davon glauben.«

»Doddridge muß sich irren.«

»Das ist nicht anzunehmen. Er mag seine Grenzen haben, aber er besitzt ein feines Gespür für die Stimmung in der Öffentlichkeit. Übrigens hat er mir erzählt, daß ihr alle drei im Gerichtssaal wart. Ich konnte kaum meinen Ohren trauen.«

»Ja, wir waren da. Hast du uns wirklich für so kleinmütige Geschöpfe gehalten, die vor allen Unannehmlichkeiten verschont werden müssen? Wir konnten uns doch eine solche Gelegenheit nicht entgehen lassen, uns unübersehbar in aller Öffentlichkeit zu dir zu bekennen. Und Essie hat sich großartig benommen ... sie war die Ruhe selbst, nicht anders, als säße sie im Abendgottesdienst.«

»Was habe ich nur für erstaunliche Tanten. Sie halten zu mir, obwohl ich unter Mordanklage stehe!«

»Weil du unschuldig bist, Richard!«

»Dann bist du immer noch von meiner Unschuld überzeugt?« fragte er in sonderbarem Ton.

»Selbst wenn alle Bewohner dieser Stadt dich des Mordes an Doktor Morby schuldig sprechen würden, könnte ich sie wegen ihrer Blindheit nur bedauern.«

»Auch nachdem du *ihre* Aussage gehört hast?«

»Was hat das damit zu tun?«

»Eine ganze Menge. Damit hat sie mich unwiderruflich verurteilt. Ich habe das Protokoll gelesen. Es macht alles unglaubwürdig, was ich im nachhinein darauf erwidern könnte. Oh, das war raffiniert, das hätte ich ihr niemals zugetraut.«

»Die Aussage war also falsch?«

»Nein, sie war soweit ganz richtig, das war ja das Brillante daran. Was mich belastet, sind die Auslassungen. Wir wollen nicht weiter darüber sprechen. Als man mich unter Anklage stellte, war mir zumute, als sei das Ende der Welt gekommen. Eine schöne Antwort auf meine Prahlerei. Erinnerst du dich noch, wie ich zu dir sagte, ich wisse nun zum ersten Mal in meinem Leben genau, was ich wollte? Ich hatte alles bis ins letzte geplant.«

»Sprich nicht davon, Richard. Es ist zu grausam.«

»Nicht grausamer als so manche andere kleine Ironie des Schicksals. Ich habe viel Zeit zum Nachdenken, seit ich hier in der Zelle sitze, und allmählich bin ich in der Lage, das Ganze im richtigen Verhältnis zu sehen. Selbst wenn es zum Schlimmsten kommt, so ist das nicht mehr, als was irgendwann allen Menschen widerfährt. Niemand kann sich gegen einen frühen Tod absichern. Nein, das einzige, was jetzt noch zählt, ist, wie ich mich verhalte, und was das angeht, bin ich auch in meiner Situation nicht weniger frei als jeder andere, der sich ungehindert auf den Straßen dieser Stadt bewegen kann.«

»Aus dir spricht die Stimme der Verzweiflung.«

»O nein, Tante Sarah. Es ist die Stimme der Hoffnung, der einzigen Hoffnung, die mir noch bleibt. Hast du übrigens von Hearst und Thorne gehört?«

»Sie standen beide hinter uns im Gerichtssaal. Seitdem habe ich sie nicht mehr gesehen.«

»Wenn du sie triffst, dann sag ihnen, daß es mir an nichts fehlt und daß ich oft an die schönen Zeiten denke, die wir gemeinsam verbracht haben. Ich darf zwar Briefe schreiben und empfangen, aber ich habe nicht das Herz zum Schreiben, und außerdem sind Trostbriefe immer eine vertrackte Sache, sie bereiten unweigerlich Schmerzen, ob man sie nun empfängt oder selbst verfaßt. Nun, wir haben noch einiges vor uns: zuerst die Vernehmung durch den Friedensrichter und dann den Prozeß vor dem Assisengericht.«

»Ich weiß nicht genau, ob meine Zeit schon um ist, Richard«, sagte Miss Sarah, »aber ich fürchte, ich kann nicht länger bleiben.«

Er zog spöttisch die Augenbrauen in die Höhe. »Du wolltest ja unbedingt kommen.«

»Richard, das Verfahren hat noch kaum begonnen, und du redest so, als sei der Ausgang bereits beschlossene Sache.«

»Ich bin davon überzeugt, liebe Tante. Möge Gott mir Mut einflößen, damit ich die Zeit bis zum Ende durchstehe.«

»Aber ich sage dir, ich werde mich nicht damit abfinden!« Ihre Stimme war lauter geworden und zitterte vor Erregung. Sie wartete einen Moment, bis sie sich wieder unter Kontrolle hatte, dann wiederholte sie die Worte bewußt ruhig, und gerade in ihrer Gelassenheit wirkten sie zehnmal so überzeugend. »Nein, ich werde mich nicht damit abfinden.«

Sie schob ihren Stuhl ein Stück zurück, um sich mit der ihr eigenen Grazie erheben zu können. Auch er stand automatisch auf.

»Dann will ich mich vorerst verabschieden, Richard.« Sie zog ihre Handschuhe an und glättete die Wildledereinsätze zwischen den Fingern, während sie ihn mit eindringlichem Blick unverwandt musterte. Plötzlich brach seine mühsam aufgebaute Fassade zusammen. Einen Moment lang stand in seinen Augen genau der gleiche Ausdruck wie vor Jahren, als ihm als kleiner Junge eine Tasse aus dem Familienservice aus den Fingern geglitten war, nachdem er darum gebettelt hatte, seine Milch daraus trinken zu dürfen. Sie schaute auf den Holztisch hinab, als erwarte sie, dort die Bruchstücke des kostbaren Stücks zu finden, den noch intakten Griff mit der gezackten Scherbe daran. Genau der gleiche Ausdruck, die tragische Erkenntnis, daß er in einem Augenblick des Leichtsinns etwas Unwiederbringliches verloren hatte, etwas, was ihnen beiden teuer war. Sie konnte ihn nicht noch einmal ansehen, deshalb wandte sie sich mit einer eleganten Bewegung an den Mann in der blauen Uniform und sagte: »George, ich möchte jetzt gehen. Bitte triff die notwendigen Vorkehrungen.«

Draußen angelangt, war sie nicht fähig, ihr Gesicht sofort der Stadt zuzukehren. Statt dessen ging sie auf die Brücke zu, blieb an der Brüstung stehen und blickte auf den breiten Fluß hinab. Grau und ruhig lag er unter ihr, und doch wurden die vermeintlich reglosen Wassermassen von der Flut unaufhaltsam unter den roten Ziegelbögen hindurchgedrängt. Trotz ihrer Tapferkeit überlief sie ein Schauder. Es war ein allzu treffendes Bild für die Macht des Gesetzes, die ohne viel Aufhebens und doch unerbittlich mit grausamer Schnelligkeit dahineilte, und sie stellte sich vor, daß Richard von diesem Strom ebenso hilflos mitgerissen wurde wie das Stück Treibholz, das eben vor ihren Augen den Blicken entschwand.

Obwohl man von hier aus einen grandiosen Blick auf die majestätische Winterlandschaft hatte und der Fluß dank der kahlen Bäume bis zum Horizont, wo er sich mit dem Silber des Himmels vermischte, in voller Länge sichtbar war, hatte sie nicht das Bedürfnis, diese seelenlose Pracht noch länger zu genießen. Sobald sie sich wieder gefaßt hatte, machte sie kehrt und ging mit energischen Schritten zurück, an der Burg vorbei und ins Stadtzentrum, um Mr. Doddridge aufzusuchen. Seine Kanzlei befand sich über einem alten Torbogen dicht bei der Kathedrale und war durch eine schwere, eisenbeschlagene, seitlich in den Bogen eingelassene Holztür zu erreichen, hinter der eine malerische Eichentreppe nach oben führte.

Drei Stufen vor dem oberen Absatz machte die Treppe eine scharfe Biegung, und an dieser Stelle war sich schon so mancher Klient der Notwendigkeit bewußt geworden, ein Testament aufzusetzen.

Miss Sarah wurde in Mr. Doddridges Büro geführt, einen würdevollen, düsteren Raum mit gotischen Fenstern, bleigefaßten Lampen und dem kleinsten Feuer, das jemals seinen Rauch in einen antiken Kamin abgegeben hatte. Ein paar kümmerliche Kohlen schwelten auf einem massiven, halbkreisförmigen, schwarzen Bleirost müde vor sich hin. Davor war ein Kamingitter angebracht, das selbst vor einem Großbrand genügend Schutz geboten hätte, und über dieses hatte der alte Anwalt seine Frackschöße gehängt, um auch nicht das kleinste Quentchen Hitze ungenutzt entweichen zu lassen.

Er begrüßte Miss Sarah mit fast ebenso viel Wärme, wie sein Feuerchen abgab, denn er sah in ihr allmählich eine ernste Bedrohung seiner vertrockneten Existenz.

»Ich komme eben von Richard«, erklärte Miss Donkin ohne Umschweife.

»Aha, hm... ja. Und waren Sie mit dem Gespräch zufrieden?«

»Ich würde es nicht unbedingt als strahlenden Erfolg bezeichnen«, räumte sie ein.

»Aha, nein, nun ja, das habe ich befürchtet. Sie erinnern sich vielleicht, mein liebes gnädiges Fräulein, daß ich Ihnen von einem solchen Besuch abgeraten habe. Richard ist in einer sehr merkwürdigen Verfassung. Sehr merkwürdig.« Er zog ein großes Leinentaschentuch hervor, entfaltete es, putzte sich die Nase, legte es wieder zusammen und steckte es in die Tasche zurück.

Miss Sarah klopfte während dieser Darbietung ungeduldig mit der Spitze ihres eleganten Stiefels auf den Boden. Als sie seiner ungeteilten Aufmerksamkeit endlich wieder sicher sein konnte, sagte sie: »Er hat mir nur sehr wenig erzählt. Wir waren nicht allein, und das machte die Sache ziemlich schwierig. Aber soviel ich mitbekommen habe, hat er sich Ihnen inzwischen umfassend anvertraut. Ich möchte gern alles hören, was Sie mir zu sagen haben. Was hält Mr. Hardwick von Richards Geschichte, nachdem sie nun endlich bekannt ist? Liefert sie ihm eine brauchbare Grundlage für seine Verteidigung?«

Den verkniffenen Nüstern des Anwalts entrang sich ein fast verächtliches Schnauben.

»Richard ist mit einem Haufen Phantastereien herausgerückt, denen höchstens ein Schwachsinniger Glauben schenken würde. Ich habe keine Ahnung, wie Hardwick argumentieren wird, aber es würde mich sehr überraschen, wenn er seine Verteidigung auf Richards gegenwärtigem Gefasel aufbaute.«

»Aber was sagt er denn? Ich meine, was sagt Richard?«

»Er hat über seinen Besuch bei Mrs. Morby an jenem Nachmittag einen äußerst seltsamen Bericht abgegeben. Ich will ihn gerne für Sie zusammenfassen: Im wesentlichen behauptet er, Mrs. Morby habe ihm einreden wollen, sie werde von ihrem Ehemann langsam vergiftet, dieser habe auch ihr Kind vergiftet, und sie befinde sich in ständiger Angst um ihr Leben.«

»Das klingt... unglaublich.«

»Natürlich klingt es unglaublich. Es ist ja auch unglaublich, besonders nachdem wir von Mrs. Morby selbst gehört haben, wie liebevoll die Beziehung zwischen ihr und ihrem Ehemann war, eine Aussage, die von ihrer Zofe und ihrer Köchin bestätigt wurde.«

»Warum sollte sie Richard so etwas erzählen?«

»Genau.«

Miss Sarah formulierte die Frage neu. »Wie erklärt sich Richard, warum sie ihm das erzählt hat?«

»Er sagt, sie habe ihn um Hilfe gebeten. Offenbar – hmmm – war geplant, daß Richard den Doktor von seinen schändlichen Absichten abbringen sollte, indem er ihm zu verstehen gab, daß seine ruchlosen Machenschaften kein Geheimnis mehr seien, weil Richard nämlich wisse, was er (Doktor Morby) vorhabe. Für den Fall, daß Mrs. Morby – äh – beseitigt werden sollte, werde Richard mit dieser Information sofort zur Polizei gehen.«

»Aber ein solches Märchen würde Richard doch niemals glauben. So etwas könnte man einer hysterischen Frau vielleicht zutrauen, aber man würde es ihr ohne hieb- und stichfeste Beweise auf keinen Fall abnehmen.«

»Gewiß, aber er behauptet, er habe einen Beweis erhalten – jedenfalls soweit überzeugend, daß die Geschichte einen Hauch von Glaubwürdigkeit bekam. Er sagt, Mrs. Morby habe geklagt, ihre Medizin schmecke bitter, doch trotz aller Gegenwehr sei sie von ihrem Gatten gezwungen worden, sie einzunehmen. Er habe dies selbst beobachten können, als der Doktor hereinkam und unerbittlich darauf beharrte, seiner Frau eine Dosis der Mixtur einzuflößen.«

»Was sie zur Erheiterung des Gerichts auch selbst bestätigt hat. Aber – wenn sich wirklich jemand an der Arznei zu schaffen gemacht hat, müßte sich das doch an der Flasche nachweisen lassen.«

»Sie wurde von der Polizei beschlagnahmt und analysiert. Der Inhalt ist heute noch ebenso harmlos wie an dem Tag, als das Mittel von Doktor Crowe verschrieben und vom Apotheker angefertigt wurde.«

»Aber das konnte Richard nicht wissen. Er sah nur, daß sie tatsächlich von ihrem Ehemann gezwungen wurde, die Medizin gegen ihren Willen zu trinken.«

»Sie gehen fest davon aus, daß das, was Richard uns erzählte, wirklich die Wahrheit ist und nicht irgendeine

Räuberpistole, die er sich zusammengereimt hat, um sein Verhalten zu erklären.«

»Natürlich ist es die Wahrheit. Richard würde ebensowenig lügen, wie – wie er einen Mord begehen würde. Meine Schwestern und ich kennen ihn, seit er in den Windeln lag, und er hat auch nicht das kleinste Körnchen Falschheit in sich. Früher hatten wir sogar oft unter seiner vernichtenden Ehrlichkeit zu leiden – allzu große Aufrichtigkeit ist bei gesellschaftlichen Anlässen nicht immer erwünscht.«

Der Anwalt zuckte ratlos die Achseln. »Dazu kann ich nur sagen, daß ich noch nie eine wahre Geschichte gehört habe, die so wenig überzeugend klang. Und bitte bedenken Sie, wir müssen Menschen überzeugen, die Ihren Neffen nicht von früher her kennen.«

»Wenigstens begreife ich jetzt eines, warum er es nämlich so eingerichtet hat, daß er mit Doktor Morby an diesem Abend allein war. Und meiner Ansicht nach wird damit auch erklärt, warum sie so heftig aneinandergerieten, wie man uns berichtet hat.«

»Wollen Sie damit auch Richards Entscheidung begründen, den Arzt zu liquidieren, ehe er noch weiter Gelegenheit hatte, seine Frau zu ermorden?«

»Nein … nein!«

»Und doch scheint mir das die logische Schlußfolgerung zu sein, wenn Sie die erste Prämisse akzeptieren.«

»Sie hat es getan. Ich bin sicher, daß Hester Morby es getan hat!«

»Scht!«

Der alte Mr. Doddridge war ganz entsetzt.

»Mein liebes gnädiges Fräulein, vergessen Sie doch bitte nicht, daß sogar die Wände Ohren haben! Sagen Sie so etwas nie wieder, nicht einmal, wenn wir unter uns sind. Das wäre äußerst unklug. Auf der Witwe ruht auch nicht der Schatten eines Verdachts. Eine solche Bemerkung erfüllt den Tatbestand der Verleumdung, und die ist gesetzlich strafbar.«

»Darf ich eine solche Möglichkeit nicht einmal mit meinem eigenen Anwalt erörtern?«

»Nur mit äußerster Zurückhaltung.«

»Dann werde ich mich bemühen, mich so zurückhaltend auszudrücken wie nur möglich. Sie werden nicht abstreiten, daß sie es war, die Richard aufforderte, sie zu besuchen?«

»Das hat sie selbst nicht geleugnet.«

»Und daß sie in einer Weise an Richards Kavaliersinstinkte appelliert haben könnte, die ihn schließlich dazu bewog, ein Gespräch mit dem Doktor zu suchen?«

»Ich nehme an, ihr schlechtes Aussehen hätte schon genügt, um Richards Besorgnis zu erregen, falls er überhaupt noch etwas für sie empfand. Davon wurde allgemein ausgegangen.«

»Aber hat es auch genügt, um eine Auseinandersetzung mit dem Doktor zu provozieren? Ich persönlich kann mir das nicht vorstellen.«

»Miss Sarah, wir müssen eines im Gedächtnis behalten. Doktor und Mrs. Morby lebten über zwei Jahre lang mehr oder weniger einträchtig zusammen – zwei Jahre, wohlgemerkt, vor der Rückkehr Ihres Neffen. In diesen zwei Jahren hätte dem Doktor durchaus irgendein – äh – Unglück zustoßen können. Und doch war er die ganze Zeit über bei bester Gesundheit und allem Anschein nach auch rundum glücklich. Dann kommt Richard zurück ... und der Doktor stirbt.«

»Richard kommt zurück, und schon hat man einen Sündenbock.«

»Wir können nach zwei Richtungen argumentieren. Erstens, Mrs. Morby – äh – hängt immer noch an Richard und möchte ihren Ehemann verlassen. In diesem Fall würde sie doch gewiß nicht wünschen, daß er des Mordes an ihrem Ehemann überführt wird. Argument zwei: Sie empfindet nichts mehr für Richard, und deshalb ist die – äh – Beseitigung ihres Ehemannes völlig unnötig.«

»Vielleicht gibt es noch einen weiteren Bewunderer?«

»Nicht in Cattminster, Gnädigste, nicht, ohne daß jemand davon erfahren hätte. Nein, mein liebes gnädiges Fräulein, ich muß Sie wirklich bitten, sich jetzt nach Hause zu begeben und auf irgendeine Weise im Kreise Ihrer Schwestern Trost zu suchen. Ich will Ihnen nicht verhehlen, daß die Aussichten – hmmm – ausgesprochen unerfreulich sind. Als ich zum letzten Mal bei Ihnen war, sagte ich, Richards größte Hoffnung liege im Fehlen des Mittels, um dieses – äh – spezielle Ergebnis zu erzielen. Seit damals – nun muß ich Sie bitten, sehr stark zu sein – seit damals hat er mir selbst gestanden, Blausäure in seinem Besitz gehabt zu haben. Darf ich Ihnen ein Glas Wasser einschenken ... oder würden Sie vielleicht etwas Stärkeres vorziehen?«

Miss Sarah blieb jedoch von dieser Enthüllung völlig ungerührt.

Ganz beiläufig, als ginge es um eine völlig belanglose Sache, bemerkte sie, während sie ihre Handschuhe zuknöpfte: »Ach, das haben Sie also inzwischen herausgefunden? Mir war es leider von Anfang an bekannt.«

Beide Schwestern warteten bereits ungeduldig auf ihre Rückkehr. Noch ehe sie sich ihrer Überkleidung entledigen konnte, fiel Miss Essie schon mit Fragen über sie her. Wie ging es Richard? Unter welch schrecklichen Bedingungen mußte er leben? Ohne daß die anderen es ahnten, hatte Miss Essie sich in ihrer Phantasie ein Bild von dem Gefangenen ausgemalt, zu dem auch Handschellen und vielleicht sogar Fußfesseln gehörten, und so war sie sehr erleichtert, als sie nun erfuhr, daß ihr Neffe drei anständige Mahlzeiten am Tag bekam und sich innerhalb seiner Zelle oder, wie Miss Sarah es ausdrückte, seines Zimmers, frei bewegen konnte. So viel konnte Miss Essie ihrer Schwester noch in der Diele entlocken, die übrigen Informationen hielt Miss Sarah jedoch zurück, bis sie sich alle drei im Salon befanden und die Tür geschlossen war, denn sie war dazu erzogen worden, Familienangelegenheiten niemals in Hörweite selbst der treuesten Hausangestellten zu besprechen. Obwohl sie sich nach außen hin nichts anmerken ließ, bemerkte jeder, der sie gut kannte, daß sie tief erschüttert war. Alle drei nahmen beklommen ihre Plätze ein, und als Sarah auf Miss Ruths schüchterne Frage, wie die Dinge denn stünden, ›so schlecht wie nur möglich‹ antwortete, war keine der Schwestern wirklich überrascht, obwohl Miss Essie ihren Gewohnheiten treu blieb und auf der Stelle in Schluchzen ausbrach.

»Die Sache ist zu ernst für Tränen«, fuhr Miss Sarah sie scharf an, und Miss Ruth stimmte ihr zu, in einem Ton, der weit weniger sanftmütig war als sonst: »Bitte beherrsche dich, Essie. Wir wollen doch hören, was Sarah uns zu sagen hat.«

So berichtete sie ohne Einschränkungen, aber ganz ruhig, was im Laufe des Vormittags geschehen war, in welcher Verfassung sie Richard vorgefunden und was er ihr im wesentlichen erzählt hatte. Weiterhin schilderte sie ihren Besuch beim Anwalt und gab, soweit ihr Gedächtnis es zuließ, das Gespräch mit ihm in allen Einzelheiten wieder. Sie war nämlich auf dem Heimweg von der Kanzlei zu dem Schluß gekommen, die Last sei zu schwer, um sie ganz alleine zu tragen, und die beiden anderen hätten als Richards Tanten ebenfalls das Recht, die Wahrheit zu erfahren, und die Pflicht, ihren Teil der Verantwortung auf sich zu nehmen.

Als sie geendet hatte, herrschte eine volle Minute lang gespanntes Schweigen im Raum, alle schienen inmitten ihrer friedlichen Umgebung Modell zu sitzen wie drei Schwestern auf einem ziemlich schlechten, von einem nahen Verwandten angefertigten Aquarell.

Sarah selbst befreite sie aus ihrer starren Pose, indem sie mit ganz veränderter Stimme ausrief: »Wir dürfen einfach nicht zulassen, daß man so mit Richard umspringt. Das darf nicht sein. Wir müssen Ideen entwickeln ... Pläne schmieden ...«

»Das können wir doch gar nicht!« unterbrach Miss Essie und begann wieder herzzerreißend zu schluchzen.

»Und warum nicht?« fragte Miss Sarah wütend.

»Weil wir einfach nicht so sind.«

»Und wie sind wir denn?« erkundigte sich Miss Sarah mit einem bösen Blick auf ihre Schwester. Doch trotz ihrer angriffslustigen Haltung machte sich eine schreckliche Erkenntnis in ihr breit, die sie anwiderte. Sie wußte nur zu gut, wie sie waren, drei unverheiratete, in einer Bischofsstadt geborene und aufgewachsene Damen eben, die eine praktisch, die zweite religiös und die dritte hysterisch veranlagt. Wie konnten sie nur daran denken, mit ihren schwachen Körper- und ihren dürftigen Geisteskräften gegen den Götzen des Gesetzes kämpfen zu wollen?

Miss Essie schluckte die Tränen hinunter. Anstatt Sarah direkt zu antworten, rief sie aus: »Diese böse, böse, böse Hester Morby!«

»Damit hast du ausnahmsweise recht, Essie. Kein Schicksal wäre zu grausam für sie!«

»Wir haben kein Recht, sie zu verdammen, ohne sie anzuhören«, gab Miss Ruth zu bedenken.

»Aber das haben wir doch getan. Wir haben genau zugehört, als sie im Zeugenstand mit ihren Lügen Richards Leben zerstört hat. Als sie behauptet hat, sie und ihr Gatte seien unzertrennlich gewesen, obwohl doch jedermann weiß, daß sie wie Hund und Katze waren. Als sie Richard mit ihrem Kreppschleier und ihrem blassen Gesicht alle Sympathien gestohlen hat, die eigentlich ihm zugestanden hätten.«

»Und wenn diese schreckliche Murch ihr Schützenhilfe leistet, dann nur, weil sie schon seit Jahren bei ihr ist und alles richtig findet, was sie tut«, fügte Miss Essie hinzu.

»Selbst ihre eigene Mutter hat nichts für sie übrig. Ihr wißt doch, was Mrs. Ferrars auf dem Markt zu Sarah gesagt hat.«

»Und doch ist uns allen bekannt, daß es Mrs. Ferrars war, die sich gleich zu Anfang eingemischt hat. Möglicherweise tun wir Hester ja unrecht«, widersprach Miss Ruth. »Vielleicht ist sie nichts als eine hilflose Marionette und hängt nur an den Fäden, die von anderen Menschen mit stärkerem Charakter gezogen werden.«

»Bei ihrem Gespräch mit Richard war davon aber offenbar nichts zu merken. Auch wenn du sie noch so sehr in Schutz nimmst, Ruthie, dafür kannst du Mrs. Ferrars nicht verantwortlich machen. Oh, warum ist der dumme Junge nur nicht gleich damit herausgerückt?« rief Miss Sarah. »Dadurch, daß er die Aussage so lange zurückgehalten hat, hat sie jeden Wert verloren. Jetzt klingt sie wie ein Märchen und nützt ihm gar nichts mehr.«

»Er wollte vermutlich abwarten, was Hester sagen würde. Jeder echte Gentleman hätte sich genauso verhalten. Das erste Wort mußte von ihr kommen. Er hat wohl nicht im Traum daran gedacht, daß sie sich davor drücken würde.«

»Sie selbst ist die Mörderin!« kreischte Essie. »Ich glaube es, und Sarah glaubt es auch!«

»Sei still, Essie, so etwas darfst du nie wieder sagen. Das ist unchristlich. Außerdem ist es völlig unmöglich. Das Gift befand sich im Glas, nicht in der Karaffe. Und als Doktor Morby starb, lag Hester im Bett und schlief. Doch in diesem Zusammenhang fällt mir etwas ein. Was immer Hester im Zeugenstand ausgesagt haben mag, wir wissen, daß Richards Darstellung die richtige ist. Und doch hat Richard selbst erklärt, sie habe nicht gelogen, nur Informationen zurückgehalten.«

»Was auf das gleiche hinausläuft.«

»Das sieht sie vielleicht anders. Nehmen wir doch einmal an, sie glaubte, was sie Richard erzählte, sei wirklich wahr, nehmen wir an, daß sie ihren Mann tatsächlich im Verdacht hatte, ihr Kind vergiftet zu haben und sie selbst vergiften zu wollen.«

»Aber es wurde nachgewiesen, daß die Arznei in der Flasche harmlos war.«

»Gewiß, aber das ändert nichts, sie könnte trotzdem davon überzeugt gewesen sein. Wir wissen mit Sicherheit, daß es in ihrer Aussage Lücken gab. Doch wenn jemandem davon nichts bekannt ist, interessiert er sich natürlich auch nicht dafür, was eventuell zwischen Hester und dem Doktor in der Zeit zwischen Richards Besuchen im Hause vorgefallen ist.«

»Du meinst, wenn sie fähig ist, gewisse Tatsachen zu verheimlichen, dann ist sie ebenso fähig, auch andere Dinge zu vertuschen, möglicherweise das ganze Rätsel um den Tod ihres Mannes?«

»Sie zögert ganz offensichtlich aus irgendeinem Grund, ihr Verhältnis zu ihrem Ehemann vor aller Öffentlichkeit darzulegen. Vielleicht hält sie es einfach für entwürdigend, zugeben zu müssen, daß sie einem Mann, mit dem sie den heiligen Bund der Ehe geschlossen hatte, so schreckliche Dinge zutraute.«

»Pah!«

»Hester tritt sehr entschieden für die Unauflöslichkeit

der Ehe ein. Du hast selbst gehört, wie sie sich über die Frage einer Scheidung geäußert hat.«

»Aber vor Richard konnte sie ihre Schwierigkeiten bedenkenlos ausplaudern!«

»Da waren sie unter sich. Vielleicht sind auch noch andere Dinge ohne Zeugen geschehen. Nehmen wir einmal an, der Doktor habe sich erstaunt gezeigt, weil Richard ihn allein zu sprechen wünschte. Bei Hesters überreizten Nerven kann ich mir durchaus vorstellen, daß sie auf der Stelle mit der Wahrheit herausplatzte. Ich glaube, der Doktor hat seine Frau aufrichtig geliebt, trotz seines barschen Benehmens. Als er sie Richard damals wegnahm, setzte er sich scharfer Kritik aus, wie ihr wohl wißt, das hat sich sogar auf seine Praxis abträglich ausgewirkt.«

»Glaubst du, der Schock über ihr Eingeständnis könnte ihn dazu getrieben haben, sich selbst das Leben zu nehmen?«

»Es ist doch immerhin eine Möglichkeit?«

»Dafür war er nicht der Typ.«

»Sind wir Gott, daß wir wissen, wie ein Mann oder eine Frau unter Druck reagiert?«

»Aber warum gerade in diesem Augenblick, kurz nach Richards Besuch?«

»Selbstmord ist eine schreckliche Sache. Vielleicht fiel es ihm im Zorn leichter. Es könnte auch noch eine andere Erklärung geben, obwohl ich mir einfach nicht denken kann, daß ein Mann es wagen würde, mit einer solchen Sünde auf dem Gewissen vor seinen Schöpfer zu treten.«

»Du meinst, er wollte Richard belasten? Hah! Du hast eine zu hohe Meinung von der menschlichen Natur, Ruth.

Ich bin sicher, daß ihm nichts lieber gewesen wäre. Ich frage mich ... ich frage mich wirklich ... ob da nicht vielleicht etwas dran ist.«

»Es gibt nur einen Weg, um es herauszufinden. Ich muß Hester Morby alleine sprechen.«

»Was? Du willst in dieses Haus gehen? Das würde ich niemals zulassen. Wenn jemand geht, dann werde ich diejenige sein.«

»Das kommt gar nicht in Frage. Es ist meine Idee, und ich muß danach handeln.«

»Sie wird dich gar nicht empfangen.«

»Das glaube ich nicht. Ich habe ihr einiges zu sagen. Ich muß ihr begreiflich machen, daß die Zeiten vorbei sind, in denen es genügte, nur eine Marionette zu sein – sie muß jetzt endlich erwachsen werden.«

»Nachdem ihre Mutter nichts mehr mit ihr zu tun haben will und ihr Ehemann tot ist, ist schließlich niemand mehr da, um an den Fäden zu ziehen.«

»Du hast jemanden vergessen, Sarah. Da wäre immer noch Mrs. Grundy.*«

»Wer ist Mrs. Grundy – lebt sie in Cattminster?« wollte Essie arglos wissen. »Warum«, fügte sie schmollend hinzu, »kann eigentlich nicht ich diejenige sein, die Hester Morby besucht? Ich habe keine Angst vor ihr, auch wenn sie noch so ein schwarzes Herz hat. Außerdem könnte ich ihr etwas sagen, was sie so erschreckt, daß sie den Verstand verliert.«

* Umschreibung für Engstirnigkeit und Sittenstrenge. Mrs. Grundy war eine Nebenfigur in dem Stück *Speed the Plough* von Thomas Morton und personifizierte die Prüderie.

Miss Sarah und Miss Ruth sahen sich verblüfft an. Sie hatten sich so auf ihren Gedankenaustausch konzentriert, daß sie die Anwesenheit ihrer dritten Schwester ganz vergessen hatten.

Miss Sarah versuchte abzulenken: »In diesem Fall könnte sie Richard auch nicht mehr viel nützen. Sie braucht nämlich ihren ganzen Verstand, um ihm aus seiner mißlichen Lage herauszuhelfen.«

»Es ist doch fast Zeit zum Lunch. Komm mit, Essie, wir gehen uns die Hände waschen.«

»Was immer geschieht, es muß schnell geschehen«, murmelte Miss Sarah Miss Ruth ins Ohr. »Ehe der Fall vor den Friedensrichter kommt.«

»Und wird's getan, wär's gut, 's wär schnell getan«, zitierte Miss Essie unbekümmert, wenn auch nicht korrekt William Shakespeare, und verließ das Zimmer.

# 8

Mr. Doddridge hatte behauptet, wenn es in Hester Morbys Leben einen dritten Bewunderer gegeben hätte, dann hätte ganz Cattminster davon gewußt, und damit hatte er eine Tatsache festgestellt, die kein Bewohner dieser römischen Mauern jemals angezweifelt hätte.

Mindestens drei Leute beobachteten, wie Dolly Thorne mit seinen langen Beinen die Stufen hinaufsprang, die zur Eingangstür des verstorbenen Doktor Morby führten, und registrierten, mit welcher Kühnheit er einer Frau, die erst vor so kurzer Zeit Witwe geworden war, seine Aufwartung machte. Lang und schmal wie ein Laternenmast, auf dem ein kleiner Kopf saß, war Mr. Thorne nicht zu verwechseln. Seine Familie war bekannt für ihren Reichtum und ihre Freigebigkeit, und Dolly selbst war weniger berühmt wegen seiner jüngsten Abenteuer am Amazonas als wegen einer früheren Heldentat, als er, unoriginell, wie Studenten nun merkwürdigerweise einmal sind, den Rathausturm der Stadt mit einem gewissen Haushaltsgegenstand geschmückt hatte, um die Erreichung seiner Großjährigkeit kundzutun.

Von einem so wilden Jungen erwartete man nichts anderes als zügelloses Benehmen, und die einzige Person, die dieser Besuch wirklich überraschte, war vielleicht die Witwe selbst. Im Haus hing noch immer der Trauergeruch wie der Kohlduft in einer billigen Pension, und im Salon waren die schweren Vorhänge seit dem Tag des Begräbnisses nicht mehr aufgezogen worden.

Mrs. Morby empfing den jungen Mr. Thorne im Frühstückszimmer, aus dem man durch ein kleines Treibhaus mit üppig wuchernden Grünpflanzen auf den hinteren Garten blickte. Das grünliche Licht erzeugte eine Atmosphäre wie unter Wasser, in der Hester noch gespenstischer aussah als im Zeugenstand und Mr. Thorne mit seinen scharfgeschnittenen Zügen wie ein verschmitzter Kobold wirkte. Er legte jedoch ein tadelloses Benehmen an den Tag, nahm ihre schlaffe Hand, beugte sich darüber und entschuldigte sich für die Störung.

»Wissen Sie, ich hatte einfach das Gefühl, ich müßte zu Ihnen kommen. Hoffentlich halten Sie mich jetzt nicht für aufdringlich, aber Sie haben mir verteufelt leid getan. Und schließlich haben wir gemeinsame Freunde. Ich hätte Ihnen ja gerne meine Mutter geschickt, aber die Arme hat wieder einmal ihre Bronchitis und darf das Haus nicht verlassen.«

Diese so gewandt vorgebrachte Behauptung war völlig aus der Luft gegriffen. Die Thornes und die Ferrars bewegten sich nämlich in ganz verschiedenen Kreisen, und Mrs. Thorne wäre ebenso wenig auf die Idee gekommen, Hester Morby zu besuchen, wie zum Mond zu fliegen. Die Thornes pflegten sich ihre Freunde aufgrund von Verbindungen auszuwählen, die bereits seit Generationen bestanden. Colonel Ferrars konnte für sie nie etwas anderes sein als ein ungehobelter Emporkömmling, und den verstorbenen Doktor Morby stuften sie kaum höher ein als einen Apotheker. Hester war nicht blind für die Tatsache, daß ein Besuch Dolly Thornes in ihrem Hause mehr war, als sie jemals hatte erwarten können. Seine Freundschaft mit dem Sohn des Weißwarenhändlers, die auf eine feste Allianz mit der Familie des Kanonikus zurückzuführen war, gehörte zu den Dingen, die sie außer acht gelassen hatte, als sie Richards gesellschaftliche Stellung mit der des Doktors verglich und für ungenügend befand.

Dessen ungeachtet verliehen ihr die Umstände eine Selbstsicherheit, die ihr sonst gefehlt hätte, und so antwortete sie mit einem Ernst, der ihr gut zu Gesicht stand: »Es ist sehr freundlich von Ihnen, mich zu besuchen, Mr. Thorne, und ich versichere Ihnen, daß ich diese Geste sehr zu schätzen weiß. Ich glaubte nicht ... ich dachte ... nun ja, ich war sicher, daß Ihre Sympathien eher bei Richard lägen.«

»So ist es auch«, beteuerte er. »Aber, Hölle und Teufel, er ist ein Mann und sollte eigentlich fähig sein, auf sich selbst aufzupassen. Sie dagegen, Sie armes kleines Ding, sind der Öffentlichkeit auf Gnade und Ungnade ausgeliefert. Als ich Sie da oben im Zeugenstand stehen sah und alle sie anstarrten, als wollten ihnen gleich die Augen aus dem Kopf fallen, ich kann Ihnen sagen, da kam ich mir vor wie ein verdammter Schuft, weil ich überhaupt hingegangen war. Ich meine ... es war, als wollte man Sie zwingen, mitten auf der Oxford Street ein Bad zu nehmen.«

»O ja, es war entsetzlich. Die heiligsten Gefühle wurden ans Licht gezerrt und der Menge zum Fraß vorgeworfen. Und dabei wollte ich Richard auf keinen Fall schaden, ganz im Gegenteil, ich wollte zum Ausdruck bringen, was für ein zutiefst ritterlicher Mensch er ist. Aber ich mußte natürlich die Wahrheit sagen.«

»Selbstverständlich. Und da standen Sie, ganz allein gegen die ganze Welt. Ich wäre Ihnen so gerne beigesprungen, aber Charles und ich wurden leider aneinandergepreßt wie siamesische Zwillinge, und ich konnte keinen einzigen Muskel rühren. Also habe ich Sie die ganze Zeit angegrinst wie ein Idiot, um Ihnen zu zeigen, daß ich auf Ihrer Seite stand, aber ich glaube nicht, daß Sie mich bemerkt haben.«

»Ich habe überhaupt niemanden erkannt, ich sah nur ein Meer von Gesichtern. Aber ich hätte mir niemals träumen lassen, daß ich einen Fürsprecher im Saal hatte. Sie machen mir Mut für die nächste, schmerzliche Prüfung.«

»Zuerst der zweite Teil der Voruntersuchung, dann der Friedensrichter und schließlich der eigentliche Prozeß. So ist doch die Reihenfolge? Aber trösten Sie sich, eigentlich haben Sie das Schlimmste überstanden. Sie haben Ihre Aussage bereits einmal gemacht; in Zukunft brauchen Sie sie nur noch zu wiederholen.«

»Ich ... ich darf darüber nicht sprechen. Meine Rechtsberater haben mir ans Herz gelegt, kein Wort zu sagen, nicht einmal in einem privaten Gespräch.«

»Soll das heißen, daß man Sie bis nach der Assisenverhandlung hier einsperren will?«

»O nein, ich kann ausgehen, wann immer ich will. Aber ich kann die Straßen von Cattminster einfach nicht ertragen. Ich gehe ja nicht einmal ins vordere Zimmer.«

»Wenn Sie sich nicht alleine hinauswagen, warum lassen Sie sich dann nicht von mir begleiten?«

»Was gäbe das wohl für einen Skandal, Mr. Thorne. Ich kann mir lebhaft vorstellen, wie sich gewisse Leute schon jetzt den Mund zerreißen würden, wenn sie wüßten, daß ich Sie alleine empfangen habe.«

»Ich pfeife auf die Konventionen. Das wichtigste ist, neue Rosen auf diese blassen Wangen zu zaubern. Jetzt hören Sie mir mal genau zu. Ich bekomme einen neuen Wagen – ein Prachtstück. Kann ich Sie nicht dazu verführen, eine kleine Ausfahrt mit mir zu machen?«

Sie faltete die Hände, doch dann ließ sie sie entmutigt in den Schoß sinken.

»Das hört sich wundervoll an, aber es ist ganz ausgeschlossen. Damit hätte ja die ganze Stadt etwas zu reden.«

»Sie könnten eine Schutzkappe für Automobilisten aufsetzen und darüber einen Schleier tragen. Verteufelt kleidsam... und eine ausgezeichnete Tarnung.«

»Sie unterschätzen die scharfen Augen der städtischen Klatschbasen.«

»Pah! Warum kümmern Sie sich darum, was die Leute reden?«

»Wissen Sie nicht, daß ich für sie alle ein Geschenk des Himmels bin?«

»Ich weiß nur, daß die Welt größer ist als Cattminster und daß Ihnen ein Platz darin gebührt. Es ist doch eine Schande, wenn man einer so verdammt reizvollen Frau wie Ihnen nicht zugestehen will, daß sie ihr Leben so genießt, wie sie es verdient.«

»Mr. Thorne, Sie vergessen, daß ich vor kurzem Witwe geworden bin.«

»Nein, das habe ich nicht vergessen, ich bin mir dessen durchaus bewußt. Es tut mir leid um Ihren Gatten, aber glauben Sie mir, was zählt, sind die Lebenden, nicht die

Toten. Wir beide sind doch moderne Menschen, auch wenn für den Rest der Bevölkerung offenbar die Zeit stehengeblieben ist, seit der Hof in Trauer um die vielbeweinte Königin Victoria versank. Wir wollen doch den Tatsachen ins Auge sehen, mein liebes Kind. Wenn ich daran denke, welchen Ruf Ihr Gatte hatte, und wenn ich Sie mir so ansehe, dann kann ich einfach nicht glauben, daß er Ihr ein und alles gewesen sein soll. Das widerspricht jedem gesunden Menschenverstand. Und jetzt seien Sie vernünftig und geben Sie zu, daß Sie über seinen Verlust nicht ganz und gar untröstlich sind.«

»Der Verlust meines Kindes...« begann sie.

»Ihr Kind starb vor fast einem Jahr. Auch andere junge Frauen haben ihr erstes Kind verloren. Das heißt nicht, daß sie das Recht hätten, sich auf ewig wie blasse, kleine Gespenster zu verkriechen. Gewöhnlich sorgen ihre Ehemänner für ihre Genesung, und zwar nicht, wenn Sie die abgeschmackte Bemerkung verzeihen, ausschließlich mit Hilfe von Arzneimitteln.«

»Da! Sehen Sie! Sie tun so, als hätten Sie mich gern, aber Sie lassen es ganz und gar an Respekt fehlen. Sie glauben, nur weil ich das Opfer unglücklicher Umstände bin, können Sie einfach hierherkommen und mich beleidigen.«

»Da haben Sie mich völlig mißverstanden. Ich versichere Ihnen, ich empfinde den größten Respekt vor Ihnen. Aber mein Besuch kommt wohl zu einem ungünstigen Zeitpunkt. Ich hätte eine bessere Gelegenheit abwarten sollen. Leben Sie wohl, Mrs. Morby.«

»Nein, bitte warten Sie einen Augenblick, Mr. Thorne.« Sie legte ihm eine Hand auf den Arm, um ihn zurückzuhalten. »Sie haben es sicher nicht böse gemeint. Ich bin nur ein wenig... nervös. Ich... ich halte mich für eine loyale Ehefrau, dennoch muß ich gestehen, daß das, was Sie sagen, zum Teil der Wahrheit entspricht. Herbert und ich, wir paßten nicht zueinander. Nicht etwa, daß wir gestritten hätten, aber Sie hatten recht, er hat mich nicht glücklich gemacht. Er war zu alt für mich, zu festgefahren in seinen Gewohnheiten. Dieses Haus war so langweilig wie eine Leichenhalle.« Bei dem Wort »Leichenhalle« zuckte sie zusammen und senkte ihre großen Augen.

»Und jetzt«, flüsterte sie, »haben Sie wenigstens allen Grund, schlecht von mir zu denken.«

»Was in meinem Kopf vorgeht, ist nur mir selbst bekannt«, erklärte Dolly, »und ich halte es im Moment selbst Ihnen gegenüber nicht für angebracht, darüber Auskunft zu geben. Und jetzt sagen Sie, daß ich Sie wieder besuchen darf und daß Sie mir verzeihen, falls ich zu stürmisch gewesen sein sollte. Ich verspreche auch, mich in Zukunft anständig zu benehmen.«

»Ich wäre dankbar für Ihren Besuch. Ich habe so wenige Freunde.«

»Sie dürfen aber nicht nur *Freundschaft* von mir erwarten«, bemerkte er anzüglich.

»Bitte, lassen Sie mich jetzt allein. Sie waren schon zu lange hier, und unter solchen Umständen tratschen die Dienstboten gern.«

»Sie tratschen unter allen Umständen. Sind Sie zufällig ein Naschkätzchen?«

»Was hat das damit zu tun?«

»Ich habe mir erlaubt, Ihnen eine Schachtel Pralinen zu

schicken. Ich wollte Ihnen unbedingt etwas schenken, und mit einem Blumenstrauß in der Hand komme ich mir immer so albern vor.«

»Wie aufmerksam von Ihnen.«

»Das beruhigt mich. Ich sage also *au revoir*, meine Gnädigste.«

Er drückte ihr zärtlich die Hand. Als er sie endlich losließ, klingelte sie nach Murch und ließ ihn hinausführen.

Mindstens drei Leute beobachteten, wie er diese berüchtigten Stufen wieder hinunterstieg.

»Dolly, bist du da? Komm, sei so nett und laß mich rein!« Charles Hearst hämmerte mit seiner mächtigen linken Hand gegen die Tür von Mr. Thornes Schlafzimmer im »Three Cups«, während er mit der rechten am Türknopf rüttelte.

Endlich öffnete ihm sein Freund, er trug einen mondänen Hausmantel und hatte sich ein Handtuch um den Hals gehängt und ein zweites wie einen Turban um den Kopf gewickelt.

»Oh! Donnerwetter!« rief Hearst erstaunt aus.

»Ich habe eben ein Bad genommen. Komm rein und setz mich nicht den Blicken jedes vorübergehenden Zimmermädchens aus. Nicht daß ich ihnen die Freude nicht gönnen würde, aber du weißt, ich bin empfindlich gegen Zugluft.«

»Aber warum in aller Welt nimmst du um diese Zeit ein Bad?«

»Das war unerläßlich, mein Bester. Als ich nach meinem

Gespräch mit der *femme fatale* von Cattminster wieder zurückkam, fühlte ich mich richtiggehend besudelt. Dagegen half nichts anderes als ein heißes Bad und viel Seife.«

»Dann hat sie also geruht, dich zu empfangen?«

»Mit wahrer Begeisterung. Dieses Haus, Charles! Es ist so feucht und deprimierend wie eine Gruft. Und mit den schlimmsten Geschmacksverirrungen der letzten Stilepoche möbliert. Nimm doch Platz, steh nicht herum und mustere mich mit finsteren Blicken. Das halten meine Nerven nicht aus. Vergiß nicht, daß ich eben ein absolut grauenhaftes Erlebnis überstanden habe.«

»Ich finde nicht, daß man darüber scherzen sollte.«

»Scherzen, mein lieber Charles! Nichts liegt mir ferner. Dieses fürchterliche Frauenzimmer hätte mich fast mit Haut und Haaren verschlungen. Ich bin überzeugt davon, daß sie mich als ihr nächstes Opfer auserkoren hat.«

»Na, du hast dich vermutlich auch ganz schön an sie 'rangemacht. Ich meine, so war es ja auch geplant. Ich hoffe nur, du hast keine Chancen vertan.«

»Ich habe mein Bestes gegeben. Ich sage dir, Charles, die Darbietung war so gekonnt, daß ich fast über mich selbst erschrocken bin. Ich wußte gar nicht, was so alles in mir steckt. Heiliges Donnerwetter, wenn ich nicht aufpasse, bringt mich mein Mundwerk noch so in Schwierigkeiten, daß ich auf einmal als Ehemann dastehe. Du weißt, wie sehr ich Frauen hasse, Charles. Und doch habe ich mit Phrasen um mich geworfen, die aus Casanovas Handbuch der Verführung stammen könnten. Pfui Teufel, es hätte nicht viel gefehlt, und sie wäre mir um den Hals gefallen. Wenn sie für Morby oder für Richard jemals auch nur einen Funken echte Zuneigung empfunden hat, fresse ich meinen Hut.«

»Was hatte sie denn über Richard zu sagen?«

»Ach, sie hat ihn nur ganz nebenbei erwähnt.« Dolly wickelte seinen Turban ab und machte sich daran, seine schwarzen Haare kräftig zu frottieren.

»Dann bist du gar nicht zum Kern der Sache vorgestoßen, besonders zu ihrer Aussage?«

»Als ich das Thema berührte, ist sie zugeklappt wie eine Auster. Ihr Rechtsberater hatte ihr eingeschärft, den Fall doch bitte mit niemandem zu erörtern. Dagegen war ich ziemlich machtlos.«

»Dann war der Besuch also eigentlich umsonst?«

»Das würde ich nicht sagen. Nein, das würde ich wirklich nicht sagen«, wiederholte Dolly nachdenklich.

»Aber was hat er uns denn eingebracht?«

»Ich bin jetzt in diesem Haus willkommen, wann immer ich will. Und mir wurde bestätigt, was ich schon lange vermutet hatte, daß diese junge Frau nämlich ihre traurige Berühmtheit genießt, auch wenn sie die Tiefbetrübte spielt. Weiterhin habe ich ihr das Geständnis entlockt, daß sie mit ihrem Gatten selig keineswegs glücklich war, obwohl sie im Zeugenstand das Gegenteil behauptet hat. Vielleicht hältst du das für nebensächlich, Charles, aber es ist wenigstens etwas, worauf du dich bei deinen Ermittlungen stützen kannst.«

»Bei *meinen* Ermittlungen!«

»Du hast doch hoffentlich unsere Abmachung nicht vergessen. Wir haben ausgelost, wer als erster gehen muß, aber es war vereinbart, daß der andere ihm folgen würde.

Jetzt bist du an der Reihe, Charles. Ich habe absolut nichts dagegen, dich als Rivalen zu haben, im Gegenteil, das wird mir ein Gefühl der Sicherheit geben. Schließlich bist du tatsächlich die bessere Partie. Vielleicht hast du nicht ganz meine *joie de vivre*, aber du bist zuverlässiger und neigst nicht halb so sehr dazu, aus dem trauten Heim auszubrechen.«

»Du glaubst doch nicht wirklich, daß einer von uns beiden letztlich an der Angel hängen bleibt?« Der redliche Charles war sehr beunruhigt.

»Wenn wir damit Richard vor dem Henker retten könnten, wäre der Preis gewiß nicht zu hoch. Ich dachte, wir wären uns einig gewesen, daß das Mädchen mehr weiß, als sie sagt.«

»O ja, da bin ich ganz sicher. Ich bin übrigens gekommen, um dir über meinen Besuch bei Miss Sarah Donkin zu berichten. Du hattest richtig gehört, sie hat Richard heute morgen aufgesucht.«

»Wie geht es ihm?«

»Soweit ich es mitbekommen habe, wirkt er ziemlich niedergeschlagen. Er sieht seine eigenen Chancen im düstersten Licht, und, was noch schlimmer ist, er scheint sich mit seinem Schicksal abgefunden zu haben. Er hat uns durch sie eine Botschaft geschickt, um nicht schreiben zu müssen. Sie sagte, er will weder Briefe schreiben noch welche empfangen. Außerdem kann ich dir versichern, daß deine Gefühle gegenüber Hester Morby noch freundlich sind, gemessen an dem, was in Miss Sarahs Brust tobt.«

»Das überrascht mich nicht im mindesten. Meine Großmutter ist zu einem Haß fähig, dessen sich kein Türke zu schämen brauchte. Was führt Hester Morby denn nach Miss Sarahs Meinung im Schilde?«

»Was Miss Sarah glaubt, ist weniger interessant als das, was Richard selbst sagt. Mrs. Morbys Aussage bei der Voruntersuchung hat ihn davon überzeugt, daß er ihr in keiner Weise mehr verpflichtet ist, und wenn du jetzt aufhörst, mit diesem Handtuch herumzuwedeln, erzähle ich dir in kurzen Worten, was seine Tante vom alten Doddridge, dem Anwalt, erfahren hat.«

»Ich bin ganz Ohr.«

Und so war es auch. Er saß da, das bemängelte Handtuch auf den Knien, und hörte gespannt zu, was sein Freund zu berichten hatte.

»Du siehst also«, schloß Charles schließlich. »Wir hatten richtig vermutet. Das nachmittägliche Gespräch mit Richard wurde so bearbeitet, daß es ihren Zwecken diente.«

»Eine eigenartige Geschichte«, bemerkte Dolly nachdenklich und begann sich erneut zu frottieren. »Aber ich sehe nicht, wie sie Richard in irgendeiner Weise helfen könnte. Sie liefert nur einen weiteren Grund, den Doktor um die Ecke zu bringen, also warum war die gute Hester Morby so erpicht darauf, sie zu verheimlichen?«

»Das ist doch ganz offensichtlich. Sie wollte nicht Gefahr laufen, als Helfershelferin zu erscheinen.«

»Ich bin mir da gar nicht so sicher. Ich frage mich vielmehr, ob dieses Teufelsweib nicht vielleicht ihn dazu überredete, für sie den Helfershelfer zu spielen, um ihm dann die ganze Schuld aufladen zu können.«

»Dolly, du scheinst es darauf anzulegen, Richard für schuldig zu halten.«

»Du hast selbst erlebt, daß er fähig ist, einen Menschen zu töten.«

»Doch nur, als er dazu gezwungen war, um uns zu verteidigen.«

»Genau. Aber war das hier nicht eine ähnliche Situation? Schließlich hat die Dame vorgegeben, in Lebensgefahr zu schweben. Sie wußte genau, womit sie Richard ködern konnte.«

»Es macht doch einen gewaltigen Unterschied, ob man einen Wilden mit einem Gewehr erschießt oder einen guten Mann unter seinem eigenen Dach vergiftet.«

»Das Ergebnis ist das gleiche. Bedauerlich, wenn du findest, die letztere Methode sei eines Gentleman nicht würdig.«

»Dolly, es gibt Augenblicke, da würde ich dich am liebsten ermorden.«

»Solange ich hier sitze, bin ich in Sicherheit. Du wärst nie so unsportlich, auf einen sitzenden Vogel zu ballern.«

»Dolly, die Sache ist ernst.«

»Als ob ich das nicht wüßte! Der Teufel soll diese verrückte Stadt holen.«

»Glaubst du, Richard wäre besser dran, wenn das alles in London passiert wäre?«

»Wenigstens hätte er den Vorteil, von klügeren Köpfen mit einem weiteren Horizont umgeben zu sein. Dann stünden nicht nur fünf alte Jungfern zwischen ihm und der ewigen Verdammnis.«

»Dolly, das nehme ich dir aber wirklich übel!«

»Stimmt es denn nicht? Ich habe mich schließlich auch dazugezählt. Charles, die größte Gefahr für Richard sind die Menschen hier, in mancher Beziehung sind sie nicht weniger rückständig als irgendein Indianerstamm. Sie zelebrieren ein Ritual, ohne so recht zu begreifen, was es damit auf sich hat, und ehe sie wissen, wie ihnen geschieht, steckt Richards Kopf in der Schlinge.«

»Dann ist es an uns, ein Ablenkungsmanöver zu inszenieren.«

»Es gibt nur ein Ablenkungsmanöver, das wir inszenieren können, und das weißt du ebensogut wie ich.«

»Du meinst, wir müssen versuchen, Hester Morby an Richards Stelle auf die Anklagebank zu bringen?«

»Es gibt noch einen einfacheren Ausweg.«

»Wenn es das ist, was ich vermute, will ich nichts damit zu tun haben.«

»Das brauchst du auch nicht. Einer von uns genügt. Der andere müßte ihm nur ein Alibi geben. Dagegen hättest du doch wohl nichts einzuwenden? Ich möchte mich nicht unbedingt als Ersatzopfer anbieten, wenn es sich vermeiden läßt. Ich freue mich nämlich schon darauf, mit meinem neuen Wagen zu fahren.«

»Aber Dolly, du mußt verrückt geworden sein! Das wäre ja praktisch kaltblütiger Mord.«

»Und wenn man Richard hängt, ist das etwas anderes?«

»Ich brauche Zeit zum Nachdenken. Es muß noch einen anderen Ausweg geben.«

»Wenn dir einer einfällt, dann bist du klüger als ich.«

»Um Himmels willen, Dolly, nun stürze dich nicht in

etwas hinein, was du hinterher mit Sicherheit bereuen wirst. Wenn etwas unternommen werden soll, so ist das ganz allein meine Sache.«

»Du kannst nicht jedesmal Expeditionsleiter sein, Charles.«

»Das werden wir noch sehen. Momentan machen wir erst einmal weiter wie ursprünglich geplant. Ich werde Hester Morby genau wie du einen Anstandsbesuch abstatten, obwohl ich nicht garantieren kann, daß ich auch so vorgehen werde. Wann ist die beste Gelegenheit, sie alleine anzutreffen? Hat sie viele Besucher?«

»Überhaupt keine, wenn man ihr glauben darf.«

»Dann erledige ich das wohl am besten am Vormittag.«

»Du meinst morgen? Die Zeit wird allmählich knapp.«

»Ja. Dolly, warum sind wir nicht an den Gestaden des Amazonas geblieben, anstatt in diesen Schlamassel zu geraten?«

»Ganz recht. Hör mal, könnten wir Richard nicht aus dem Kittchen holen und mit ihm auf den Kontinent verschwinden? Ich glaube nicht, daß er besonders scharf bewacht wird. Noch besser, wir nehmen meinen Wagen, bestechen den Aufseher und rasen mit halsbrecherischer Geschwindigkeit nach Liverpool. Dort könnten wir ihn als blinden Passagier auf ein Schiff schmuggeln, das auf große Fahrt geht.«

»Du bist ein unverbesserlicher Romantiker. Ich kann mir schon vorstellen, wie das ablaufen würde. Dein kostbarer Wagen würde uns irgendwo im Stich lassen, man würde uns alle mit Schimpf und Schande verhaften und nach Hause zurückexpedieren. Warum startest du eigentlich nicht mal deinen Verstand anstelle deines verdammten Automobils? Wenn du Richard nicht mit solcher Verbohrtheit für schuldig halten würdest, fiele dir vielleicht etwas ein, um seine Unschuld zu beweisen.«

»Glaubst du nicht, daß mir das auch lieber wäre? Nicht, daß es viel an der Sache ändern würde, soweit ich sehe, aber es bringt meine Einschätzung von Richard ins Wanken.«

»Es paßt überhaupt nicht zu ihm.«

»Ich weiß nicht, Charles. Wie genau kennen wir uns eigentlich, wenn wir zum Äußersten getrieben werden? Kannst du zum Beispiel vorhersagen, wie ich in jeder gegebenen Situation reagieren würde?«

»Ich schmeichle mir, das doch recht gut beurteilen zu können. Du solltest einmal Richards Tanten besuchen.«

»Das möge der Himmel verhüten!«

»Sie haben nicht den geringsten Zweifel an seiner Unschuld. Selbst wenn sie ihn mit einem Fläschchen Blausäure in der Hand erwischt hätten, würden sie es noch immer nicht glauben.«

»Ja, da liegt der Hase im Pfeffer. Wenn es nur irgendein anderes Gift gewesen wäre!«

»Nicht nur Richard selbst wußte, daß er die Möglichkeit hatte, sich Blausäure zu beschaffen. Seinen Tanten war es zum Beispiel ebenfalls bekannt. Als er bei ihnen zum Dinner war, hat er ihnen im Laufe des Gesprächs alles über die Maniokpflanze erzählt.«

»Dann glaubst du also, er könnte das auch Hester Morby gegenüber erwähnt haben?«

»Warum nicht? Sie hat selbst ausgesagt, daß sie sich mit

Richard über seine Abenteuer bei den Indianern unterhalten habe.«

»Und warum sagt Richard davon und von diesen verqueren Hirngespinsten über die Mordabsichten des Doktors gegenüber seiner liebenden Ehefrau kein Wort?«

»Richard will wahrscheinlich keinerlei Angaben machen, die sie belasten würden, ohne seine eigene Lage zu verbessern. Er hat im Moment mehr als genug Zeit zur Verfügung, um sich seine eigenen Gedanken zu machen.«

»Richtig, Charles. Aber wir brauchen gar nicht so zimperlich zu sein. Wenn du Mrs. Morby überhaupt zum Reden bringen kannst, dann schlage ich vor, daß du die Sache von dieser Seite her in Angriff nimmst.«

Inzwischen hatte Hester Morby in Gestalt von Inspektor Thomas Yeald weiteren Herrenbesuch erhalten. Der Inspektor war vom Haus der Morbys ebenso wenig angetan wie Dolly Thorne. Ja, je mehr er davon zu sehen bekam, desto inniger dankte er Gott für sein eigenes, bescheidenes kleines Heim mit Blick auf den Kanal. Er sehnte sich richtiggehend nach natürlichem Sonnenlicht, nach der biederen Behaglichkeit seiner Küche, nach seinem alten Schaukelstuhl, den bunten Bechern auf der Anrichte und sogar nach dem Kanarienvogel in seinem Bauer. Hier wirkte alles wie erstarrt, und die junge Frau war in diese Leblosigkeit eingesponnen wie ein Insekt in seinen Kokon.

Zum erstenmal regte sich in Yeald ein gewisser Widerwille gegen seinen Beruf. Bisher hatte er seine Arbeit immer geliebt, er hatte geglaubt, gut dafür geeignet zu sein, und war stolz darauf gewesen, sich seine Beförderung ehrlich verdient zu haben. Cattminster war eine gesetzestreue Stadt, wenn man einmal von der Rennwoche absah, und mit den aalglatten Spitzbuben, die alljährlich während dieser paar Tage in Scharen in seinen Amtsbereich eindrangen, konnte er durchaus fertigwerden. Aber dieser Fall ging ihm persönlich zu nahe. Miss Sarah Donkin war seine alte Freundin und Ratgeberin, und jedermann wußte, daß sie Richard liebte wie ihren Sohn.

Der Inspektor war entschlossen, in diesem Fall so gründlich zu ermitteln wie nur irgend möglich, weniger im Hinblick auf sein eigenes Fortkommen, als vielmehr, um dafür zu sorgen, daß das Licht der Wahrheit auch in den letzten Winkel dringen konnte, wenn Richard der Prozeß gemacht wurde. Falls man ihn dennoch für schuldig befand, konnte Yeald sich wenigstens ruhigen Gewissens sagen, daß alles aufgedeckt worden war, was dafür oder dagegen sprach, und daß er für seine alte Sonntagsschullehrerin getan hatte, was er konnte. Die letzte Entscheidung lag nicht in seiner Hand, sondern in den Händen von anderen, die besser – der Richter – oder auch weniger gut – die Geschworenen – dafür gerüstet waren, den Fall zu beurteilen. Im Augenblick fühlte er sich genötigt, eine Kleinigkeit in Richards jüngster Aussage über sein letztes Gespräch mit dem Doktor nachzuprüfen. Nach Yealds Ansicht war es nur ein sehr schwacher, aber doch gleichzeitig auch der greifbarste Punkt, der für Richard sprach. Diese Bagatelle trug das Siegel der Wahrheit, einfach deshalb, weil sie zu albern war, als daß irgend jemand sie hätte erfinden können.

Der Inspektor setzte sich auf die Kante eines mit Roßhaar gepolsterten Sessels und stellte seine Frage.

»Mrs. Morby, hatten Sie jemals ein Exemplar eines Buches mit dem Titel *Die Geschichte der Mrs. Maybrick* im Haus?«

Ihre Lider zuckten, aber das besagte noch gar nichts, sie war ohnehin ein reines Nervenbündel.

»Ich glaube nicht, Inspektor. Ich bin mir sogar ganz sicher, es sei denn, es hätte meinem Mann gehört. Der Titel ist ungewöhnlich – ich würde mich gewiß daran erinnern. Ist es ein Roman oder eine wahre Geschichte?«

»Es ist eine Biographie«, antwortete der Inspektor zurückhaltend.

»Und wer war Mrs. Maybrick? Der Name kommt mir bekannt vor, das Buch allerdings nicht«

»Sie war ... ach, das ist eigentlich nicht so wichtig, Mrs. Morby.«

»Aber was für eine seltsame Frage. Wozu wollen Sie wissen, welche Bücher ich lese? Nicht, daß es ein Geheimnis wäre, keineswegs. Falls es Sie wirklich interessiert, am liebsten mag ich Gedichte. Für Romane habe ich nicht viel übrig, und eine Biographie, das hört sich sehr langweilig an.«

»Ja, natürlich. Trotz alledem, hätten Sie etwas dagegen, wenn ich mir einmal Ihren Bücherschrank ansehe? Nicht etwa, daß ich an Ihren Worten zweifeln würde, ich möchte nur ganz sicher gehen. Wir von der Polizei legen immer großen Wert auf Gewißheit. Nein, Mrs. Morby, bleiben Sie ruhig sitzen. Wie ich sehe, haben Sie hier im Raum zwei Bücherschränke stehen, Rosenholz, nicht wahr? Ich will lediglich einen kurzen Blick auf die Titel werfen, selbstverständlich nur, wenn Sie keine Einwände haben.«

»Ich habe keine Einwände, aber ich finde es eigenartig.«

Ohne weiter darauf einzugehen, machte sich der Inspektor ans Werk, wobei ihm die Arbeit sehr erleichtert wurde, weil jemand (vermutlich der verstorbene Doktor) eine Vorliebe für Gesamtausgaben gehabt hatte. Er fuhr mit dem Daumennagel über die gewölbten Bücherrücken einer Kolonne Dickens in Halbfranzbindung. Daran reihten sich ein Dreiviertelyard Scott, ein Fuß Jane Austen und drei dicke Bände Shakespeare, Komödien, Tragödien und Historien. Auch die Klassiker der Weltliteratur fehlten nicht, alle gleich abweisend, säuberlich abgestaubt und niemals gelesen. Offenbar war keines der Bücher einzeln gekauft worden. Mrs. Florence Maybricks Lebensgeschichte wäre einem in dieser Sammlung sofort ins Auge gesprungen. Im zweiten Bücherschrank standen ordentlich in Reih und Glied einige Predigtbände, eine Serie naturgeschichtlicher Werke, ein Konversationslexikon und gebundene Ausgaben des *Punch*. Der Inspektor richtete sich auf.

»Im Arbeitszimmer meines Mannes gibt es auch noch Bücherschränke«, teilte Mrs. Morby ihm liebenswürdig mit, »aber die enthalten nur medizinische Werke. Möchten Sie dort ebenfalls nachsehen?«

»Vielleicht keine schlechte Idee. Bleiben Sie nur, wo Sie sind, Mrs. Morby. Ich kenne mich aus. Sie brauchen diesen Raum wirklich nicht zu betreten. Wenn Sie gestatten, sehe ich noch einmal bei Ihnen vorbei, ehe ich gehe.«

»Oben in meinem Schlafzimmer befinden sich noch ein

paar von meinen ganz persönlichen Büchern, die ich von zu Hause mitgebracht habe. Vielleicht sollte ich doch besser nach Murch läuten, sie kann Sie sowohl ins Arbeitszimmer wie auch nach oben führen.«

»Das wäre sehr freundlich, Mrs. Morby.«

Sie betätigte die mit einem Federzug versehene Klingel im Salon, wodurch hinter der friesbespannten Tür ein unüberhörbarer Lärm ausgelöst wurde. Murch erschien sofort.

Sie trat lautlos ein und blieb vor ihrer Herrin stehen. Ihre an Affenpfoten erinnernden Hände mit den derben Knöcheln hingen zu beiden Seiten ihrer gestärkten Schürze herab.

»Ach, Murch, führen Sie doch Inspektor Yeald zuerst ins Arbeitszimmer und dann in mein Schlafzimmer. Er sucht nach einem bestimmten Buch – wie war doch gleich der Titel, Inspektor?«

*»Die Geschichte der Mrs. Maybrick«*, antwortete der Inspektor, der allmählich ganz ungerechtfertigt verlegen wurde.

»Ach ja, richtig. Sie können sich nicht erinnern, ein solches Buch abgestaubt zu haben, Murch?«

»Das hätte ich sicher nicht vergessen, gnädige Frau«, antwortete Murch mit ihrer Dienstbotenstimme, die so farblos und schal war wie destilliertes Wasser.

»Ja, das dachte ich mir. Schon gut, Murch, der Inspektor soll sich nach Belieben umsehen, bis er vollkommen zufriedengestellt ist. Wir haben nichts zu verbergen.«

»Gewiß nicht, gnädige Frau.«

»Hoffentlich sind Sie nicht der Meinung, ich würde

meine Befugnisse überschreiten«, warf der Inspektor hastig ein.

»Ich weiß doch, daß Sie das niemals tun würden, Inspektor. Sie müssen verzeihen, aber Ihre Fragen haben mich zutiefst verwirrt. Das ist alles so – so entsetzlich.«

»Ich kann mir gut vorstellen, wie Sie empfinden, und ich verspreche Ihnen, daß wir alles tun werden, um Ihnen so viel Schmerz zu ersparen wie nur möglich.«

Sein Zartgefühl hinderte den Inspektor freilich nicht daran, zu Murch, die mit steinernem Blick beobachtete, wie er die Bücher untersuchte, zu sagen: »Kommen Sie! Das ist reine Zeitverschwendung. Sie wüßten es doch sicher, wenn Ihre Herrin jemals im Besitz eines solchen Buches gewesen wäre?«

»Wenn sie jemals im Besitz eines solchen Buches gewesen wäre, wüßte ich es«, stimmte Murch zu.

Der Inspektor schob zwei Bände des Dichters Robert Browning an ihren angestammten Platz zurück und zog sich am Kopfgitter eines Doppelbettes aus Messing mit kunstvollen Perlmuttintarsien in die Höhe. Dabei registrierte er, daß auf dem Bett nur noch ein Federkissen lag, und zwar in der Mitte der Nackenrolle.

## 9

Sobald man in einem Augenblick übergroßer Selbstsicherheit das Verhängnis vom Himmel herabbeschworen hat, pflegen ihm, knisternd und knackend wie Feuerwerkskörper im November, kleinere Katastrophen auf dem Fuße zu folgen. In dieses Schema paßte auch das gegenwärtige Verhalten von Miss Essie. Als Nesthäkchen der Familie hatte sie ihre Vorzugsstellung immer ausgenützt, und ihr Vater hatte sie mit seiner abgöttischen Liebe darin auch noch bestärkt. Der verstorbene Kanonikus war das Paradebeispiel eines viktorianischen Papas gewesen: Stets zeigte er eine strenge Miene, und seine drei ältesten Töchter hatten großen Respekt vor ihm. Ganz anders Miss Essie, die schon in sehr jungen Jahren die Maske durchschaut und unter dem Ornat einen im Grunde herzensguten Menschen entdeckt hatte. Der steife Kragen des Klerikers konnte sie nicht daran hindern, ihm ihren winzigen Fuß in den Nacken zu setzen. Soweit es sie betraf, war er einzig und allein dazu auf der Welt, sie zu unterhalten und ihre Wünsche zu erfüllen, und nur danach wurde er beurteilt. Seine Bildungsbeflissenheit war ihr völlig gleichgültig, und mit sieben schockierte sie ihre drei Schwestern, sehr artige, kleine Mädchen, indem sie in seiner Gegenwart von »euren muffigen Büchern« sprach. Merkwürdigerweise wurde sie für derlei Respektlosigkeiten nicht etwa mit einer ordentlichen Tracht Prügel bestraft, der

Kanonikus reagierte auf ihre Unarten vielmehr ganz rätselhaft. Je mehr sie ihn drangsalierte und sich über ihn lustig machte, desto mehr vergötterte er sie, bis sie schließlich unerträglich vorlaut wurde und mit der ständigen Drohung, »es Papa zu erzählen«, sobald irgend jemand sich ihren Wünschen nicht fügte, allen auf die Nerven ging.

Sie war ein reizendes Kind, aber sie besaß weder Sarahs Klugheit noch Ruths natürliche Frömmigkeit, und sie war auch nicht so hübsch wie Olivia, der einzige Mensch, an dem sie wirklich hing und der sie im Zaum halten konnte. Olivia stand ihr altersmäßig am nächsten, aber sie spielte eher die Rolle einer recht lebhaften Ersatzmutter, denn die leibliche Mutter war bei der Geburt dieses Problemkindes gestorben. Auch nachdem Olivia geheiratet hatte und Richard zur Welt gekommen war, war Essie mehr im Haus der Grooms zu finden als daheim, ihrem Schwager trotz seines ausgeglichenen Temperaments ein Dorn im Auge, obwohl sie Olivia bei ihrem Kind eine große Hilfe war. Die diktatorische Essie war siebzehn Jahre alt, als Olivia sich beim Gartenfest des Bischofs erkältete und völlig unerwartet einer Lungenentzündung erlag. Von diesem Augenblick an war für sie, wie es in einem alten Lied heißt, die Uhr abgelaufen und wurde nie wieder in Gang gebracht – nicht etwa, weil der alte Mann starb – sein Hinscheiden zwei Jahre später trug sie durchaus mit Fassung – sondern weil sie Olivia verloren hatte, die sie von ganzem Herzen liebte.

Das Unglück wurde nicht sofort erkannt. Essie benahm sich wie immer, und wenn ein Mädchen mit einundzwanzig sich aufführt wie eine Siebzehnjährige, so ist das keineswegs ungewöhnlich und auch nicht weiter besorgniserregend. Doch als sie sich allmählich auf die fünfundzwanzig und dann auf die dreißig zubewegte, da wurde offenbar, daß etwas schiefgelaufen war, auch wenn man es sich nie offen eingestand. Glücklicher- oder unglücklicherweise, das war eine Frage des Standpunkts, kokettierte sie zwar gerne, entwickelte jedoch nie Gefühle, die über eine harmlose, kindliche Verliebtheit in den einen oder anderen Hilfsgeistlichen hinausgegangen wären. An Heirat schien sie nicht zu denken, und nach ihrem fünfundzwanzigsten Geburtstag gaben auch die anderen in dieser Hinsicht jede Hoffnung auf, obwohl sie, seit Olivia nicht mehr unter den Lebenden weilte, die hübscheste der drei Schwestern war.

Dennoch wäre es eine viel zu schlichte Definition ihres Geisteszustandes gewesen, Essie als einfältig zu charakterisieren. Als Siebzehnjährige wäre sie vollkommen normal gewesen. Sie neigte zu Anfällen von unbekümmerter Ausgelassenheit, dann zeigte sie sich wieder verdrossen oder machte sich übertriebene Sorgen um ihr Aussehen. Sie las gern sentimentale Liebesromane, sie war übersensibel und fiel beim geringsten Anlaß in Ohnmacht. Zum Glück legte sich ihre Überheblichkeit von selbst, als sie nicht mehr auf die Unterstützung des Kanonikus zählen konnte, so daß sie mit der Zeit eine liebenswertere Persönlichkeit entwikkelte. Trotzdem stellte sie Sarahs Geduld auf eine harte Probe, und Miss Ruth, die das klar erkannte, machte es sich zur Aufgabe, sich so viel um ihre naive, jüngere Schwester zu kümmern, wie sie nur konnte. Gewöhnlich verlief das Leben der drei zumindest nach außen hin recht harmonisch. Miss Sarah verwaltete den Haushalt, Miss Ruth teilte ihre Zeit zwischen der Kathedrale und dem Garten auf, und Miss Essie führte eine Art Schmetterlingsdasein, indem sie dann und wann, wenn sie die Lust dazu anwandelte, auf die Beschäftigungen der anderen niederflatterte und manchmal in aller Harmlosigkeit ein Häufchen Eier ablegte, aus denen nur allzu oft schädliche Raupen schlüpften.

Nun hatten die jüngsten Ereignisse jedoch dieses empfindliche Gleichgewicht zutiefst gestört, und in der allgemeinen Aufregung hatte man Miss Essie gewissermaßen gestattet, am Abend lange aufzubleiben und sich ein Theaterstück anzusehen, das nur für Erwachsene geeignet war. Die Folge war, daß das zartbesaitete Wesen außer Rand und Band geriet. Die hemmungslose Liebe zu Olivia, die der ältere Richard als mögliche Bedrohung für seinen Sohn gesehen hatte, weshalb er den Kleinen sofort nach dem Tod seiner Frau in eine andere Umgebung brachte, schoß nun nach langer Unterdrückung um so stärker ins Kraut. All die kleinen Ungerechtigkeiten, gegen die Miss Essie in der Vergangenheit aufbegehrt hatte, wurden nun durch das Auftauchen eines wirklich gewaltigen Unrechts, nämlich der Mordanklage gegen ihren Neffen, in den Hintergrund gedrängt.

Ein paar Tage lang bemerkten die anderen gar nicht, was vorging. Essie weigerte sich zu essen, aber das tat sie oft, und dagegen gab es nur ein Mittel, man mußte eben warten, bis der Hunger sie wieder an den Tisch zurücktrieb. Dann verschwand sie immer wieder für längere Zeit, aber auch das war nichts Besonderes. Bei solchen Anfällen holte Miss Ruth sie sonst normalerweise aus ihrem Zimmer herunter, da sie der Ansicht war, es sei nicht gut für sie, zu lange allein zu sein, aber im Moment war Miss Ruth eher froh, wenn ihre jüngste Schwester sich zurückzog. Sie hatte nämlich das Gefühl, Sarah habe schon genug zu ertragen und soll durch Miss Essies Gegenwart möglichst nicht noch mehr belastet werden. Zum ersten Mal merkte Miss Sarah, daß bei weitem nicht alles in Ordnung war, als sie ihre Schwester dabei ertappte, wie sie mit einem großen Packen Briefe in der rechten Hand zur Haustür hinausschleichen wollte.

»Essie!« rief sie aus. »An wie viele Leute hast du denn geschrieben? Weihnachten ist doch längst vorbei!«

Essie errötete heftig und versuchte, den dicken Stapel hinter ihrem Rücken zu verbergen.

»Komm«, befahl Sarah scharf, denn dieses Versteckspiel hatte sie nun endgültig davon überzeugt, daß sie sich mit dem Vorfall genauer befassen mußte. »Laß sehen. Was hast du da?«

»Ich möchte wirklich wissen, was dich das angeht«, gab Miss Essie wütend zurück. »Wenn ich keinen Schritt mehr tun darf, ohne überwacht zu werden, kann ich ebensogut im Grab liegen.«

»Unsinn!« sagte Miss Sarah. »Bitte, gib mir sofort diese Briefe!«

»Und wenn ich mich weigere?«

»Du willst doch wohl nicht vor allen Leuten auf der Türschwelle mit mir kämpfen?« fragte Miss Sarah ärgerlich.

»Es ist einfach unerträglich«, rief Essie, und schon strömten ihr die Tränen über die Wangen. »Papa hätte nie zugelassen, daß du mich so behandelst. Er hat immer gesagt, ich solle nur tun, was ich wollte. Ich hasse dich, Sarah. Papa hat dich auch gehaßt. Und alle Angestellten hassen dich. Ruth würde dich ebenfalls hassen, wenn sie sich solche Gefühle überhaupt gestatten würde.«

»Genug mit dieser Haßtirade«, befahl Miss Sarah, und ihre Lippen wurden schmal. »Du gibst mir jetzt auf der Stelle die Briefe. Wenn alles in Ordnung ist, bekommst du sie zurück und kannst sie aufgeben.«

Das klang sehr entschieden, und Miss Essie fügte sich und händigte ihr, wenn auch mit trotzigem Gesicht, den Stapel aus.

Der oberste Umschlag war in großer, krakeliger, schulmädchenhafter Handschrift an Seine Majestät den König, Buckingham Palace, adressiert, der nächste an den Premierminister, der dritte an den Erzbischof von Canterbury, der vierte an den Lord Lieutenant* der Grafschaft. Der fünfte sollte über Mrs. Patrick Campbell** hereinbrechen, und der sechste wollte Bekanntschaft mit dem Dekan von St. Paul's schließen. Insgesamt waren es zwanzig.

Miss Sarah war völlig verdattert, und das aus gutem Grund.

»Ich habe an alle einflußreichen Leute geschrieben«, erklärte Miss Essie, die allmählich wieder Oberwasser bekam. »Ich habe sie gebeten, mir einen persönlichen

* Vertreter der Krone in den einzelnen Grafschaften.

** geb. Beatrice Stella Tanner (1865–1940), engl. Schauspielerin.

Gefallen zu tun und Richard sofort aus dem Gefängnis freizulassen.«

»Aber Essie«, begann Miss Sarah. Sie gab sich alle Mühe, ihre Stimme freundlich klingen zu lassen, obwohl sie ihre Schwester am liebsten geohrfeigt hätte. »Begreifst du denn nicht, daß du so etwas nicht machen kannst? Wir würden doch zum Gespött der ganzen Stadt, wenn irgendein Einheimischer davon erführe, ganz abgesehen davon, daß du Richards Sache vielleicht sogar schaden würdest.«

»Ach, davor hast du also Angst, ja? Zum Gespött zu werden! Du möchtest Richard eher am Galgen hängen sehen, als das zu riskieren. Wäre es dir vielleicht lieber, wenn die Leute mit Fingern auf dich zeigten, weil du die Tante des Mannes bist, der für den Mord am Ehemann seiner Geliebten gehängt wurde? Oder willst du Richard sogar ganz verstoßen, wie Petrus, der einst seinen Herrn verleugnete? Aber das wird Olivia erfahren. Darauf kannst du dich verlassen! Sie wird sich aus dem Himmel herabbeugen, und ihr Fluch wird über dein Haupt kommen.«

»Sei still, Essie, du weißt ja nicht, was du sagst. Du gehst jetzt sofort in dein Schlafzimmer und legst dich auf dein Bett. Ich komme später zu dir.«

Essie funkelte sie wütend an, dann drehte sie sich um, brach diesmal allen Ernstes in Tränen aus und flüchtete schluchzend die Treppe hinauf.

Nachdem Miss Sarah sich im Umgang mit der einen Schwester zurückgehalten hatte, ließ sie verständlicher-, aber doch recht unlogischerweise bei der nächsten ihren Gefühlen freien Lauf.

»Wie kannst du nur zulassen«, fiel sie über die unschuldige Ruth her, »daß Essie solche Dummheiten macht? Sieh nur... hier... und hier« (sie blätterte die anstoßerregenden Umschläge hektisch durch), »das törichte Ding hat an den König, an Sir Henry Campbell-Bannermann* und der Himmel weiß an wen noch alles den haarsträubendsten Unsinn geschrieben. Wenn ich sie nicht erwischt hätte, als sie gerade zur Tür hinausschlüpfen wollte, um zur Post zu gehen, wären die Briefe bereits im Kasten, und niemand hätte sie mehr zurückholen können.«

»Aber wozu in aller Welt hat sie denn an den König geschrieben?« fragte Miss Ruth in begreiflicher Verwirrung.

»Ich habe den Brief aufgemacht. Mag sein, daß Privatkorrespondenz heilig ist, aber alles hat seine Grenzen. Hör dir das an, in der dritten Person: ›Miss Esther Donkin wendet sich mit den besten Empfehlungen an Seine Majestät König Edward und bittet Seine Majestät, gütigerweise alle Betroffenen anzuweisen, ihren Neffen Richard Groom, der zu Unrecht eines schweren Verbrechens beschuldigt wird, sofort freizulassen.‹«

Miss Ruth, die im Unterschied zu manchen anderen Heiligen einen ausgeprägten Sinn für Humor besaß, mußte trotz des ernsten Anlasses hellauf lachen, aber Miss Sarah zog es vor, der verstorbenen Mutter des Königs nachzueifern, mit der sie ohnehin viel gemein hatte.

»Ich sehe eigentlich keinen Anlaß für deine Erheite-

* liberaler Premierminister 1905–1908.

rung. Man braucht sich doch nur vorzustellen, was dieser Unfug für Folgen hätte haben können.«

»Ich meine, er hätte überhaupt keine Folgen gehabt«, meinte Miss Ruth begütigend. »Wer immer die Briefe geöffnet hätte, hätte sie für das Werk eines überspannten Schulmädchens gehalten und sie unverzüglich in den Papierkorb geworfen.«

»Das halte ich für ausgeschlossen. Richards Prozeß wird wahrscheinlich landesweit Aufsehen erregen. Erinnere dich doch nur, wie ausführlich die Londoner Zeitungen sich mit der Verhandlung gegen Mrs. Maybrick befaßt haben. Es hätte nur ein Reporter diesen albernen Briefen auf die Spur zu kommen brauchen, und man hätte uns alle ans Kreuz genagelt, um die Sensationsgier der Massen zu befriedigen. Essie muß im Zaum gehalten werden, und dafür bist nun einmal du zuständig.«

»Ich werde natürlich tun, was ich kann. Ich will mich ja nicht entschuldigen, aber wir haben beide einen unverzeihlichen Fehler begangen. Wir kennen Essie und hätten nicht vergessen dürfen, wie wenig belastbar sie doch ist. Es ging in den letzten Jahren so viel besser mit ihr, daß wir uns angewöhnt haben, ihre Grenzen zu übersehen. Dabei hat sich das liebe Kind bei der gerichtlichen Voruntersuchung so tapfer gehalten. Trotzdem war es falsch, sie mitzunehmen, Sarah, das sehe ich jetzt ein.«

»Hinterher ist man immer klüger«, bemerkte Sarah bissig.

»Gewiß, das ist nicht schwer«, stimmte Miss Ruth zu. »Ich überlege, ob es nicht ratsam wäre, sie für eine Weile auf Urlaub aufs Land zu schicken.«

»Mir ist es lieber, sie bleibt hier, wo ich sie im Auge behalten kann.«

»Schön. Das kannst du sicher am besten beurteilen. Du hast schließlich meistens recht.«

»Essie ist nicht schwachsinnig, nur sehr eigenwillig und verzogen. Sie ist voll verantwortlich für alles, was sie tut.«

»Glaubst du?«

»Ja, das glaube ich.«

Die beiden Schwestern sahen sich fest an, Miss Ruth mit sanftem, Miss Sarah mit unnachgiebigem Blick.

»Ruth, die Sache bringt mich noch um den Verstand.«

»Ich weiß. Aber wenn wir den Glauben nicht verlieren, wenn wir nicht aufhören zu beten, dann wird sich sicher eine Lösung finden.«

»Wie schön, wenn man so sein kann wie du. Ganz gleich, welche Probleme, welche Ängste du hast, du schiebst sie einfach dem Allmächtigen zu.«

»Hast du einen besseren Vorschlag?«

»Fühlst du dich nie verpflichtet, aktiv daran mitzuwirken, daß Gottes Wille auch durchgesetzt wird?«

»Das versuche ich, wenn es mir befohlen wird.«

»Aber Ruth, das ist doch einfach kindisch. An dem Abend, als Richard zum letztenmal bei uns war, hast du etwas Ähnliches gesagt, und schon damals kam es mir merkwürdig vor. Niemand empfängt direkte Botschaften von oben ... jedenfalls heute nicht mehr.«

»Hast du nie der Stimme deines Gewissens gehorcht?«

»Ach, das Gewissen ist etwas so Negatives. Es spricht immer nur Verbote aus – ich habe noch nie erlebt, daß es eine positive Anregung gegeben hätte.«

»Vielleicht ist mit dem deinen etwas nicht in Ordnung?«

»Ruth, hast du jemals von der Sünde des geistigen Hochmuts gehört?«

Mit diesen Worten hatte sie den Harnisch ihrer Schwester durchbohrt, aber der Sieg bereitete ihr keinen Triumph, sie fühlte sich nur entsetzlich niederträchtig.

Die Erkenntnis, daß sie sich abscheulich benommen hatte, verschlechterte Miss Sarahs Laune noch mehr. Sie zerriß alle Briefe Miss Essies, nachdem sie vorher die Marken abgelöst hatte, dann machte sie sich auf die Suche nach neuen Opfern. Schließlich erschien sie mit wiegendem Schritt in der Küche und ordnete an, Emily solle Miss Essie zu Mittag ein Tablett mit einem pochierten Ei und Milchpudding auf ihr Zimmer schicken, Speisen, von denen sie genau wußte, daß sie ihrer Schwester besonders zuwider waren. Nachdem sie auf diese Weise ihren sadistischen Trieben Luft gemacht hatte, bezichtigte sie Emily noch, beim Kochen besonders mit den Eiern allzu verschwenderisch umzugehen.

Die Köchin, die gerade sechs Eier in eine Schüssel geschlagen hatte, war freilich aus härterem Holz geschnitzt als Miss Essie oder Miss Ruth. Sie bekam zwar für ihre Dienste nur einen kärglichen Lohn, aber sie war schon unumschränkte Herrscherin in ihrem Reich gewesen, als Sarah noch die Schulbank drückte.

So warf sie ihr nur einen Blick zu und erklärte mit Nachdruck: »Sechs Eier stehen in Mrs. Beetons berühmtem Kochbuch, und sechs Eier braucht man. Nicht einmal der Chefkoch im Königlichen Palast käme mit weniger aus.«

Bei dieser unseligen Erinnerung an die Adresse auf einem von Miss Essies Briefen zuckte Miss Sarah zusammen und fauchte: »Sie müssen eben lernen, sich mit vieren zu begnügen.«

»Und was soll ich mit den beiden anderen machen, die ich schon aufgeschlagen habe?« wollte Emily wissen. Dann schnaubte sie verächtlich. »Soll ich sie vielleicht wieder in die Schale zurückstopfen, Miss Sarah?«

Die hatte nun endlich einen ebenbürtigen Gegner gefunden und hielt es für klüger zu kapitulieren. »Für heute wollen wir es bei sechsen belassen – aber in Zukunft genügen vier.«

Damit trat sie einen strategischen Rückzug an.

»Sechs Eier stehen bei Mrs. Beeton«, wiederholte Emily, als die Herrin des Hauses außer Hörweite war, »und bei sechs Eiern bleibt's auch, bis mein letztes Stündlein schlägt.«

»Vielleicht hätt'st du doch nich' so mit ihr umspringen sollen«, mahnte Green, das Hausmädchen. Sie diente erst seit zehn Jahren in diesem Haus, war also noch relativ neu. »Sie macht sich solche Sorgen wegen Master Richard.«

»Das is' keine Entschuldigung dafür, daß sie mir in meinen Milchpudding reinredet. Richtig gehässig isse heut'. Was muß sie denn dem armen Lämmchen genau die Sachen raufschicken lassen, die sie niemals essen wird?«

»Emily, glaubst du, daß Master Richard gehängt wird?«

»Ausgeschlossen«, behauptete Emily im Brustton der Überzeugung. »Das wer'n die niemals erlauben.«

Wer ›die‹ waren, darüber ließ sie sich freilich nicht näher aus.

»Aber Emily, glaubst du denn, daß er's getan hat?«

»Wenn er's getan hat, dann hat er auch seine Gründe dafür gehabt«, sagte Emily.

»Er is'n richtiger Gentleman«, schwärmte Green. »Der versteht keinen Spaß. Jedenfalls nicht bei so was. Aber was er an dieser Mrs. Morby findet, das begreife, wer mag. Dürr wie 'ne Bohnenstange, und Betsy Jones, sie is' die Köchin dort, und nach allem, was man hört, isse beim Coroner an den Falschen geraten. Die sagt jedenfalls, beim Essen pickt sie aufm Teller rum wie'n Spatz.«

»Wenn Betsy Jones behauptet, sie is'ne Köchin, dann bin ich'n Soldat«, erklärte Emily.

»Und von dieser Murch halt' ich auch nichts, auch wenn sie schon viel rumgekommen is' und sogar im Ausland war. Ich kann mich noch an Zeiten erinnern, da hat se nich' mal 'n eigenes Paar Schuhe gehabt.«

»Eine Familie erkennt man immer an ihren Angestellten«, erklärte Emily. »Laß dir das eine Lehre sein, wenn du schon lange Ohren machst«, fügte sie an das Küchenmädchen gewandt hinzu, das mit offenem Mund und angehaltenem Atem der fesselnden Unterhaltung gelauscht hatte. »Und beeil dich mit den Zwiebeln. Ganz fein müssen sie sein, sonst nehm' ich dich unters Messer.«

»Man kann eben nicht verleugnen, aus welchem Stall man kommt, Emily«, bemerkte Green mit einem verächtlichen Blick auf den sich entfernenden Rücken des Küchenmädchens. Green war für einen Schilling pro Woche in der staatlichen Armenschule erzogen worden und hatte seither immer in guten Häusern gedient. Sie beherrschte zwei Sprachen, die der Küche und die des Speisezimmers.

Gegen halb zehn erschien sie, zitternd vor unterdrückter Erregung, im Salon, wo Miss Sarah an ihrem Sekretär saß und versuchte, sich mit dem Haushaltsbuch von ihren Sorgen abzulenken.

»Ja, Green, worum geht es?« fragte Miss Sarah, leider immer noch aufs äußerste gereizt.

»'tschuldigung, Ma'am, aber die Köchin und ich wollten gerade schlafengehen, und aus Miss Essies Zimmer kommt ein schrecklicher Brandgeruch, außerdem ist das Licht noch an.«

»Warum haben Sie denn nicht sofort festgestellt, was los ist?«

»Ich hab' ja angeklopft, Ma'am, aber ich hab' keine Antwort bekommen. Und dann hab' ich den Knopf gedreht, aber die Tür ist scheinbar abgeschlossen.«

Miss Sarah überlegte einen Augenblick.

»Schon gut«, sagte sie dann. »Gehen Sie nur ruhig zu Bett. Ich werde mich darum kümmern.«

»Soll ich nicht lieber mitkommen, Ma'am?«

»Nein ... nein, danke, Green.« Was immer Miss Essie angestellt haben mochte, sie wollte Green keinen Stoff für Klatsch und Tratsch liefern. Deshalb wartete sie, bis das Hausmädchen die Hintertreppe erreicht hatte, die in jedem Stockwerk durch eine Tür mit dem Hauptteil des Hauses verbunden war, ehe sie selbst die teppichbelegten Stufen hinaufstieg. Sie schnüffelte. Tatsächlich, ein merkwürdiger Geruch, fast wie nach schmorender Wolle. Hatte etwa Essies Steppdecke Feuer gefangen, während sie schlief? Sie war den ganzen Tag über da oben gewesen, und ein solches Unglück hätte all den anderen unerfreulichen Begebenheiten die Krone aufgesetzt. Als sie sich der Quelle des Übels näherte, verstärkte sich der Geruch, und sie beschleunigte ihre Schritte. Sie drehte kräftig am Türknopf, der sich zwar bewegen ließ, ohne daß jedoch die Tür aufgegangen wäre, und rief mit gebieterischer Stimme: »Essie! Essie!« Besorgniserregendes Schweigen war die einzige Antwort. Miss Sarah geriet allmählich in Panik, sie rüttelte an der Tür, und nun schrie sie laut: »Essie, Essie, hörst du mich? Mach sofort auf!«

Ihre Angst war durchaus berechtigt, denn seit Essie sich einmal bei einem Wutanfall eingeschlossen hatte und nicht mehr herauskommen wollte, bewahrte sie den Schlüsssel zu dieser Tür persönlich auf. Vielleicht kreisten ihre Gedanken ohnehin um unerwartete Todesfälle, vielleicht war auch nur ihr Gewissen besonders rege, jedenfalls überflutete sie eine gewaltige Erleichterung, als sie Essie mit erstickter Stimme unversöhnlich antworten hörte: »Geh weg. Ich will niemanden sehen.«

»Laß mich sofort ein. Ich bestehe darauf.«

»Nein, du sollst nicht hereinkommen. Ich will dich hier nicht haben.«

»Dann rufe ich die Feuerwehr.«

Diese Drohung mußte ihr der Himmel eingegeben haben, denn nun waren Geräusche zu hören, als stünde Miss Essie aus ihrem Bett auf, verschiedene kleinere Gegenstände wurden bewegt, und schließlich vernahm man ein Scharren, als würden Möbel gerückt.

Miss Sarah hielt den Atem an. Das war es also. Miss Essie hatte den Zugang zu ihrem Zimmer mit einer Kommode blockiert.

Endlich wurde die Tür einen Spalt breit geöffnet, und Miss Sarah stellte einen Fuß dazwischen. Die Öffnung vergrößerte sich, und ein erhitztes Gesicht erschien.

»Bitte geh weg, Sarah.«

»Das kommt gar nicht in Frage.«

Mit der flachen Hand drückte Miss Sarah die Tür noch weiter auf, drängte sich an ihrer Schwester und der Kommode vorbei und marschierte triumphierend ins Zimmer. Essie schloß die Tür und lehnte sich, bebend vor Zorn, mit dem Rücken dagegen.

»Was riecht denn hier so abscheulich? Hast du etwas verbrannt? Du mußt etwas mit der Kerzenflamme versengt haben. Versuche nicht, mich zu täuschen. Ach, da haben wir es ja!« Miss Sarah stürzte sich zielstrebig auf den verschnörkelten Kerzenleuchter.

»Was ist denn das für eine widerliche Masse? Du hast mit Kerzenwachs gespielt. Es ist auf dem ganzen Tisch verspritzt. Und was soll das darstellen?«

Sie hatte etwas vom Tisch genommen, was auf den ersten Blick wie ein formloser Wachsklumpen aussah, doch bei genauerer Betrachtung... Miss Sarah ließ das Ding fallen, als habe sie sich die Finger daran verbrannt, und wandte sich ihrer Schwester zu, die noch immer an der Tür lehnte.

»Essie!«

Miss Essie hechelte wie ein Tier, aber sie gab keine Antwort.

Sarahs graue Augen durchbohrten sie wie Stahlklingen.

»Essie... seit wann machst du Puppen aus Kerzenwachs?«

»Das ist keine Puppe. Das ist sie... diese Frau. Ich wollte sie formen und sie dann Stück für Stück schmelzen oder Stecknadeln hineinstechen. Emily sagt, es ist wahr. Emily sagt, es wirkt. Ihre Mutter und auch ihre Großmutter – sie haben es mit ihren Feinden immer so gemacht.«

»Du mußt verrückt geworden sein.«

»Nein, du bist es, die verrückt ist. Du tust nichts, um Richard zu retten. Du hast mich sogar davon abgehalten, meine Briefe zu verschicken. Richard wird gehängt werden, wenn ich es nicht verhindere. Aber es ist mir nicht richtig gelungen... es sieht überhaupt nicht aus wie eine Frau. Da habe ich beschlossen, es mit Häkeln zu versuchen. Ich habe also eine Puppe gehäkelt, und dann habe ich sie ganz verbrannt. Und du kannst nichts mehr dagegen machen, weil es bereits geschehen ist. Und – laß mich los, Sarah. Rühr mich nicht an, sonst schreie ich.«

Das war keine leere Drohung. »Ah, ah, aaaaaaaaah!«

Die angestaute Wut, die Miss Sarah den ganzen Tag über in kleinen Gehässigkeiten abgelassen hatte, drängte nun wie ein Hurrikan aus ihr heraus. Sie bedachte nicht, daß Essie geistig immer noch siebzehn Jahre alt war, und sie machte sich nicht klar, daß sie sich im Grunde wie eine Schwachsinnige benommen hatte. Auch das Groteske der Situation, daß hier wahrscheinlich zum ersten- und zum letztenmal jemand versucht hatte, das Abbild einer Person in Häkelarbeit anzufertigen, kam ihr nicht zu Bewußtsein. Sie hatte nur den einen Gedanken, daß hier, in einem christlichen Haus, ein gräßlicher Frevel begangen, daß vor der Nase – und Nase war weiß Gott das richtige Wort – der Tochter eines Kanonikus ein primitives Überbleibsel aus heidnischen Zeiten wieder aufgetaucht war. Die Angst, die sie ausgestanden hatte, jene Angst, die eine Mutter, die ihr Kind in Gefahr glaubt, dazu bringt, es erst einmal zu vertrimmen, sobald sie es wieder an der Hand hat, erboste sie noch mehr, und sie fegte in majestätischem Zorn durch das Zimmer, bis sie etwas entdeckte, was sie verblüfft innehalten ließ. Miss Essie pflegte wie ihre Schwestern ihre Waschungen (die Methode rechtfertigte diesen Ausdruck) in einem aus mehreren Teilen bestehenden Toilettenservice mit Blumenmuster zu absolvieren.

Der dazugehörige Krug besaß einen ungewöhnlich geformten Griff, der an bäuerliche Holzschnitzerei erinnern sollte, und stand auf den hochglanzpolierten Brettern, in die der Waschtisch wie eine Insel eingelassen war. Das Waschbecken dagegen war so mit Handtüchern umwickelt, daß es einem turbangeschmückten Haupt ähnelte. Als Miss Sarah die Tücher wegriß, wurde ein umgedrehter Eßteller sichtbar, den sie erst nach einigen vergeblichen Versuchen mit Daumen und Zeigefinger anheben konnte. Darunter war in einer unbestimmbaren Flüssigkeit ein Bündel rötlicher, rechteckiger Streifen eingeweicht. Miss Sarah starrte entsetzt in das Becken hinab, und ein Schwall von Beschimpfungen wollte ihr über die Lippen. Mühsam drängte sie sie zurück und würgte so lange daran, bis sie endlich ein einziges Wort herausbrachte.

»Esther!«

»Du sollst mich nicht so nennen. Das klingt zu sehr nach *ihrem* Namen. Ich will nicht so angesprochen werden!«

»Dann eben Essie ... was ist das ... für eine widerliche Brühe?«

»Das ist keine widerliche Brühe. Das ist meine Gesichtsmilch, ein ganz bekanntes Rezept, Fliegenfänger mit Holundersaft und Lavendelwasser. Jedermann wird dir bestätigen, daß diese Mischung wahre Wunder für die Haut vollbringt.«

»Du legst dir Fliegenfänger auf die Haut? Du mußt irre sein!«

»Es geht um das Arsen in den Fliegenfängern. Man wäscht es heraus. Das Mittel ist doch noch gar nicht fertig. Aber du mußt dich ja immer in alles einmischen!«

»Schaff das Zeug sofort weg. Leere auf der Stelle die Schüssel aus. Gieße sie in den Toiletteneimer.«

»Das tue ich nicht, nein, nein, nein!«

Ganz außer sich suchte Miss Sarah nach einer Waffe, und ihr Blick fiel auf eine Haarbürste mit Silberrücken und Monogramm, die auf Miss Essies Toilettentisch lag. Sie griff danach, umklammerte sie so, daß die Borsten nach außen gerichtet waren, und ging auf ihre Schwester zu. Essie schlüpfte unter ihrem Arm hindurch, flüchtete zu ihrem Bett und warf sich bäuchlings darauf. Da lag sie nun im Schatten des Gaslichts, mit zuckenden Schultern, von Schluchzen geschüttelt wie ein verzweifeltes Kind.

Dieser Anblick brachte Miss Sarah wieder zur Vernunft. Wie durch einen Nebel sah sie, daß sie immer noch die Bürste in der Hand hielt, und legte sie sachte auf ihren angestammten Platz auf dem zur Garnitur gehörigen Porzellantablett zurück.

»Hör auf zu flennen, Essie«, mahnte sie dann ganz

ruhig. »Zieh deinen Schlafrock aus und schlüpfe unter die Decke, sonst erkältest du dich noch. Komm, dreh dich um und setz dich auf, ich helfe dir.«

Es dauerte noch ein paar Minuten, aber dann gehorchte Essie, immer noch schniefend, aber nicht länger revoltierend. Ihre Schwester half ihr aus dem Schlafrock und deckte sie zu.

»Ist jetzt alles wieder gut? Dann kann ich ja das Licht löschen. Ich stelle dir die Kerze hier neben das Bett, falls du sie brauchst, aber du solltest wirklich gleich schlafen. Willst du die Vorhänge offen haben?«

»Nein, danke, Sarah. Du weißt doch, daß ich nicht einschlafen kann, wenn ich auch nur den kleinsten Lichtstreifen sehe.«

»Das hatte ich vergessen. Gute Nacht, Essie, und angenehme Ruhe.«

Ungeachtet der gütigen Worte war ihre Abneigung gegen die Frau im Bett jedoch so stark, daß sie es nicht über sich brachte, ihnen auch noch einen barmherzigen Gute-Nacht-Kuß folgen zu lassen.

»Gute Nacht, Sarah.« Das zerzauste Haar auf dem Kissen vermittelte immer noch den Eindruck von Jugend, aber die erschlafften Züge und die vergröberte Haut verrieten Essies wahres Alter.

So viel nahm Sarah noch wahr, ehe sie mit Daumen und Zeigefinger den Gashahn zudrehte, und sich leise aus dem Zimmer tastete.

## 10

Miss Sarah sollte in dieser Nacht keine Ruhe finden. Um elf Uhr zündete sie, getreu ihrer allabendlichen Gewohnheit, zwei Kerzen an, drehte das Gas ab und las, von zwei Kissen gestützt, im Bett ein Kapitel aus der Heiligen Schrift. Dann zog sie ein Kissen heraus, blies die Kerzen aus und kniff die Augenlider fest zu, da sie der unerschütterlichen Überzeugung anhing, auf diese Weise den Schlaf herbeizwingen zu können. Doch in dieser Nacht gelang es nicht einmal einer langen Reihe hebräischer Könige, die andere zeugten, die ihnen wiederum nachfolgten, sie so weit zu beruhigen, daß an Schlaf auch nur zu denken war. Ihre Augäpfel schienen sich durch die Lider brennen zu wollen, und ihre Haut kribbelte trotz der kühlenden Laken unter den Falten ihres Flanellnachthemds. Die treue Green hatte als Mittel gegen kalte Füße einen ebenfalls in Flanell gewickelten, heißen Ziegelstein ans Fußende des Bettes gelegt, und Miss Sarah griff mit ihrem langen Arm in die Höhle und zog ihn heraus. Obwohl sie den Glauben ihrer Mutter an die ungesunden Eigenschaften der Nachtluft niemals in Frage gestellt hatte, schlief sie im Gegensatz zu Essie nicht gern bei zugezogenen Vorhängen. Normalerweise, bei geschlossenen Augen, hätte der Unterschied eigentlich nicht besonders groß sein dürfen, aber wie so viele Kleinigkeiten in ihrem Leben war auch dies zu einer festen Gewohnheit geworden. Nachdem mehrere Versuche sie davon überzeugt hatten, daß Schlaf ein Ding der Unmöglichkeit war, schlug sie die Augen wieder auf, und sofort schienen im Zwielicht des wolkenverhüllten Mondes die Möbel auf sie zuzukommen. Der große Wandschrank rückte als bedrohliche Masse vor, der Waschtisch mit Krug und Schüssel schwebte heran, und auch die zierlichen Stühle setzten sich in Richtung auf das Bett in Bewegung. Doch die schaurigen Kobolde, die aus den tiefsten Schichten von Miss Sarahs Bewußtsein nach oben drängten, waren zehnmal beängstigender als diese häuslichen Nachtgespenster.

Sie schämte sich entsetzlich, weil sie Essie so behandelt hatte, aber das wollte sie sich anfangs nicht eingestehen, und so zählte sie eine Torheit ihrer Schwester nach der anderen auf, um ihr eigenes Verhalten zu rechtfertigen. Doch die Wahrheit ließ sich nicht verleugnen und strahlte schließlich in so grellem Licht, daß sie ihr nicht mehr ausweichen konnte.

Meine Schwester ist für ihr Tun nicht verantwortlich, und meine Abneigung gegen sie und der Wunsch, sie zu bestrafen, sind auf die einzige Ursache für ihre Geistesstörung zurückzuführen, nämlich auf ihre gefühlsmäßige Bindung an Olivia. Ich bin doppelt eifersüchtig, einmal auf Olivia, dieses bezaubernde Phantom, weil sie Essie mehr liebte als mich, und umgekehrt aus dem gleichen Grund auf Essie. Das war keine angenehme Erkenntnis, aber nachdem sie sich einmal damit auseinandergesetzt hatte, fühlte sie sich plötzlich erleichtert, und nun konnte sie auch die verschiedenen Auslöser für ihren Zorn ganz nüchtern betrachten. Die Anfertigung von Puppen zu magischen Zwecken war hier in der Gegend sehr verbreitet, ein Brauch, der sich nicht so weit in die Nebel der Vergangenheit verbannen ließ, wie mancher es gerne gesehen hätte. Auch glaubte sie nicht, daß die Personen, nach denen die Puppen geformt wurden, durch solche Praktiken auch nur den geringsten Schaden nahmen. Was sie so schockierte, war vielmehr die Haltung, die dahinterstand, der Wunsch, seine Feinde mit allen Mitteln bis hin zu Schwarzer Magie zu vernichten. Aber empfand sie selbst denn in bezug auf Hester Morby wirklich so viel anders? Sicher war sie nur deshalb so wütend auf Esther geworden, weil sie es nicht ertragen konnte, mit ihren eigenen häßlichen, verborgenen Instinkten konfrontiert zu werden.

Und wenn die arme Essie sich in der Illusion wiegte, sie könne Richard helfen, indem sie persönlich an Seine Majestät König Edward den Siebenten schrieb, dann war daran eigentlich nichts auszusetzen. Man hätte sie für ihren guten Willen eher loben als tadeln sollen, und wenn sie, Sarah, nur ein wenig Takt hätte walten lassen, hätte sie die Schreiberin zufriedenstellen können, und die Briefe wären trotzdem nicht abgeschickt worden.

Was schließlich Essies Gesichtsmilch anging, so mochte sie ein widerliches Gebräu sein, das vermutlich eher eine Reizung als eine Verbesserung ihrer Haut bewirken würde, aber die ganze Sache war wirklich zu kindisch, um sie ernst zu nehmen. Wenn Essie wirklich so dringend nach Arsen verlangte, hätte sie es sich übrigens auch auf weniger umständliche Weise beschaffen können als aus Fliegenfängern. Denn, dachte Miss Sarah mit grimmiger Befriedigung, es gab eine Schwäche ihres verstorbenen Papas, die seiner jüngsten Tochter unbekannt war. Im Alter war der Kanonikus zu dem geworden,was man einen Arsenesser nennt. Miss Sarah hatte selbst keine Ahnung von dieser merkwürdigen Sucht ihres Vaters gehabt, bis er auf seinem Sterbebett lag und sie in Abwesenheit seiner Pflegerin zu sich winkte. Sie war schnell an sein Lager geeilt, weil sie dachte, er wolle ihr vielleicht seinen Segen geben. Aber der alte Herr hatte etwas ganz anderes im Sinn gehabt. Mit einer Stimme, die nur noch ein heiseres Flüstern war, hatte er sie gebeten, eine Schublade in seinem Sekretär zu öffnen, in der sich ein bestimmtes Päckchen mit einem weißen Pulver befinde. Davon sollte sie eine Prise in seine Suppe geben. Sie war sofort bereit, ihm diesen Wunsch zu erfüllen, doch als sie auf dem Etikett las, daß es sich bei dem Pulver um Arsen handelte, nahm sie davon Abstand. Sie kehrte zu dem Greis zurück und schalt ihn, weil er sein Leben auf so unwürdige Weise zu beenden suche, worauf er mit einer Heftigkeit, die seine Tage zweifellos verkürzte, zur Antwort gab: »Pah! Ich nehme das Zeug seit Jahren!«

Als Miss Sarah diese merkwürdige Episode aus der Vergangenheit an sich vorüberziehen ließ, hätte sie schwören können, daß sich die Scheibengardinen bewegten, aber das mochte natürlich auch an den undichten Fenstern liegen. Hastig lenkte sie ihre Gedanken auf die kaum tröstlichere Gegenwart. Sie hatte die Entwicklung dieser ungeheuerlichen Katastrophe, die über Nacht wie ein fremdartiger Pilz aus der friedlichen Wiese ihres Lebens aufgeschossen war, bisher wie erstarrt und völlig ungläubig verfolgt, und obwohl ihre Bemühungen, Richard zu unterstützen, sie völlig ausgefüllt hatten, war es ihr die ganze Zeit über fast so vorgekommen, als bewege sie sich in einem bösen Traum, aus dem sie sicher irgendwann erwachen würde. In dieser Nacht empfand sie die Gefahr, in der Richard schwebte, zum erstenmal als unmittelbare Bedrohung und erkannte ganz klar, daß nichts von alledem ein Traum war und daß ihre Anstrengungen, so energisch sie auch betrieben worden waren, zu nichts geführt hatten. Wenn nicht noch ein Wunder geschah, würde Richard gehängt werden, genau wie Essie es gesagt hatte. Er würde gehängt werden. Man würde Richard, ihren Neffen, am Halse aufhängen, bis der Tod eintrat, um ihn dann irgendwo in einem Gefängnishof zu verscharren.

Sie schien in dieser Nacht dazu verdammt zu sein, Sterbeszenen heraufzubeschwören, denn schon wieder stieg eine solche vor ihrem Geist auf – die von Olivia nämlich. Bleich, aber immer noch schön sah ihre geliebte Schwester sie aus tief eingesunkenen Augen an und murmelte: »Bitte, Sarah, du mußt dich Richards annehmen«, und beide wußten, daß sie damit das Kind meinte, denn Richard senior war durchaus Manns genug, in jeder Lebenslage auf sich selbst aufzupassen.

War es ihre Schuld, wenn sie versagt hatte, nachdem das Kind erwachsen war? Hatte ihre Verantwortung aufgehört, als Richard mündig wurde, oder blieb sie so lange bestehen, bis auch sie selbst ihren letzten Atemzug tat? Wie konnte ein Mensch das Kommen und Gehen eines anderen überwachen, wenn dieser andere ein erwachsener Mann war?

Angenommen, Richard wäre im Dschungel umgekommen – hätte sie sich dann auch so schuldig gefühlt?

Immerhin hatte sie ihn ja vor diesem Besuch bei Hester Morby gewarnt, und wenn man es genau betrachtete, welchen stichhaltigen Grund hatte sie selbst dafür gehabt? Und doch hätte die instinktive, primitive Angst vor einer drohenden Gefahr, die sie in diesem Augenblick überfallen hatte, sie veranlassen müssen, ihre Anstrengungen zu verdoppeln, um ihn davon abzubringen. Nur weil sie die ungetrübte Freude über Richards Heimkehr nicht durch einen Streit zerstören wollte, hatte sie ihren Einwand lediglich noch einmal wiederholt, um das Thema dann fallen zu lassen. Aber selbst wenn sie eine Szene gemacht hätte, wäre Richard wirklich davon abzuhalten gewesen, zu tun, was er für richtig hielt?

Sie warf sich unruhig hin und her, ihr Federbett fühlte sich an, als sei es völlig verklumpt, obwohl sie wußte, daß es gründlich aufgeschüttelt worden war.

So sehr sie sich auch dagegen sträubte, die Überzeugung, daß die gegen Richard sprechenden Fakten überwältigend waren, wurde immer stärker. Doddridge mochte ein alter Narr sein, aber für Mr. Hardwick galt das nicht, und auch nicht für den Coroner, trotz seiner Senilität. Und doch war Richard in bezug auf dieses Verbrechen so unschuldig wie in alten Zeiten, als er noch an den Röcken seiner Mutter über den Markt von Cattminster wackelte. Und auch wenn es Ruth gegenüber nicht sehr freundlich gewesen war, sich so zu äußern, innerlich war und blieb sie sicher, daß sie in einem solchen Fall nicht mit einer Erleuchtung von oben zu rechnen hatte. Das umfangreiche Bündel von ›Du sollst nicht‹ im Wesen des Menschen war doch nicht mehr als das Gerüst, auf dem die Gesellschaft ruhte, nicht viel anders als ein Wäscheständer für ein Kind, das sich mit einer Decke ein Zelt bauen wollte.

Jenen, die gegen Richard Zeter und Mordio schrien, konnte man nur ein Hindernis in den Weg legen. Ein einziges nur. Diese Erkenntnis hatte Miss Sarah im Unterbewußtsein schon den ganzen Tag über begleitet und letztlich ihre Gereiztheit ausgelöst. Nun stieg sie wie Abschaum nach oben.

Beim Frühstück war die Stimmung so ruhig wie das Wasser in einem Gartenteich. Nach der schmalen, aus pochiertem Ei und Milchpudding bestehenden Kost des Vortages war Miss Essie mit einem Heißhunger auf gebratene Nierchen heruntergekommen. Sie trug eine Hemdbluse, ein Gürtel aus Silbermedaillons betonte sittsam ihre schmale Taille. Sie gab sich liebenswürdig und wirkte vollkommen vernünftig. Über ihre Aktivitäten am Abend zuvor verlor sie kein Wort, und auch Miss Sarah war nur zu gern bereit, die Sache auf sich beruhen zu lassen. Miss Ruth war ebenfalls mit einem Lächeln auf den Lippen erschienen, aber das war nicht weiter verwunderlich, es entsprach lediglich ihrer Veranlagung. Sie küßte ihre beiden Schwestern auf die Wange und entschuldigte sich nach der zweiten Tasse Kaffee mit der Begründung, sie sei an diesem Vormittag sehr beschäftigt. Kurz darauf hörte Sarah die Haustür zuschlagen, und als sie aus dem Fenster schaute, sah sie ihre Schwester in ihren besten Kleidern in Richtung Kathedrale verschwinden. Zuerst befürchtete sie, Ruth sei dem Irrtum erlegen, es sei Sonntag, doch bei genauerem Nachdenken neigte sie eher der Ansicht zu, Ruth habe vergessen, welches ihre besten Kleider seien.

Auch Sarah hatte einiges zu erledigen, was keine Störung vertrug, doch als Ruth gegen halb zwölf zurückkam, war sie damit fertig und saß einträchtig mit Essie beisammen. Die beiden unterhielten sich über die modischen Feinheiten eines Frühjahrskostüms, das die Jüngere sich von ihrer Schneiderin anfertigen lassen wollte.

»Ruth, du siehst aus wie Tabitha, wenn sie eine ihrer gräßlichen Mäuse anschleppt«, bemerkte Miss Essie und blickte von ihrem Modeheft auf. »Ich kann mich einfach nicht entscheiden, welche Farbe schöner wäre, Kastanienbraun oder Gelb. Braun wäre sicher der sattere Ton, aber Gelb ist sommerlicher.«

»Warum nicht ein hübsches Rot?« fragte Miss Ruth. »Das wirkt immer so fröhlich. Ja, Essie, ich bin sehr zufrieden. Wir werden zum Tee einen Gast haben.«

Sarah hob fragend die Augenbrauen.

»Ja, die kleine Mrs. Morby kommt zum Tee. Emily muß uns einen schönen Kuchen backen, damit sie auch Appetit bekommt.«

Bei dieser Neuigkeit verschlug es Miss Sarah die Sprache, Essie dagegen fragte neugierig: »Mrs. Morby? Meinst du damit etwa Hester Morby?«

»Wen sonst? Ich habe *The Shrubbery* einen Besuch abgestattet. Sarah, du brauchst gar nicht so entsetzt dreinzuschauen. Ich weiß, daß es etwas früh am Tage war, aber ich hatte Angst, wenn ich zu lange wartete, würde mich der Mut verlassen und ich würde es nie hinter mich bringen. Was glaubst du, wer mir auf der Schwelle begegnete, als ich herauskam? ... Der nette Charles Hearst, der neulich erst hier war.«

»Aber ... aber wir haben Mrs. Morby doch seit ihrer Heirat nie aufgesucht, wir haben nicht einmal unsere Karte abgegeben«, wandte Sarah ein. »Und bei einem ersten Besuch erwartet man doch nicht gleich, zum Tee eingeladen zu werden.«

»Wir befinden uns in einer außergewöhnlichen Situation, Sarah.«

»Das läßt sich nicht leugnen.«

»Wenn du dich erinnerst, hast du mir vorgeworfen, ich würde im Hinblick auf Richards Lage nichts Positives unternehmen. Ja, ja«, fuhr sie hastig fort, als Sarah sie unterbrechen wollte, »ich weiß, daß du allen Grund dazu hattest. Und außerdem gibt es schließlich ein Sprichwort des Inhalts, daß der Herr denen hilft, die sich selbst helfen, nicht wahr? Obwohl ich nie allzu viel von Sprichwörtern gehalten habe, es gibt immer ein anderes, das genau das Gegenteil besagt. Und gerade dieses kann so leicht mißverstanden werden. Aber du hattest völlig recht, mich an meine Verpflichtungen zu erinnern, ich bin dir wirklich dankbar.«

»Ich dachte, wir wären übereingekommen, wenn überhaupt, dann nur gemeinsam an Hester Morby heranzutreten?«

»Tatsächlich? Du weißt doch, wie unzuverlässig mein Gedächtnis ist, Sarah. Nun, wir werden ja alle drei anwesend sein, wenn sie kommt, obwohl ich es insgesamt für besser halte, so zu tun, als handle es sich nur um eine freundschaftliche Einladung zum Tee. Ich glaube, ich konnte Mrs. Morby vieles von dem vermitteln, was uns am Herzen liegt, außerdem habe ich ihr von mir aus noch ein paar hoffentlich hilfreiche Hinweise gegeben.«

Abgrundtiefes Schweigen war die Reaktion auf Miss Ruths Enthüllungen. Doch plötzlich sprang Miss Essie auf und fragte: »Hast du nicht etwas von einem Kuchen gesagt?«

»Ja. Könntest du vielleicht in die Küche hinunterlaufen und es Emily ausrichten, meine Liebe? Wir hätten gerne eine von ihren ganz besonderen Leckereien.«

»Ich werde selbst einen Kuchen für Mrs. Morby backen«, erklärte Essie entschlossen. »Unseren berühmten Orangenkuchen nach dem Rezept von Großtante Ada.«

»Das ist eine großartige Idee, findest du nicht auch, Sarah?«

»Emily ist wahrscheinlich gerade dabei, den Lunch vorzubereiten, außerdem ist es schon so spät, daß die Glasur nicht mehr fest wird, und ...«

»Oh, oh, oh!« Miss Essie war drauf und dran, eine Szene zu machen. »Warum muß Sarah mir immer alles verbieten? Sie ist richtig gemein, Ruthie, nie darf ich ...«

»Tu in Gottes Namen, was du willst«, rief Miss Sarah gereizt. »Solange du mir nur –« sie hielt unvermittelt inne, denn sie hatte sagen wollen »solange du mir nur aus den Augen gehst«, was sie jetzt umänderte in »solange du mir nur Emily nicht verärgerst.«

»Es ist wirklich besser, wenn sie beschäftigt ist«, bemerkte Miss Ruth sanft, nachdem Essie das Zimmer verlassen hatte. »Außerdem versteht sie sich aufs Backen, und der Kuchen wird uns allen schmecken. Gewiß, Emily wird nicht besonders erfreut darüber sein, aber sie wird Essie ans andere Ende der Küche schicken, wo sie ihr nicht im Weg ist. Und den Abwasch kann ja das Küchenmädchen machen, ich weiß, daß sie immer ziemlich viel Geschirr verbraucht. Wie gut, daß der Herd ein zweites Backrohr hat!«

»Ruth«, sagte Miss Sarah. »Ich begreife dich nicht.«

»Soll ich es dir noch einmal erklären?«

»Nein, nein! Ich meine nicht das. Ich will sagen, ich begreife einfach nicht, was in dich gefahren ist. Essie ist mir ebenfalls ein Rätsel. Gestern abend hätte sie Hester noch am liebsten die Augen ausgekratzt, und jetzt kann sie es nicht erwarten, einen Kuchen für sie zu backen!«

»Du kennst doch Essie, sie ist launisch wie ein kleines Kind. Du darfst sie nicht allzu ernst nehmen.«

»Verfolgst du mit alledem einen bestimmten Zweck, Ruthie?«

»Ich glaube, ich kann sagen, daß ich einen Zweck verfolge«, erklärte Miss Ruth ruhig. Miss Sarah schwieg.

»Auf alle Fälle bietet uns das eine gute Gelegenheit«, stellte sie schließlich fest.

»Wofür, Sarah?«

»Nun, Hester Morby kennenzulernen und ihre Reaktionen zu beobachten. Was sonst?«

Die drei Miss Donkins waren für ihre üppigen Tees bekannt. Teegesellschaften waren in Cattminster eine weit verbreitete und sehr beliebte Form des gesellschaftlichen

Umgangs, man konnte dabei mit kulinarischen Spezialitäten glänzen, und sie boten Gelegenheit zu einem harmlosen Informationsaustausch, ohne die oft schmalen Geldbeutel allzu sehr zu belasten. Die drei Damen waren Experten auf diesem Gebiet und hätten eine solche Einladung normalerweise spielend bewältigt, aber diesmal war alles ganz anders. Nicht jeden Tag standen sie schließlich vor der Aufgabe, eine Frau zu bewirten, die zwei von ihnen noch kurz zuvor als Mörderin bezeichnet hatten.

So kam es zwangsläufig zu gewissen Spannungen, und um Viertel vor vier war der ganze Haushalt einschließlich der Dienstboten einem Nervenzusammenbruch nahe. Man hatte eine leckere, den üblichen Anforderungen durchaus entsprechende kleine Mahlzeit vorbereitet, die nur darauf wartete, vom Hausmädchen aufgetragen zu werden. Der berühmte, von Miss Essie gebackene Orangenkuchen sollte dabei angemessen im Vordergrund stehen.

Unten in der Küche überprüfte Miss Sarah das Tablett, über das Green in ihrem bebänderten Häubchen und in schwarzem Kleid wachte wie ein General vor der Schlacht, und fragte scharf: »Warum hat Miss Essie den Kuchen denn schon angeschnitten?«

»Sie hat gesagt, die Glasur sei noch nicht trocken, Miss Sarah, und das erste Stück sei immer schwierig zu schneiden.«

»Ich glaube, sie wollte eher sehen, ob er auch durchgebacken ist«, bemerkte Emily, die immer noch über die Invasion in ihrer Küche verärgert war.

Miss Sarah überging die Bemerkung ostentativ. »Es

sieht alles sehr hübsch aus, Green, und macht den Köchinnen alle Ehre.«

Emily schnaubte verächtlich. »Wenn Sie mich fragen, isses Mumpitz und obendrein noch unanständig, sich bei dieser Schlampe einzuschmeicheln, während der arme Master Richard im Gefängnis verrottet. Sieht mir ganz so aus, als ham gewisse Leute den Verstand verloren.«

»Das genügt, Emily.«

Emily zog in Richtung auf die Spülküche ab, und man konnte sie brummeln hören: »Wenn ich sicher sein könnt', daß sie auch das richtige Stück erwischt, dann hätt' ich ihr Gift in die Sandwiches getan.«

Zum Glück erübrigte sich eine Antwort auf diese Äußerung, die man ohnehin am besten ignorierte, denn in diesem Moment begann eine der Glocken, die in einer Reihe nahe der Küchendecke angebracht waren, an ihrer Sprungfeder heftig hin und her zu schwingen.

»Lassen Sie mich vorgehen«, bat Miss Sarah ungewöhnlich nervös. »Und sobald ich im Salon bin, öffnen Sie Mrs. Morby die Tür.«

Gleich würde sich der Vorhang heben, das Salondrama konnte beginnen. Alle vier Damen standen auf der Bühne und machten sich bereit, aufs Stichwort die Eröffnungssätze zu sprechen.

»Die Gnädige sitzt da und sieht aus, als könnt'se kein Wässerchen nich trüben«, berichtete Green in der Küche, nachdem sie das Silbertablett mit den Teetassen, dem Zukker und der Sahne herumgereicht hatte und entlassen worden war.

»Der würd' ich schon Wasser geben«, antwortete Emily

finster, eine wenig sinnvolle, dafür aber um so leidenschaftlicher vorgebrachte Bemerkung.

Greens abgedroschene Phrase beschrieb die Lage jedoch im Grunde sehr treffend. Miss Sarah hatte Mrs. Morby seit der Wiederaufnahme der Voruntersuchung nicht mehr gesehen, und als sie jetzt die Witwe betrachtete, die immer noch Trauerkleidung trug, war sie ganz sicher, in ihrem Benehmen eine Veränderung zu entdecken. Entweder das, oder sie hatte ihren Auftritt damals bei der Voruntersuchung sorgfältiger geprobt.

Oder war es möglich, daß unter dem Druck der Ereignisse, fern von den schützenden Schwingen der Mutter und der Herrschaft des Ehemannes, eine bis dato eher schemenhafte Persönlichkeit endlich Gestalt annahm? Hatte Miss Sarah die junge Frau bisher wegen ihres diffusen Charakters nicht leiden können, so erweckte die Festigung ihrer Wesenszüge nun erst recht ihre Feindseligkeit.

Um eine solch heikle Situation einigermaßen erfolgreich durchstehen zu können, war ein beträchtliches Maß an Selbstsicherheit vonnöten, doch die neue Hester Morby zeigte sich dieser Aufgabe durchaus gewachsen. Dies war nicht länger das junge Mädchen, das Richard damals voller Stolz seinen Tanten vorgestellt hatte. Und nichts erinnerte mehr an das kränkliche Geschöpf, das sich nach dem Tod ihres Kindes in einem Winkel ihres Hauses verkrochen hatte. Man brauchte keinen besonders scharfen Blick, um zu erkennen, wie sich das Gefühl ihrer Macht in ihr entfaltete. Sie ähnelte einer blassen, unscheinbaren Knospe, die sich plötzlich zu einer fremdartigen, auffallenden Blüte entwickelt hatte. Wovon nährte sich diese Blüte? Vom öffentlichen Interesse oder von einem geheimen Wissen?

Falls es tatsächlich zutrifft, daß man Menschen, denen man ein Unrecht zugefügt hat, dies immer nachträgt, so verbarg Hester ihren Groll ganz meisterhaft.

Miss Sarah war es gewohnt, das Gespräch zu beherrschen, wenn sie mit anderen Menschen zusammenkam, selbst wenn es nur um das belanglose Geplauder bei einer Teegesellschaft ging, doch diesmal mußte sie feststellen, daß jemand anderer die Zügel in die Hand genommen hatte. Es war Mrs. Hester Morby, die sich, aller Unwissenheit zum Trotz, mit ihrer sanftmütigen, kleinen Stimme als Autorität in Fragen des Wetters, der Mode und der Romane der Miss Marie Corelli aufspielte.

Für jemanden, der seit dem Bruch mit Richard dieses Haus nicht mehr betreten hatte, schien sie sich hier sehr heimisch zu fühlen.

Mit ihrer Persönlichkeit schien Hester auch Appetit entwickelt zu haben. Makellos höflich, mit einem leichten Anflug von Gier knabberte sie sich mit ihren scharfen, kleinen Zähnen durch unzählige Delikatessen. Zweimal bediente sie sich aus einem frisch geöffneten Glas mit Erdbeermarmelade. Mit bemerkenswerter Schnelligkeit verschwanden verschiedene Leckereien in ihrem kleinen Mund, die sie auf ihrem eigenen Tisch nie zu sehen bekam. Miss Essie quollen fast die Augen aus dem Kopf, und Miss Sarah fürchtete schon, sie würde binnen kurzem in eine ähnlich wütende Schmährede ausbrechen, wie sie sie am Abend zuvor in ihrem Schlafzimmer vom Stapel gelassen hatte. Aber nein, kein Gedanke, offenbar lauerte sie nur auf eine Gelegenheit, das *pièce de résistance* anzubieten, den von ihr eigenhändig hergestellten Orangenkuchen.

»Mrs. Morby ... nehmen Sie doch ein Stück von meinem Kuchen. Sie müssen ihn unbedingt versuchen – ich habe ihn eigens für Sie gebacken, nach einem sehr alten Rezept. Ich will nicht prahlen, aber er schmeckt wirklich ausgezeichnet. Das hat bisher noch jeder bestätigt.«

»Er sieht verlockend aus«, gab Mrs. Morby zu und beäugte ihn wohlwollend, wenn auch mit nachlassendem Interesse. »Aber das Stück ist so groß. Vielleicht könnten Sie mir ein kleineres abschneiden – nur ein Eckchen – damit ich sagen kann, ich hätte ihn gekostet.«

»Nein, nein«, drängte Miss Essie mit großer Hartnäkkigkeit. »Die Scheibe ist ganz dünn. Greifen Sie doch zu, Mrs. Morby, sonst bin ich gekränkt.«

Mrs. Morby ließ sich überreden. Die Glasur war appetitlich orange getönt. Der Kuchen selbst war federleicht und zerging auf der Zunge.

»Und jetzt«, fuhr Essie triumphierend fort, »mußt du ein Stück nehmen, Sarah, und du auch, Ruth. Ich werde ihn ebenfalls probieren, um sicher zu sein, daß er von gewohnter Güte ist.« Damit erhob sie sich und schnitt den Kuchen mit einem Silbermesser weiter auf.

»Sie müssen mir genau erklären, woraus er besteht«, schmeichelte Mrs. Morby.

»Oh nein«, rief Miss Essie und riß entsetzt die Augen auf.

»Essie meint das sicher nicht böse, Mrs. Morby«, schaltete Ruth sich hastig ein, »aber es ist ein Spezialrezept von

Großtante Ada und wurde nie außerhalb der Familie weitergegeben.«

Hester zog die Augenbrauen gerade so weit hoch, um gelinde Erheiterung zu signalisieren, ohne direkt unhöflich zu wirken. »Es kommt ohnehin nicht darauf an«, bemerkte sie. »Selbst wenn man meiner Köchin alle Zutaten nennen würde, sie könnte so ein Prachtstück niemals zustandebringen.«

Miss Sarah, die ihre Scheibe geistesabwesend, wie in Gedanken versunken verzehrt hatte, sagte jetzt, wie um jeglichem Verdacht der Ungefälligkeit vorzubeugen, der möglicherweise aus der Verweigerung des Rezeptes entstehen konnte: »Ich überlege gerade, ob Sie nicht vielleicht gerne ein Glas Pflaumenmus mit nach Hause nehmen würden. Es ist eine hiesige Spezialität; die Marrowfats kochen es jedes Jahr ein, und es wird, wie Ihnen vermutlich bekannt ist, als Dessert gegessen. Ich persönlich finde es ganz hervorragend, und es würde mich interessieren, ob Sie meine Ansicht teilen.«

»Aber das Glas gehört doch Rich...« begann Miss Essie.

»Ich werde Green bitten, es zu holen, wenn sie kommt, um das Teegeschirr abzuräumen«, fuhr Miss Sarah ganz ungerührt fort. »Klingle doch bitte nach Green, Essie. Ich glaube, wir sind alle fertig.«

Wenn Miss Sarah ursprünglich vorgehabt hatte, mit Hester ein ernstes Wort wegen Richard zu sprechen, so hatte sie ihre Meinung geändert. Offenbar war mit dem Abservieren von Speisen und Getränken nicht nur das Essen zu Ende. Niemand wußte mehr etwas zu sagen, die

Unterhaltung schlief ein. Endlich blickte die Besucherin, ein Gähnen kaum verbergend, auf die französische Uhr, erklärte, sie sei müde, und begann, sich zu verabschieden.

Die Schwestern wechselten Blicke, machten aber keine Anstalten, sie zurückzuhalten. Obwohl sie sich auf ihre Erschöpfung berief, wirkte die Besucherin frischer als die Gastgeberinnen. Der Eindruck war schwer zu beschreiben, aber sie schien noch etwas auf Lager zu haben. Selbst Miss Ruth machte ein verdutztes Gesicht. Wenn ihr Besuch Früchte getragen hatte, wenn Hester auf ihre eindringlichen Vorhaltungen hin aufgehört hatte, sich wie eine Marionette zu benehmen, entsprach das Ergebnis dann wohl genau Miss Ruths Erwartungen?

Dem flehenden Blick nach zu schließen, den sie auf ihren Schützling richtete, als sie sich die Hände reichten, war das kaum zu vermuten.

Hester Morby lächelte zurück, aber es war kein gutes Lächeln, eher eine Mischung aus Boshaftigkeit, Schläue und Schadenfreude.

»Ich habe mir durch den Kopf gehen lassen, was Sie mir heute morgen sagten«, erklärte sie so laut, daß auch die anderen es hören konnten. »Und ich kann Ihnen versichern, daß Ihnen eine große Überraschung bevorsteht. Ja... eine sehr große Überraschung.«

»Hier ist Ihr Glas Pflaumenmus«, lenkte Miss Sarah ab. »Sehen Sie, ich habe eine Schlinge darum gemacht, so können Sie es sich um den Finger hängen. Geben Sie acht, daß Sie es nicht fallen lassen.«

## 11

Dolly Thorne kam die Northage Street entlanggelaufen, als seien ihm sämtliche Kopfjäger des Amazonas auf den Fersen.

»Was ist denn bloß in den gefahren!« rief ein Mann mit Pferdegesicht und Melone seinem Begleiter zu, als Dolly blitzschnell einen Haken schlug, um ihnen auszuweichen.

»Was kann man denn von einem Burschen erwarten, der außen an einem Rathaus hinaufklettert?« fragte der andere bissig. »Der Junge ist ein Wildfang... die ganze Familie ist verrückt wie die Märzhasen. Sehen Sie sich doch nur die Großmutter an.«

Inzwischen hatte Dolly fast das »Cups« erreicht und flog wie eine Kanonenkugel auf die Schwingtür zu, ehe der Portier sie ihm aufhalten konnte.

»Wo ist Mr. Charles Hearst?« fragte er.

»Mr. Hearst ist oben in seinem Zimmer, Sir.«

»Dann aus dem Weg mit Ihnen, aus dem Weg.«

Er hetzte, zwei Stufen auf einmal nehmend, die breite Treppe hinauf und hämmerte wie ein Rasender gegen die Zimmertür.

»Laß mich rein, Charles! Nun mach schon, ein bißchen schneller!«

»Was im Namen der Vernunft ist denn mit dir los?« fragte Charles. »Ist etwas mit Richard passiert?« fügte er scharf hinzu, denn das Holzpuppengesicht seines Freundes hatte seine gewohnt gesunde Farbe verloren und war totenblaß.

»Es geht nicht um Richard. Es geht um die *belle dame sans merci* ... um Hester Morby. Sie ist tot, Charles. Sie ist mausetot!«

»Gütiger Himmel, Mann, du bist ja bleich wie ein Fisch! Setz dich hier auf diesen Stuhl, ich gieße dir sofort einen starken Brandy ein.« Er ging ohne Hast, aber zielstrebig im Zimmer umher, holte eine Reiseflasche hervor, goß einen Schluck in den Schraubverschluß und reichte ihn Dolly. Seine Stimme klang sehr bestimmt. »Komm, trink aus. So ist es gut. Und jetzt nimm dich zusammen und erzähle mir, was du angestellt hast.«

»Was *ich* angestellt habe? Das ist gut. Ich weiß nicht, wieso ich für die Sache mehr in Frage kommen soll als irgendein anderer.«

»Aber beim Großen Scott, Mann, nach dem ganzen Aufruhr dachte ich, du habest sie mit bloßen Händen erwürgt, und jetzt sei die Polizei hinter dir her.«

»Ich weiß auch nicht, wieso ich zu rennen angefangen habe«, gab Dolly offen zu und zog sein Taschentuch heraus, um sich die Stirn abzuwischen. »Vermutlich hatte ich einfach die Hosen voll. Bei den Morbys geht es zu wie in einem Tollhaus. Diese gräßliche Murch faselt und jammert und ringt die Hände wie eine Figur aus einem Dickensroman. Hat mir einen richtigen Schock versetzt. B r r-r! Der Tod ist etwas so verdammt Endgültiges!«

»Aber du hast doch die ganze Zeit gesagt, es wäre besser, wenn sie tot wäre.« Charles ließ sich nicht aus der Ruhe bringen.

»Ja, ja, ich weiß, du brauchst mich nicht daran zu erinnern.« Dolly warf seinem Freund einen durchdringenden Blick zu. »Glaube nur ja nicht, daß ich das zurücknehmen will, Charles. Es ist nur – ich bin einfach ein bißchen aus dem Gleichgewicht. Natürlich ist es besser, daß sie tot ist. Und wer immer sie umgebracht hat, Richard kann es nicht gewesen sein, was? Ha-ha! Richard kann es nicht gewesen sein.«

Zwischen Charles Hearsts dichten Brauen bildete sich eine Falte. Eine Weile betrachtete er Dolly schweigend, dann sagte er langsam:

»Vielleicht solltest du mir erst einmal in aller Ruhe erzählen, was eigentlich genau geschehen ist.«

»Nun, ich war heute morgen an der Reihe, eine Expedition zu *The Shrubbery* zu unternehmen. Du weißt doch, wir wollten uns abwechseln und an der Sache dranbleiben. Wenn du dich erinnerst, warst du gestern dort.«

»Ich war gestern dort«, stimmte Charles zu.

»Sobald ich das Haus erreichte und diese verdammten Stufen hinaufspringen wollte, witterte ich Unheil. Es lag nicht nur daran, daß überall die Jalousien heruntergelassen waren, die Gardinen in den vorderen Räumen sind ja ohnehin ständig zugezogen, seit der Doktor den Löffel abgegeben hat. Ich weiß nicht, was es war ... vielleicht lag es irgendwie in der Luft. Trotzdem fand ich es albern, wieder wegzugehen, ohne wenigstens mal geläutet zu haben. Also ziehe ich am Klingelzug, aber niemand kommt ... und da ziehe ich noch einmal. Endlich öffnet sich die Tür einen Spalt breit, und zwei Augen spähen zu mir heraus; nicht Murch, ihre Glasmurmeln würde ich überall erkennen. Endlich dämmert es mir, daß es wohl die Köchin sein muß, obwohl sie ohne ihre Mütze ganz anders aussieht. Ich sage, ich will ihre Herrin sprechen, und sie starrt mich an wie ein Gespenst. Immerhin geht die Tür ein bißchen weiter auf, und ich kann ins Haus. Kaum setze ich einen Fuß in den Vorraum, da kommt diese Hexe, diese Murch, schreiend die Treppe herunter. ›Laß ihn ja nich' rein‹, kreischt sie. ›Laß bloß keinen von diesen Mördern rein.‹ ›Die gnädige Frau is' tot‹, sagt die Köchin. ›Sie is' an Gift gestorben, genau wie der Herr. Erst hat'se Krämpfe gekriegt, dann hat'se erbrochen, und dann isse ganz still geworden, und ich und Murch, wir ham uns gedacht, jetzt hat sie's überstanden, und wenn se 'ne Nacht lang geschlafen hat, isse wieder ganz auf'm Posten. Aber so war's nich', sie war tot, und heut' morgen war der Doktor da, und jetzt gibt's noch 'ne Untersuchung, genau wie damals.‹ Und dann kreischt Murch wieder los: ›Die ganze Bande, alle sind sie Mörder, die Hearsts und die Thornes und die drei Schönheiten drüben im Pfarrhaus‹, und die Köchin redet dazwischen: ›Hör'n Se nich' auf sie, Mr. Thorne. Sie is' vor Kummer ganz aus'm Häuschen. Die gnädige Frau war gestern nachmittag bei den drei Miss Donkins zum Tee, aber wer kann sich schon vorstellen, daß drei so vornehme Damen wie die sich die Finger mit Gift schmutzig machen?‹«

Hier hielt Dolly inne, um Atem zu holen. Er war ein ausgezeichneter Mimiker und hatte Murch und die Köchin getreulich nachgeahmt. Die Darbietung schien ihn ein wenig getröstet zu haben, vielleicht hatte auch der Brandy seine Nerven beruhigt, jedenfalls begann er wieder leise zu lachen, und diesmal klang keine Spur von Hysterie aus seiner Stimme.

»Du glaubst nicht, daß du dich geirrt haben könntest?« fragte Charles.

»Mein lieber Junge, bei solchen Dingen irrt man sich nicht, und Murch und Co. haben alles andere im Kopf als dumme Scherze. Oh, es stimmt schon, aber irgendwie wirft es einen doch um.« Er sah Charles merkwürdig an. »Oder findest du nicht?«

»Ich kann mir nicht vorstellen, was die Köchin meinte, als sie sagte, genau wie der Doktor. Blausäure wirkt ganz anders. Wenn man irgend etwas auf ihre Beschreibung geben kann, klingt es eher nach Arsen.«

»Du hast vollkommen recht, Charles. Es war Arsen.«

Charles schien überrascht.

»Wieso bist du so sicher?«

»Ist das nach den Symptomen nicht offensichtlich? Das waren nämlich nicht alle Informationen, die ich bekommen habe. Die Köchin hat sich noch so ausführlich darüber geäußert, daß mir selbst beinahe übel geworden wäre. Für Blausäure hat sich die ganze Sache viel zu lange hingezogen.«

»Warum in aller Welt haben sie denn keinen Arzt geholt?«

»Das weiß der Himmel. Diese Murch ist nicht ganz richtig im Kopf, und die Köchin kann nicht bis drei zählen. Nach einer solchen Dosis hätte er allerdings auch nicht mehr viel retten können.«

»Was, zum Teufel, weißt du denn über die Größe der Dosis?«

»Ist doch logisch, daß es eine ordentliche Ration gewesen sein muß, wenn sie ihr auf einen Schlag den Garaus gemacht hat. Andererseits war sie natürlich nicht gerade die kräftigste.«

»Aber bei meiner Seele, Dolly, wie kam Hester Morby denn auf die Idee, ausgerechnet zu Richards Tanten zum Tee zu gehen?«

»Die Beziehungen von Frauen untereinander sind oft nicht zu durchschauen. Meine Großmutter haßt zum Beispiel ihre beste Freundin aus tiefster Seele. Ich hätte geschworen, daß die Tanten Mrs. Morby meiden würden wie Gift. Haha! Ich treffe doch immer das richtige Wort!«

»Aber das taten sie doch auch! Mein lieber Junge, siehst du denn nicht, was das bedeutet?«

»Ich bin schließlich nicht blind. Diese dummen alten Gackerhennen sitzen bis zum Hals in der Tinte. Ja, bis zum Hals! Charles, du machst ein Gesicht wie sieben Tage Regenwetter.«

»Es war das falsche Gift ... ein typisches Frauengift.«

»Ein bißchen spät, um sich das zu überlegen, meinst du nicht auch? Hölle und Teufel, Charles, ich würde mir an deiner Stelle um die drei Miss Donkins keine allzu großen Sorgen machen. Je mehr Verdächtige, desto lustiger wird das Ganze.«

»Verdächtige?«

»Du und ich, Charles. Du warst gestern im Haus und hattest genügend Gelegenheit, ihr den Schierlingsbecher zu reichen, um es mal so auszudrücken. Und ich habe Mrs. Morby, Mrs. Morby selig, eine schöne große

Schachtel Pralinen geschickt, mit flüssiger Füllung, genau das Richtige für eine kleine Arseninjektion.«

»Du denkst zu kompliziert, Dolly. Du eilst den Ereignissen immer einen Schritt voraus. Warum kannst du nicht abwarten, bis die Ursache von Mrs. Morbys Tod offiziell bestätigt ist, anstatt dich durch eine Hausangestellte in Panik versetzen zu lassen? Selbst wenn sich tatsächlich herausstellen sollte, daß sie an Gift gestorben ist, kann man die Möglichkeit eines Selbstmords nicht ganz von der Hand weisen.«

»Die Polizei mag denken, was sie will, aber mal ganz unter uns, was hatte die Kleine denn für einen Grund, ihrem Leben ein Ende zu setzen? Im Grab kann man seinen schlechten Ruf nicht mehr genießen. Außerdem möchte ich wetten, daß sie so zufrieden war wie eine Katze vor einer Schüssel Sahne. Immerhin gab es zwei standesgemäße Verehrer, die sich um die Hand der Witwe bewarben.«

»Wie bitte?«

»Schon wieder du und ich, Charles.«

»Ach ... ach so. Wäre es nicht merkwürdig, wenn sie beim Tod ihres Gatten tatsächlich die Hand im Spiel gehabt hätte und plötzlich zu der Ansicht gelangt wäre, sie könne die Schuld dafür nicht einfach Richard aufbürden?«

»Eine hübsche Vorstellung. Aber ohne Abschiedsbrief oder Geständnis wird sie wohl nicht viel Gewicht haben.«

»Vermutlich nicht. Und du scheinst sicher zu sein, daß dergleichen nicht existiert?«

»Deutet nicht alles in diese Richtung?«

Beide saßen eine Weile stumm da. Endlich brach Charles das Schweigen.

Er fragte düster: »Wir werden doch zusammenhalten, nicht wahr, Dolly?«

Dolly schien zu zögern, er überlegte einen Moment, dann traf er eine Entscheidung. »Selbstverständlich, Charles. Ich tue alles, was du sagst.«

»Hast du Arsen in deinem Besitz?«

»Kein Körnchen, Allah sei gepriesen.«

»Dann mußt du dir welches besorgen. Wir müssen uns beide welches besorgen.«

»Die Geschichte hat nicht zufällig deinen Verstand angegriffen?«

»Ich glaube nicht. Natürlich, wenn die Sache sich anders entwickelt hätte, wäre das alles nicht nötig gewesen. Aber ich möchte vorbeugen. Wir müssen Vorsichtsmaßnahmen treffen, denn wir können die Tanten nicht im Stich lassen, das würde Richard uns niemals verzeihen. Was immer auch geschieht, sie dürfen nicht in Bedrängnis kommen.«

»Wer könnte sie schon ernsthaft für Mörderinnen halten?«

»Wenn Hester Morby bei ihnen zum Tee war und in der Nacht darauf an Gift starb, müssen sie wohl damit rechnen, daß gegen sie ermittelt wird.«

»Wenn sie unschuldig sind, kann man ihnen doch nichts anhaben, oder?«

»Das würde ich so nicht sagen. Wenn die Jagd einmal eröffnet ist, können oft die normalsten Dinge belastend erscheinen.«

»Aber ich meine... es ist doch wohl unwahrscheinlich, daß sie Arsen halbpfundweise im Vorratsschrank stehen haben?«

»Ich bin ganz sicher, daß der Gärtner eine gewisse Menge in seinem Werkzeugschuppen aufbewahrt, und jedermann weiß, daß Miss Ruth die meiste Zeit mit einem Pflanzspatel in der Erde herumwühlt.«

»Aber jedermann weiß auch, daß Miss Ruth schon fast eine Heilige ist.«

»Auch Heilige haben ihre Gegner. Ich möchte wetten, daß Miss Ruth da keine Ausnahme macht.«

»Sie ist zerstreut wie ein Professor. Vielleicht wird die Polizei alles darauf schieben, daß Miss Ruth anstatt Zukker Arsen auf die Pastetchen gestreut hat.«

»Darauf können wir uns nicht verlassen. Außerdem gibt es noch eine andere Möglichkeit. Die jüngste Schwester ist ein wenig – na, du weißt schon. Ein trauriger Fall... ich habe meine Eltern darüber sprechen hören. Irgend etwas ist bei ihr durcheinandergeraten, als Richards Mutter starb, und seither ist sie etwas sonderbar.«

»Du wirst mir niemals einreden können, daß Miss Sarah ihrer geistig zurückgebliebenen Schwester Arsen in die Hand gibt, damit sie es auf ihrer Spielzeugwaage abwiegen kann. Miss Sarah machte auf mich immer den Eindruck, als sei sie hellwach.«

»Ja, sie ist der Kopf der Familie. Sie hat auch von Anfang an begriffen, wie ernst es um Richard steht.«

»Andersherum betrachtet, sie ist die wahrscheinlichste Kandidatin für diese Tat!«

»Ich sage dir, wir müssen sie alle drei aus der Geschichte

raushalten, Dolly. Ich weiß nicht, inwieweit Nachrichten in ein Gefängnis dringen, aber Richard würde völlig die Nerven verlieren, wenn er glauben müßte, sie seien darin verwickelt. Das ist ganz allein Sache von uns beiden, Dolly.«

»Wenn du glaubst, es ist nicht zu umgehen, daß wir unsere Köpfe in den Rachen des Löwen stecken, Charles, dann bin ich dabei. Aber ich werde nicht so tun, als sei ich begeistert von dieser Aussicht.«

»Das hättest du dir früher überlegen sollen.«

»Ich habe ja daran gedacht, aber ich hätte doch erwartet, daß wir für unser Geld wenigstens eine aufregende Flucht hinlegen könnten.«

»Du bist vorerst genug gerannt«, bemerkte Charles, und sein breites Kinn wirkte kantiger, als Dolly es in Erinnerung hatte. »Hör zu, Dolly, ich verspreche dir eines. Wenn die Sache zu heiß wird, kannst du auf mich vertrauen. Ich lasse dich nicht im Stich. Frage dich selbst – habe ich das jemals getan?«

»Ich gebe mein Leben in deine Hände, alter Junge. Aber um auf deine vorherigen Anweisungen zurückzukommen, welches ist denn nun die herkömmliche Methode, um sich Arsen zu beschaffen? Ich gehe ja gerne auf jeden Vorschlag von dir ein, aber ein klein wenig Beratung wäre nicht unwillkommen.«

»Warum willst du es nicht ganz offen beim Apotheker kaufen?«

»Ich möchte ja deine Hoffnungen nicht zerstören, aber sogar ich weiß, daß in jeder Apotheke ein Giftbuch mit Datum geführt wird, und ich kann mir nicht vorstellen, daß der Kauf von Arsen einen Tag nach dem Tod des Opfers die Polizei irgendwie von der Spur ablenken würde.«

»Reiß dich zusammen, Dolly, ich hätte mehr von dir erwartet. Du gibst dir einfach nicht genug Mühe. Man muß sich seine Leute nur sorgfältig genug aussuchen. Was ist mit dem alten Crookshank? Blind wie eine Fledermaus und so dämlich wie ein Huhn. Wenn du es nicht schaffst, daß der Kauf unter dem Datum eingetragen wird, das du haben willst, verliere ich meinen ganzen Glauben an deinen Einfallsreichtum. Aber du mußt dich sofort ans Werk machen, ehe die Sache in der ganzen Stadt herum ist.«

Dolly schien in Gedanken versunken. Endlich hob er den Kopf und fragte: »Und was ist mit dir, Charles?«

»Ich habe vor, ganz unerwartet nach Hause zu fahren. Es sind zwar nur zehn Meilen, aber eine Flucht ist immer das beste Mittel, um den Verdacht auf sich zu lenken. Ich weiß übrigens, wo ich jede Menge Arsen in die Finger bekommen kann – nicht umsonst bin ich Amateurpräparator –, aber es muß auch die richtige Sorte sein. Hast du eine Ahnung, welche Sorte wir brauchen, Dolly?«

»Woher soll ich das wissen?«

»Ja, woher?« Charles zuckte seine breiten Schultern. »Ich dachte, du wüßtest vielleicht Bescheid. Ich muß meine Kenntnisse in Toxikologie mal wieder auffrischen. Ein Jammer, daß wir in einem so wissenschaftlich geprägten Zeitalter leben. Als die Borgias ihre Spielchen trieben, war Gift einfach Gift, und damit Schluß.«

»Du meinst, wenn Hester Morby durch Verabreichung von Arsen starb, kann man feststellen, welche Abart von

Arsen sie erledigt hat? Würde man zum Beispiel den Unterschied zwischen Werkzeugschuppenarsen und Apothekenarsen bemerken?«

»Das halte ich für unwahrscheinlich. Nun, ich werde mir sicherheitshalber von beidem etwas besorgen.«

»Du schlägst da einen sehr merkwürdigen Weg ein, Charles. Das sieht dir gar nicht ähnlich. Schließlich ist eine Frau ums Leben gekommen...«

»Darüber möchte ich nicht allzuviel nachdenken. Die Tat wurde begangen, daran läßt sich nichts mehr ändern. Wir haben alle beide viele schöne Worte gemacht, Dolly. Wir waren bereit, für Richard zu sterben, jedenfalls theoretisch. Jetzt sieht es so aus, als bekäme einer von uns Gelegenheit, die Aufrichtigkeit seiner Beteuerungen auf die Probe zu stellen. Aber die Polizei kann nicht alle hängen. Du hast selbst ganz richtig gesagt, es ist nicht nötig, sich zu opfern, ehe das Gesetz es verlangt. Je mehr man die Ermittler verwirrt und durcheinanderbringt, desto größere Chancen hat der wirkliche Mörder, unerkannt zu bleiben. Und wie sollen sie es wagen, Richard zu hängen, solange dieses zweite Verbrechen nicht aufgeklärt ist?«

»Aber sein Verfahren muß trotzdem weitergeführt werden. Es wird vor den Friedensrichter kommen, und dann wird man ihn vor ein Schwurgericht stellen. Das ist nicht aufzuhalten.«

»Nein, da hast du recht. Aber die Hauptbelastungszeugin fehlt – was sie bei der Voruntersuchung ausgesagt hat, bleibt zwar bestehen, aber wenigstens kann sie nichts mehr hinzufügen. Wenn man ihr genügend Zeit gelassen hätte, wären ihr vielleicht noch ein paar überraschende Enthüllungen eingefallen. Ein interessantes Studienobjekt, diese Mrs. Morby. Nicht weniger faszinierend als jedes Insekt, das ich jemals unter dem Vergrößerungsglas hatte, und jetzt ist das arme Ding in der Giftflasche eingeschlossen und kann keinen Schaden mehr anrichten.«

»Und du glaubst wirklich, daß Richards Chancen sich durch ihren Tod verbessert haben?«

»Ich gehe sogar noch weiter, mein lieber Dolly. Ehe das passierte, hatte er meiner Meinung nach nicht die geringste Chance. Jetzt hat er die Chance eines Außenseiters, und, nur Mut, beim Großen Preis von Cattminster ist schon so mancher Außenseiter als erster ins Ziel gegangen.«

»Aber trotzdem ... es hat nicht den Anschein, als würden wir drei gemeinsam den Amazonas noch einmal wiedersehen, Charles.«

»Ich dachte, du sehnst dich so sehr nach dem ruhigen Leben in einer Provinzstadt.«

»Ein kläglicher Mensch, der nie seine Meinung ändert. Ich habe festgestellt, daß meine Nerven sich nur für den Dschungel eignen.«

Charles wandte seinem Freund abrupt den Rücken zu und trat ans Fenster. Er schaute auf die belebte Straße hinab, beobachtete den nicht abreißenden Verkehrsstrom, einen lärmend dahinratternden Brauereiwagen mit kräftigen, von oben perspektivisch verkürzten Pferden, die Plane eines Händlerkarrens, die Köpfe von Dutzenden von Menschen, die mit ihren eigenen, kleinen Sorgen beschäftigt waren. Niemand hätte ihn als besonders phantasievollen Menschen bezeichnen können, doch in diesem

Augenblick erschien eine zweite Szene vor seinem Blick. Zeit und Ort waren wie weggefegt, seine Augen ruhten auf einer riesigen Wasserfläche, und in weiter Ferne, am gegenüberliegenden Ufer, ragte aus dichtem Unterholz der mächtige, majestätische Tropenwald auf.

Wie zu sich selbst sagte er leise: »Aber wir haben den Amazonas gesehen. Und gewisse Augenblicke sind das einzige in uns, was es sich zu bewahren lohnt.«

Er kam ins Zimmer zurück, und nun mahnte ihn etwas an der bedrückten Haltung seines sonst so munteren Freundes, mit seinen Kräften sparsam umzugehen, damit sie für beide reichten.

»Kopf hoch, Dolly«, sagte er, »wir müssen uns an die Arbeit machen, es gibt viel zu tun. Aber zuerst trinken wir auf Richard. Du kannst den Flaschendeckel haben, und ich nehme die Flasche selbst. Auf die Beine, Mann. Und jetzt... auf Richard!«

»Auf Richard!« rief Dolly und verzog seine widerstrebenden Lippen zu einem Grinsen. »Auf daß er niemals eine Münze in die Tasche des Henkers stecken möge!«

## 12

Emily erhielt die Nachricht vom Laufburschen des Fischhändlers zusammen mit dem Steinbutt, und fünf Minuten später wußten auch Miss Sarah und Miss Ruth Bescheid. Emily war so aus dem Häuschen, daß sie sich die nach Fisch riechenden Hände an ihrer Schürze abrieb, um sich dann mit der gleichen Schürze über die Augen zu wischen.

»Nicht, daß se mir so schrecklich leid täte«, schniefte sie, »aber immerhin war's ja Gift, und erst gestern zur Teezeit hab ich gesagt, wenn's nach mir ginge, würd' ich ihr Gift auf die Sandwiches tun. Sie wer'n mich doch nicht verraten, Miss Sarah? Sie wissen doch, daß ich mehr belle als beiße, und ich will nicht in'n Gefängnis gesteckt wer'n. Was sollt' ich denn ohne meinen Küchenherd anfangen?«

Nachdem Miss Sarah und Miss Ruth einmal erfaßt hatten, daß Hester Morby tatsächlich tot war, hatten sie beide so viel Stoff zum Nachdenken, daß sie nicht weiter auf Emilys Befürchtungen achteten.

»Ich kann es einfach nicht glauben.« Miss Ruth sprach als erste. »Sie war doch noch völlig gesund, als sie bei uns zum Tee war. Sie wirkte sogar noch sehr vergnügt, fandest du nicht auch, Sarah?«

»Der Bursche vom Fischhändler kann sich aber nicht getäuscht haben«, beharrte Emily schmollend. »Er war mit dem Dorsch in *The Shrubbery* und hat's direkt von

Betsy Jones an der Hintertür erzählt gekriegt, als Köchin werd' ich die nämlich nicht bezeichnen.«

»Wann soll sie denn gestorben sein, Emily?« fragte Miss Sarah scharf.

»Irgendwann in der Nacht. Erst hat'se Krämpfe gekriegt, dann hat'se erbrochen, und dann isse ganz still geworden, und da hamse gedacht, jetzt hätt'ses überstanden.«

»Wer sind *sie*?«

»Betsy Jones und diese Murch. Sie ham nich' mal den Doktor geholt, weil se gedacht ham, jetzt is' alles draußen, und damit isses gut. Vielleicht war's ja auch gar kein Gift... vielleicht hat's nur an Miss Essies Orangenkuchen gelegen.«

»Reden Sie doch kein dummes Zeug, Emily. Die Zutaten für den Kuchen sind völlig harmlos, und das weiß niemand besser als Sie selbst.«

»Oooch, ich weiß es schon, aber wenn Miss Essie mal anfängt, in meiner Küche 'rumzumanschen, kann keiner sagen, was dabei rauskommt.«

»Unsinn.«

Emily schniefte noch einmal, äußerte sich aber nicht weiter.

»Nun«, befahl Miss Sarah mit unbewegtem Gesicht, »Sie gehen jetzt wohl besser in Ihre Küche zurück, Emily. Der Steinbutt muß schließlich zubereitet werden, ganz gleich, was Mrs. Morby zugestoßen ist.«

»Sie... Sie verraten aber der Polizei bestimmt nicht, was ich über das Gift gesagt hab', ja? Oder woll'nse vielleicht ohne Köchin dastehen?«

»Sie wissen genau, daß ich mit der Polizei nichts zu tun habe.«

»O doch, Miss Sarah. Is' noch gar nicht lange her, daß Se mit Tom Yeald im Speisezimmer zusammengesessen ham. Der weiß übrigens genau, daß ich eher belle als beiße, jedenfalls sollt' er's eigentlich wissen. Ich hab' ihn oft genug angebellt.«

»Emily, nun seien Sie so freundlich und gehen Sie wieder an Ihre Arbeit. Niemand wird Sie verdächtigen, Sie könnten jemanden vergiftet haben, es sei denn, Sie laufen herum und bringen die Leute selbst auf solche Ideen. Je weniger Sie über die ganze Sache reden, desto besser. Solange man Sie nicht direkt danach fragt, besteht übrigens auch kein Grund, überhaupt zu erwähnen, daß Miss Essie einen Kuchen gebacken hat.«

»Ich werd' nichts sagen, höchstens wenn's darum geht, daß ich mich selber vor dem Gefängnis rette«, erklärte Emily beleidigt. »Aber ich hab' nie was davon gehalten, daß Miss Essie in meiner Küche rummacht, und das hab' ich auch immer wieder gesagt. Und dieser Orangenkuchen is' einfach zu schwer, da kriegt man leicht Magendrücken. Bei so was wer'n die Eier verschwendet, nicht bei meinem Pudding.«

Nach diesem letzten Seitenhieb zog sie sich in die Küche zurück, um ihre Ansichten vor einem Publikum kundzutun, das sie besser zu würdigen wußte.

Miss Sarah saß völlig reglos und hatte die Hände im Schoß gefaltet. Doch die Gedanken gingen ihr wie ein Mühlrad im Kopf herum. Sie empfand kein Mitleid mit der toten

Frau, nicht mehr, als sie für eine Kakerlake empfunden hätte, die nachts in der Küche zertreten wurde. Trotz alledem mußte sie unbedingt erfahren, wie Hester Morby zu Tode gekommen war. War es wirklich denkbar, daß Essie, diese kleine Idiotin, etwas in den vielgepriesenen Orangenkuchen gemischt hatte? Im Geiste sah sie die mit dem Handtuchturban abgedeckte Waschschüssel ihrer Schwester vor sich, halb gefüllt mit dieser zweifelhaften Mischung auf der Grundlage von Fliegenfängern. Aber das war natürlich Unsinn. Sie hatten alle von dem Orangenkuchen gegessen, und sie selbst hatte jedenfalls nicht mehr gespürt als eine leichte Magenverstimmung. Der Kuchen war zu frisch gewesen, das ließ sich allerdings nicht leugnen.

Einen Augenblick! Was war mit dieser ersten Scheibe, die vorher abgeschnitten worden war, angeblich, um Komplikationen wegen der noch klebrigen Glasur zu vermeiden? Essie hatte ausdrücklich darauf bestanden, diese Scheibe abzuschneiden, und zwar unten in der Küche, in der hintersten Ecke, weit weg von Emilys Adleraugen. Hatte sie etwa nur diese Scheibe präpariert? Und warum hatte sie sich nicht davon abbringen lassen, ihrem Gast gerade dieses Stück – ja geradezu aufzunötigen, obwohl Hester Morby um ein kleineres gebeten hatte?

Was für eine absurde Idee! Eine auf diese Weise zusammengebraute Mixtur konnte doch auf keinen Fall tödlich wirken. Und doch, bestand da nicht eine Parallele zu der unseligen Mrs. Maybrick? Hatte nicht auch sie einen Extrakt aus Fliegenfängern bereitet, um ihren Gatten zu töten?

Der armen Essie den Verstand und die Verwegenheit zuzutrauen, die eine solche Tat erforderte, war schlichter Wahnsinn.

Andererseits verfügte Essie auf manchen Gebieten über ein gerüttelt Maß an Raffinesse, und an Tollkühnheit hatte es ihr noch nie gemangelt.

Wenn man es recht überlegte, war es doch sonderbar, mit welchem Gleichmut, ja mit welcher Begeisterung sie nach ihrem leidenschaftlichen Ausbruch am Abend zuvor die Ankündigung aufgenommen hatte, daß Mrs. Morby zum Tee kommen würde. Aber Ruth hatte ganz recht, so war sie eben: himmelhoch jauchzend in einer Minute und in der nächsten zu Tode betrübt, ohne daß zwischen den beiden Gemütsverfassungen eine erkennbare Verbindung bestanden hätte.

Ob es wohl klug war, wenn man zu verheimlichen versuchte, daß sie einen Kuchen gebacken hatte, wenn Emily es wußte, Green es wußte, das Küchenmädchen es wußte und Esther selbst bei der leisesten Ermunterung davon erzählen würde? Und wenn sie nicht darüber redete, könnte man noch eher glauben, daß sie etwas zu verbergen hatte. Natürlich, selbst angenommen, sie hatte sich wirklich an dem Kuchen zu schaffen gemacht, sie hätte niemals ernsthaft die Absicht gehabt, jemanden zu töten. Sie hätte es nur getan, um Unruhe zu stiften.

Oder doch nicht? Wie war dann dieser phantastische Mummenschanz mit den Wachspuppen zu erklären? War das nur Spiel, oder war es bitterer Ernst gewesen?

Es war zu einfach, Essie nur als Kind zu betrachten. Wenn ihre Gefühle einmal so tief gegangen waren, daß sie darüber fast den Verstand verloren hätte, durfte man dann davon ausgehen, daß sie seither nicht mehr zu starken Emotionen fähig war? Durchaus nicht, die Gefühle waren immer noch vorhanden, nur waren sie nicht mehr so beständig, aber es war immerhin möglich, daß sie länger anhielten, als ihre Schwestern meinten.

Essie war für den Tod von Hester Morby verantwortlich. Entweder das, oder...

»Ich war es, die sie getötet hat«, erklärte Miss Ruth.

»Was sagtest du, Ruth?« fragte Miss Sarah zerstreut und völlig in Gedanken.

»Ich sagte, ich war es, die Hester Morby getötet hat«, wiederholte Miss Ruth.

Als Miss Sarah den Sinn dieser Worte erfaßte, blickte sie auf und sah ihre Schwester völlig verständnislos an.

Miss Ruth war so bleich wie eine Puppe aus Kerzenwachs.

»Ich will damit nicht behaupten, ich hätte es mit Absicht getan«, sagte sie, »aber trotzdem hätte ich ihr ebensogut den tödlichen Becher an die Lippen halten können. Und du hast mich noch dazu ermuntert, Sarah.«

»Was in aller Welt soll das denn heißen?« fragte Sarah mit weit aufgerissenen Augen.

»Du hast mir geraten, nicht nur auf den Knien zu liegen und zu beten, sondern etwas zu unternehmen. Zuerst war ich überzeugt, daß du dich irrtest, aber später kamen mir Zweifel, und ich dachte, du könntest vielleicht doch recht haben. Und dann haben wir, wenn du dich erinnerst, darüber gesprochen, daß man an Hester herantreten sollte, und ich sagte, wir hätten nicht das Recht, sie zu verurteilen, weil ich fände, daß sie ihr ganzes Leben lang nur eine Marionette gewesen sei, an deren Fäden zuerst der eine und dann der andere Puppenspieler gezogen habe. Ich sagte auch, ich würde sie gerne bitten, sich nicht weiter zur Marionette machen zu lassen, sondern statt dessen sie selbst zu sein. Wir hatten sie noch nicht aufgesucht, weder einzeln noch gemeinsam, und da hielt ich es für eine gute Idee, allein hinzugehen, ohne dir anzukündigen, was ich vorhatte. Wenn ich dann nichts ausrichtete, wenn sie sich zum Beispiel weigern sollte, mich zu empfangen, hätte ich wenigstens keine Hoffnungen und auch keinen Widerstand bei dir geweckt. Nun, sie hat mich empfangen, und ich habe mit ihr gesprochen.«

»Du hättest niemals allein in dieses Haus gehen dürfen«, unterbrach Sarah.

»Es war das einzig Nützliche, was mir einfiel. Und wirklich, Sarah, sie war damals ein ganz anderer Mensch als die junge Frau, die dann bei uns zum Tee erschien. Sie wirkte weicher, mädchenhafter, und schien Hilfe von mir zu erwarten. Ich hatte unwillkürlich Mitleid mit ihr. Nein, ich glaube nicht, daß die eigenartige Stimmung, in der sie hierher kam, ein Ausdruck von Dreistigkeit war. Ich glaube eher, sie war das Ergebnis ihres schrecklichen Entschlusses.«

»Was geschehen ist, ist geschehen«, erklärte Miss Sarah grimmig. »Aber du mußt schon sehr starke Argumente vorgebracht haben, wenn du dieses Geschöpf dazu getrieben hast, sich selbst das Leben zu nehmen. Was hast du ihr denn gesagt?«

»Ich habe sofort angefangen, von Richard zu sprechen.

Wie sehr wir ihn alle liebten, wie wir wüßten, daß er ihrem Gatten unmöglich etwas angetan haben könne, weil das seinem Wesen ganz und gar fremd sei. Und daß es folglich eine andere Erklärung für das Vorgefallene geben müsse, und ob sie es nicht für möglich halte, daß ihr Gatte von sich aus den Tod gesucht habe, vielleicht wegen eines weiteren Gesprächs an jenem Nachmittag im Anschluß an Richards Besuch. Ich flehte sie an, die Wahrheit zu sagen, was immer auch geschehen sei, um ein schreckliches Unrecht zu verhüten. Dann wurde ich sehr kühn, ich nahm mein Herz in beide Hände und erklärte ihr die Sache mit der Marionette und daß sie aufhören müsse, sich so mißbrauchen zu lassen. Sie sei intelligent und hübsch und könne ein ganzer Mensch werden, wenn sie sich nur entschließe, zu sprechen, ganz gleich, was es sie koste. Oh, ich muß verrückt gewesen sein, Sarah. Ich sagte, sie werde erst dann wahres Glück erfahren, wenn sie sich Richards wegen mit Gott ausgesöhnt habe. Wie sollte ich wissen, ob das richtig war? Der Teufel muß sich meiner Zunge bemächtigt haben, ich war noch nie so redegewandt. Und ich konnte sehen, daß ich Eindruck auf sie gemacht hatte. Ich war so stolz auf mich.«

»Und dann hast du sie zum Tee eingeladen?«

»Und dann habe ich sie zum Tee eingeladen... doch vorher sind wir sehr lange zusammengesessen, das kann ich dir versichern.«

»Aber sie hat nichts gesagt?«

»Nein, sie hat überhaupt nicht viel gesprochen. Das war ja zum Teil das Problem. Wenn sie mehr aus sich herausgegangen wäre, hätte ich nicht so viel geredet. Wie sollte ich wissen, in welche Richtung ihre Gedanken zielten? Ich konnte Robert Browning nie leiden, du weißt, daß ich ihn nie leiden konnte, und manchmal halte ich ihn für regelrecht gotteslästerlich, aber irgendwo hat er einmal geschrieben, es sei gefährlich, mit Seelen zu spielen. Ich habe meine Lektion gelernt, aber welchen Preis mußte dieses arme Ding dafür bezahlen! Sarah, Sarah, wenn ich nicht gewesen wäre, hätte sie sich niemals so endgültig von Gottes Gnade ausgeschlossen. Ich kann es nicht ertragen. Ich weiß nicht, wie ich es ertragen soll.«

»Ich begreife immer noch nicht, inwiefern das, was du zu ihr gesagt hast, sie zum Selbstmord hätte veranlassen sollen.«

»Aber Sarah, du hast doch sicher mitbekommen, was sie mir gestern erklärte, kurz bevor sie ging? Ich höre es noch so deutlich, als stünde sie vor mir. ›Ich habe mir durch den Kopf gehen lassen, was Sie mir sagten, und ich kann Ihnen versichern, daß Ihnen eine große Überraschung bevorsteht.‹ Ja, und das hat sie dann noch einmal wiederholt.«

»Nun, sie hatte recht.«

»O ja, sie hatte recht.«

»Aber warum sollte sie so etwas tun? Glaubst du vielleicht, es gab wirklich etwas, was Richards Unschuld bewiesen hatte, aber sie konnte sich nicht überwinden, es zu gestehen?«

»So muß es wohl gewesen sein, nicht wahr?«

»Aber damit wäre seine Unschuld noch immer nicht bewiesen, es sei denn, sie hätte irgendeine Erklärung hinterlassen.«

»Dann muß es wohl irgendwo einen Brief geben.«

»Du glaubst doch nicht etwa, daß sie selbst den Doktor vergiftet hat?«

»O nein, denn in diesem Fall hätte sie niemals gewagt, Selbstmord zu begehen.«

»Diese Schlußfolgerung halte ich nicht für zwingend.«

»Aber es wurde doch zweifelsfrei festgestellt, daß sie schlief als Doktor Morby starb? Und überhaupt bin ich sicher, daß sie ihn nicht getötet hat, weil sie dafür niemals den Mut aufgebracht hätte.«

»Aber wenn man dir glauben will, dann hatte sie genügend Mut, um ihrem eigenen Leben ein Ende zu setzen. Ich hätte das für sehr viel schwieriger gehalten.«

»Ich habe sie dazu aufgehetzt, Sarah. Oh, was habe ich nur für eine Schuld auf mich geladen! Ich fühle mich so beschmutzt, als könnte ich nie wieder rein werden. Nun, wir müssen Tom Yeald kommen lassen, und dann muß ich ihm alles erzählen. Ich darf gar nicht daran denken, daß er dein Schüler in der Sonntagsschule war, und seine Bibel war immer gespickt mit Bildchen für gutes Betragen! Ich schäme mich so, Sarah.«

In Miss Sarahs Gedanken spielte sich währenddessen eine Art Klärungsprozeß ab, der zwar keineswegs zu einem festumrissenen Plan, aber doch im großen und ganzen zu der Erkenntnis führte, daß Miss Ruth sich wohl auf keinen Fall davon abhalten lassen würde, sich der Polizei gegenüber rückhaltlos selbst zu belasten, daß ein solches Geständnis aber vielleicht die Aufmerksamkeit von der wesentlich handfesteren Geschichte mit dem Orangenkuchen ablenken und außerdem ganz natürliche, in andere Richtungen zielende Ermittlungen einschränken würde.

So sagte sie nicht unfreundlich: »Ruthie, in Essies Gegenwart darf darüber kein Wort gesprochen werden. Unter anderem deshalb, weil wir im Moment nur von Emily wissen, daß und auf welche Weise Mrs. Morby gestorben ist.«

»Aber Emily hat immer recht«, bemerkte Miss Ruth schlicht.

Da diese Feststellung der Wahrheit entsprach, äußerte Miss Sarah sich nicht weiter dazu. Emily mochte ihre Informationen auf ungewöhnlichen Wegen erhalten, aber im allgemeinen erwies sie sich als rascher und zuverlässiger Nachrichtendienst.

»Wir wollen Essie nicht unnötig aufregen.«

»Nein, besonders, da sie gestern ganz begeistert von der armen Mrs. Morby zu sein schien, obwohl sie doch eine Zeitlang sehr gegen sie eingestellt war. Ich hätte mir an dem guten Kind ein Beispiel nehmen sollen. Wenn ich Hester doch nur einen Orangenkuchen gebacken und es dabei belassen hätte!«

»Ich habe mir noch einmal durch den Kopf gehen lassen, was du vor ein paar Tagen über Essie sagtest. Du erinnerst dich vielleicht, daß du angeregt hattest, ein wenig frische Landluft würde ihr guttun. Und da habe ich mir überlegt, ob die Marrowfats sie nicht eventuell für eine oder zwei Wochen aufnehmen würden. Gewöhnlich vermieten sie keine Zimmer, aber ich nehme an, uns zuliebe würden sie eine Ausnahme machen.«

»Essie würde niemals zu den Marrowfats gehen, das wäre unter ihrer Würde.«

»Wenn wir beschließen, daß es das beste für sie ist, bleibt

ihr nichts anderes übrig. Du hast selbst gesagt, daß man sie nicht wie einen normalen Menschen behandeln kann.«

»Ach, du meine Güte, so etwas soll ich wirklich gesagt haben? Dabei schien es ihr gestern so viel besser zu gehen. Ich weiß gar nicht, was über mich gekommen ist, Sarah. Essie ist eigenwillig und verzogen, das hast du selbst festgestellt. Aber sonst ist doch alles in Ordnung mit ihr? Wenn es in dieser Familie überhaupt jemanden gibt, den man für etwas wunderlich halten könnte, dann bin das doch gewiß ich. Du weißt, ich bin in einem Maße vergeßlich, daß es schon an Wahnsinn grenzt. Und jetzt habe ich diese wirklich schreckliche Sache gemacht, die ich mir bis zu meiner letzten Stunde nicht verzeihen werde.«

»Ich sehe dafür gar keinen Grund, Ruth. Immerhin, auch wenn das Ergebnis in mancher Hinsicht recht unglücklich ausgefallen ist, hast du mit deinem Besuch bei Hester Morby doch erreicht, was du wolltest.«

»Aber was wollte ich denn? Ich habe es ganz vergessen.«

»Du hattest nur ein Ziel: etwas zu tun, was Richard helfen würde.«

»Das ist richtig. Aber wie kann es Richard helfen, daß die arme Hester Morby tot ist?«

»Wenigstens hat die Polizei dadurch etwas, womit sie sich beschäftigen kann. Und du hast selbst gesagt, daß sie vielleicht eine Nachricht hinterlassen hat.«

»Aber aus Schlechtem kann niemals Gutes kommen.«

»Da bin ich nicht deiner Meinung. Es gibt viele Beispiele dafür, daß aus bösen Taten Nutzen erwachsen kann.«

»Aber Nutzen ist nichts Gutes«, widersprach Miss Ruth streng.

»Wer sagt, daß Nutzen nichts Gutes ist?« wollte Miss Essie wissen, die in diesem Moment in den Raum getänzelt kam. »Ich finde, das ist Unsinn. Natürlich ist Nutzen etwas Gutes, die beiden Begriffe sind doch synonym.«

»Essie«, lenkte Sarah ab. »Ruth und ich haben eben beschlossen, daß du einen kleinen Landurlaub gebrauchen könntest. Würdest du nicht gerne eine Weile in Copperley Edge bei den Marrowfats wohnen? Sie könnten dich und dein Gepäck mit dem Einspänner abholen. Wenn du dich warm anziehst, würde es dir nicht schaden, und du weißt doch, wie sehr du solche Ausfahrten liebst.«

»Aber bei den Marrowfats gefällt es mir sicher nicht«, lehnte Essie hochmütig ab. »Ich kann doch nicht bei Leuten wohnen, die Waren auf dem Markt verkaufen. Was würden denn meine Freunde dazu sagen?«

»Wichtig ist nur, was Ruth und ich sagen, und wenn wir sagen, du sollst zu den Marrowfats gehen, dann gehst du auch hin.«

»Das werde ich nicht! Ich gehe nicht dorthin! Du willst mich nur loshaben, das ist alles. Ruth hat damit nichts zu tun, nicht wahr, Ruth?«

»Sarah ist die Älteste«, wich Miss Ruth aus. »Wenn sie etwas für richtig hält, müssen wir uns fügen.«

»Da haben wir's! Ich wußte doch, daß es Sarahs Idee war. Du bist eifersüchtig auf mich, Sarah. Eifersüchtig! Du warst schon immer eifersüchtig. Es gefällt dir nicht, wenn ich mit anderen Menschen gut auskomme. Lieber verbannst du mich in einen entlegenen Winkel wie Copperley Edge und bestimmst ungehobelte Bauern zu meinen Bewachern! Nein, ich lasse mich nicht wegschicken, soviel ist sicher. Wenn der Einspänner vor der Tür steht, werde ich mich weigern, einen Fuß hineinzusetzen. Du gönnst mir einfach nichts. Mit dem Kuchen war es genauso. Ich mußte erst sehr energisch werden, bevor ich ihn backen durfte. Und dabei hat Mrs. Morby jeden Bissen davon genossen. Und du doch auch, Ruth, und auch Sarah.«

»Warum gehst du nicht hinauf in dein Zimmer und legst dich ein wenig hin, Essie?« empfahl Miss Ruth nervös. »Du wirst noch Kopfschmerzen bekommen, wenn du dich so echauffierst.«

»Ich werde keine Kopfschmerzen bekommen, und ich will mich auch nicht hinlegen. Mir geht es ausgezeichnet. Ich habe mich in meinem ganzen Leben noch nie so wohl gefühlt.«

»Essie.« Miss Sarah mußte ihre ganze Willenskraft zusammennehmen, um sich zu beherrschen. »Du tust bitte, was man dir sagt, und läßt uns auf der Stelle allein. Es ist etwas Schreckliches geschehen, und wir möchten in Ruhe darüber sprechen.« Und dann vergaß sie ihre Warnung an Ruth und fügte schonungslos hinzu: »Emily hat uns die Nachricht gebracht, daß Mrs. Morby tot ist. Verstehst du jetzt?«

Einen Augenblick lang stand Miss Essie wie betäubt mit offenem Munde da.

Dann rief sie mit hoher, aufgeregter Stimme: »Hester Morby ist tot. Dann hat es also gewirkt... es hat gewirkt!« und stürzte mit einem irren Lachen aus dem Zimmer.

»Ach, du meine Güte«, sagte Miss Ruth. »Ich fürchte, heute geht es ihr nicht mehr so gut. Was kann sie damit nur gemeint haben?«

# 13

Ein Unglück kommt selten allein«, murmelte Inspektor Yeald, während er finster aus Kommissar Waites Bürofenster auf eine lückenlose, keine zwanzig Fuß entfernte Ziegelmauer starrte.

»Manche Leute sind eben nie zufrieden«, spottete der Kommissar. »So etwas erhöht doch Ihre Chancen auf Beförderung.«

»Und es bietet mir auch ausreichend Gelegenheit, einen verdammten Narren aus mir zu machen«, gab Yeald zurück. »Wissen Sie, Chef, die Sache war mir von Anfang an nicht geheuer. Wenn ein betrunkener Ire in der Cloth Hall Street einen chinesischen Wäschereiarbeiter niedergestochen hätte, wäre ich in meinem Element gewesen. Aber das hier riecht mir zu sehr nach Mord in der eigenen Familie.«

»Daß Sie mit den Miss Donkins verwandt sind, ist mir ja ganz neu.«

»Lassen Sie doch die Witze. Es wäre nur halb so schlimm, wenn ich wirklich mit ihnen verwandt wäre. Miss Sarah hat mir bei der Vesper in der Sonntagsschule immer die Teetasse gefüllt. Miss Ruth hat mir oft ein Dreipencestück zugesteckt, und jedesmal, wenn ich im Pfarrhaus den Salon betrat, hat Miss Essie mich wegen meiner Stiefel gehänselt, weil ich damit angeblich ihren Teppich beschmutzte. Was glauben Sie, wie ich mir vorkommen werde, wenn ich die drei verhören soll, während der Sergeant in sein Notizbuch grinst.«

»Sie könnten auch mit den beiden Herren anfangen, mit Mr. Thorne und Mr. Hearst«, meinte der Kommissar und kratzte sich den Kopf.

»Zwei Nationalhelden, die so viel Achtung vor dem Gesetz haben, daß sie einen Meineid nach dem anderen schwören, sobald sie mich nur zu Gesicht kriegen.«

»Daß sie so viel von sich reden gemacht haben, ist natürlich ein Jammer«, räumte Kommissar Waite nachdenklich ein. »Da muß man doppelt vorsichtig sein, würde ich sagen. Wir werden noch erleben, daß sich die Londoner *Times* mit Ihnen beschäftigt, Tom.«

»Um Himmels willen! Die *Cattminster News* ist schon schlimm genug.«

»Vielleicht geht ja alles noch glimpflich ab«, tröstete ihn sein Vorgesetzter. »Sollte sich herausstellen, daß sich die Verstorbene in der Absicht, *felo de se* zu begehen, das Gift selbst verabreichte, dann könnte Mr. Richard Groom aus dem Schneider sein, besonders, wenn sie so rücksichtsvoll gewesen ist, ein paar Zeilen zu hinterlassen, die alles erklären. Ich hatte immer meine Zweifel, was diese Dame angeht, obwohl sie im kritischen Augenblick so fest geschlafen hat.«

»Es gibt keinen Brief. Ich habe ihre Sachen genauestens durchsucht. Auf allen vieren bin ich durch das Schlafzimmer und übrigens auch die Wohnräume gekrochen und habe Zoll für Zoll abgesucht. Ich habe jede Schublade herausgezogen, und fragen Sie mich jetzt nicht, ob ich im Tintenlöscher nachgesehen habe, denn das habe ich getan.

Es gibt keinen Brief, und deshalb war es auch kein Selbstmord. Außerdem, wer hat schon einmal gehört, daß jemand sich mit Arsen umbringt? Das ist doch ein viel zu schmerzhaftes Verfahren.«

»Wir haben solche Fälle in den Akten«, behauptete Waite unbeirrt. »Die Leute tun alles, um diese Welt zu verlassen, wenn sie sich das einmal so richtig in den Kopf gesetzt haben. Ich kannte da einen Burschen ...«

»Ja, ja«, stimmte Yeald hastig zu. Wenn der Kommissar einmal ins Dozieren kam, konnte er einfach unerträglich sein.

»Es wäre mir schwergefallen, daran zu glauben, selbst wenn ein Brief vorgelegen hätte. Nachdem keiner da ist, bin ich vollkommen sicher. Wissen Sie eigentlich, daß ich jedesmal, wenn ich diese junge Frau sah, überzeugt davon war, daß sie sich im Grunde königlich amüsierte, ganz gleich, welche Rolle sie gerade spielte?«

»Mir ging es ganz ähnlich. Besonders, als sie da oben im Zeugenstand dem Coroner auf der Nase herumtanzte. Das ist eigentlich merkwürdig. Wir können uns doch nicht beide geirrt haben.«

»Nun, angenommen, wir hatten recht, dann leuchtet mir noch viel weniger ein, warum sie es so eilig gehabt haben soll, sich zu verabschieden.«

»Sie werden den Autopsiebericht abwarten müssen, ehe Sie sich allseits unbeliebt machen.«

»Oh, ich werde mich nur auf einige Vorermittlungen beschränken, darauf können Sie wetten. Aber ich möchte auch nichts auf die lange Bank schieben. Der Polizeipräsident ist auf dem Kriegspfad. Außerdem habe ich es aus berufenem Munde. Der Polizeiarzt hat mir im Vertrauen verraten, daß es ein so klarer Fall von Arsenvergiftung ist, wie er es selten erlebt hat. Diese Diagnose konnte sogar der alte Crowe stellen, und das will etwas heißen.«

»Wundert mich, daß der nicht gleich zwei Leichen gesehen hat. Wenn er nicht aufhört, Gläser zu stemmen, wird er noch sein eigener Patient. Dabei war er früher kein schlechter Arzt.«

»Er hat getobt, weil diese zwei Dummköpfe, Murch und die Köchin, ihn nicht geholt haben. Er glaubte nämlich, er hätte vielleicht noch etwas tun können.«

»Aber da steckt vermutlich nichts dahinter?«

»Kaum. Die beiden ließen sich täuschen, als sie ins Koma fiel. Sie dachten, sie wäre eingeschlafen.«

»Ein Koma hat aber nicht viel Ähnlichkeit mit Schlaf.«

»Ach, ich weiß nicht. Ich glaube nicht, daß sie sofort zu ihr hinaufgingen. Wahrscheinlich haben sie nur vorsichtig reingeschaut und gemeint, man sollte sie besser nicht stören. Murch hat völlig den Kopf verloren – richtig hysterisch – und hat mich angeschrien, ich soll die Miss Donkins und die zwei jungen Männer verhaften. Am liebsten hätte sie alle fünf nebeneinander am Galgen gesehen. Aus ihr war kein vernünftiges Wort herauszubringen. Ich mußte mich an die Köchin halten. Die hat mir erzählt, daß Mrs. Morby zum Tee im Pfarrhaus gewesen war und daß die beiden jungen Männer vor kurzem einen Besuch im Haus gemacht hatten. Sie ist nicht die hellste, aber bei solchen Dingen würde sie nicht lügen. Außerdem ist sie der Meinung, Murch sei übergeschnappt, weil sie so sehr an ihrer Herrin hing.«

»Armes Ding!«

»Die Köchin sagte, nur eine Irre würde Damen aus Kirchenkreisen verdächtigen, bei einer Teegesellschaft andere Leute zu vergiften.«

»Stimmt das vielleicht nicht?«

»Ich weiß nicht so recht, ich möchte es mir nicht gerne vorstellen. Aber ich wünschte, es würde sich nicht gerade um Arsen handeln, Chef. Das ist ein richtiges Altweibergift.«

»Es wird doch wohl nicht Miss Essie gewesen sein – Sie wissen schon, die nicht so ganz –?«

»Die anderen beiden halten sie ziemlich fest an der Kandare.«

»Immerhin haben sie sie zur Voruntersuchung mitgenommen. Glauben Sie, daß das klug war?«

»Wie meinen Sie das?«

»Nun, sie sieht Mrs. Hester Morby da oben stehen und ihre Aussage machen. Und da kommt sie zu dem Schluß, daß Mrs. Hester Morby hinter den Schwierigkeiten ihres Neffen steckt.«

»Damit hätte sie ja nicht ganz unrecht gehabt.«

»Genau. Und wenn man ein wenig – nun, nicht ganz richtig im Kopf wäre, könnte das schon seine Wirkung auf das Gefühlsleben haben.«

»Aber sie hätte doch niemals genug Verstand besessen, um so etwas durchzuziehen. Woher sollte sie denn überhaupt das Arsen bekommen haben?«

»Pah, das ist die einfachste Sache der Welt. Jeder kann in die Apotheke gehen und sich für einen Sixpence Arsen kaufen. Man braucht nur zu sagen, es sei für Ratten oder

Unkraut, oder man wolle es jemandem in den Tee schütten.«

»Dabei fällt mir etwas ein. Ich sollte wohl jemanden losschicken, der sich in den Geschäften erkundigt. Aber damit warte ich lieber noch, bis ich den Autopsiebericht in Händen habe.«

»Richtig. Nur nichts überstürzen. Wenn ich Sie wäre, würde ich mal bei den Miss Donkins vorbeischauen und ein wenig die Fühler ausstrecken. Sagen Sie, Mrs. Morby sei anscheinend an irgendeiner Kolik gestorben, und ob sie zum Tee irgend etwas gegessen habe, was diese Beschwerden ausgelöst haben könnte. Sie wissen doch, wie man so etwas macht. Ich würde auch versuchen, einen Blick in die Küche zu werfen. Diese Emily schwatzt einem Esel das Bein ab ... ich weiß das, meine Frau hat es mir oft erzählt. Sie waren miteinander im Bibelkreis, als sie noch jung und kokett waren. Jung und kokett! Das ist gut, besonders jetzt, wo meine Alte mehr als zwei Zentner wiegt.« Der Gedanke erheiterte den guten Mann so sehr, daß er seinem Kollegen einen Rippenstoß versetzte.

Das alles, dachte der arme Thomas Yeald auf dem Weg zum Pfarrhaus, war leichter gesagt als getan. Oft kommt es jedoch anders, als man denkt, und sehr zu seiner Überraschung wurde er von Miss Ruth, die ihm persönlich die Tür öffnete, sozusagen mit offenen Armen empfangen.

»Oh, Tom, du ahnst ja nicht, wie froh ich bin, dich zu sehen!« rief sie aus. »Dich könnte der Himmel geschickt haben. Wir werden ins Speisezimmer gehen müssen, weil ich nicht möchte, daß die anderen mit anhören, was ich dir zu sagen habe, obwohl Sarah bereits über alles Bescheid weiß. Ich wollte schon ein paar Zeilen auf die Polizeiwache schicken, aber da du jetzt hier bist, ist ja alles in Ordnung. Ich weiß, warum du gekommen bist, du brauchst es mir nicht mehr zu erklären. Emily hat die traurige Nachricht mit dem Steinbutt erhalten. Sarah wollte es nicht so recht glauben, aber ich wußte gleich, daß es stimmte. Der Laufbursche des Fischhändlers ist ein sehr aufgeweckter Junge, und er hat noch nie etwas Falsches erzählt.«

»Ich fürchte, das geht mir alles zu schnell«, sagte Thomas, als er ihr ins Haus folgte.

»Du meine Güte, wirklich? Nun, wir haben es überhaupt nicht eilig. Laß dir nur Zeit. Nimm Platz und mache es dir bequem. Ich kann mir gut vorstellen, wie aufreibend der Beruf eines Polizisten sein muß.«

»So war das nicht gemeint«, dementierte der Inspektor verdutzt. »Ich wollte nur sagen, daß ich nicht weiß, von welcher traurigen Nachricht Sie eigentlich sprechen.«

»Vom Tod der armen Hester Morby durch Arsenvergiftung, was sonst? Seitdem ist doch gewiß nicht noch etwas passiert?«

»Mir war nicht klar, daß das bereits Allgemeingut ist. Wirklich, Miss Ruth, der Bericht des Arztes ist noch gar nicht auf dem Polizeirevier eingetroffen.«

»Das macht nichts. Du kannst mir schon glauben. Der Junge des Fischhändlers hat es von Betsy Jones, und die weiß es direkt von Doktor Crowe. Ich sehe auch keinen Grund, ein Geheimnis daraus zu machen. Jedenfalls kannst du es ruhig dem Kommissar erzählen, er ist doch bestimmt ein diskreter Mensch.«

»Vielen Dank«, stotterte der Inspektor.

»Aber deshalb habe ich dich nicht hier hereingeführt. O nein, ich fürchte, es steckt noch mehr dahinter. Ich möchte dir hier und jetzt erkären, daß du nicht weiterzusuchen brauchst, die Schuldige sitzt im Pfarrhaus. Ich, ich ganz allein bin für den Tod dieses unglücklichen Mädchens verantwortlich. Weißt du, das kam so –«

Und noch ehe der Inspektor seine fünf Sinne so weit beisammen hatte, daß er sie hätte warnen oder zum Schweigen bringen können, war sie schon mitten in der seltsamen Geschichte, mit der sie bereits ihre Schwester erschreckt hatte. Obwohl sie alles sehr hastig hervorsprudelte, berichtete sie peinlich genau und so ungewöhnlich konzentriert, daß er vermutete, sie habe die ganze Rede mehrmals im Geist geprobt. Seinerseits hörte er dem Erguß sehr aufmerksam und mit gemischten Gefühlen zu, und als sie fertig war, schwieg er lange und rieb sich nachdenklich das Kinn.

Endlich sagte er: »Soweit ich sehe, haben Sie nur in einem Punkt gegen das Gesetz verstoßen, indem Sie nämlich versucht haben, eine Zeugin zu beeinflussen.« Das klang ziemlich streng, und Miss Ruth antwortete in deutlich ungläubigem Ton: »Wenn jemand versucht, einen Zeugen dazu zu überreden, die Wahrheit zu sagen, kann man das doch wohl nicht als Beeinflussung bezeichnen?«

»Sie glauben also nicht, daß sie bislang die Wahrheit gesagt hatte?«

»Es kann gar nicht die Wahrheit gewesen sein, denn sonst hätte ihre Aussage mit der von Richard übereingestimmt.«

Wie schön, wenn es einen Menschen gibt, der einem so unbedingt vertraut, dachte der Inspektor. Laut sagte er jedoch: »Sie nehmen also an, Sie hätten sie mit Ihren Worten so beschämt, daß sie sich umbrachte?«

»Davon bin ich überzeugt.«

»Aber sie muß doch gewußt haben, daß sie damit Ihren Neffen nicht von dem Verdacht reinigen würde, unter dem er steht. Ich sehe keinen Sinn darin.«

»Ich glaube, du wirst feststellen, daß sie eine Erklärung hinterlassen hat, die Richard rehabilitiert.«

»Aber Sie wissen vermutlich nicht, wo diese Erklärung zu finden sein könnte?« fragte der Inspektor trocken, denn er war sich allmählich gar nicht mehr sicher, ob der Laufbursche des Fischhändlers nicht auch diese Information irgendwo in seinem Korb versteckt gehabt hatte.

»Nein, ich fürchte, da kann ich dir nicht helfen. Du mußt schon selbst danach suchen.«

»Ich habe gesucht«, rief der Inspektor gereizt, »und es mag Sie vielleicht überraschen, aber es ist kein Brief da. *Es ist kein Brief da*«, wiederholte er sozusagen in Großbuchstaben.

»Dann weiß ich nicht, was ich dir raten soll.«

»Ich würde gerne mit Miss Sarah sprechen«, sagte Yeald. Er fühlte sich von Miss Ruth plötzlich überfordert und brauchte Zeit, um alles aus seinem eigenen Blickwinkel zu betrachten anstatt aus dem ihren. Miss Sarah und er hatten dagegen einen gemeinsamen Standpunkt. Sie sprachen die gleiche Sprache und verstanden einander manchmal fast zu gut.

»Natürlich, Tom, ich hole sie, bleib du nur hier.« Miss

Ruth war offenbar immer noch überzeugt, daß er von seinem strapaziösen Beruf völlig erschöpft war.

Er betrachtete grübelnd die quastenbesetzte Plüschdecke, die den schönen Tisch zierte. Was war sie nur für ein eigenartiger Mensch, überlegte er, und was hatte sie ihm da für ein sonderbares Garn gesponnen! Steckte vielleicht ein Körnchen Wahrheit darin, zusammen mit einem Körnchen Arsen? Konnte man von der Überzeugungskraft eines anderen wahrhaftig so stark beeinflußt werden, daß man den Tod suchte? Ja, solche Dinge gab es – ein Soldat in der Schlacht, der auf den Zuruf seines Vorgesetzten dem Feind entgegenrannte; ein verheirateter Mann, der seine Geliebte dazu drängte, mit ihm in den Tod zu gehen. Aber dies hier war ein anderer Fall. Konnte man jemanden so beschämen, daß er sterben wollte?

Der Inspektor tat diese verrückte Vorstellung mit einem gereizten Achselzucken ab. Außerdem war Hester Morby keine Selbstmörderin, sie war einem Verbrechen zum Opfer gefallen, davon war er überzeugt. Plötzlich pfiff er durch die Zähne. Ihm war eine andere Idee gekommen. War Miss Ruth vielleicht wirklich an Mrs. Morbys Tod schuld, aber anders, als sie es ihm erzählt hatte? Nein, das war nicht glaubhaft. Heilige liefen nicht herum und ermordeten andere Menschen, aus welchem Grund auch immer. Doch welche höhere Instanz gab ihm denn die Gewißheit, daß Miss Ruth eine Heilige war? In Cattminster hielt man das für selbstverständlich. Ihre Güte war in ihrer einschüchternden Schlichtheit fast mit Händen zu greifen, und sie lebte nach anderen Wertmaßstäben als die meisten Menschen. Ihre berüchtigte Zerstreutheit war darauf zurückzuführen, daß sie im wörtlichen Sinne gar nicht ganz ›da‹ war. Aber einmal angenommen, sie wäre nur zur Hälfte eine Heilige, mit der Hartnäckigkeit, der Sanftmut und der Unbeholfenheit einer solchen, aber auch mit einer menschlichen Seite, die den anderen Teil ihrer Seele beiseite drängte und alles daran setzte, um jemanden zu retten, den sie mehr liebte als sich selbst? Der Inspektor holte seine Gedanken mit Mühe aus diesen ungewohnten Tiefen zurück in die Sicherheit des Alltäglichen. Wollte Miss Ruth ihn an der Nase herumführen?

»Ach, da bist du ja, Tom«, erklang Miss Sarahs gelassene Stimme.

Er stand sofort auf.

»Nein, bitte setz dich wieder. Wie ich höre, hat meine Schwester dir alles gebeichtet.« Die Bemerkung verriet einen Hauch von trockenem Humor.

»Ich beichte nur dem Einen«, verbesserte Miss Ruth sanft. »Aber Tom weiß jetzt genau, was geschehen ist, und er wird entscheiden müssen, was mit mir geschehen soll.«

»Natürlich gar nichts, Miss Ruth. Später werde ich mit einem Sergeant wiederkommen, und dann werden wir ein kurzes Protokoll aufsetzen und Sie bitten, es zu unterschreiben. Es wird nur die nackten Tatsachen enthalten«, fügte er an Miss Sarah gewandt hinzu.

»Ich verstehe.«

»Trotz allem, was Sie mir erzählt haben, ist uns über die Ursache von Hester Morbys Tod nichts Definitives bekannt. Sie könnte auch einer akuten Kolik erlegen sein, und eigentlich bin ich nur hier, um mich zu erkundigen, ob sie möglicherweise zum Tee etwas gegessen hat, was diesen Anfall hätte auslösen können. Die Köchin, Mrs. Jones, sagte mir, sie sei am Nachmittag bei Ihnen gewesen, und offenbar hatte sie zwischen diesem Zeitpunkt und dem Zubettgehen nicht mehr viel zu sich genommen.«

»Das wundert mich gar nicht«, erklärte Miss Ruth. »Sie legte beim Tee einen gesunden Appetit an den Tag und hat all den guten Dingen, die Emily vorbereitet hatte, Gerechtigkeit widerfahren lassen.«

»Sie hätten wohl nichts dagegen, wenn ich ein paar Worte mit Emily spreche?«

»Niemand ist begeistert, wenn in der eigenen Küche Ermittlungen durchgeführt werden«, sagte Miss Sarah, »aber wenn du glaubst, es ist unvermeidlich, dann kann man wohl nichts dagegen machen. Natürlich haben wir nichts zu verbergen, aber bedenke bitte, daß Emily gerne ins Blaue hineinredet. Ich warne dich, du solltest ihren Worten nicht allzu viel Gewicht beimessen, sie sind eher für ihre Quantität als für ihre Qualität berühmt.«

›Oho‹, dachte Yeald. ›Sie fürchtet also, Emily könnte etwas sagen, was ich nicht hören soll.‹

»Wahrscheinlich wird sie sehr verstört sein, wenn sie einen Polizisten sieht«, gab Miss Ruth zu bedenken.

»Oh, ich werde mich hüten, sie zu erschrecken. Und ich werde alles, was sie sagt, mit Vorbehalt aufnehmen, das verspreche ich Ihnen.«

»Welch blutrünstige Drohungen sie auch geäußert haben mag«, beharrte Miss Ruth, »sie würde keiner Fliege etwas zuleide tun, das kannst du mir glauben. Nein, das stimmt nicht ganz, eine Fliege würde sie eventuell erschlagen. Es sind unhygienische Tiere, besonders in der Nähe von Speisen. Aber sie würde nichts Größeres töten, außer vielleicht hin und wieder eine Maus.«

»Sie haben Mäuse?«

»Ja, und im Garten leider auch Ratten. Aber nicht im Haus.«

»Wir dürfen dich nicht so lange aufhalten, Tom«, mischte sich Miss Sarah ein. »Doch zu einem Punkt im Zusammenhang mit Mrs. Morbys Tod würde ich gerne noch deine Meinung hören. Wie wird sich das auf Richards Fall auswirken?«

Yeald kratzte sich den Hinterkopf.

»Abgesehen von der Tatsache, daß die Hauptzeugin verstorben ist, wird sich aus meiner Sicht gar nichts ändern. Die von ihr unterzeichnete Aussage aus der Voruntersuchung des Coroners liegt ja vor, und die wird man vor dem Friedensrichter und im Prozeß als Beweismittel verwenden.«

»Aber ... aber ich dachte, die Zeugenaussagen würden erst protokolliert und signiert, wenn ein Fall vor den Friedensrichter kommt.«

»O nein, das geschieht schon vorher. Aber sie hätte nachträglich noch etwas hinzufügen können. Das wird nun niemand mehr erfahren.«

»Ich verstehe. Wie Hester Morby also auch gestorben sein mag, Richard wird keinen Nutzen daraus ziehen.« Ihre Stimme klang matt vor Enttäuschung.

»Tja, nur daß wir jetzt vor zwei Rätseln stehen, während es bisher nur eines gab.«

»Ja«, wiederholte sie. »Jetzt stehen wir vor zwei Rätseln, während es bisher nur eines gab.«

Als Emily die Stiefel des Inspektors auf der Kellertreppe erblickte, stieß sie einen schrillen Schrei aus.

»Oh, bei allen himmlischen Heiligen, ich hab' doch gewußt, daß Sie hinter mir her sein würden! Ich hab's aber nicht getan. Mag sein, daß ich's gesagt hab', aber das war doch nicht ernst gemeint. Die Sandwiches war'n so sauber wie frischgefallener Schnee. Sie ham alle davon gegessen, und die Reste ham wir hier drunten verspeist, ich und Green und das Küchenmädchen, und keiner hat auch nur'n bißchen Bauchgrimmen davon gekriegt.«

»Ganz ruhig, gute Frau, man wirft Ihnen doch überhaupt nichts vor.«

»Ich bin auch nicht Ihre gute Frau. Aber 'ne gute Frau bin ich trotzdem, wenigstens nicht schlechter als andere. Früher war ich mit der Frau vom Kommissar im Bibelkreis. Sie wird für mich sprechen. Wenn dem armen, toten Ding etwas geschadet hat, dann war's Miss Essies Orangenkuchen, nicht meine Hefebrötchen und auch nicht meine leichten Kekse. Dann schon eher diese widerlich süße Glasur und die vielen Eier im Verhältnis zum Mehl. Und viel zu frisch war er auch. Wer ißt schon 'nen Kuchen, der am selben Tag gebacken worden is'?«

»Miss Essie hat also einen Kuchen gebacken?«

»Mein Gott, ja, und jetzt fällt mir wieder ein, daß ich versprochen hab', nichts davon zu erzählen. Aber jeder für sich, sag' ich. Ich will nich' im Gefängnis landen. Sie ham ja schon Master Richard. Wenn das so weitergeht, sitzen wir bald alle dort und warten auf den Henker.«

»Sie sollten sich nicht so aufregen«, mahnte der Inspektor.

»Man muß sich aber doch aufregen, wenn jemand in der eig'nen Küche rummanscht und sich alles ausleiht, und's nich' mal für nötig hält, bitte zu sagen. Ich hab's Miss Sarah schon hundertmal erklärt, daß ich Miss Essie hier unten nicht haben will. Aber ich schätze, sie möcht' se auch gern mal loswerden; ich geb' ja zu, daß sie 'ne ziemliche Plage is', und Green sagt das auch, die hat schließlich oben die Last zu tragen.«

»Was stellt Miss Essie denn oben so alles an?«

»Ach, so dieses und jenes, stimmt's nich', Green? Neulich nachts hatse erst versucht, das ganze Haus niederzubrennen.«

»Was Sie nicht sagen!«

»Doch, genau das sag' ich. Und Green sagt's auch. Mach den Mund auf Mädchen, hol's doch der Teufel.«

»Na ja, Emily, so schlimm war's nun auch wieder nicht.« Green lächelte geziert. »Was soll denn der Wachtmeister von uns denken! Es hat eben auf der Hintertreppe so abscheulich gerochen, als Emily und ich grade schlafengehen wollten. Da hab' ich an die Tür von Miss Essies Schlafzimmer gehämmert, weil ich wußte, daß sie drin war, aber sie wollt' mich nicht reinlassen, weiß der Himmel, was sie vor die Tür gestellt hat, 'nen Schlüssel hatse nämlich nich', das weiß ich genau. Und dann hab' ich Angst gekriegt, sie könnt' in ihrem Bett verbrennen, bin schnurstracks runtergegangen zu Miss Sarah und hab's ihr erzählt, und sie hat mich weggeschickt und is' selber raufgegangen, um nachzusehen, was da los is'. Dann ham wir gehört, wie Miss Essie geschrien hat, sie hatte wieder mal einen von ihren Anfällen, und danach war alles still, und nach 'ner Weile is' Miss Sarah wieder rausgekommen und hat die Tür zugemacht. Ich weiß wirklich nich', was Miss Essie ausgefressen hat, vielleicht hat sie sich die Haare mit der Kerzenflamme angesengt. Sie will sich ja immer besonders fein machen. In ihrer Waschschüssel war am nächsten Morgen 'ne ganz ekelhafte Brühe, und ich hab' se nich' mal wegschütten dürfen, sie hat gesagt, das is' ihre Gesichtsmilch. So was hab' ich noch nie gehört, ausgesehen hat's jedenfalls wie aufgeweichtes Papier in dreckigem Wasser.«

Der Inspektor fuhr in die Höhe, als habe ihn etwas gestochen.

»Was is'n los?« rief Emily. »Wenn hier immer noch eine von den verflixten Fliegen rumschwirrt, dann zerquetschen Sie sie mit dem Daumen. Bei dem Wetter müßten se ei'ntlich längst tot sein, aber in meiner Küche isses warm, und das hält se am Leben. Ich kann die gräßlichen Biester nicht ausstehen, kriechen halb erstarrt überall rum und stechen wie 'n Moskito.«

»Schon gut«, wehrte der Inspektor ab. »Noch einmal zu diesem Kuchen, den Miss Essie gebacken hat. Sie sagten, er sei sehr üppig und würde einem schwer im Magen liegen. War Mrs. Morby Ihres Wissens die einzige, die eine Scheibe genommen hat?«

»Nein, sie ham alle davon gegessen. Als er wieder hier runtergekommen is', hat er ausgesehen, als wär'n die Ratten drübergewesen. Zu weich zum Schneiden, schätze ich. Und wir ham ihn aufgegessen, genau wie die Sandwiches. Nich', daß ich diese Sorte von Kuchen besonders gern mag, aber gutes Essen kann man doch nicht einfach verderben lassen. Jemand mußte schließlich was haben von all den vielen Eiern. Ich hab' ehrlich gesagt schon gedacht, daß jemand danach fragen würd', aber jetzt denkt keiner mehr dran. Die sin' von der Nachricht alle wie erschlagen.«

»Ich gebe Ihnen einen guten Rat, Emily, seien Sie vorsichtig, was Sie außerhalb dieser Küche sagen«, warnte der Inspektor. »Ihre Nachricht ist bisher nicht mehr als ein Gerücht.«

»Soll das heißen, sie is' gar nicht tot ... Mrs. Morby is' gar nicht tot?«

»Tot ist sie schon«, erklärte der Inspektor ein wenig grimmig. »Aber noch weiß niemand genau, was schuld daran war.«

»Wegen mir brauchen Se sich keine Sorgen zu machen«, versicherte Emily. »Ich mach' den Mund nur auf, wenn ich gefragt werd', das is' mein Motto. Ich geh' mit Worten genauso sparsam um wie mit dem Essen, stimmt's, Green?«

»Kann schon sein«, bestätigte Green, aber es klang nicht sehr überzeugt.

»Sie sollten sich lieber den Steinbutt zum Vorbild nehmen als den Laufburschen des Fischhändlers«, empfahl Yeald. Doch dieser letzte Schuß ging über Emilys Kopf hinweg, als der Inspektor ebenso über die Treppe verschwand, wie er gekommen war.

Er fand den Weg zur Haustür allein, ohne sich auf weitere Erörterungen mit den Miss Donkins einzulassen und ohne die Hilfe von Green.

Er hatte genug erfahren, um eine Weile mit seinen eigenen Gedanken beschäftigt zu sein.

# 14

Ich habe eben einen Bericht vom alten Crookshank, dem Apotheker, erhalten«, erzählte Inspektor Yeald. »Am Tag vor der Nacht, in der Mrs. Morby starb, hat Mr. Graham Thorne, allgemein besser bekannt unter dem Namen ›Dolly‹, bei ihm Arsen für einen Sixpence gekauft und auch dafür unterschrieben. Angegebener Zweck für den Kauf: Vernichtung von Ungeziefer.«

»Na, wenn das nicht der Gipfel der Unverschämtheit ist!« schnaubte der Kommissar. »Warum besorgen Sie sich nicht einen Haftbefehl, schnappen sich den Kerl und lochen ihn sofort ein? Immerhin ist auch der Autopsiebericht inzwischen eingetroffen. Ich verstehe nicht, worauf Sie noch warten!«

»Ich will nur noch feststellen, auf welche Weise er die verstorbene Mrs. Morby dazu bewogen hat, es zu schlukken«, erklärte der Inspektor bitter. »In diesem Fall ist es nicht etwa ein Mangel an Hinweisen, was mir Schwierigkeiten bereitet, ich habe einfach viel zuviel von den verdammten Dingern.«

»Ihnen kann man's auch nur schwer rechtmachen, Tom. Für mich liegt der Fall klar auf der Hand, keine losen Enden. Nicht wie eine Schlägerei auf dem Rennplatz, wo alles hin und her läuft und jeder Stein und Bein schwört, er sei anderswo gewesen, als es passierte. Hier haben Sie fünf Verdächtige aus gutem Hause, diese Emily nicht mitgerechnet, weil sie zu dumm ist, um ernsthaft in Betracht zu kommen. Soweit ich sehe, muß es einer von ihnen gewesen sein. Sie brauchen nur noch den Richtigen rauszufinden. Oder soll ich etwa den Alten bitten, den Yard zuzuziehen, oder einen begabten Amateur wie Sherlock Holmes um Hilfe anzugehen?«

»Pah!« sagte der Inspektor nur. »Wenn jemand nach mir fragt, ich bin in *The Shrubbery*. Und das gilt auch für seine Lordschaft.«

»Sie wollen keinen Sergeant mitnehmen, zur Gesellschaft?«

»Noch nicht, danke, Später vielleicht.«

Unterwegs beschloß Tom Yeald, Murch zu meiden wie die Pest, und sich dafür lieber auf Betsy Jones zu konzentrieren, die seiner Ansicht nach recht zuverlässig war, vorausgesetzt, man packte sie richtig an.

Wenn möglich, zog er es stets vor, die Leute in einer Umgebung zu verhören, die ihnen vertraut war, denn er hatte die Erfahrung gemacht, daß ein fremdes Milieu wie ein mit Flanell ausgekleideter Trichter wirkte, der die Flüssigkeit nur tropfenweise durchließ, während sie doch ungehindert strömen sollte. So war er froh, als er Mrs. Jones in den vier Wänden ihrer Küche so weit eingelullt hatte, daß sie gesprächig wurde. Angenehm war auch, daß Murch für eine Stunde das Haus verlassen hatte, um sich die Hühneraugen stechen zu lassen, eine Verabredung, die sie schon lange vor Mrs. Morbys Hinscheiden getroffen hatte, wie Betsy ihm wortreich versicherte, um ihre Kollegin ja nicht in den Verdacht zu bringen, sie lasse es gegenüber der Toten an Respekt fehlen.

»Ich hab' ihr zugeraten, damit se auf and're Gedanken kommt«, erklärte Mrs. Jones. »Sie is' nämlich kreuzunglücklich und deshalb unausstehlich.«

»Ja, ja«, sagte der Inspektor. Es war vielleicht eine merkwürdige Methode, sich zu trösten, aber das ging ihn nichts an. »Es muß für Sie beide ein schreckliches Erlebnis gewesen sein, besonders, weil es so kurz nach der anderen Sache passierte.«

»Da ham Se recht. Erst das Baby, dann der Doktor und jetzt auch noch seine Frau. Na, aller guten Dinge sind drei. Wie ich damals meine Teigschüssel zerbrochen hab', war's genauso. Als nächstes war die Suppenterrine dran, und dann hab' ich 'ne angeschlagene Untertasse genommen und sie in der Spülküche auf'n Boden fallen lassen. Damit war dann Schluß.«

»Sie sagten, glaube ich, daß Sie seit der Heirat von Doktor und Mrs. Morby hier im Hause angestellt sind?«

»Stimmt. Bevor der Doktor geheiratet hat, war 'ne Wirtschafterin da, aber als die gehört hat, daß 'ne Frau ins Haus kommt, isse auf und davon. Manche Leute wollen eben nur für alleinstehende Herren arbeiten.«

Sie warf dem Inspektor einen verschmitzten Blick zu, der besagte: ›Die Sorte kennen wir schon.‹

»Würden Sie sagen, Sie hatten es schwer in dieser Stellung?«

»Nicht direkt schwer. Obwohl für ein so großes Haus ei'ntlich drei Dienstboten nötig gewesen wären und Murch nicht als Hausmädchen ausgebildet is'. Sie war Kammerzofe und sie hätt' den Spaß normalerweise nie mitgemacht, aber sie wollt' unbedingt bei der gnädigen

Frau bleiben. Knausrig war der Doktor, aber eher von Natur aus, nicht weil er's nötig gehabt hätte. Die Lieferantenrechnungen hat er nachgeprüft wie 'n Luchs, und immer hat's nur das Zweit-, wenn nicht gar das Drittbeste sein dürfen. Zu essen haben wir genug gekriegt, und zwar das gleiche, was es auch oben gegeben hat, aber das wär eben in anderen Häusern grad gut genug für die Küche.«

»Große Einladungen waren wohl nicht üblich – und es kamen auch nicht viele Besucher.«

»An der Praxistür war genug Betrieb, aber nich' an der Haustür. Als der Doktor tot war, hat die gnädige Frau mehr Besuch gehabt als je zuvor.«

»Ich schätze, das ist ganz normal. Könnten Sie mir vielleicht noch einmal wiederholen, wer diese Besucher waren? Nicht, daß ich sie irgendwie verdächtigen möchte, aber bei einem so plötzlichen Todesfall muß doch alles seine Ordnung haben. Also, nach dem, was Murch ausgesagt hat, war als letzter Mr. Thorne hier, und er kam mehrere Tage, ehe Mrs. Morby krank wurde.«

»Das is' richtig. Oder nein, doch nicht. Er war auch an dem Morgen an der Tür, als wir se tot im Bett gefunden haben. Und Murch is' auf ihn losgegangen wie 'ne Verrückte. Sie muß ihn zu Tode erschreckt haben. Jedenfalls isser die Straße runtergerannt, als ob sämtliche Höllenhunde hinter ihm her wär'n.«

»Sind Sie sicher, daß er zwischen diesen beiden Besuchen das Haus nicht betreten hat?«

»Das kann ich beschwören.«

»Er hätte nicht kommen können, während Sie außer Haus waren?«

»Nein, das hätt' er nicht, weil ich die ganze Zeit hier war. Vielleicht wollt' er ja nicht, daß es zu sehr auffällt. Es is' ja doch ziemlich früh, um 'ner Witwe den Hof zu machen, wenn noch nich' mal die Rechnung vom Leichenbestatter da ist. Aber ich muß sagen, er hat nicht lockergelassen. Einen Tag, nachdem er hier war, hat er ihr mit der Post 'ne Zweipfundpackung King-Edward-Pralinen geschickt.«

»Was sagen Sie da? Mr. Thorne hat Ihrer gnädigen Frau Pralinen geschickt?«

»Das is' doch nicht strafbar, oder? Und sie hat sich sehr drüber gefreut, 'ne bessere Idee hätt' er gar nicht haben können. Sie hat immer gern Süßigkeiten geknabbert, auch wenn se bei jeder anständigen Mahlzeit die Nase gerümpft hat. Da war se komisch: gegessen hat se wie'n Spatz, aber auf Naschzeug war se so verrückt wie'n Kind. Noch an dem Abend, an dem se dann krank geworden is', wollt'se kein Abendessen, sondern hat sich nur'n Teller und 'nen Löffel bringen lassen und hat sich über'n Glas Pflaumenmus hergemacht, das sie von Miss Sarah Donkin vom Pfarrhaus gekriegt hat. Aber sie hat nur 'n paar Löffel voll gegessen, und dann hat'se zu Murch gesagt: ›Du kannst das wegnehmen. Es mag ja eine hiesige Spezialität sein, aber ich weiß nicht, was die Leute daran finden. Für meinen Geschmack ist es zu herb.‹«

Der Inspektor blinzelte. »Haben Sie das Glas noch, Mrs. Jones?«

»Nein, das hab' ich nich' mehr«, gestand Mrs. Jones ein wenig verschämt. »Ich mag das Zeug, schließlich bin ich von hier, und da hab ich's an diesem Abend statt dem

Hackfleischauflauf gegessen. Ich weiß nich', wieso, aber als Köchin schmecken einem Sachen, die 'n anderer gemacht hat, immer besser als die eig'nen. Vielleicht, weil man nich' so viel drüber weiß.«

»Und Sie hatten keine unangenehmen Nachwirkungen?«

»Ich kann's gar nich' so sauer finden. 's is' würzig, aber mild, besser als diese widerlich süßen Himbeer- oder Erdbeermarmeladen. Und fest isses, man kann's mit'm Messer schneiden! Ach ja, wenn Se nur das Glas haben wollen, das können Se kriegen. Ich hab's ausgewaschen, und jetzt isses wie neu.«

»Schon gut, das Glas brauche ich nicht. Was ist mit der Pralinenschachtel? Wurde die denn auch schon leergegessen?«

»Nicht ganz. Die Schachtel muß noch irgendwo rumsteh'n. Ich werd' se Ihnen holen. Hab' gar nich' gewußt, daß Sie so'n Leckermaul sind.«

»Ich will sie nicht für mich selbst«, verteidigte sich der Inspektor hastig, »aber wenn sie noch da ist, nehme ich sie mit auf die Polizeiwache.«

»Verschwenden Se mir die guten King Edwards ja nicht auf diese nichtsnutzigen Wachtmeister.«

»Niemand wird die Pralinen essen. Ich will sie untersuchen lassen.«

»Aber die sin' von Cadbury. Von denen kriegt man keine Magenkrämpfe, kann höchstens sein, daß se sich nich' mit dem Pflaumenmus vertragen ham.«

»Wissen Sie genau, ob Mrs. Morby an diesem speziellen Abend noch Pralinen gegessen hat?«

»Nein, das nicht, aber Murch könnt's wissen.«

»Na, wie auch immer«, seufzte der Inspektor, »seien Sie so nett und holen Sie mir die Schachtel. Merkwürdig, ich dachte, ich hätte mich im Wohnzimmer gründlich umgesehen, aber sie ist mir nicht aufgefallen.«

»Kein Wunder. Bei den vielen Polizisten, die hier rumgelaufen sin', hab' ich se mit in mein Schlafzimmer genommen, damit se in Sicherheit is'.«

In ihrer Abwesenheit hatte Yeald Zeit, dieses Flickwerk von Spuren zu sortieren und auf ihren Wert zu überprüfen.

Sie kehrte triumphierend mit einer weißen, quadratischen Schachtel mit gepolstertem Deckel zurück. Den hob sie ab und hielt dem Inspektor den Inhalt unter die Nase.

»'n paar sin' noch übrig. Aber's is' die unterste Schicht, und die mit der Füllung sin' alle schon weg. Schade!«

Offenbar glaubte sie immer noch, sie seien für ihn persönlich bestimmt.

Der Inspektor nahm ihr Schachtel und Deckel ab und setzte beides wieder zusammen.

»Haben Sie auch welche davon gegessen, Mrs. Jones?«

»Nein, ganz bestimmt nicht«, beteuerte sie entrüstet, doch dann fügte sie etwas milder hinzu: »Hätt' aber schon sein können, wenn se noch lang hier rumgestanden hätten.«

Der Inspektor ließ das Thema Süßigkeiten auf sich beruhen und kehrte zu den Besuchern zurück.

»Mr. Thorne war, soviel ich hörte, nicht der einzige

junge Herr, der hier seine Aufwartung gemacht hat. Auch Mr. Charles Hearst hat Mrs. Morby besucht. An welchem Tag war das?«

»Oh, Mr. Hearst is' direkt nach Miss Ruth Donkin gekommen, und die is' am Vormittag von dem Tag hiergewesen, an dem die gnädige Frau gestorben ist. Sie sin' lange zusammengesessen, aber ich schätze, eigentlich isse nur gekommen, weil se Mrs. Morby zum Tee einladen wollte. Sie war noch nie im Pfarrhaus gewesen, jedenfalls nicht, solang' ich se kenne, aber als der junge Master Richard ihr noch den Hof gemacht hat, war das wahrscheinlich was anderes. Diese Miss Ruth is'n richtiger Engel, die trägt keinem Menschen was nach, dem's irgendwie schlecht geht. Sie würd' sich auch nie davon abhalten lassen, das zu tun, was sie für richtig hält!«

Ja, aber was hält sie für richtig? Das ist die große Frage, dachte der Inspektor.

Miss Ruths Aufenthalt im Haus beschäftigte ihn im Moment freilich weniger, denn er glaubte, sich dabei voll und ganz auf die einzige noch lebende Zeugin verlassen zu können. Viel mehr interessierte ihn der Höflichkeitsbesuch von Mr. Hearst.

»Wie lange ist Mr. Hearst geblieben?«

»Ungefähr 'ne halbe Stunde, würd' ich schätzen, aber ich hab' auch nich' andauernd auf die Uhr geguckt. Die gnädige Frau hat sich über diesen Besuch ganz or'ntlich gefreut; so aufgedreht hab' ich se noch nie erlebt. Aber er is' ja auch 'n stattlicher Mann, was anderes wie dieser storchbeinige Mr. Thorne, auch wenn se alle beide aus 'ner guten Familie stammen. Aber Mr. Hearst hat sich überhaupt keine Freiheiten 'rausgenommen, das kann ich beschwören. Hinterher hat die gnädige Frau Murch kommen lassen und ihr alles erzählt, und das hat Murch gar nich' gefallen. Aber der paßt so vieles nich'.«

»Überlegen Sie ganz genau, Mrs. Jones. Gab es zwischen dem Tod des Doktors und dem Tod von Mrs. Morby noch andere Besucher?«

»Nein, Sir. Ja, Sir. Jetzt bin ich schon ganz wirr im Kopf, wie damals, als der Coroner mich so scharf 'rangenommen hat. Oh, Sir, der wird doch nich' wieder auf mir rumhakken, oder? Da sterb' ich doch lieber gleich selber.«

»Ich werde dafür sorgen, daß Sie gut behandelt werden.«

»Oh, da dank' ich Ihnen vielmals. Na, eine Person war noch'n paarmal da, nämlich die Mutter von Mrs. Morby, Mrs. Ferrars. Aber die zwei ham sich nich' ausstehen können. Wenn jemand der gnädigen Frau was Schlechtes gewünscht hat, dann war's sie. Die taucht ihre Worte in Essig, als ob's Muscheln wär'n. Und es war ihr auch egal, wer's gehört hat. ›Jetzt hast du ja endlich Schande über deinen Vater und mich gebracht, du schlechtes Mädchen‹, hat'se gesagt. ›Vielleicht bist du nun zufrieden.‹ ›Und wer ist daran schuld?‹ hat die gnädige Frau gefragt, die war nämlich auch nicht auf den Mund gefallen.«

Teufel auch, dachte der Inspektor verärgert. Verdächtige habe ich wahrlich genug. Ich will auf keinen Fall, daß dieses elende Frauenzimmer auch noch mit hineingezogen wird.

»Keine Mutter würde doch ihrem eigenen Kind schaden wollen«, sagte er.

»Das glauben Sie. Die meine hat mich als Kind ganz schön verdroschen. Als ich endlich in Stellung gekommen bin, hab' ich mich wie im Himmel gefühlt. Ach ja, Sir, da is' noch was. Können Sie mir sagen, wie's jetzt weitergehen soll? Zuerst hab' ich meinen Lohn vom Doktor gekriegt und dann von der gnädigen Frau, aber jetzt is' keiner mehr da. Soll ich vielleicht umsonst arbeiten – nicht, daß es viel zu tun gäbe –, aber was passiert jetzt mit dem Haus, wo die gnädige Frau auf 'm Friedhof liegt?«

Thomas Yeald kratzte sich am Kopf. Darüber hatte er bisher noch nicht nachgedacht. Aber da die Frage jetzt gestellt wurde, nahm er an, daß Mrs. Morby den Besitz des Doktors geerbt hatte, und was ihr gehörte, würde nun, falls sie kein Testament gemacht hatte, wohl an ihre nächsten Verwandten übergehen.

»Vermutlich wird Mrs. Ferrars das Kommando übernehmen«, sagte er.

»Dann kann ich gleich meinen Korb packen und mich um 'ne andere Stellung umsehen. Bei den zwei alten Nußknackern bleib' ich nicht. Lieber verhung're ich.«

»Sie werden so lange hierbleiben, bis Sie von mir hören, was zu tun ist«, warnte der Inspektor. »Viel Arbeit gibt es schließlich nicht, das haben Sie selbst gesagt. Machen Sie sich einfach ein schönes Leben. Irgend jemand wird schon für Ihren Lohn aufkommen, und was das Essen angeht, so halten Sie sich eben an die Speisekammer. Ich werde dafür sorgen, daß Sie nicht zu leiden haben. Einsam sind Sie hier ja nicht, oder?«

»Ich kann Häuser nicht leiden, in denen Gespenster

umgehen. Ich hab' lieber Gesellschaft aus Fleisch und Blut.«

»Murch ist ja schließlich auch noch da.«

»Ich werd's wohl mit ihr aushalten müssen. Jetzt krieg' ich sie ja mehr zu sehen als früher, da isse immer nur um die gnädige Frau rumscharwenzelt.«

Der Inspektor verabschiedete sich mit der Empfehlung, sie solle den Kopf nicht hängen lassen.

Inspektor Yeald gab die Pralinenschachtel auf der Polizeiwache ab und hinterließ gewisse Anweisungen, was damit zu geschehen habe, dann lenkte er seine Schritte mit entschlossener Miene und einem Sergeant zur Begleitung in Richtung auf das »Cups«-Hotel.

Die Hunde erfreuen sich stets geringerer Beliebtheit als der Fuchs. Die beiden Polizisten wurden vom Chefportier empfangen, einem goldbetreßten Mann mit üppigem Bart, der sich bestens darauf verstand, seiner Impertinenz unter einer dünnen Schicht Höflichkeit freien Lauf zu lassen.

Als der Inspektor sich erkundigte, ob Mr. Thorne anwesend sei, versicherte ihm dieser Chefportier, man würde Mr. Thorne sofort davon in Kenntnis setzen, daß »einige Polizisten« ihn zu sprechen wünschten, und warf gleichzeitig dem neben ihm stehenden Unterportier einen vielsagenden Blick zu. Doch als dieser sich umdrehte, um den Auftrag auszuführen, sagte Yeald knapp: »Wenn Mr. Thorne in seinem Zimmer ist, können wir ja gleich mit hinaufgehen«, und das taten sie dann auch, ohne sich um die offenkundig mißbilligenden Blicke der beiden Angestellten zu kümmern.

Auf ein diskretes Klopfen öffnete Mr. Thorne die Tür, aber er wirkte keineswegs erfreut, als er sah, was ihn erwartete. Allerdings schien er auch nicht besonders überrascht zu sein.

»Sie wollen mich sprechen, Inspektor? Was meinen Sie, gehen wir vielleicht besser hinunter? Sie wollen mich doch gewiß nicht in meinem Schlafzimmer ins Gebet nehmen?«

»Wo wir uns unterhalten, ist mir einerlei, Sir, aber es wäre mir lieb, wenn wir dabei nicht gestört würden. Falls Sie gegen das Schlafzimmer nichts einzuwenden haben, ich bin damit durchaus einverstanden.«

»Wir sollten aber doch die guten Sitten wahren – na schön, immer noch besser als die Polizeiwache. Treten Sie schon ein, alle beide.«

»Soll ich auch hierbleiben, Sir?« fragte der Unterportier hoffnungsvoll.

»Nein, Frank, das geht schon in Ordnung.«

Ohne seinen Unmut zu verbergen, begab sich der Portier an seine weniger interessanten Pflichten zurück.

»Wackerer Bursche«, bemerkte Mr. Thorne. »Er hat wohl gedacht, Sie würden mir sofort die Handschellen anlegen und mich ins Gefängnis abführen. Wenn Sie in diesem Tempo weitermachen, werden Sie bald die ganze Kundschaft des ›Cups‹ hinter Gittern haben.«

»Es besteht kein Anlaß, uns Vorwürfe zu machen, Sir«, verteidigte sich Yeald. »Es war mir keineswegs ein Vergnügen, Mr. Richard Groom zu verhaften, und das wissen Sie auch ganz genau.«

»Mag sein. Ihr Beruf hat Ähnlichkeit mit dem des Leichenbestatters, unangenehm, aber notwendig.«

»Ach, ich dachte, Sie seien eher der Ansicht, Diebe und Mörder sollten frei herumlaufen dürfen?«

»Bei den Dieben bin ich mir nicht so sicher. Insgeheim habe ich die Leute immer bewundert, die sich weigern, zu verhungern, während der Zufall der Geburt einem anderen das Recht auf einen vollen Bauch gibt. Was dagegen die Mörder angeht, so müssen sie natürlich gefaßt werden, wenn man ihnen die Tat ohne den Schatten eines Zweifels nachweisen kann. Aber Sie werden mich nie davon überzeugen, daß Indizien allein ausreichen dürfen, um einen Mann zu verurteilen.«

»Ich hoffe, das wird auch niemals nötig sein, Sir.«

»Sie haben mich doch sicher nicht bis in meine Höhle verfolgt, um mit mir ein Streitgespräch über das Thema Gerechtigkeit zu führen?«

»Nein, Sir. Unter anderem wollte ich mich nach dem Arsen für einen Sixpence erkundigen, das Sie vor drei Tagen bei Mr. Crookshank erstanden haben.«

Der Sergeant zog sein Notizbuch heraus, und Mr. Thorne betrachtete ein wenig verdrossen seine Fingernägel und sagte schließlich: »War das wirklich erst vor drei Tagen? Ich dachte, es sei schon länger her.«

»Das Buch ist datiert, Sir. Aus dem Eintrag ersehe ich, daß Sie als Zweck die Vernichtung von Ungeziefer angegeben haben.«

»Tatsächlich? Nun, wenn ich das gesagt habe, dann hatte ich das wohl auch vor.«

»Welche Art von Ungeziefer, Sir?«

»Ach, hauptsächlich Ratten, nehme ich an.«

»Und wo sollen die Ratten sein, Sir?«

»Also da bin ich nun wirklich überfragt. Wo halten Ratten sich denn gewöhnlich auf? ... vielleicht finden Sie's heraus, wenn Sie ihren Spuren folgen.«

»Machen Sie keine Scherze mit mir, Sir. Wo befanden sich die Ratten, die Sie vernichten wollten? Als Gast in einem Hotel ist man schließlich nicht verpflichtet, die Rattenplage in Schranken zu halten.«

»Wenn Sie sich erinnern, Inspektor, habe ich auch ein Zuhause. Und dort sind die Ratten wirklich sehr lästig, sie treiben sich in den alten Stallungen herum, und ich möchte nicht, daß sie sich in meinem neuen Wagen einnisten. Ja, das muß es wohl gewesen sein.«

»Dann haben Sie das Arsen noch nicht verbraucht, Sir?«

»Wie bitte? Nein, natürlich nicht.«

»Könnte ich es mir dann einmal ansehen, Sir?«

»Mit dem größten Vergnügen, vorausgesetzt, ich finde das Zeug. Wo habe ich es nur hingesteckt?«

Er sah sich zerstreut im Zimmer um.

»Da es sich um ein tödliches Gift handelt, Sir, dürfte ich Sie vielleicht darauf hinweisen, daß Sie bemerkenswert leichtfertig damit umgehen.«

»Ach, es ist ein so alltägliches Gift. Man findet es überall. Alte Damen setzen es gegen das Unkraut im Garten ein, und junge pflegen damit ihre Haut. Es ist in Feuerwerkskörpern und Fliegenfängern enthalten. Man kann es einfach nicht ernst nehmen. Ach ja, ich glaube, jetzt erinnere ich mich. Ich habe es zu meinen Socken und Taschentüchern in die oberste Schublade meiner Kommode gelegt. Sie können gern selbst nachsehen. Ich versichere Ihnen, daß ich keine finsteren Geheimnisse habe.«

Der Inspektor biß sich auf die Lippen, durchquerte den Raum und öffnete die bezeichnete Schublade. Der Sergeant hatte es aufgegeben, das Gespräch wortwörtlich mitzuschreiben, weil er befürchtete, sein Vorgesetzter würde vielleicht nicht allzu begeistert sein, wenn er es hinterher vorgelesen bekam.

Der Inspektor blieb einen Augenblick lang wie erstarrt vor der geöffneten Schublade stehen, dann drehte er sich um und sagte: »Wie ich sehe, bewahren Sie hier auch eine Schachtel King-Edward-Pralinen auf.«

»Ach, du meine Güte, ja. Aber es ist doch nicht unbedingt ein Verbrechen, eine Pralinenschachtel in seiner Krawattenschublade zu haben, oder? Ein Zeichen von Gefräßigkeit vielleicht, aber nicht ausgesprochen kriminell.«

»Ich habe Grund zu der Annahme, daß Sie eine ähnliche Schachtel Mrs. Morby schenkten, die inzwischen an Arsenvergiftung gestorben ist.«

»Was für ein gräßlicher Zufall! Das ist richtig. Haben Sie übrigens das Päckchen gefunden?«

Der Inspektor griff in die Schublade und holte das Arsen heraus.

»Ja, da ist es.«

»Was für ein Glück, daß es noch nicht geöffnet wurde. Ich meine, das hätte mich doch sicher schwer belastet, nicht wahr?«

»Sie nehmen sich ziemlich viel heraus, Mr. Thorne. Und ich finde Ihr Benehmen nicht sehr geschmackvoll.«

»Das ist es wohl auch nicht. Aber Sie müssen berücksichtigen, daß ich sozusagen unter Schock stehe. Ich meine, Sie und der Sergeant platzen einfach hier herein, praktisch ohne um Erlaubnis zu fragen, stecken Ihre neugierigen Finger in meine Privatangelegenheiten und schnüffeln überall herum.«

»Ermittlungen in einem Mordfall können nicht ohne ein gewisses Maß an Schnüffelei durchgeführt werden, wie Sie es nennen.«

»Ich nehme nicht an, daß Sie einen Haftbefehl bei sich haben?«

»Sie wissen sehr gut, daß das nicht der Fall ist. Wenn allerdings der Eintrag ins Giftbuch eine Woche früher erfolgt wäre, sähe die Sache vielleicht anders aus, Mr. Thorne. Dennoch wäre es ratsam, sich nicht zu früh zu freuen. Wir werden die Sache nicht ruhen lassen, und die Polizei ist eine große Organisation und verfügt über weitreichende Verbindungen. Man könnte in Cattminster Fragen stellen, auf die sich in London die Antwort findet.«

»Ich sehe schon, ich habe keine Aussicht, Ihnen Ihren rührenden und doch so sinnlosen Glauben an den Wert von Indizien zu rauben.«

»Das wird Ihnen erst gelingen, wenn Sie mir zu jedem Mord einen Augenzeugen liefern können, Mr. Thorne. Und lassen Sie sich eines gesagt sein: Was immer mit Mrs. Morby geschehen ist, Mr. Richard Groom wird nicht den geringsten Nutzen davon haben.«

»Ich bin nicht nur der Freund von Richard Groom, Inspektor Yeald. Das ist eine Tatsache, die Sie offenbar gerne vergessen.«

»O nein, gewiß nicht. Ich habe vor, unmittelbar nach Ihnen Mr. Charles Hearst aufzusuchen.«

»Dann werden Sie sich ein Fahrzeug mieten und sich in die Hallen seiner Ahnen begeben müssen. Mr. Charles Hearst hat Cattminster verlassen.«

»Wann ist er aufgebrochen?«

»Das fragen Sie ihn wohl am besten selbst. Und jetzt wären Sie vielleicht so freundlich, mich von Ihrer Anwesenheit zu befreien. Ich habe zu tun. Kommen Sie wieder, wenn Sie etwas Neues zu berichten haben. Sie können das Arsen gerne mitnehmen, ich habe, ehrlich gesagt, mein Interesse an Ratten verloren. Ach, die Pralinen doch bitte auch. Auf der Polizeiwache gibt es gewiß jemanden, der sich darüber freut. Ich fürchte, mich würden sie immer an ein unangenehmes Erlebnis erinnern. Guten Tag, Inspektor, auch Ihnen, Sergeant. Vielleicht finden wir nächstes Mal etwas Aufregenderes, was Sie in Ihr kleines Notizbuch schreiben können.«

Als der Inspektor und sein Begleiter wieder draußen auf der Straße standen, überlegte Yeald besorgt: »Hoffentlich habe ich nichts Dummes gesagt. Der Bursche macht mich einfach rasend. Aber selbst wenn eine der Pralinen, die er Hester Morby geschenkt hat, randvoll mit Arsen gewesen sein sollte, weiß ich immer noch nicht, wie wir ihm das beweisen wollen. Er ist viel zu abgefeimt, um sie alle präpariert zu haben. Man hat eher den Eindruck, als habe er geglaubt, der Versuch mit der ersten Schachtel sei danebengegangen, und nun wollte er es noch einmal probieren. Wenn er tatsächlich so unvorsichtig war, müßte es bei irgendeinem anderen Apotheker noch einen zweiten Eintrag geben, der nur darauf wartet, daß man ihn entdeckt. Allerdings finde ich nicht, daß das zu ihm paßt. Er würde nicht zögern, mit Gift zu arbeiten, aber er würde es uns ganz gewiß nicht so einfach machen.«

»Reden kann er ja«, meinte der Sergeant. »Aber, Verzeihung, Sir, ich habe meine Zweifel, ob sonst noch viel in ihm steckt. Der Mann der Tat, wenn man es so ausdrücken will, ist eher Mr. Charles Hearst. Sie glauben doch nicht, daß Mr. Dolly uns nur an der Nase herumführen will, um uns von Mr. Hearst abzulenken? Zuzutrauen wäre es ihm.«

»Wenn dem so ist, warum hat er dann Mr. Hearsts Namen überhaupt ins Gespräch gebracht? Es besteht immer die Möglichkeit, daß sie gemeinsame Sache gemacht haben. Ich werde so bald wie möglich aufs Land fahren müssen, um mit Charles Hearst zu sprechen. Diese jungen Hitzköpfe! Wenn sie geglaubt haben, Richard Groom damit einen Dienst zu erweisen, steht ihnen eine Enttäuschung bevor.«

»Verzeihung, Sir«, begann der Sergeant wieder, »aber besteht nicht doch die Chance, daß der junge Richard ein bißchen davon profitiert? Wie ich es sehe, werden die Geschworenen ziemlich verwirrt sein, wenn es zum Prozeß vor dem Assisengericht kommt, es sei denn, wir können den Fall vorher aufklären. Sie wissen doch, wie Geschworene sind.«

»Wir werden den Fall aufklären, und zwar ganz schnell«, erklärte der Inspektor grimmig entschlossen, »so wahr ich Tom Yeald heiße. Wer immer hier versucht, das Gesetz zum Narren zu halten, den werde ich Mores lehren.«

»Ja, Sir«, stimmte der Sergeant folgsam zu.

Dolly Thorne saß auf seiner Bettkante und zitterte wie Espenlaub.

»Jetzt ist es an dir, Charles, alter Junge«, murmelte er. »Jeder für sich, und den letzten beißen die Hunde.«

## 15

Inspektor Thomas Yeald hätte den Weg vom Bahnhof Mattsford zum Alten Schloß von Mattsford in einer Droschke zurücklegen können, wenn er die Hilfe des Ortsgendarmen in Anspruch genommen hätte. Statt dessen zog er es vor, die fünf Meilen zu Fuß zu gehen; die Straße war eben wie ein Brett, und er hoffte, die frische Landluft würde ihm ein wenig das Gehirn durchblasen, in dem momentan ein trauriges Durcheinander herrschte. Und als er das große Bauwerk in der Ferne jenseits der Felder aufragen sah und sich an dem Anblick erfreute, bis er das Schloß und sein Spiegelbild im Wasser des Burggrabens schließlich erreichte, fand er, die Mühe habe sich schon allein deshalb gelohnt, weil er das wundervolle Bild auf diese Weise länger genießen konnte. Er wußte nicht, was ihm besser gefiel, die mächtige Festung, die so natürlich aus der Erde zu wachsen schien wie einst die riesigen Bäume, die zu ihrem Bau verwendet worden waren, aus dem Waldboden, oder die feenhafte Spiegelung, die die Linien der Giebel weicher erscheinen und die Umrisse der Sprossenfenster und Türstürze verschwimmen ließ. Das einer prächtigen Elster ähnelnde Original oder sein gedämpft graugrünes Abbild.

Auf der Steinbrücke blieb er eine Minute lang stehen, blickte in die klaren Tiefen hinab und fragte sich erstaunt, was wohl einen jungen Mann, der dies alles dereinst erben würde, dazu treiben mochte, sich auf eine strapaziöse Reise zu einem Fluß und einer Landschaft zu begeben, die so gar nichts mit dem Land seiner Väter gemeinsam hatten. War das allein nicht schon ein Hinweis, daß in Charles' Charakter mehr steckte, als sich auf den ersten Blick zeigte? Er mochte nach außen hin nicht so wild sein wie sein Freund Thorne, aber in seinem Wesen mußte es zumindest ein Element von Zügellosigkeit geben, das nicht zu dieser idyllischen Kulisse passen wollte. Der Inspektor beneidete Mr. Hearst nicht unbedingt um das Los, das ihm beschieden war. Der eine wurde so geboren und der andere eben anders, Zufriedenheit erreichte man nur, wenn man sich in sein Schicksal fügte. Aber er betrachtete es doch als ein großes Glück, von Geburt an das Recht auf einen solchen Besitz zu haben und das von geschäftiger Muße geprägte Leben eines englischen Landedelmanns führen zu können. Ihm selbst hätte das völlig genügt, auch ohne exotische Abenteuerfahrten an den Amazonas.

Er riß sich von diesen müßigen Betrachtungen los, ging weiter auf das Pförtnerhaus zu, durchschritt den Torbogen und gelangte schließlich auf einen kopfsteingepflasterten, von Gebäuden mit unzähligen Rautenfenstern eingefaßten Hof. In dem Bewußtsein, möglicherweise von neugierigen Blicken beobachtet zu werden, sah er sich um und entdeckte schließlich zwischen zwei Mauernischen mit vorspringenden Dächern eine Pforte, die ihm geeignet erschien. Einem Sturm auf den Haupteingang fühlte er sich nämlich nicht so recht gewachsen. Als er jedoch kräftig an einem neben der Tür an der Mauer angebrachten Eisenstab zog, erschien kein Geringerer als der Butler, der den Inspektor in seinem blauen Sonntagsanzug mit der gleichen Nachsicht musterte, die er wohl auch einem ehrbaren Händler entgegengebracht hätte. Yeald bat darum, Mr. Charles Hearst sprechen zu dürfen, und zeigte seinen Dienstausweis. Ohne sich davon beeindrucken zu lassen, führte ihn der Butler in einen kleinen Raum, halb Gutskontor und halb Studio, und empfahl ihm, hier zu warten, bis Mr. Charles geruhe, ihn zu empfangen.

Als Charles endlich erschien, drängte sich Yeald eigenartigerweise der Eindruck auf, der Mann habe unter seinem eigenen Dach an Format gewonnen. Was draußen unbeholfen wirkte, verwandelte sich hier in Stärke, seine sonst nur kurzangebundene Sprechweise verbreitete hier Autorität. Kein Zweifel, in diesem Raum war Mr. Hearst nicht nur im physischen Sinne ein großer Mann. Er begrüßte den Inspektor ganz unbefangen.

»So sieht man sich wieder«, sagte er. »Was kann ich diesmal für Sie tun, Inspektor Yeald?«

»Nun, Sir.« Der Inspektor tastete sich behutsam voran. »Sie haben vielleicht von Mrs. Hester Morbys plötzlichem Tod gehört?«

»Ich habe davon gehört ... ja.«

»Verzeihen Sie die Frage, aber könnten Sie mir sagen, wie Sie es erfahren haben?«

»Es stand im *Manchester Guardian*, glaube ich.«

»Ja, heute morgen. Aber Sie wußten es doch schon vorher, nicht wahr, Sir?«

»Gewiß, als erster brachte mir am Mittwoch Mr. Graham Thorne die Nachricht. Er wollte *The Shrubberies* oder wie immer das Haus heißt, einen Besuch abstatten, und da teilte ihm das Mädchen mit, die gnädige Frau sei ganz plötzlich mitten in der Nacht verschieden. Natürlich war das ein Schock für ihn, und so eilte er sofort ins Hotel zurück, um mich davon in Kenntnis zu setzen. Ich bewohnte damals ein Zimmer im ›Three Cups‹.«

»Ganz richtig, Sir. Und wann trafen Sie in Mattsford ein, Sir, wenn ich fragen darf?«

»Ich kündigte mein Zimmer im ›Cups‹ unmittelbar danach und kam im Laufe des Nachmittags hierher zurück. Wann genau, kann ich Ihnen nicht sagen, aber Barstow wird sich gewiß erinnern. Mein Gepäck wurde unter seiner Aufsicht ins Haus gebracht. Mein Freund Mr. Thorne hat mich in seinem neuen Wagen hergefahren, ein überwältigendes Erlebnis, nebenbei bemerkt. Um ein Haar hätten wir eine ganze Herde Kühe ins Jenseits befördert.«

»Ja, das kann ich mir denken«, murmelte der Inspektor zerstreut. »War es nicht ein etwas überstürzter Entschluß, Cattminster zu verlassen und nach Hause zu fahren, Mr. Hearst?«

»Ich bin gewohnt, schnelle Entscheidungen zu treffen. Wäre ich dazu nicht fähig, so wäre ich niemals lebend von meinen Reisen zurückgekehrt.«

»Gewiß. Sie wären wohl nicht bereit, mir einen Grund für Ihre Entscheidung zu nennen?«

»Ich finde zwar nicht, daß das die Polizei etwas angeht, aber wenn es Ihnen weiterhilft, können Sie es ruhig wissen. Ich kam zu der Ansicht, das Leben auf dem Land sei gesünder.«

Bei dieser zweideutigen Bemerkung zuckte der Inspektor zusammen, aber er faßte sich schnell und mahnte mit sanfter Stimme: »Sie haben aber doch sicher damit gerechnet, daß ich Ihnen auch hierher folgen würde, Mr. Hearst? Wir müssen uns über alle Personen informieren, die Mrs. Hester Morby am letzten Tag ihres Lebens besuchten oder von ihr besucht wurden, und aus verschiedenen Quellen habe ich erfahren, daß Sie zu dieser Gruppe gehören.«

»Das ist ganz richtig. Ich traf dort ein, als Miss Ruth Donkin gerade gehen wollte. Ich hatte keinerlei Anlaß, meinen Besuch geheimzuhalten. Ich wollte der Witwe nur persönlich und auch im Namen meiner Eltern mein Beileid zum Verlust ihres Gatten, des verstorbenen Doktor Morby, aussprechen.«

»Ich möchte nicht taktlos sein, Mr. Hearst, aber mir scheint doch, als habe Mrs. Morby einer ganz anderen gesellschaftlichen Schicht angehört als Ihr Vater und Ihre Mutter.«

»Ach, kommen Sie, Inspektor, Sie sind immer noch viktorianischen Vorstellungen verhaftet. Die Zeiten haben sich geändert. Ich will nicht behaupten, daß meine Mutter von sich aus mit Hester Morby Kontakt gesucht hätte, aber immerhin war diese einmal mit einem Freund unserer Familie verlobt, nämlich mit Richard Groom, und außerdem sollte man den Toten nichts Übles nachreden.«

»Ich hatte nicht vor, ihr etwas Übles nachzureden«, verteidigte sich der Inspektor etwas gereizt. »Ich wollte nur darauf hinweisen, daß Ihr Besuch doch ein klein wenig aus dem Rahmen fiel.«

»Finden Sie wirklich? Es ging dabei aber ganz gesittet

zu, wie Ihnen die Hausangestellte sicher erzählt haben wird, falls sie, was ich ihr durchaus zutraue, an der Tür gehorcht hat.«

Der Inspektor ging darauf nicht weiter ein, sondern fragte: »Sie haben nicht zufällig irgendeine Erfrischung zu sich genommen, während Sie sich dort aufhielten?«

»Ich trank ein Glas mittelmäßigen Madeira und aß ein Stück mehr als mittelmäßigen Kuchen. Ist dagegen etwas einzuwenden?«

»Nein, nur gegen den Wein und den Kuchen, wenn ich Sie richtig verstanden habe. Hat Mrs. Morby ebenfalls davon genossen?«

»Sie trank ein Glas Wein, und es schien ihr zu schmekken. Meiner Erfahrung nach haben nur ganz außergewöhnliche Frauen einen feinen Gaumen.« Er schwieg einen Augenblick, dann fügte er nachdenklich hinzu: »Der Wein mag abscheulich gewesen sein, aber als Gift könnte man ihn wohl kaum bezeichnen.«

»Oh, dann ist Ihnen also bekannt, auf welche Weise Mrs. Morby zu Tode kam?«

»Was das angeht, so hat Thorne mich im Hotel mit einer Schauergeschichte über Arsenvergiftung traktiert, die ihm das Mädchen und die Köchin eingeredet hatten. Ich hätte kein Wort davon geglaubt, aber schließlich hatte ich die Dame erst einen Tag zuvor gesehen, und da war sie noch, ich will nicht gerade sagen, bei blühender Gesundheit (soviel ich gehört habe, sah sie seit ihrer Heirat nie mehr so richtig blühend aus), aber von der Schwelle des Todes doch noch weit entfernt. Infolgedessen hielt ich es für ausgeschlossen, daß sie in so kurzer Zeit aufgrund natürlicher Ursachen dahingegangen war, obwohl sie selbstverständlich ganz unvermittelt einem Herzanfall hätte erlegen sein können. Als ich Mr. Thorne so etwas andeutete, sagte er, das sei undenkbar, da sie überhaupt kein Herz gehabt habe. Aber Sie kennen ja Mr. Thorne.«

»Gewiß, ich habe ihn ein wenig kennengelernt.«

»Dann trifft es also zu, daß Mrs. Morby an Arsen gestorben ist?«

»Ja, ich fürchte, daran besteht kein Zweifel, obwohl es offiziell erst bei der gerichtlichen Voruntersuchung bestätigt werden kann.«

»In diesem Fall leuchtet mir nicht ein, was Sie mit Ihrer Frage nach den Speisen und Getränken bezwecken, die wir kurz vor Mittag jenes Tages zu uns nahmen. Wäre darin eine tödliche Dosis Arsen enthalten gewesen, so hätte sie sich lange vor Einbruch der Nacht bemerkbar gemacht.«

»Sie sind mit den Eigenschaften dieses Giftes also vertraut?«

»Nicht mehr als mit verschiedenen anderen Giften, die übrigens auch zu wissenschaftlichen Zwecken eingesetzt werden, nicht nur zur Beseitigung unliebsamer Zeitgenossen. Ich habe Ihnen, glaube ich, schon einmal erzählt, daß ich genau wie andere Naturforscher zum schmerzlosen Töten von Käfern und Faltern Blausäure verwende. Ich besitze auch weißes Arsen für Experimente bei der Konservierung von Insektenkörpern, sollten Sie also bei Ihren Ermittlungen im Giftbuch irgendeines Apothekers meinen Namen entdecken, so wäre das noch kein Grund, sofort die Handschellen aus der Tasche zu ziehen.«

»Ich habe keinerlei Beschuldigungen erhoben, Sir.«

»Ah – nein. Sie haben sich bisher recht geschickt auf dünnem Eise bewegt. Doch selbst die besten Schlittschuhläufer brechen gelegentlich ein. Wir sollten aber nicht vom Thema abkommen. Um Ihnen die Mühe zu ersparen, beim Personal Erkundigungen einzuholen – ich muß Sie darauf hinweisen, daß Sie damit vermutlich nicht viel Erfolg haben würden, da unsere Dienstboten hier schon fast übertrieben loyal sind –, werde ich Ihnen die anderen möglichen Quellen für weißes wie farbiges Arsen gleich selbst aufzählen. In jedem Gebäude, das bis in die elisabethanische Zeit zurückreicht, tummeln sich mit großer Wahrscheinlichkeit ganze Scharen von Ratten, und Arsen ist ein durchaus geeignetes Mittel, ihre Anzahl zu verringern, man muß nur auf die Haustiere aufpassen, sobald das Gift ausgelegt ist. Deshalb kann man davon ausgehen, daß entweder der Butler oder der Lakai einen gewissen Vorrat davon hat, wahrscheinlich bewahrt Barstow es in seinem Anrichteraum auf. In den Ställen ist mit ziemlicher Sicherheit ebenfalls etwas zu finden, und auch im Werkzeugschuppen, könnte ich mir vorstellen. Der Obergärtner streut es auf die Wege und besprüht damit die Obstbäume, dabei muß man freilich vorsichtig sein. Das gefährlichste an Arsen sowohl aus der Sicht des Giftmörders wie des rechtmäßigen Benutzers ist seine große Beständigkeit. Wie Sie sicher wissen, hält es sich jahrelang im Körper, manche steirischen Bauern essen es regelmäßig, und auch hier im Lande gibt es Süchtige.«

»Es war sehr freundlich von Ihnen, mit dieser ›Epistel‹, wie meine alte Mutter sagen würde, über Arsen mein

Wissen zu erweitern, Mr. Hearst, und ich bin Ihnen dafür auch sehr verbunden. Doch falls ich zu diesem Thema Informationen benötigen sollte, so gibt es sicher genügend gute Lehrbücher, und auch an Ratgebern wird es mir nicht mangeln.«

»Ich nehme die Zurechtweisung an.«

»Ehrlich gesagt«, erklärte Yeald in einem Anfall von Offenherzigkeit, »habe ich große Schwierigkeiten, jemanden auf meiner Liste zu finden, der Hester Morby *nicht* hätte ermorden können.«

»Hoffentlich stehen nicht auch die drei bedauernswerten alten Damen, Richard Grooms Tanten, auf Ihrer Liste der Verdächtigen.«

»Warum nicht, Mr. Hearst? Die Beseitigung von Mrs. Morby steht in Zusammenhang mit der Sorge einer oder mehrerer Personen um Richard Groom. Das ist doch sonnenklar. Entweder geht es um Rache, oder jemand hat die törichte Vorstellung, die Beseitigung der Hauptzeugin würde dem jungen Mann nützen, wenn es zum Prozeß kommt.«

»Dann muß es Rache sein«, erklärte Charles ungerührt. »Nur ein Wahnsinniger könnte sich einbilden, Hester Morbys Tod würde Richard in irgendeiner Weise zum Vorteil gereichen.«

»Ich verrate kein Geheimnis, wenn ich Ihnen sage, daß es in der Familie Donkin jemanden gibt, auf den diese Beschreibung zutrifft.«

»Was! Meinen Sie etwa Miss Essie?«

»Wen sonst, Sir?«

»Aber das ist doch absurd! Oh, ich weiß, die Gute ist

etwas wirr im Kopf, aber niemand könnte sie verdächtigen, eine gemeingefährliche Irre zu sein. Und selbst angenommen, ihre Neigungen gingen in diese Richtung, wie sollte sie sich denn die Mittel und die Gelegenheit verschafft haben? Die Idee ist einfach grotesk.«

»Wenn ich mich recht erinnere, Sir, haben Sie mir selbst erklärt, daß Arsen auch noch zu anderen Zwecken dient als zum Mord. Manche Damen verwenden es als Schönheitsmittel. Und was die Gelegenheit angeht, so läßt sich nicht bestreiten, daß Mrs. Morby im Pfarrhaus zum Tee eingeladen war. Außerdem besitzen Geistesgestörte meiner Erfahrung nach häufig eine ganz eigene Art von Schläue, mit der sie mehr erreichen als mit ihrem Verstand. Sie kennen nämlich keine Angst, sie wägen das Für und Wider nicht gegeneinander ab.«

»Wenn Sie Ihre Ermittlungen in dieser Richtung fortsetzen, sind Sie meiner Ansicht nach noch viel verrückter als Miss Essie.«

»Jeder hat ein Recht auf seine eigene Meinung.« Der Inspektor ließ sich nicht beirren. »Aber wenn man in einer anderen Richtung suchen will, so ist, wie Sie bereits selbst bemerkten, fast in jedem Werkzeugschuppen im ganzen Land Arsen zu finden. Und Miss Ruth Donkins Begeisterung für ihren Garten ist allgemein bekannt.«

Charles Hearst brach in schallendes Gelächter aus.

»Ach, kommen Sie, Inspektor, das geht nun wirklich zu weit! Ich glaube, jeder einzelne Bewohner von Cattminster ist davon überzeugt, daß Miss Ruth eine Heilige ist.«

»Das mag schon sein, Sir, und bis zu einem gewissen

Punkt haben die Leute damit vielleicht sogar recht. Doch in jedem Heiligen steckt auch eine gute Portion Skrupellosigkeit.«

»Quatsch! In dieser Familie gibt es nur eine Person, die fähig wäre, einen Mord zu planen und auch auszuführen, und die haben Sie als einzige nicht erwähnt.«

»Sie meinen Miss Sarah«, bemerkte der Inspektor. »Und eben haben Sie mir noch Vorhaltungen gemacht, weil ich Richards Tanten überhaupt auf meine Liste der Verdächtigen gesetzt habe«, fügte er mit unschuldiger Miene hinzu.

Mr. Hearst erkannte, daß er in eine hübsche kleine Falle getappt war, und war im Moment um eine Antwort verlegen.

»Betrachten wir die Sache doch einmal aus einem anderen Blickwinkel«, schlug der Inspektor vor. Er ließ jetzt nicht mehr locker, denn er spürte, daß er den Mann in die Defensive gedrängt hatte. »Nehmen wir an, Mrs. Hester Morby war gar nicht so schuldlos, wie sie uns glauben machen wollte. Nehmen wir an, sie hätte vorher von Mr. Grooms Absicht gewußt, ihren Gatten zu ermorden, und nehmen wir weiter an, sie hätte sich aus irgendeinem Grund, auf den ich hier nicht näher einzugehen brauche, entschlossen, reinen Tisch zu machen und alles zu gestehen. Damit wäre Mr. Groom endgültig überführt, nicht wahr? Jedes Rätsel um die ganze Affäre wäre beseitigt.«

»Und sie hätte sich gleichzeitig als Komplizin oder als Mitwisserin bloßgestellt und könnte gleich mit ihm aufs Schafott steigen.«

»Zugegeben, es klingt nicht sehr plausibel, aber es ist

eine Möglichkeit. Damit wäre Mr. Groom ohne den Schatten eines Zweifels erledigt.«

»Sie geben sich also nicht damit zufrieden, Miss Essie als Wahnsinnige zu brandmarken. Jetzt wollen Sie auch noch Mrs. Morby für geistesgestört erklären.«

»Ich weiß nicht, wie Sie darüber denken, Mr. Hearst, aber ich persönlich glaube, daß dieses unglückliche Geschöpf schon seit dem Tod ihres Kindes nicht mehr ganz normal war. Nun, wir haben nicht mehr über die arme Seele zu richten. Wir brauchen nur noch das Rätsel um ihren Tod zu lösen, und darum werde ich mich nach besten Kräften bemühen.«

»Das ist Ihre Pflicht«, stimmte Mr. Hearst zu. »Dagegen habe ich nichts einzuwenden.«

»Dann will ich mich verabschieden, Sir. Ich fürchte, wir werden noch ein Protokoll über Ihren Besuch bei ihr am Dienstag aufsetzen müssen, aber dazu brauche ich meinen Sergeant. Vielleicht könnten Sie auf dem Revier vorbeikommen, oder soll ich ihn lieber hierher bringen?«

»Ich komme besser vorbei, ich möchte nämlich meine Eltern wegen dieser Geschichte nicht mehr als nötig in Unruhe versetzen. Die beiden sind recht altmodisch, müssen Sie wissen, sie gehen nicht mit der Zeit, und deshalb begreifen Sie die Erfordernisse der Rechtsprechung vielleicht nicht so ganz. Aber ich werde nicht weiter weg laufen als bis zum Alten Schloß von Mattsford. Darauf können Sie sich verlassen.«

»Ich zweifle nicht daran, Sir. Und jetzt muß ich zusehen, daß ich mich auf den Weg zum Bahnhof mache, sonst versäume ich noch meinen Zug.«

»Sind Sie etwa zu Fuß hergekommen? Dem müssen wir abhelfen. Ich lasse Sie zur Bahn fahren, dann brauchen Sie sich nicht allzu sehr zu beeilen. Darf ich Ihnen vorher noch eine Erfrischung anbieten, damit Sie die Fahrt auch gut überstehen?«

»Nein Sir, vielen Dank.«

»Ich verspreche Ihnen auch, weder Arsen noch Blausäure darunterzumischen.«

»In dieser Hinsicht habe ich keine Befürchtungen. Aber wir dürfen im Dienst nicht trinken, und ich möchte mich selbst an das halten, was ich von meinen Männern verlange. Trotzdem, sehr freundlich von Ihnen, und wenn es keine Umstände bereitet, wäre ich froh, wenn Sie mich zum Bahnhof bringen lassen könnten.«

»Nicht im geringsten.«

Wenn das die einzige Unannehmlichkeit wäre, dachte Mr. Hearst bei sich, als sein Gesprächspartner gegangen war.

Alles in allem, fand er, war das schwierige Gespräch nicht schlechter verlaufen, als man erwarten konnte. Er hoffte nur, nicht mehr verraten zu haben, als er beabsichtigt hatte.

Der Inspektor hatte bei seinen Fragen einen wichtigen Bereich ausgelassen. Er hatte kein Wort über Dolly Thorne verloren, während er Charles drei andere gute Zielscheiben hingehalten hatte, auf die er sein Pulver verschießen konnte. War er etwa zu dem Schluß gekommen, daß er, Charles, lügen würde, bis er schwarz wurde, um seinen Freund zu verteidigen, und daß folglich jedes Verhör in dieser Richtung wertlos war?

Charles wußte, daß es Dolly gelungen war, sich Arsen zu beschaffen und den leicht beeinflußbaren Apotheker dahingehend zu täuschen, daß der Kauf um einen Tag vordatiert wurde, aber bisher hatte er noch nicht erfahren, welche weiteren Entwicklungen sich aus diesem Taschenspielertrick ergeben hatten. Er und Dolly waren übereingekommen, daß es vermutlich ratsam war, nicht miteinander in Verbindung zu treten. Wenn er jedoch ohnehin in die Stadt fahren mußte, um eine Aussage zu machen und sie zu unterschreiben, ergab sich dabei vielleicht eine Gelegenheit, mit seinem Freund Kontakt aufzunehmen.

Vor seinem Gespräch mit dem Inspektor hatte sich Mr. Hearst in der hehren Überzeugung gewiegt, alle Fäden fest in der Hand zu halten. Nun plagte ihn eine ganze Schar nagender Zweifel. Hatte er sich klug verhalten, als er Dolly diesen kleinen Trick empfahl? Oder bestand vielleicht die schreckliche Möglichkeit, daß die Irreführung sich als zu erfolgreich erwies und, anstatt als falsche Spur zu dienen, der Polizei ein echtes Indiz gegen die unmittelbar betroffene Person lieferte?

Und war es vernünftig gewesen, ungefragt so viel über seine eigenen Giftvorräte zu erzählen? Hätte es nicht besser und verdächtiger gewirkt, wenn er gar nichts gesagt hätte, sondern klammheimlich von einem Ort zum anderen gelaufen wäre, um die Bestände zu vernichten, und wenn er es dem Inspektor überlassen hätte, dies durch Fragen an die Dienerschaft selbst herauszufinden? Vielleicht war es kindisch, eine solche Abneigung gegen die Befragung der altbewährten Dienstboten zu verspüren. Eine solche Geschichte ließ sich unmöglich verheimlichen, und wahrscheinlich wußten sie ohnehin bereits alle Bescheid. Aber man mußte auch ihre Loyalität berücksichtigen – Barstow etwa hätte, selbst wenn er mit eigenen Augen beobachtet hätte, wie sein Herr ein Pfund Gift einsteckte, wahrscheinlich keinem Polizeiinspektor der Welt ein Wort davon verraten. Und Charles war bereit zu wetten, daß man auch den undurchdringlichen Zügen des Butlers keinen Hinweis auf dieses zweifelhafte Verhalten hätte entnehmen können. Der Obergärtner war der schweigsamste Mensch, der jemals einen Spaten in die Erde gesteckt hatte, er war mit seinen Worten ebenso geizig wie mit seinen Pfirsichen. Um ihm ein Geständnis zu entlocken, brauchte es schon mehr als einen Tom Yeald.

Charles war entschlossen, seine Eltern so lange wie möglich zu verschonen. Er hielt unbeirrt an der Hoffnung fest, daß es vielleicht doch noch einen Ausweg aus diesen Verwicklungen geben könnte. Nicht jeder Mörder wurde gefaßt und gehängt – bei weitem nicht.

Yeald hatte freilich recht und sein Sergeant ebenfalls. Von allen Verdächtigen war Charles die stärkste Persönlichkeit, obwohl ihm Miss Sarah Donkin nicht viel nachstand.

Er hatte sich auf alle Möglichkeiten eingestellt und würde auch vor einem umfassenden Geständnis nicht zurückscheuen, falls es sich nicht mehr umgehen ließ. Doch er würde kämpfen bis zuletzt, denn das Leben war zwar dazu da, um aufs Spiel gesetzt, nicht aber, um achtlos weggeworfen zu werden.

Inzwischen wurde der Inspektor von einem munteren Pferd und einem noch muntereren Stallburschen in scharfem Tempo über die Straße zurückgefahren, auf der er gekommen war. Tom Yeald hockte neben dem Burschen auf dem Bock und versuchte, so viel Würde zu bewahren, wie es einem Mann möglich war, der sich gleichzeitig krampfhaft an der Kante seines Sitzes festhalten mußte. Die Hecken flogen vorüber, und was der Bursche zu sagen hatte, wurde ihm vom Fahrtwind in zusammenhanglosen Fetzen von den Lippen gerissen. Der Inspektor beschränkte sich auf einsilbige Antworten. Zu mehr reichte sein Atem nicht.

Die ebene, schnurgerade Straße machte unvermittelt eine Biegung nach links. Der Einspänner schien nur noch auf einem einzigen, nämlich auf dem unter dem Inspektor befindlichen Rad zu fahren. Yeald klammerte sich fest, als ginge es um sein Leben. Die Kutsche gewann schwankend ihr Gleichgewicht zurück, die Straße verlief wieder gerade, die Auffahrt zum Bahnhof kam in Sicht, und der Stallbursche ließ das Tier in einen gemächlichen Trab fallen.

»Der Zug is' noch nich' mal eingeläutet«, bemerkte er. »Sie ham genug Zeit.«

»Da fällt mir ein Stein vom Herzen«, erklärte der Inspektor voll Inbrunst.

Der Stallbursche grinste schadenfroh und wandte den Blick von seinem Pferd ab, um seinem Fahrgast voll ins Gesicht zu sehen.

»Wenn ich geglaubt hätt', daß Sie zu uns rausgekommen sin' und überall Ihre Nase reingesteckt ham, weil Sie dem jungen Master Charles den Tod von diesem verwünschten Frauenzimmer anhängen woll'n, wissen Sie, was ich dann getan hätt'?«

»Ich habe eine gewisse Ahnung«, gestand der Inspektor.

»Ich schwör's, ich hätt' da hinten in der Kurve umgeschmissen, und dann hätten wir uns alle beide unsere verdammten Schädel gebrochen.«

»Eigentlich hätte ich damit rechnen müssen«, sagte der Inspektor. »Mr. Charles hat mich persönlich gewarnt.«

»He, was war das? Wieso hat Master Charles Sie gewarnt?«

»Er sagte, alle seine Dienstboten seien schon fast übertrieben loyal.«

## 16

Der alte Mr. Doddridge saß wieder einmal im Salon seiner Klientinnen. Diesmal hatte man nicht nach ihm geschickt, er war aus eigenem Antrieb gekommen. In der Stadt gingen die verwirrendsten Gerüchte um, und einige schreckten nicht einmal davor zurück, der Familie Donkin Dinge zu unterstellen, deren sich selbst die Borgias nicht hätten zu schämen brauchen. Allgemein gesprochen war der Klatsch freilich eher wohlwollend, auch wenn das die Lage keineswegs verbesserte. Mit kräftigeren Worten, als er sie seit Jahren gebraucht hatte, verfluchte der ältliche Anwalt den Tag, an dem er nolens volens in diese Affäre hineingezogen worden war, in einen Fall, der seinen Seelenfrieden in einem Maße gefährdete, wie es nicht mehr geschehen war, seit sich der Herzog von Cattminster im Jahre 1889 auf so skandalöse Weise mit einer Revuetänzerin eingelassen hatte.

Er fand, der Herzog und Miss Sarah hätten viel gemeinsam – sie waren beide das, was er als starrköpfig bezeichnete. Miss Sarah, mit der er im Augenblick allein war, zeigte sich nicht sehr hilfsbereit. Im Gegenteil, sie neigte eher dazu, in die Offensive zu gehen, anstatt in die Defensive, und als er ihr Vorhaltungen machte, weil sie ihn nicht sofort nach dem Besuch des Inspektors hatte rufen lassen, konterte sie mit dem Vorwurf, er habe sie in juristischen Dingen falsch beraten.

»Ich kann mich deutlich erinnern, daß Sie sagten, erst, wenn ein Fall vor den Friedensrichter komme, werde man die Aussagen der Zeugen protokollieren und signieren lassen.«

Mr. Doddridge sah sie ganz entsetzt an.

»Dann läßt Ihr Gedächtnis zu wünschen übrig, meine Liebe«, bemerkte er steif. »Wenn davon ausgegangen werden muß, daß der Spruch auf Mord, Totschlag oder Kindstötung lautet, werden die Aussagen immer protokolliert, signiert und vom Coroner gegengezeichnet. Die einzige Schwierigkeit besteht für den Leiter der Untersuchung darin, vorher abzuschätzen, wie die Geschworenen vermutlich entscheiden werden, weil in manchen Fällen eine besondere Form der Befragung vorgeschrieben ist.«

»Ich hätte gedacht, Mr. Samuelsons einzige Schwierigkeit bestehe darin, sich während der Verhandlung wach zu halten.«

»Mr. Samuelson ist ein Mann, der allen Respekt verdient«, erklärte Mr. Doddridge. »Er hat auf den verschiedensten Gebieten umfassende Erfahrungen hinter sich.«

»Was er hinter sich hat, bezweifle ich nicht. Was mir Sorgen macht, ist, wieviel er noch vor sich hat.«

»Er ist höchstens ein oder zwei Jahre älter als ich.«

Auf diese Erklärung antwortete Miss Sarah nicht in Worten, aber ihr Gesichtsausdruck war nicht mißzuverstehen.

»Auf jeden Fall«, fuhr Mr. Doddridge gereizt fort, »begreife ich nicht, inwiefern gerade diese Information für Sie von Interesse sein sollte ...«

Hier hielt er unvermittelt inne. Mr. Doddridge war

zwar nicht mehr der Jüngste, aber sein Verstand funktionierte noch einigermaßen, und plötzlich war ihm eingefallen, daß es tatsächlich eine mögliche Erklärung für Miss Donkins Interesse an den Verfahrensweisen der Justiz gab. Erfreulich war diese Erkenntnis freilich nicht. Gerüchte waren eine Sache, Tatsachen dagegen eine ganz andere.

Mr. Doddridge hatte nie geheiratet, und je näher er die Frauen kennenlernte, desto glücklicher war er über seinen Status als Hagestolz. Wenn Miss Sarah ihn wirklich mißverstanden und sich vorgestellt hatte, Richard helfen zu können, indem sie Hester Morby beiseite schaffte, ehe diese ihre Aussage vor dem Friedensrichter unterschrieben hatte, wer konnte dann wissen, ob sie nicht auch ›starrköpfig‹ genug war, ihre phantastischen Ideen in die Tat umzusetzen?

Gewiß, er war heute mit dem festen Vorsatz hierher gekommen, sich selbst davon zu überzeugen, ob an dem Gerede etwas dran war, aber eigentlich hatte er eher im Sinn gehabt, die drei Schwestern, beziehungsweise Miss Sarah als die älteste, vor leichtfertigen Äußerungen zu warnen, als eine Mörderin zu entlarven.

Er flüchtete sich in einen künstlichen Hustenanfall, gefolgt von seiner Angewohnheit, sein Taschentuch sorgsam und liebevoll wieder zusammenzufalten und in die Tasche zu stecken.

»Nun, wir wollen die Sache nicht weiter verfolgen«, wechselte Miss Sarah huldvoll das Thema. »Vermutlich waren wir zum damaligen Zeitpunkt alle nicht so ganz klar im Kopf. Aber wenn Sie schon einmal hier sind, da ist noch eine Frage aufgetaucht, zu der ich gerne Ihren Rat hören würde. Angenommen, jemand von unterdurchschnittlichen geistigen Fähigkeiten hätte ein Verbrechen begangen. Inwieweit würde man eine solche Person für ihre Handlungen verantwortlich machen?«

»Das ist eine sehr interessante Frage, die juristisch durchaus strittig ist. Ich gehe davon aus, daß Sie sich auf ein Kapitalverbrechen beziehen?«

»Ja, ein Kapitalverbrechen.«

»Dann möchte ich Ihre Aufmerksamkeit auf die McNaghten-Entscheidung lenken. Es war wohl im Jahre 1843, als ein gewisser Daniel McNaghten den Sekretär des Premierministers erschoß, in dem Glauben, es sei der Premierminister selbst, den er, seiner festen Überzeugung nach, in göttlichem Auftrag töten sollte. Um mich kurz zu fassen, damals wurde von den Richtern verfügt, eine eines Verbrechens angeklagte Person könne nicht aufgrund geistiger Unzurechnungsfähigkeit freigesprochen werden, es sei denn, ihre Wahnvorstellungen seien erwiesenermaßen von solchem Ausmaß, daß sie sie daran hinderten, zu erkennen, welche Tat sie beging, oder falls sie dies wußte, daß sie nicht fähig war, diese Tat als Unrecht zu begreifen.«

»Ich fürchte, das ist für mich alles viel zu kompliziert. Vielleicht würde es mir klarer, wenn wir einen ganz gewöhnlichen Fall betrachteten. Nehmen wir zum Beispiel an, meine Schwester Esther hätte es sich in den Kopf gesetzt, die – sagen wir, die verstorbene Hester Morby zu töten. Wie würde das Urteil wohl lauten?«

Der Ziegenbart des Anwalts senkte sich um einen guten halben Zoll.

»Das ist doch wohl eine hypothetische Frage?« erkundigte er sich schließlich nervös.

»Selbstverständlich.«

›Aber wenn dem so ist, warum in Gottes Namen will sie dann einen Rat von mir?‹ dachte der gute Mann verzweifelt.

Aber er nahm seine Gedanken zusammen, so gut er konnte, und erklärte: »Dazu kann ich nur sagen, daß Miss Essie ein ganz und gar ungeeignetes Beispiel ist.«

»Wieso das?«

»Weil sie so normal ist wie Sie und ich.«

»Mag sein, daß Sie es akzeptieren, in bezug auf Ihren Geisteszustand mit Essie verglichen zu werden. Ich würde es als Verleumdung ansehen.«

»Mein liebes, gnädiges Fräulein«, fuhr Mr. Doddridge gereizt auf. »Wir sprechen nicht von Verstandesleistungen, hier geht es schlicht um die Frage der geistigen Gesundheit. Soweit mir bekannt ist, hat niemand Ihre Schwester je des Schwachsinns bezichtigt, und wenn, dann hätte ich eigentlich angenommen, Sie würden sich gegen eine solch abträgliche Äußerung als erste zur Wehr setzen. Gewiß, man könnte eine – hm – gewisse Unreife in ihrem Wesen vermuten, etwa weil sie dazu neigt, in Ohnmacht zu fallen, wo jeder andere auf den Beinen bleiben würde, aber ansonsten ist ihr Benehmen vollkommen normal. Was sie sagt, ist nicht unvernünftiger, als man es von den meisten Frauen erwarten kann, sie läuft unbeaufsichtigt in der Stadt umher und geht den Beschäftigungen nach, die ihrem Geschlecht und ihrer Erziehung angemessen sind.«

»Sie sehen nur die Fassade, die wir der Welt zeigen. Es

gibt andere Aspekte ihres Verhaltens, die wir nicht so gerne herumerzählen. Die Angestellten könnten beispielsweise von erschreckenden Temperamentsausbrüchen berichten.«

»Wenn schlechte Laune eine ausreichende Rechtfertigung wäre, jemanden für verrückt zu erklären, dann würden die Tollhäuser längst aus allen Nähten platzen.«

»Aber es gibt noch andere Dinge, von denen Sie nichts wissen. Neulich zum Beispiel...« Und nun vertraute Miss Sarah dem aufmerksam lauschenden Mr. Doddridge die Geschichte mit den nicht abgeschickten Briefen an.

»Eine Petition an den König zu richten, ist noch kein Zeichen von Verrücktheit«, bemerkte er steif. »Höchstens, wenn der Bittsteller sich einbildete, den Lauf der Gerechtigkeit damit in irgendeiner Weise beeinflussen zu können. Das wäre ein Rückgriff ins Mittelalter.«

»Nein, an der Idee selbst ist nichts auszusetzen, aber an der Art der Ausführung.«

»Sie ist kindisch. Ein kleines Mädchen würde vielleicht einen solchen Brief an den Weihnachtsmann schreiben. O nein, Miss Sarah, Sie können reden bis zum Jüngsten Tag, aber Sie werden weder mich – noch irgendwelche Geschworene – davon abbringen, daß Miss Essie vollkommen *compos mentis* ist. Aber ich will die Gelegenheit nützen, Ihnen folgendes ans Herz zu legen.« Hier wurde er wirklich sehr ernst. »Wenn Sie auch nur im mindesten Grund zu der Annahme sehen, Ihre Schwester könnte auf irgendeine Weise mit dem rätselhaften Tod von Hester Morby zu tun haben, dann müssen Sie mir dies sofort offenbaren. In diesem Fall würde ich Sie unverzüglich mit einer anderen Anwaltssozietät in Kontakt bringen. Wir befassen uns, wie Sie wissen, in erster Linie mit Familienangelegenheiten, und ich muß Ihnen ganz offen gestehen, ich fühle mich nicht in der Lage, noch einen weiteren – hm –«

Miss Sarah unterbrach ihn.

»Ich sagte doch gleich zu Anfang, es handle sich um eine rein hypothetische Frage, nicht wahr?«

In diesem kritischen Augenblick wurden sie gestört. Die Tür ging auf, und Miss Ruth erschien.

»Ach, da sind Sie ja noch«, sagte sie befriedigt. »Ich hatte schon befürchtet, Sie verpaßt zu haben. Wie geht es Ihnen, Mr. Doddridge?«

»So gut, wie meine verschiedenen Gebrechen und mein aufreibender Beruf es gestatten«, antwortete Mr. Doddridge und schüttelte ihr die Hand.

»Ich wollte Sie unbedingt sprechen, um Sie wegen einer Kleinigkeit, die mich im Augenblick beschäftigt, um Rat zu fragen. Können Sie mir sagen, wie streng das Gesetz wohl ein Vergehen wie die Beeinflussung eines Zeugen bestraft?«

»Darauf kann ich Ihnen eine klare Antwort geben, Miss Ruth. Zeugenbeeinflussung ist ein Vergehen, für das man vor ein Schwurgericht kommen und eine Gefängnisstrafe erhalten kann.«

»Ach du meine Güte, das habe ich mir schon fast gedacht. Aber das war noch nicht alles. Was geschieht, wenn besagter Zeuge tot ist?«

Mr. Doddridge spürte, wie sich seine restlichen Haare sträubten. Er zerbrach sich fieberhaft den Kopf darüber, was diese höchst ungewöhnliche Frage wohl zu bedeuten habe, aber schließlich blieb ihm nichts anderes übrig, als festzustellen: »Wenn der Zeuge tot ist, dann ist der Fall damit wohl – hm – erledigt.«

»Da fällt mir aber wirklich ein Stein vom Herzen«, rief Miss Ruth erleichtert aus.

»Wenn ich weiter nichts mehr für Sie tun kann, meine Damen«, sagte Mr. Doddridge hastig, »dann sollte ich jetzt schleunigst in meine Kanzlei zurückkehren. Dringende Angelegenheiten erwarten mich.«

Miss Sarah beobachtete ihn mit einiger Schadenfreude und läutete nach Green.

»Müssen Sie wirklich schon gehen?« fragte Miss Ruth. »Wir möchten Ihnen natürlich keinesfalls die Zeit stehlen. Sie sind gewiß vollauf damit beschäftigt, die Verteidigung unseres lieben Richard vorzubereiten. Aber machen Sie sich deshalb keine allzu großen Sorgen. Ich sehe nun schon viel hoffnungsvoller in die Zukunft. Es ist zwar lächerlich zu behaupten, wenn man unschuldig ist, könne einem kein Unrecht widerfahren. Solche Dinge kommen zweifellos vor. Doch allein das Bewußtsein, daß man unschuldig ist, verleiht einem viel Kraft. Vielleicht hatte Richard einen kleinen Dämpfer nötig; vielleicht war der liebe Junge ein klein wenig zu sehr von sich überzeugt. Wenn man ihn freiläßt, wird er aus dieser Erfahrung ernüchtert und gestärkt hervorgehen. Schließlich hat das Urteil anderer nichts zu bedeuten, was zählt, ist einzig und allein die innere Überzeugung. Das weiß ich selbst nur zu gut.«

»Mr. Doddridge ist in Eile, Ruth. Er hat keine Zeit, sich deine spirituellen Einsichten anzuhören.«

»Sie müssen mich wirklich entschuldigen«, sagte Mr. Doddridge, während er von Green dankbar seinen Hut und Mantel entgegennahm. Dann verabschiedete er sich und kehrte, so schnell er konnte, in die Geborgenheit seines eigenen Büros zurück. Als er wieder vor dem hohen Kamingitter stand und sich seine Frackschöße wärmte, sagte er zu sich selbst: ›Ich nehme alles zurück, was ich jemals über Wahnsinn sagte. Sie gehören in eine Zwangsjacke gesteckt, und zwar alle drei.‹

Inzwischen hatte Kommissar Waite auf der Polizeiwache in Tom Yealds Abwesenheit das Vergnügen, sich mit dem Apotheker Crookshank zu befassen. Mr. Crookshank war ebenfalls ein älterer Herr, der jedoch trotz seiner dikken Brillengläser immer noch wie ein überfütterter und ein wenig quengeliger Säugling aussah. Jedenfalls hatte der Kommissar sehr stark diesen Eindruck, und er hätte dem Mann am liebsten einen Schnuller in den Mund gesteckt, um ihn zu beruhigen. Da er so wild mit seinen pummeligen Armen gestikulierte und so zusammenhanglos daherplapperte, hatte Waite ihn anfangs verdächtigt, die täglichen Rezepte mit Zyanid anstatt mit destilliertem Wasser angerührt zu haben, doch als er sich schließlich erinnerte, daß der Name Crookshank in Zusammenhang mit Dolly Thornes Arsenkauf gefallen war, ging ihm ein Licht auf.

»Ich bin – sofort – gekommen, als ich meinen Fehler entdeckte«, schnaufte der Apotheker. »Gewöhnlich, Sie verstehen – kommt es nicht darauf an – wenn man sich um einen Tag irrt. Schließlich – man tötet eine Ratte – genaues Datum wirklich unwichtig. Muß außerdem zu meiner

Rechtfertigung sagen, Mr. Thorne hat sich das Mißverständnis selbst zuzuschreiben. Obwohl jeder Fehler bei einem Apotheker – absolut unverzeihlich. Jedoch – eine Schwäche der Natur – meine Augen sind schlecht. Aus diesem Grund, Sir, doppelte Vorsicht. Bisher hoffentlich nichts vorgefallen, was gegen mich spricht. Nichts im Korb meines Austrägers, das nicht hineingehört – keine hektischen Aufrufe, eine Medizinflasche ungeöffnet zurückzubringen.«

»Lassen Sie sich ruhig Zeit«, riet ihm der Kommissar. »Alles Freunde hier«, fügte er, unwillkürlich die Redeweise des Apothekers imitierend, hinzu.

»Ja, in der Tat. Nichts zu befürchten. Kräfte von Gesetz und Ordnung. Möchte aber niemanden auf falsche Gedanken bringen – geht vielleicht um Leben und Tod – kann mir freilich nicht vorstellen, warum er nicht selbst den Mund aufgemacht hat, um sich zu verteidigen.«

»Sprechen Sie von Mr. Thorne?«

»Von wem sonst? Mr. Thorne – kam in die Apotheke – fragte nach Arsen. Mr. Thorne mir gut bekannt. Ein bißchen wild – wird aber ruhiger, Sir, zusehends ruhiger. Keine Nachttöpfe mehr auf Türmen – nein, ernsthafte Forschungstätigkeit – macht ihm alle Ehre. Fördert die Wissenschaft. Bin auf meine bescheidene Weise ebenfalls Wissenschaftler – von ganzem Herzen damit einverstanden. Nach angenehmer Unterhaltung, Wissenschaftler unter sich – frage ich, wofür Arsen benötigt wird. Grund wird angegeben – Ratten. Geht fast immer um Ratten. Möchte meinen, es dürfte in ganz England keine Ratte mehr geben. Lassen wir das, nicht meine Sache, kein Anlaß, an Mr. Thornes Worten zu zweifeln. Mag eine frische Gesichtsfarbe haben, könnte aber beschwören, daß er kein Arsenesser ist. Ich wiege das Arsen ab – plaudere weiter, konzentriere mich aber ganz auf meine Arbeit – auch ein Zahnarzt plaudert, obwohl er mit dem Zahn beschäftigt ist. Dann hole ich das Giftbuch und will auf den Kalender schauen. Mr. Thorne steht zufällig davor, nennt mir freundlicherweise das Datum. Ich notiere die gekaufte Menge Arsen – er unterschreibt. Denke nicht mehr an den Vorfall, bis Ihr Sergeant kommt, um das Buch zu überprüfen. Ganz freundschaftlich – immer alles in Ordnung. Aber trotzdem schreibt er etwas auf – wirkt auffallend zufrieden. Was ich sagen will – Neugier liegt im Wesen des Menschen – als er fort ist, sehe ich mir natürlich das Buch an, will wissen, was ihn so interessiert hat. Rieche eine Ratte – Hah! Kleiner Scherz von mir, Sir.«

Völlig außer Atem hielt er inne.

»Und dann?« fragte der Kommissar nach einer Zeitspanne, die er für ausreichend erachtete.

»Tja, Sir, nichts. Überhaupt nichts.«

»Aber ...?«

»Erst heute, Sir. Zum Teil einfach verschiedene Vorfälle miteinander verknüpft, könnte man sagen. Gewöhnlicher Klatsch ... Mrs. Morby, Frau des Doktors ... einmal kommt er zu jedem, aber zu manchen eben früher – ich spreche vom Großen Sensenmann, Sir.«

»Genau.«

»Gebe nie etwas auf Hörensagen – aber immerhin – Verdacht auf Arsen. Wiederhole – gewöhnlicher Klatsch, Sir, und diese drei, Mr. Groom, Mr. Hearst und Mr.

Thorne – stehen sich näher als drei Brüder. Sieht häßlich aus... sehr häßlich.«

Waite klopfte mit seinem Bleistift auf die Schreibtischplatte und bemühte sich, seine Ungeduld zu verbergen.

»Warten Sie einen Moment, Sir.«

Das hatte der Kommissar unbestreitbar bereits getan.

»Warten Sie einen Moment!« wiederholte Mr. Crookshank, und mit einem Schlag verwandelte sich der quengelige Säugling in einen grinsenden Cherub. »Heute – Inspiration! Mr. Thorne hat sich geirrt – falsches Datum – Signal steht auf Grün, alles wieder gut. Tut mir allerdings leid für den Sergeant – große Enttäuschung. Aber ich kann es beschwören, Sir. Stelle mich in den Zeugenstand und nehme es auf meinen Eid – hoffe freilich, daß es nicht dazu kommt. Nicht gut fürs Geschäft. Er hat das Gift erst einen Tag nach Mrs. Morbys Tod gekauft, Inspektor. Es war am Mittwoch. Fragen Sie meine Frau – fragen Sie meine Tochter. Ich habe ihnen davon erzählt, Sir, am selben Tag. Interessieren sich sehr für die drei jungen Männer, die beiden, finden Forschungsreisen romantisch – was sie nebenbei gesagt nicht sind. Bin deshalb sofort gekommen. Entlastet den jungen Mann, Sir, entlastet den jungen Mr. Thorne voll und ganz.«

»Ich verstehe«, sagte Waite nachdenklich. »Und Sie sind sich da ganz sicher?«

»So wahr ich hier stehe. Hätte natürlich nicht passieren dürfen, ein solcher Fehler, aber man unterhält sich – habe mich einfach auf Mr. Thorne verlassen – kein Grund, an seinem Wort zu zweifeln. Dummer Fehler – aber nicht tödlich – eher wie ein kleines Schnäpschen.«

»Überlegen Sie ganz genau, Mr. Crookshank. War Mr. Thorne jemals zuvor mit dem gleichen Anliegen bei Ihnen in der Apotheke?«

»Nein, niemals. Kann ich beschwören.«

»Dann sollten wir Ihre Aussage jetzt protokollieren. Warten Sie einen Moment.« Der Kommissar genoß diese kleine Revanche. »Warten Sie einen Moment, Mr. Crookshank, ich hole nur jemanden, der aufschreibt, was Sie sagen, und Sie sind dann bitte so freundlich und setzen Ihren Namen darunter.«

»Habe die Apotheke alleingelassen – muß gleich wieder zurück. Meine Frau ist im Laden – könnte mich ins Gefängnis bringen.«

»Sie wird doch wohl kein Gift verkaufen?«

»Nein! Kann mit dem Meßbecher nicht umgehen – keine Flüssigkeiten – nicht einmal Rosenwasser. Muß schleunigst zurück.«

»Ich beeile mich, so sehr ich kann.«

Aber Mr. Crookshank war wieder in seine Quengeligkeit zurückgefallen. Einen schrecklichen Augenblick lang fürchtete Kommissar Waite, er würde seiner Säuglingsimitation noch den letzten Schliff geben, indem er zu schreien anfing.

Waite wies einen Untergebenen an, Inspektor Yeald auszurichten, er wolle ihn sofort nach seiner Rückkehr von Mattsford sprechen. Dann machte er sich an seine eigene Arbeit. Doch während er den routinemäßigen Papierkram erledigte, hämmerte sein etwas schwerfälliger Geist unablässig auf das faszinierende Problem ein wie ein Koch mit dem Nudelholz auf ein Stück Rumpsteak, um es zarter und leichter verdaulich zu machen.

Sobald sein Kollege das Büro betrat, platzte er sofort mit seiner Geschichte heraus.

»Und es war wirklich ein Vergnügen«, schloß er, »mit diesem Esel von Crookshank, der ständig neue Satzfetzen in der Gegend herumspuckte, ehe ich überhaupt begriffen hatte, worum es ging.«

»Der Mann ist ein Dummkopf«, sagte Yeald.

»Zugegeben, aber an seiner Aufrichtigkeit ist nicht zu zweifeln. Man merkte ihm deutlich an, daß er eigentlich gar nicht hatte herkommen wollen. Seine Frau hat ihn geschickt. Sie hat in dieser Ehe die Hosen an, auch wenn sie nicht einmal eine Flüssigunze abmessen kann.«

»Sie dürfen sich glücklich schätzen, daß Sie sich nur mit dem alten Crookshank herumschlagen mußten und dabei sicher auf Ihrem Stuhl sitzenbleiben konnten«, bemerkte Yeald. »Ich wäre im Alten Schloß Mattsford fast ermordet worden. Da draußen geht es noch sehr feudal zu.«

Er berichtete seinerseits seine Abenteuer und endete mit einer lebhaften Schilderung der Rückfahrt zum Bahnhof, die Kommissar Waite so erheiterte, daß er sich lachend auf die Schenkel klatschte.

»So komisch war es gar nicht«, sagte Yeald, dem immer noch die Handflächen weh taten, weil er sich so krampfhaft am Sitzbrett des Einspänners festgehalten hatte.

»Und wo stehen wir jetzt?« fragte Waite.

»Was glauben Sie denn?«

»Ich habe nachgedacht.«

»Überanstrengen Sie sich nur nicht, alter Junge.«

»Nein, ich habe viel nachgedacht. Und was Sie eben sagten, gibt dem Bild noch mehr Farbe. Was ist, wenn die beiden Hübschen unter einer Decke stecken?«

»Mit den beiden Hübschen meinen Sie vermutlich nicht Miss Sarah und Miss Ruth Donkin?«

»Nein, ich meine den jungen Hearst und den jungen Thorne. Wenn das Ganze nun ein raffiniertes Komplott wäre, wobei einer den anderen deckt? Sieht die Sache mit dem Arsen nicht irgendwie danach aus?«

»Als Mr. Charles seine gesamten Arsenvorräte herunterrasselte, dachte ich mir, er wolle vielleicht Dolly Thorne decken, aber nicht umgekehrt. Wenn er wirklich schuldig wäre, wäre er doch sicher nicht so gesprächig; dann würde er seine finsteren Geheimnisse schön für sich behalten und es mir überlassen, sie auszuschnüffeln. Und dazu hätte ich bei diesem verschworenen Haufen von Dienstboten kaum eine Chance.«

»Ja, da kommt die Doppelstrategie ins Spiel. Er weiß, daß Sie genau diese Haltung einnehmen, daß seine Enthüllungen Sie nur dazu veranlassen werden, sich um so mehr auf Dolly zu konzentrieren. Und wenn dem so ist, dann können Sie sicher sein, daß er die Tat begangen hat und nicht der junge Thorne. Wie ich die Sache sehe, hängen sie alle beide mit drin, aber er würde so etwas nie Dolly überlassen. Er ist der Anführer der Expedition, mein Junge, das dürfen Sie nie vergessen.«

»Ich habe es nicht vergessen. Und wenn Sie sehen wollen, was für ein Kaliber er ist, dann müssen Sie ihn einmal im Schloß beobachten, in seiner eigenen Umgebung. Er ist ein ganzer Kerl. Aber das hindert ihn nicht daran, sich bei manchen Dingen entsetzlich ungeschickt zu verhalten. Denken Sie doch nur daran, was er alles dahergeredet hat, als die beiden zum ersten Mal hier waren und mir an den Kragen wollten, weil ich die Stirn besessen hatte, Richard Groom zu verhaften. Damals ist ihm herausgerutscht, daß jeder von ihnen eine Portion Blausäure in seinem Besitz hatte.«

»Immer sachte mit den jungen Pferden! Das hat er vermutlich nicht ohne Grund herausgelassen. Ist Ihnen jemals der Gedanke gekommen, daß er oder Dolly Thorne auch bei der Ermordung des Doktors die Hand im Spiel haben könnten? Sie hatten beide die Mittel dazu.«

»Einen Knüppel habe ich auch. Aber Sie müssen mir erst erklären, warum die beiden den Doktor aus dem Weg räumen wollten. Ich sehe keinen Sinn darin.«

»Na ja, seither sind sie um die Witwe herumgeschwirrt wie die Bienen um den Honigtopf.«

»Zugegeben, das ist auch so etwas, was ich nicht begreife. Aber Sie sollten sich nicht dümmer anstellen als unbedingt nötig, Kommissar. Wenn die beiden den Doktor getötet hätten, um sich an seine Witwe heranmachen zu können, warum sollten sie dann auch noch die Frau beiseiteschaffen? So zerstreut können sie doch gar nicht sein.«

»Da wir gerade von Zerstreutheit sprechen, ich nehme nicht an, daß Miss Ruth Donkin die Tat in einem Anfall derselben begangen haben könnte. Daß sie vielleicht dachte, sie streut das Arsen auf eine Löwenzahnpflanze?«

»Ich glaube, es wird höchste Zeit, daß wir nach Hause gehen. Wenn ich im Bett liege, werde ich über Ihre Idee nachdenken, Hearst und Thorne hätten zusammengearbeitet. Da könnte etwas dran sein. Und wenn das stimmt, dann ist Hester Morby auf eine Weise gestorben, die wir noch nicht ergründet haben, und die Pralinen und der Madeira sind nur falsche Spuren, die man gelegt hat, um uns die Arbeit zu erschweren. Allerdings war nichts, was Hearst sagte, wirklich darauf angelegt, meine Aufmerksamkeit auf Dolly zu lenken. Ich habe ihn überhaupt nicht nach Thorne gefragt, weil ich wußte, daß es keinen Sinn hatte. Er hätte das Blaue vom Himmel heruntergelogen, und ich hätte dann das Vergnügen gehabt, das alles wieder auseinanderzusortieren. Lieber bleibe ich unwissend, als mir von einem Haufen Lügen den Kopf verdrehen zu lassen. Wenn einer von ihnen allein verantwortlich ist, setze ich immer auf Dolly Thorne gegen Hearst. Er ist gerissen wie ein Affe.«

»Das mag sein, aber Affen haben kein Stehvermögen. Haben Sie das nicht gewußt?«

»Mir geht das Stehvermögen auch allmählich aus.«

»Kopf hoch. Tut mir leid, daß ich Ihnen einen wertvollen Anhaltspunkt zerstört habe.«

»Keine Sorge«, tröstete der Inspektor wehmütig. »Ich habe ohnehin nicht mehr so viel davon gehalten, seit ich das ungeöffnete Päckchen Arsen in seiner Krawattenschublade gefunden habe. Und ich habe immer noch jede Menge Anhaltspunkte, leider. Mit den Donkins bin ich auch noch nicht fertig. Erinnern Sie mich daran, daß ich morgen einmal bei ihnen vorbeischaue. Ich habe noch ein paar Fragen wegen dieses Glases mit Pflaumenmus.«

# 17

Während man sich in Cattminster die phantastischsten Möglichkeiten ausmalte, wie der plötzliche Tod von Hester Morby Richards Chancen für einen Freispruch beeinflussen könnte, machte sich kaum jemand Gedanken darüber, welche Wirkung diese Nachricht auf Richard selbst haben würde.

Da die Morgenzeitung neben der Schüssel mit dem Frühstücksporridge nicht zu den Annehmlichkeiten gehörte, die man in der alten Burg den Gefangenen bot, erhielt er den ersten Hinweis auf das Ereignis von seinem Rechtsberater, der sich zuvor mit dem Verteidiger abgesprochen hatte. »Sie müssen es ihm unbedingt so bald wie möglich mitteilen«, riet der weltgewandte Mr. Hardwick. »Wenn Sie es ihm nicht sagen, erfährt er es aus anderen Quellen. Keine Gefängnismauer ist dick genug, um eine solche Geschichte abschirmen zu können. Und halten Sie die Augen offen, vielleicht rüttelt ihn der Schock soweit auf, daß er mit ein paar neuen Geständnissen herausrückt. Eventuell ist etwas Brauchbares darunter. Falls sich eine seiner Aussagen vielversprechend anhört, schicken Sie mir eine Nachricht, dann komme ich sofort und gehe sie mit ihm durch.«

Doch so scharf Mr. Doddridge seinen Mandanten auch beobachtete, außer verständnislosem Staunen zeigte Richard keine Reaktion.

»Ich kann es einfach nicht glauben«, sagte er.

Mr. Doddridge reichte ihm als unwiderlegbaren Beweis einen kleinen Ausschnitt aus dem *Manchester Guardian*, der lediglich die nackte Tatsache des Todesfalles meldete. Als Richard sich in die Zeilen vertiefte, schoß dem Anwalt der schaurige Gedanke durch den Kopf, hier sitze eine Leiche und studiere die Todesanzeige einer anderen.

Endlich legte der Gefangene das kleine Stück Papier sorgfältig vor sich auf den Tisch und sagte, fast wie zu sich selbst: »Sie wirkte doch gar nicht richtig krank. Ich meine... sicher, sie war sehr blaß... aber doch nicht so, als würde sie jeden Moment sterben.«

Der Anwalt hüstelte bedauernd. »Die Sache ist die, mein lieber Junge, daß sie – äh – dem Vernehmen nach nicht unbedingt eines natürlichen Todes starb. Natürlich ist das noch ganz inoffiziell. Zuerst muß die Voruntersuchung stattfinden, aber es ist offenbar, äh, ziemlich sicher, daß die unglückliche Frau durch die – äh – Einnahme einer giftigen Substanz zu Tode kam.«

»Sie meinen, sie hat sich selbst getötet?«

»Eigentlich nicht, nein. Man scheint allgemein den Eindruck zu haben, daß ihr das Gift von anderer Seite verabreicht wurde.«

»Versehentlich?«

»Äh... nein. Wahrscheinlich in verbrecherischer Absicht.«

»Was für ein Unsinn! Wer hätte denn, mich selbst vielleicht ausgenommen, einen Grund, ihr übelzuwollen?«

»Es gibt gewisse Personen«, Mr. Doddridge wählte seine Worte mit peinlicher Sorgfalt, so als stünden sie auf einem Regal und er hole sie eines nach dem anderen herunter, »die die verstorbene Mrs. Morby als Ihren ... hm ... bösen Geist betrachtet haben. Möglicherweise haben unkontrollierte Gefühlsregungen zu – äh – unbesonnenen Taten geführt. Ich sagte, möglicherweise. Das alles liegt noch im Bereich der Vermutungen. Die Polizei hat mit den Ermittlungen gerade erst begonnen.«

»Um Himmels willen, Doddridge, reden Sie offen mit mir. Werfen Sie nicht mit irgendwelchen Anspielungen um sich. Soll das heißen, einige meiner Freunde wollten mir helfen und stehen nun in dem Verdacht, an der Ermordung von Hester Morby beteiligt zu sein?«

»Das ist die herrschende Meinung. Seien Sie vernünftig, Richard. Was immer auch geschehen ist, Sie sind nicht dafür verantwortlich.«

»Hearst und Thorne?«

»Natürlich bekundet die Polizei ein gewisses Interesse an den Aktivitäten dieser beiden jungen Herren.«

»Aber das ist doch absurd. Charles könnte keiner Frau auch nur ein Haar krümmen. Er betrachtet das ganze Geschlecht als heilig, wenn er nicht gerade eifrig damit beschäftigt ist, es zu meiden. Und was Dolly angeht, so redet er zwar viel, wenn der Tag lang ist, aber in dieser Stadt weiß doch jede und jeder, daß man ihn nicht ernstnehmen kann.«

»Mr. Thornes Benehmen gibt ebenso wie seine Worte oft Anlaß zur Kritik, und seine Familie ist berüchtigt für ihre Labilität.«

»Aber das ist doch alles nur Fassade. Und daß man einen Mann des Mordes verdächtigt, weil seine Großmutter nicht ganz richtig im Kopf ist, das ist doch wohl nicht zu fassen.«

»Ich neige dazu, Ihnen beizupflichten. Von den beiden ist eindeutig eher Mr. Charles – äh – ein Mann der Tat.«

»Nicht dieser Art von Taten, glauben Sie mir. Was immer meine Freunde für Eigenheiten haben mögen, ein wenig gesunden Menschenverstand sollten Sie ihnen schon zubilligen. Selbst wenn sie bereit wären, solche Maßnahmen zu ergreifen, um meinen Hals zu retten, müßten sie schon sicher sein, daß ihre Bemühungen nicht vergeblich wären. Und fünf Minuten ruhiger Überlegung hätten genügt, um sie zu überzeugen, daß die Beseitigung von Hester Morby mein Problem keineswegs lösen würde.«

Mr. Doddridge gestattete sich ein Achselzucken.

Nach einer kurzen Pause fuhr Richard fort: »Und einmal angenommen, sie hätten ihr wirklich etwas antun wollen, wann hätten sie denn Gelegenheit dazu gehabt? Das Mädchen bekam nie Besuch ... ist nie aus dem Haus gegangen.«

»Was das betrifft«, bemerkte der Anwalt trocken, »so scheint sie in der letzten Woche ihres Lebens ihre Gewohnheiten geändert zu haben. Sie hatte die beiden jungen Herrn bei sich zu Hause empfangen ... und auch noch Zeit gefunden, anderswo Besuche zu machen.«

Er hatte nicht die Absicht, Richard über das doch sehr exzentrische Verhalten seiner drei Tanten zu unterrichten, denn er fand, so kurz vor seinem Termin beim Friedensrichter habe sein Klient auch ohne familiäre Sorgen genügend Probleme. Und er war erleichtert, als Richard sich nicht weiter nach der Bedeutung seines letzten Satzes erkundigte, sondern das Gespräch in eine andere Richtung lenkte.

»Wurde Blausäure verwendet? Ich nehme an, das ist die Verbindung zu Hearst und Thorne.«

»Nein, keineswegs, Hester Morby wurde mit Arsen vergiftet... jedenfalls vermutet man das.«

»Arsen! Das klassische Mittel der Frauen gegen überzählige Verwandte!«

»Es wäre nicht das erstemal, daß ein Mann darauf zurückgreift. Ihr Freund Hearst als Naturforscher und Tierpräparator hat es bei seinen Studien sicher auch schon verwendet.«

»In diesem Bereich, ja. Aber sonst... Nein, Doddridge, Sie können Theorien aufstellen, bis Sie schwarz werden, Sie werden mich niemals davon überzeugen, daß Hearst oder Thorne eine solche Wahnsinnstat begehen würde. Das ist der richtige Ausdruck! Es ist Wahnsinn. Nur ein Irrer oder jemand, der ein wenig schwach im Kopf ist, hätte Hester Morby liquidiert, um mir dadurch zu helfen.«

Mr. Doddridge mußte sich eingestehen, daß diese Feststellung ungemütlich nahe an seine geheimsten Befürchtungen herankam, und er rutschte nervös auf seinem Stuhl herum.

»Nun, Richard«, sagte er schließlich. »Fällt Ihnen sonst wirklich nichts ein, was Sie mir noch sagen könnten? Diese... äh... neue Entwicklung bringt Sie nicht vielleicht auf eine andere Verteidigungsstrategie?«

»Nein, nein, nicht im mindesten. Aber es war sehr

freundlich, daß Sie gekommen sind. Ich weiß das wirklich zu schätzen.«

»Schon gut, mein lieber Junge. Ich habe großes Mitgefühl für Sie, müssen Sie wissen. Sehr großes Mitgefühl. Sollten Sie bei näherer Überlegung später den Wunsch nach meiner Anwesenheit verspüren, so brauchen Sie nur nach mir zu schicken, ich komme sofort. Vergessen Sie nicht, ich halte mich ständig in Bereitschaft.«

»Ich danke Ihnen sehr. Natürlich möchte ich immer gerne wissen, was vorgeht. In meiner Lage ist es jedoch eher unwahrscheinlich, daß ich von mir aus etwas beizutragen habe.«

Dennoch hatte Richard, nachdem der Anwalt sich verabschiedet hatte, eine Menge Stoff zum Nachdenken.

Der Tod eines Menschen, der ihm einst so viel bedeutet hatte, noch dazu unter solchen Umständen, konnte ihn nicht unberührt lassen. Obwohl er nichts mehr für diese Frau empfand, war die Erinnerung an die Liebe erhalten geblieben, die ihn einst mit ihr verbunden hatte, und so war seine Trauer über den Verlust durchaus echt. Jetzt konnte er sich wehmütig mit allen ihren Torheiten abfinden, ja sogar das Unrecht, das sie ihm einst angetan hatte, erschien ihm nun nicht mehr verwerflicher als ähnliche Kränkungen, die er selbst anderen zugefügt hatte. So war zu Anfang in seinem Geist nur Platz für diesen schmerzlichen, alles andere überdeckenden Kummer.

Allmählich drängte sich jedoch eine zweite, nicht weniger starke Empfindung in den Vordergrund. Neugier. Er weigerte sich rundheraus zu glauben, daß Dolly Thorne oder Charles Hearst einzeln oder gemeinsam in ein Komplott verwickelt gewesen sein sollten, das den Mord an Hester Morby zum Ziel hatte. Aber was für ein ungeheuerlicher Zufall hatte dann ihren Tod herbeigeführt? War es vielleicht doch denkbar, daß sich in diesem Haus eine als Medizin getarnte, tödliche Substanz befunden ... daß Hester mit ihrem ursprünglichen Verdacht recht behalten ... daß sie noch nach dem Tod ihres Mörders das Gift geschluckt hatte, das er zu seinen Lebzeiten für sie bestimmt hatte? Sehr glaubhaft war es nicht, die Polizei hatte das ganze Haus sicher gründlich durchsucht, und sie hätte es wohl kaum versäumt, alle noch vorhandenen Medizinflaschen zu überprüfen.

Plötzlich wurden alle diese vagen Überlegungen von einem wilden Schwall der Erregung hinweggefegt. Hesters Tod hatte ihn frei gemacht – nicht vom Schatten des Galgens, aber von allen Verpflichtungen. Wenn Hester Morby tot und die Möglichkeit eines Selbstmords ausgeschlossen war, so gab es nicht mehr nur ein Rätsel, das der Lösung harrte, sondern deren zwei. Es ging nicht mehr darum, wie Hester die Sache bewerkstelligt hatte, wie es ihr gelungen war, ihren Mann zu ermorden, während sie selbst in tiefem Betäubungsschlaf lag. Die Frage war, wer hatte Doktor Morby ermordet, wenn Hester es nicht getan hatte; wer hatte ihn, Richard, zum Sündenbock gemacht, wenn nicht Hester; und was hatte Hester getan, um nach so kurzer Zeit das gleiche Schicksal auf sich selbst herabzubeschwören?

Richards Gedanken, die sich so lange qualvoll im Kreis gedreht hatten, fanden plötzlich eine neue Richtung und schossen in gerader Linie nach vorne.

Leider wurde er in diesem kritischen Augenblick von seinem Wärter unterbrochen, der ihm auf zwei emaillierten Blechtellern das Abendessen brachte. Es war wohl der völlig verblüffte Gesichtsausdruck des Gefangenen, der den braven Mann (der eins in Kanonikus Donkins Spülküche die Schuhe geputzt hatte) bewog, ihm vor dem Verlassen der Zelle tröstend zuzuflüstern: »Keine Sorge, Master Richard. Ich glaube im Leben nicht, daß eine von Ihren Tanten bei der Vergiftung dieser Hester Morby die Hand im Spiel gehabt hat, da können die Leute reden, was sie wollen!«

Mit grimmig entschlossenem Gesicht und zögernden Schritten ging Tom Yeald erneut zum Angriff auf das Pfarrhaus über.

Doch obwohl er es eigentlich auf die älteste Schwester abgesehen hatte, war er nicht traurig, als er sie nicht antraf, sondern sich mit der jüngsten zufriedengeben mußte. Miss Essie sah wirklich blendend aus, dachte er, und als sie mit ihm sprach, hörte er aus ihrem Tonfall genau die gleiche Herablassung heraus, mit der sie ihn schon früher stets behandelt hatte.

»Setz dich, Tom. Wenn ich etwas für dich tun kann, bitte keine Hemmungen. Armer Tom, ich schätze, die ganze Sache wächst dir ziemlich über den Kopf.«

»Das würde ich nicht sagen, Miss Essie. Nein, das würde ich wirklich nicht sagen. Es mag so aussehen, als käme die Polizei nur im Schneckentempo voran, aber glauben Sie mir, am Ende erreicht sie doch ihr Ziel.«

»Und jetzt stehen wir vermutlich alle unter Verdacht,

diese gräßliche Hester Morby ermordet zu haben, die schließlich dafür verantwortlich ist... war, daß Richard wie ein gemeiner Verbrecher im Gefängnis sitzt.«

Wenn der Inspektor überrascht war, so gelang es ihm, das zu verbergen.

»Wir sollten die Möglichkeit nicht außer acht lassen, daß Mrs. Morbys Tod auch nur ein Unfall gewesen sein könnte«, erklärte er ruhig. »Doch da sie an ihrem Todestag hier zum Tee eingeladen war, sind wir natürlich daran interessiert, zu erfahren, was sie bei dieser Gelegenheit verzehrt hat.«

»Ach ja, Emily sagte schon, daß du mit dieser Ausrede zu ihr in die Küche gekommen bist, um dort herumzuschnüffeln. Aber viel wahrscheinlicher ist, daß du eigentlich dachtest, eine von uns dreien, Sarah, Ruth oder ich, habe beschlossen, Hester Morby für das zu bestrafen, was sie Richard angetan hat. Ich nehme dir das nicht übel, keineswegs, ich finde, du hast damit Intelligenz bewiesen. Und es war dir sicher nicht angenehm, hier herumzuspionieren, wenn man bedenkt, daß Sarah deine Sonntagsschullehrerin war und alle deine Kindersünden kennt.«

Damit hatte sie die Situation so treffend beschrieben, daß Yeald unwillkürlich zusammenzuckte.

»Malträtieren Sie das alte Klavier immer noch so wie früher, Miss Essie?« schoß er zurück.

»Versuche nicht, das Thema zu wechseln, Tom. Du hast dich bisher ganz wacker geschlagen, aber jetzt steckst du in der Klemme, das ist nicht zu übersehen. Darauf zu kommen, daß eine von uns Hester Morby ermordet haben könnte, ist ja nicht weiter schwer, aber welche? Das ist dein Problem. Dazu braucht man einen wirklich scharfen Verstand. Meinst du nicht auch?«

»Vielleicht möchten Sie mir ein wenig behilflich sein?« schlug der Inspektor sarkastisch vor.

»Ach, damit würde ich mir eine Menge Ärger einhandeln, meinst du nicht auch? Aber ich könnte die einzelnen Möglichkeiten wenigstens kurz umreißen. Ich finde das alles nämlich recht amüsant. Das Leben ist so langweilig, besonders, wenn man es mit zwei so alten Jungfern wie meinen Schwestern verbringen muß. Tom, weißt du, wo ich ein Diabolo herbekommen könnte?«

»Wie bitte? Was ist das?«

»Du kennst es bestimmt, in London ist es im Moment der letzte Schrei. Es sieht einfach faszinierend aus, und ich bin sicher, mit ein wenig Übung könnte ich es schaffen, aber Sarah wird mir nie erlauben, nur wegen eines Spielzeugs ein Londoner Geschäft anzuschreiben. Sie verbietet mir ja sogar, meine Briefe abzuschicken.«

Tom Yeald überlegte, ob man es wohl als Bestechung werten könnte, wenn er Miss Essie als Gegenleistung für ihre Mithilfe bei der Aufklärung eines Mordes ein Diabolospiel schenkte. Sein Gewissen bejahte die Frage. Dennoch lehnte er nicht ohne weiteres ab.

»Ich werde sehen, was sich machen läßt, Miss Essie.«

»Oh, danke, Tom.«

»Vergessen Sie nicht, daß Sie mir etwas erklären wollten.«

»Ach ja, jetzt fällt es mir wieder ein, ich wollte dir aufzählen, was für jede von uns als Mörderin von Hester Morby spricht und was dagegen. Fangen wir mit Sarah an, sie ist immerhin die älteste und haßte sie mehr als wir anderen.«

»Das können Sie so nicht sagen, Miss Essie.«

»O doch, das kann ich wohl. Sarah hat einen außergewöhnlich starken Charakter. Nie tut sie etwas nur halb. Ich habe Angst vor ihr, mußt du wissen, und das komische ist, daß sie ihrerseits Angst vor mir hat. Ich wecke nämlich ihre niedrigsten Instinkte, und die sind sehr stark. Hast du schon alles über das kleine Glas mit Pflaumenmus herausgefunden?«

»Äh... ich weiß, daß es eines gab.«

»Hat man dir das unten in der Küche erzählt?«

»Nein, ich habe es von der Köchin in *The Shrubbery* erfahren.«

»Es war Richards Pflaumenmus. Mrs. Marrowfat vom Markt hat es ihm geschenkt. Sarah hatte nicht das Recht, es zu verschenken, und sonst ist sie immer so kleinlich, was ›meum‹ und ›tuum‹ angeht, wie sie es nennt. Aber ich dachte mir schon damals, die Marmelade würde doch etwas, was ein kleines bißchen scheußlich schmeckt, wunderbar überdecken. Pflaumen sind so herb, und sie haben ein so ausgeprägtes Aroma.«

»Woher hat es Miss Sarah denn an dem Tag geholt, als sie es Mrs. Morby gab?«

»Oh, sie hat Green gebeten, es in Papier einzuwickeln und mit einer Schnur zugebunden heraufzubringen. Aber das hätte sie in jedem Fall getan, nicht wahr? Das Glas war mit einem Schraubdeckel verschlossen, und sie hatte den ganzen Tag über genügend Gelegenheit, damit zu machen, was sie wollte. Du verstehst schon, was ich meine, man braucht nur in die oberste Schicht ein kleines bißchen Arsen zu geben, und es würde nicht bis nach unten sinken, weil das Zeug so fest ist. Sag doch ... hast du das Glas gefunden, und hatte sie etwas davon gegessen?«

»Ich stelle hier die Fragen, Miss Essie. Polizisten stellen immer Fragen, aber sie beantworten nie welche.«

Miss Essie verzog enttäuscht das Gesicht. Doch sogleich fuhr sie fort: »Ich weiß nicht, woher Sarah Arsen haben sollte, aber wenn sie wollte, könnte sie es sich beschaffen. Eine solche Kleinigkeit würde sie nicht abschrecken.«

»Das sind alles Gründe dafür, Miss Essie. Was ist mit den Gegenargumenten?«

»Sarah ist nicht besonders fromm, aber sie hat ein starkes, moralisches Empfinden. Ich glaube, wenn es darauf ankäme, wäre sie zu so etwas nicht fähig.«

»Ist das alles?«

»Ja. Nun ist Ruth, wie du ja weißt, wirklich ausgesprochen fromm. So viel Güte und dieses ständige Gerenne in die Kirche, es ist schon richtig lästig. Aber seit dem Mord ist Ruthie ganz durcheinander. Gewöhnlich ist sie so ruhig wie ein Mühlenteich. Was könnte sie so verstört haben, Inspektor, was meinst du?«

»Ich habe zwar gesagt, die Polizei beantwortet niemals Fragen, aber diesmal werde ich eine Ausnahme machen. Miss Ruth hatte ein Gespräch mit der verstorbenen Mrs. Morby. Ich glaube, sie hat ihr so etwas wie eine Moralpredigt gehalten. Als Mrs. Morby dann so plötzlich starb, dachte Ihre Schwester, etwas, was sie zu ihr gesagt hatte, sei der Grund dafür gewesen. Sie dachte, Mrs. Morby habe sich selbst das Leben genommen.«

»Leute, die so egoistisch sind wie Hester Morby, nehmen sich nie selbst das Leben. Ich bin auch egoistisch, und es würde mir nicht im Traum einfallen, mich umzubringen. Egoistisch zu sein, macht viel zu viel Spaß. Aber in einem hatte Ruthie recht. Sie kann erreichen, daß man sich richtig schuldig fühlt, nur indem sie mit einem spricht. Das kommt daher, daß sie wirklich gut ist, ohne jede Heuchelei. Aber wir reden hier von einem echten Mord, Tom, nicht nur davon, daß jemand auf die Gefühle eines anderen Menschen einwirkt. Ruth könnte ganz leicht jede Menge Arsen in ihren Besitz bringen, der Gärtner bewahrt es im Werkzeugschuppen auf.«

»Geht Miss Ruth oft in die Küche?«

»Nein, das ist etwas, was dagegen spricht. Alles, was damit zusammenhängt, überläßt sie Sarah oder mir. Aber ich war in der Küche, sowohl am Morgen wie auch am frühen Nachmittag des Tages, als Hester Morby bei uns zum Tee eingeladen war.«

»Ich weiß. Sie haben einen Kuchen gebacken, war es nicht ein Orangenkuchen?«

»Ja. Da hat vermutlich Emily gepetzt, diese falsche Schlange. Ich habe ihn kurz vor Mittag gebacken, als alle in der Küche waren, und als dann alle oben waren, um sich feinzumachen, bin ich noch einmal hinuntergegangen, um ihn zu glasieren.«

»Emily hat mir noch etwas gesagt. Jeder im Haus hat ein Stück von Ihrem Kuchen gegessen. Und nach allem, was man hört, schmeckte er sehr gut. In dem Kuchen kann kein Gift gewesen sein.«

»Armer Tom, in manchen Dingen bist du wirklich einfältig. Hat dir niemand erzählt, daß ich die erste Scheibe von dem Kuchen abgeschnitten habe, weil die Glasur noch nicht trocken war, und daß Mrs. Morby in ihrer Eigenschaft als Gast natürlich dieses Stück bekommen hat? Was hätte mich daran hindern sollen, in die Cremefüllung in der Mitte dieser Scheibe Arsen zu geben?«

Der Inspektor biß sich auf die Lippen.

»Vermutlich nichts, Miss Essie, außer, daß es dazu erforderlich gewesen wäre, sich das Arsen aus dem Schuppen des Gärtners zu holen.«

»Grieve würde mich niemals auch nur in die Nähe seines kostbaren Schuppens lassen. Ich hätte es mir schon auf andere Weise besorgen müssen. Hast du einmal daran gedacht, daß man es auch aus Fliegenfängern auswaschen kann, Tom? Man kann immer behaupten, man brauche es für die Gesichtspflege. Ich habe oben in meinem Zimmer ein sehr interessantes Buch, in dem alles darüber steht. Möchtest du es dir nicht einmal ansehen?«

»Ja, gerne.«

»Dann werde ich es holen. Du wartest aber so lange, ja?«

»Keine zehn Pferde würden mich von hier wegbringen.«

Kein einziges Pferd machte auch nur den Versuch, dafür erschien jedoch Miss Sarah, die hastig ein paar Einkäufe erledigt hatte, und sie wirkte bedrohlicher als eine ganze Herde solcher Tiere.

Tom Yeald erhob sich, als sie eintrat.

»Oh, Tom, wolltest du zu mir? Ich hörte von Green, daß du dich mit meiner Schwester Essie allein unterhalten hast.

Das finde ich nicht anständig von dir. Essie sollte auf jeden Fall nur in meiner Anwesenheit befragt werden. Sie ist nicht so klar im Kopf, daß man sie mit polizeilichen Untersuchungen belasten dürfte, und das weißt du auch ganz genau.«

»Es tut mir leid, Miss Sarah. Ich wollte wirklich nichts hinter Ihrem Rücken tun, ich bin aber ganz sicher, daß ich Miss Essie nicht beunruhigt habe. Wir haben nur in aller Freundschaft miteinander geplaudert.«

»Über welches Thema, wenn ich fragen darf?«

»Unter anderem über Teegesellschaften und Orangenkuchen und Gläser mit Pflaumenmus.«

»Aha. Ich dachte mir schon, daß es nicht lange dauern würde, bis man das alles wieder ausgräbt. Nun, hast du das mit Arsen versetzte Pflaumenmus gefunden?« Ihre Wangen glühten.

»Als ich das Glas bekam, war es leer. Und es war sehr gründlich ausgewaschen worden. Aber selbst wenn nicht, ein Löffel voll hätte doch wohl genügt, nicht wahr, vorausgesetzt, die Marmelade enthielt überhaupt Arsen?«

»Soll ich das so verstehen, daß dieses gierige Ding das ganze Glas auf einmal leergemacht hat?«

»Nein, sie fand das Zeug zu herb. Die Köchin hat den Rest verspeist, ähnlich, wie hier im Haus die Köchin und das Hausmädchen Miss Essies Orangenkuchen aufgegessen haben.«

»Nun, ich bin froh, daß du nicht auf den törichten Gedanken gekommen bist, Miss Essie könnte den Kuchen mit Arsen vergiftet haben.«

»Nein, aber Miss Essie selbst hat mich auf die Idee

gebracht. Warum haben Sie mir nicht erzählt, daß die erste Scheibe, die dann Hester Morby bekam, bereits abgeschnitten war, als der Kuchen serviert wurde?«

»Tatsächlich?«

»Tatsächlich, und das haben Sie auch gewiß nicht vergessen, Miss Sarah. Ich will weiß Gott niemanden falsch beschuldigen, aber Sie und Ihre Schwestern müssen mir die Wahrheit sagen.«

»Du hast nie etwas anderes gehört als die Wahrheit.«

»Da gebe ich Ihnen recht. Allerdings mit gewissen Lükken.«

»So hat auch Hester Morby vor dem Coroner ihre Wahrheit präsentiert. Was dem einen recht ist, ist dem anderen billig.«

»Miss Sarah, ich will nicht mit Ihnen streiten. Glauben Sie denn, für mich ist das alles ein Vergnügen? Ich sage Ihnen, mein ganzes Inneres begehrt dagegen auf. Aber wenn eine Möglichkeit besteht, daß Ihre arme Schwester für Hester Morbys Tod verantwortlich ist, dann muß ich das wissen. Sie können sich nicht zwischen sie und die Justiz stellen. Wenn sie es getan hat und man es ihr beweisen kann, wird sie schlimmstenfalls in Sicherungsverwahrung genommen. Es sind doch auch noch andere Menschen betroffen. Wenn Charles Hearst und Dolly Thorne unschuldig sind, müssen sie rehabilitiert werden. Auch an Miss Ruth muß man denken … von Ihnen selbst ganz zu schweigen.«

»Ich würde lieber zugeben, selbst Arsen in das Pflaumenmus gestreut zu haben, als Essie auf der Anklagebank zu sehen.«

»Dann müßten Sie nachweisen, woher Sie es bekommen haben.«

»Das wäre ganz einfach«, behauptete Miss Sarah mit verkniffenen Lippen.

»Was wäre ganz einfach?« wollte Miss Essie wissen, die wie üblich nur noch das Ende des Satzes gehört hatte.

»Mit dir fertig zu werden, mein Fräulein.«

Miss Essie zog eine Schnute, doch dann wandte sie ihre Aufmerksamkeit dem Inspektor zu. »Da hast du es, Tom. Ich habe es dir eingepackt. Es wird dich bestimmt interessieren. Aber du mußt es mir bald zurückgeben, ich darf es nicht zu lange behalten.«

»Was hast du Tom da gegeben?« fragte Miss Sarah scharf.

»Ach, nur ein Buch, das ihm vielleicht bei seiner Arbeit helfen könnte. Und er bekommt es auch nur leihweise. Übrigens ist mir etwas eingefallen, Sarah. Weißt du noch, wir hatten auch einmal einen Tantalus, genau so einen, wie Murch ihn für Doktor Morby bereitgestellt hat. Wo ist er eigentlich geblieben? Emily hat einmal eine von den Kristallkaraffen zerbrochen, und Papa war deshalb furchtbar wütend. Aber das kann nicht der Grund gewesen sein, warum wir ihn nicht mehr verwenden, du hast nämlich eine Ersatzkaraffe aufgetrieben. Es war nicht genau der gleiche Schliff, aber doch sehr ähnlich. Was starrst du mich so an, Tom?«

Der Inspektor nahm sich mit sichtlicher Mühe zusammen.

»Habe ich Sie angestarrt, Miss Essie? Ich hatte nur eben eine Idee. Ich werde gut auf das Buch aufpassen.« Er schob sich das Päckchen fester unter den Arm. »Dann wünsche ich Ihnen einen guten Tag, meine Damen. Ich muß zurück auf die Wache, ich habe über einiges nachzudenken.«

Doch ehe er dorthin zurückkehrte, betrat er mit seiner Beute die Kathedrale, den nächsten Ort, wo er ungestört war, und setzte sich in eine dunkle Ecke, um das Paket zu öffnen. Nachdem er die Schnur aufgeknotet hatte, hielt er ein schwarzgebundenes Buch mit goldgeprägtem Rücken in der Hand. Als er es aufschlug, entdeckte er den Zettel der Leihbücherei.

Er blieb in der kalten Bank sitzen, und seine Lippen bewegten sich, allerdings nicht im Gebet.

»Warum sollte sie das tun?« murmelte er vor sich hin. »Das eine begreife ich, aber das andere nicht. Warum sollte sie das tun? Das ist die große Frage!«

Richard saß den ganzen Nachmittag lang in seiner Zelle und preßte die Hände gegen die Schläfen. Um sich herum spürte er die entsetzliche Spannung des Gerichtssaals. Aber das war noch schlimmer ... diesmal mußte er die Fragen stellen und die Antworten darauf finden.

Das Unmögliche ausschalten – das Unwahrscheinliche bestehen lassen.

Die Vergangenheit wiederbeleben. Das Gespräch mit Hester sorgfältig analysieren – das war nicht schwer, er hatte es schon unzählige Male getan. Aber es in einem neuen Licht betrachten – aus einem anderen Blickwinkel sehen.

Zuerst der Schauplatz: der Salon in *The Shrubbery*, der Vorraum, das Arbeitszimmer des Doktors. Sich Wort für Wort ins Gedächtnis zurückrufen, was Hester sagte; was der Doktor sagte. Noch einmal alle Dinge auf dem Tisch des Arbeitszimmers inspizieren: den Tantalus mit den drei Karaffen, den Spirituskocher, die Bonbonschale mit den Gewürzen. Was war damit? Die Schale mit den Gewürzen? Eine so offensichtliche Möglichkeit hätte die Polizei gewiß nicht übersehen. Die Gläser? Noch einmal zurück zu der Schale mit den Gewürzen … den Karaffen.

Die Personen des Dramas – Melodramas, wenn man so wollte – versammeln. Eine nach der anderen. Sie auf ein Brett heften, wie Charles es mit seinen Insekten tat. Sie gnadenlos sezieren, jeden Fetzen Information und Vorwissen mit einbringen. Mit einem Mikroskop auch die kleinsten Einzelheiten erfassen. Ihre physische und ihre geistige Zusammensetzung zueinander in Beziehung bringen. Alle Angaben verwenden, die bereits bekannt sind, die Vorgeschichte, das Umfeld – um ein Fundament zu schaffen, von dem aus sich auf eine wahrscheinliche Handlungsweise schließen läßt.

Aus Verhaltensänderungen soviel wie möglich ableiten. Was in aller Welt hatte Hester zum Beispiel in der letzten Woche ihres Lebens dazu getrieben, aus ihrer selbstauferlegten Einsamkeit auszubrechen und gesellig zu werden? Warum empfing sie Hearst und Thorne in ihrem eigenen Haus, wenn sie doch sonst ein solcher Sklave der Etikette war? Was konnte sie bei seinen Tanten gewollt haben, die sie früher verabscheute? Oder waren alle diese Annäherungsversuche von der anderen Seite ausgegangen, und wenn ja, wieso hatten sie eine Reaktion ausgelöst, die so heftig war, daß sie zum Gipfel der Gewalt führte, zum Tod?

Seine Tanten! Welche seiner Tanten hatte, um ein anderes Bild zu verwenden, das Streichholz an den Feuerwerkskörper gehalten? Tante Sarah mit ihrer Offenheit, Tante Ruth mit ihrer Güte, oder die arme Essie mit ihrer Verrücktheit? Unter seinen unruhigen Fingerspitzen wurde es feucht, er konzentrierte sich so stark, daß ihm der Schweiß ausbrach.

Charles und Dolly konnten auf sich selbst aufpassen. Sein eigenes Schicksal kümmerte ihn nicht mehr. Aber mit Hilfe der Vorsehung würde er den guten Ruf dieser drei unverheirateten Damen retten und den oder die Schuldigen ausfindig machen, und wenn es das letzte sein sollte, was er tat.

Als sich um sechs Uhr der Schlüssel in der Tür drehte, hob er sein bleiches Gesicht und bat darum, den Gefängnisdirektor sprechen zu dürfen.

Als die Uhr sieben schlug, verließ ein Bote die Burg, um Mr. Doddridge bei sich zu Hause aufzusuchen und ihn zu Richard zu bringen.

# 18

Auf einen arbeitsreichen Abend und eine schlaflose Nacht folgte für den Inspektor ein geschäftiger Vormittag. Er sprach erst mit Mr. Doddridge, dem Kommissar und dem Polizeichef, dann wieder mit Mr. Doddridge. Auf ein Frühstück hatte er verzichtet und nur zwei große Tassen schwarzen Kaffee getrunken. Nun fühlte er sich abgespannt, aber sein Verstand lief auf Hochtouren. Zum erstenmal hatte er den Eindruck, in diesem Fall voranzukommen, anstatt ständig wie in Watte zu strampeln. Daß jemand, auch wenn es nur der Angeklagte war, zu dem gleichen Ergebnis gelangt war wie er selbst, ermutigte ihn.

Zugleich war ihm jedoch bewußt, daß die schwerste Verantwortung nun auf seinen Schultern lastete. Alles hing davon ab, wie er mit seinem Zeugen umging. Er war von allen Seiten mit wichtigen Hinweisen überhäuft worden, doch der eine, den er nun in der Hand hielt, war nicht mehr als ein dünner Faden, so fein und zart wie das Gespinst einer Seidenraupe. Wenn er dieses Fädchen nicht losließ, wenn er sich behutsam daran entlang tastete, konnte es ihn vielleicht ins Herz des Labyrinths führen, dachte er. Aber wenn es nun abriß?

Er stand mit seinem Sergeant auf der obersten Treppenstufe vor der Haustür von *The Shrubbery* und läutete.

Eine Minute verging, dann wurde die Tür geöffnet, und

das Puddinggesicht von Betsy Jones, der Köchin, schaute zu ihnen heraus.

Ein Ausdruck unendlicher Erleichterung erhellte ihre schwammigen Züge.

»Oh, Mr. Yeald, was bin ich froh, Sie zu seh'n! Mrs. Ferrars is' dagewesen und hat uns allen beiden gekündigt, in 'ner Woche müssen wir weg sein, und Murch is' oben und packt schon ihr Zeug zusammen. Ich hab' ihr gesagt, daß wir erst geh'n dürfen, wenn Sie einverstanden sind, aber sie will nich' auf mich hören. Vielleicht können Sie ihr mal gut zureden, Mr. Yeald, Sir. Ich will auf keinen Fall allein in diesem Haus bleiben, obwohl sie auch nicht grade Leben in die Bude bringt.«

Der Inspektor ging weiter in den Vorraum und sagte zu seinem Sergeant: »Sie bleiben hier unten, Morgan, und plaudern ein bißchen mit Mrs. Jones, sie stammt aus derselben Gegend wie Sie. Wahrscheinlich gibt sie Ihnen sogar eine Tasse Kakao.«

»Ich komme aber nicht aus Wales, Inspektor«, beeilte sich der Sergeant, diese Unterstellung von sich zu weisen.

»Ich auch nicht!« erklärte Mrs. Jones entrüstet.

»Dann unterhalten Sie sich am besten über die Vorzüge der Engländer«, empfahl Yeald. »Einen Moment, Mrs. Jones, gleich können Sie ihn mit in Ihre Küche hinunternehmen. Ich hätte noch eine Frage an Sie. Als Murch in der Nacht, als der Doktor ermordet wurde, heraufkam, um die Haustür abzuschließen, wie lange hat es da gedauert, bis sie zur Tür hinaus und die Treppe hinunterlief, um sich einem Burschen wie dem hier in die Arme zu werfen?«

»Ach, du lieber Gott, das kann ich wirklich nicht sagen.

Ich war zu der Zeit in der Spülküche. Das war'n vielleicht fünf Minuten – bestimmt nicht länger, wie man braucht, um'n Ei zu kochen.«

»Schon gut, es ist nicht so wichtig.«

»Wenn Sie sie nur dazu bringen könnten, wenigstens noch bis Ende der Woche dazubleiben, Mr. Yeald. Dann könnten wir mit'nander gehen, wenn Sie erlauben.«

»Ich werde es versuchen. Wo ist ihr Zimmer, Mrs. Jones?«

»Sie geh'n einfach immer weiter rauf, bis Sie zu den obersten drei Mansardenräumen kommen. Sie können sich gar nicht verlaufen. Das ihre is' das rechte, das meine liegt in der Mitte, und ganz vorn is' die Abstellkammer.«

»Sie benützen also nicht die Hintertreppe?«

»Nein, der Doktor war so knausrig, daß das Haus nich' richtig in Schuß gehalten worden is'. 'ne Dienstbotentreppe gibt's zwar, aber da fehlt 'ne Stufe. Solang' ich da bin, sind wir immer über die vordere Treppe gegangen.«

Der Inspektor stieg, für sein Gewicht recht leichtfüßig, nach oben. Inzwischen waren ihm der fest gewebte Teppich und das kräftig gemaserte, lackierte Geländer schon fast vertraut. Nur bis zur letzten Treppe, die keinen Teppichbelag mehr hatte und daher ziemlich trostlos wirkte, war er noch nie vorgedrungen. Er zögerte einen Augenblick und schaute nachdenklich nach oben, dann erklomm er vorsichtig die Stufen und klopfte an die Tür, die er für die richtige hielt.

»Ich hab' zu tun«, kam Murchs Stimme von drinnen. »Ich will nicht gestört werden. Laß mich in Gottes Namen endlich in Frieden, Betsy Jones.«

»Ich bin nicht Betsy Jones«, sagte Yeald. »Ich bin Inspektor Yeald. Öffnen Sie, im Namen des Gesetzes!«

Er wußte selbst nicht so recht, wie er dazu kam, diese feierliche, aber doch recht überspitzt klingende Formel zu verwenden, aber sie zeigte ihre Wirkung, und er spürte, wie seine Sicherheit wuchs. Der Schlüssel wurde umgedreht, die schief in den Angeln hängende, morsche Tür öffnete sich, und Murch ließ ihre rauhe, aufgesprungene Hand einen Augenblick lang auf dem kleinen Messingknopf ruhen, ehe sie in die Mitte des Raumes zurückwich.

Der Inspektor folgte ihr, während sein geschultes Auge flink die Umgebung taxierte. Schräge Wände, mit einer scheußlichen Rosenmustertapete beklebt, die feuchte Streifen und Schimmelflecken aufwies. Ein paar ärmliche Möbelstücke aus weißgestrichenem Holz, eine wackelige Frisierkommode, darauf ein ovaler Spiegel mit weißem Rahmen, der an der Wand lehnte, und eine Schale mit Haarnadeln; ein Waschständer, ebenso gelblich weiß, mit einem Loch in der Mitte, um einen emaillierten Wasserkrug und eine Schüssel aufzunehmen. Quer über eine Ecke als Schrankersatz ein Vorhang; eine Eisenbettstatt mit einem absoluten Minimum an Bettzeug und einer Tagesdecke aus Baumwolle. Als einziger Schmuck ein Bibeltext: »Sei allezeit bereit, vor deinen Herrn zu treten.«

Und in der Mitte ihres Reichs stand Murch selbst, mit tief eingesunkenen, rotgeränderten Augen in einem Gesicht von der gleichen Farbe wie die Möbel. Ohne ihr Häubchen wirkte sie merkwürdig unbekleidet.

Vor ihren Füßen in den Baumwollstrümpfen und den schwarzen Schwesternschuhen standen die beiden Hälften eines Zwillingskorbes aus Weidengeflecht, wie ihn Dienstboten häufig anstelle einer Reisetasche oder eines Koffers benützen. Der obere Teil wurde auf den unteren gestülpt und mit einem Riemen oder einer Schnur festgeschnallt, ein sehr zweckmäßiges Gepäckstück, das sich je nach Bedarf vergrößern oder verkleinern ließ. Das eine Fach war zu drei Vierteln gepackt, das andere stand hochkant daneben. Mehr nannte sie offenbar nicht ihr eigen, dies waren alle Habseligkeiten, die sie in ihrem ganzen Leben angesammelt hatte.

Im Zimmer roch es nicht unsauber, aber muffig. Die Fenster waren fest geschlossen, um die Kälte draußen zu halten, die den Raum dennoch in eisernem Griff hielt. Einen Kamin gab es nicht.

Und doch ist auch das bescheidenste Fleckchen, das einem selbst gehört, eine Zuflucht, die man um jeden Preis verteidigt, und Murch fletschte die Zähne, nicht in ihrer gewohnten Karikatur eines Lächelns, sondern aufs äußerste gereizt.

»Sie ham kein Recht, sich einfach hier reinzudrängen«, erklärte sie. »Damit ham Se Ihre Befugnisse überschritten, und man wird Ihnen ganz schön einheizen, wenn ich mich beschwere.«

»Das muß ich riskieren. Ich möchte mich nur ein bißchen mit Ihnen unterhalten«, gab Yeald ruhig zurück. »Wenn Sie lieber mit runterkommen wollen, damit auch Mrs. Jones hören kann, was ich zu sagen habe, bin ich durchaus einverstanden.«

»Ich will nicht, daß sich dieses Weib auf meine Kosten heiße Ohren holt«, fauchte Murch.

»Nun, dann führen wir unser kleines Gespräch eben hier, unter vier Augen. Ich werde nicht versuchen, über Sie herzufallen.«

»Sie können spotten, soviel Sie wollen. Was Leute wie Sie tun oder denken, schert mich schon lange nicht mehr.«

Das klang völlig apathisch, trotzdem glaubte er ihr. Ihre eingesunkenen Augen wirkten so entrückt, als sei sie tatsächlich weit entfernt von den kleineren Sorgen des Alltagslebens. Aber er durfte kein Mitgefühl aufkommen lassen.

»Es geht um ein gewisses Buch. Wenn Sie sich erinnern, habe ich Sie einmal gefragt, ob Ihre Herrin jemals ein Buch mit dem Titel *Die Geschichte der Mrs. Maybrick* in ihrem Besitz gehabt habe, und Sie sagten, wenn sie jemals so ein Buch besessen hätte, hätten Sie es gewußt.«

»Das war die Wahrheit.«

»Ja«, seufzte der Inspektor. »Mit dieser Art von Wahrheit hatte ich in letzter Zeit häufig zu tun. Es war die Wahrheit. Sie hatte das Buch gehabt, und Sie wußten es. Aber es stand in keinem Regal im Haus, weil es aus der Leihbibliothek stammte und wieder dort abgegeben worden war... übrigens von Ihnen.«

»Und wenn ich es zurückgebracht habe? Das ist doch kein Verbrechen, oder?«

»Nicht unbedingt. Aber ich wollte damals etwas nachprüfen, was Mr. Richard Groom gesagt hatte. Die Position von Mr. Groom ist wirklich kritisch – jede Kleinigkeit zählt, die für ihn spricht. Sie halten es vielleicht für eine Bagatelle, aber für uns ist es doch sehr interessant, daß Mrs. Morby gerade dieses Buch im Hause hatte und es auch las. Das wirft ein ganz neues Licht auf das, was in Mrs. Morbys Kopf vorgegangen ist.«

»In ihrem Kopf is' ne Menge vorgegangen, was Sie niemals erraten werden.«

»O doch, ich habe es bereits erraten. Wenn ich der Toten damit unrecht tue, so wird man mir das hoffentlich verzeihen. Ich glaube nicht, daß Mrs. Morby sich jemals in Gefahr glaubte, vom Doktor vergiftet zu werden, wie sie es Mr. Groom anvertraute. Aber in diesem Haus gab es tatsächlich einen Menschen, der einen anderen vergiften wollte. Ich glaube, Mrs. Morby hegte insgeheim selbst den Wunsch, einem bekannten Beispiel zu folgen und sich ihren Gatten vom Halse zu schaffen. Ein Wunsch, den sie nur ihrer treuen Zofe anvertraute, einer Frau, die schon seit ihrer Kinderzeit bei ihr war, die sie in- und auswendig kannte und die sie niemals im Stich lassen würde, komme, was da wolle.«

»Das würd' ich auch niemals tun!« schrie Murch. »Sie ham recht. Ich hab' sie gekannt. Ich war die einzige, die sie wirklich gekannt hat. Ich hab' sie so genau gekannt wie eine Mutter ihr eigenes Kind. Sogar noch besser, denn was hat sie denn von ihrer Mutter schon gehabt, diesem gehässigen Weibsstück? Ich hab' ihre guten Seiten gekannt und ihre schlechten. Jede kleine Schwäche von ihr hab' ich gekannt. Ich hab' immer schon vorher gewußt, was kommt, wenn sie nur den Mund aufgemacht hat. Ihr hübsches Gesicht war für mich wie 'n offenes Buch. Und, o mein Gott«, sie bedeckte ihre entzündeten Augen mit ihren unschönen Händen, »was hab' ich sie geliebt.«

Yeald stellte fest, daß sie ihm wider Willen leid tat,

wider Willen deshalb, weil sie so gar nichts Anziehendes hatte. Du armes Ding, dachte er, an wen hättest du dein Herz denn sonst auch hängen können? An die Vorsteherin des Waisenhauses etwa, wo man dich elendes, langnasiges Balg durchgefüttert und aufgezogen hat? Er kannte solche Häuser und ihre Leiterinnen zur Genüge. An die Frau vielleicht, die dich nicht haben wollte und die dich nicht schnell genug loswerden konnte? Oder an den Vater, der sich niemals zu dir bekannt hat?

Doch er durfte seine Überlegenheit nicht aufs Spiel setzen.

So sagte er ungerührt: »Zuviel Liebe kann manchmal ein Fehler sein, und wenn man einem Menschen zu treu ist, kann es passieren, daß man einem anderen dadurch schadet.«

Sie nahm die Hände vom Gesicht und sah ihn verstockt an.

»Was war ich denn dem Doktor schuldig, diesem Rohling? Mit welchem Recht hat ausgerechnet der sie mir weggenommen? Er hat doch nur ein gesundes Tier gebraucht, damit es mit ihm das Bett teilt und ihm Kinder schenkt. Ich hab' sie gewarnt. Sie kann nicht sagen, daß ich sie nicht gewarnt hab'. Sie war nicht geeignet für 'ne Ehe, mit niemanden. Ich war froh, als sie dem jungen Groom den Laufpaß gegeben hat. Aber hab' ich damit rechnen können, daß sie sich als nächstes den Doktor anlacht, der noch zehnmal schlimmer war? So 'nen Geizkragen wie den gibt's nicht noch mal auf der Welt. Er hat gewußt, daß ich nicht an Hausarbeit gewöhnt bin, und ich hätt' mich auch niemals drauf eingelassen, aber ich wollt' bei meiner gnädigen Frau bleiben. Mit Mrs. Ferrars war nich' einfach auszukommen, aber so geknausert wie er hat sie nie, er war doch nur großzügig, wenn's um seine eigene Bequemlichkeit gegangen is'. Und als das Kind gestorben is' und meine Gnädige sich fast zu Tode gegrämt und ihm seine Rechte verweigert hat, da war's gar nich' mehr mit ihm auszuhalten. Er hat den Tod verdient, und je schmerzhafter, desto besser. Ich weiß, daß er hat leiden müssen; man konnt' ihm die Qualen am Gesicht ablesen. Nur schade, daß es nicht noch länger gedauert hat, genauso lang wie die Ehe zwischen den beiden.«

»Aber Sie hatten trotzdem kein Recht, das Gesetz in die eigene Hand zu nehmen.«

»Wer sagt denn, daß ich das getan habe?« fragte sie scharf.

»Wer hätte es denn sonst tun können? Ihre gnädige Frau lag im entscheidenden Augenblick im Bett und hat tief geschlafen, wenn Sie sich erinnern.«

»Aber wenn wir vorher darüber geredet ham, da hat sie keinen Schlaf gebraucht. O nein, da war sie hellwach. Stunden um Stunden ham wir zusammengesessen und ihn weit weggewünscht. Und immer wieder ham wir uns überlegt, wie wir ihn loswerden könnten. Er war nämlich ein gefährlicher Mann, mit dem war nicht zu spaßen... und sie war schließlich noch so'n junges Ding. Viel zu jung, um für ihr ganzes Leben an dieses Ekel gefesselt zu sein.«

»Die Sache war sorgfältig geplant, das sieht man. Die Schwierigkeit bestand darin, daß bei – bei einem tödlichen Unfall außer den Hausbewohnern niemand als Schuldiger in Frage gekommen wäre. Und dann hätte man von der Freiheit schließlich nichts gehabt, man hätte nur dem Henker einen Gefallen getan. Als der junge Master Richard vom Amazonas zurückkehrte, muß Ihnen das wie ein Gottesgeschenk erschienen sein.«

»Dieser junge Narr!«

»Nun, er hat genau wie jeder andere ein Recht auf sein Leben. Das gilt übrigens auch für den Doktor.«

»Das beste war, sie beide gleichzeitig aus dem Weg zu schaffen.«

»Das war eine raffinierte Idee, nicht wahr, Mr. Richard dazu zu bringen, über die Gifte zu sprechen, die er von seinen Reisen mitgebracht hatte? Es paßte alles so genau ins Schema.«

»In mancher Hinsicht war se sehr klug, dafür in anderer um so dümmer. Oh, schmeicheln und Ränke spinnen, das hat'se verstanden, nur hat's bei manchen Leuten nicht geklappt. Den jungen Groom konnt'se schon immer nach ihrer Pfeife tanzen lassen. Ein schönes Märchen hat sie ihm da aufgetischt, und er is' wunderbar drauf reingefallen. Aber ganz gleich, was er gesagt hätt', 's wär immer gegangen. Schließlich hat se hier die Gifte zur Auswahl gehabt.«

»Sie meinen, im Dispensarium des Doktors?«

»Wo sonst? Sie hat sich doch irgendwie beschäftigen müssen, wenn er zu seinen Krankenbesuchen unterwegs war. Gift war schon immer was, was sie fasziniert hat. Sie selber is' auf die Idee gekommen, dem Richard Groom 'n kleines Fläschchen in die Tasche zu schmuggeln. Aber dann hat sich rausgestellt, daß das gar nicht nötig war. Sie hat ihn nur dazu überreden müssen, daß er den Doktor allein besucht. Daß sich die beiden dann in die Haare geraten, das hat'se gewußt.«

»Sie haben keine Hemmungen, ihr jetzt die Schuld zu geben?«

»Sie is' doch schon tot. Man kann nicht zweimal sterben.«

»Da bin ich mir gar nicht so sicher.« Der Inspektor stieß sanft mit der Fußspitze gegen ihr Gepäck. »Das sollten Sie eigentlich nicht tun.«

»Warum nicht?«

»Ich habe angeordnet, weder Sie noch Mrs. Jones dürften von hier weggehen, ohne mir etwas davon zu sagen.«

»Lassen Sie den Korb in Ruhe.«

»In zwei Tagen müssen Sie vor dem Friedensrichter erscheinen, von der gerichtlichen Voruntersuchung wegen Ihrer gnädigen Frau ganz zu schweigen. Ich nehme nicht an, daß Sie mir verraten wollten, wohin Sie gehen.«

»Ich hab' mich noch nicht entschieden. Weit weg von hier, mehr weiß ich nich'.«

»Aber vorher werden Sie noch Ihre Pflicht gegenüber Mr. Groom erfüllen. Sie müssen vor dem Friedensrichter jetzt die Wahrheit sagen, und die klingt ganz anders als damals vor dem Coroner.«

»Wie kommen Sie denn darauf? Was ich Ihnen hier erzähle, is' privat und bleibt unter uns. Mein Wort gegen das Ihre, es sei denn, Sie ham jemand vor die Tür gestellt, der uns belauscht.«

»Was ich nicht getan habe. Sie können nachsehen, wenn Sie wollen.«

»Bei Gericht sag' ich kein Wort davon. Man soll die Toten in Frieden ruhen lassen.«

»Hätten Sie etwas dagegen, wenn ich einen Blick in Ihren Korb werfe?«

»Wagen Sie's ja nicht, ihn anzurühren! Was glauben Sie denn, was ich eingepackt hab', 'n paar Stücke vom Tafelsilber vielleicht?«

»Ich möchte nur gerne mal nachsehen.«

»Sie ham keinen Durchsuchungsbefehl! Lassen Sie meine Sachen in Ruhe!«

»Da irren Sie sich«, erklärte Yeald ungerührt. »Ich habe einen Befehl, und ich werde nachsehen. Wenn Sie nichts zu verbergen haben, um so besser.«

Er kniete vor dem Korb nieder, steckte die Hand hinein und begann, in aller Ruhe und ganz systematisch alles abzutasten. Murch schien wie von einem elektrischen Schlag getroffen. Wenn man ihre Gemütsverfassung bis dahin als eine Art streitbarer Apathie hätte beschreiben können, so geriet sie jetzt in fieberhafte Erregung und kauerte neben ihren Habseligkeiten wie ein wildes Tier, das seine Jungen in Gefahr sieht.

»Da is' nichts drin außer Schuhen und Unterwäsche. Sie können sich die Mühe sparen.«

»Das sind aber komische Schuhe«, spottete der Inspektor grimmig und wickelte mehrere Paar Strümpfe von einer Kristallkaraffe ab. »Das habe ich mir gedacht«, sagte er dann. »Sie mußte schließlich irgendwo sein. Sie konnten es nicht riskieren, sie wegzuwerfen, aber Sie konnten es auch nicht riskieren, sie zu behalten. Die Lösung war so einfach, wir waren nur nicht schlau genug, um sie zu erkennen. Wenn man drei Karaffen in einem Tantalus sieht, kommt man seltsamerweise nie auf die Idee, daß es irgendwo noch eine vierte geben könnte, die dazu paßt. Sie gleichen sich wie ein Ei dem anderen, nicht wahr? Vielleicht war die hier als Ersatz gedacht, falls eine von den anderen zu Bruch ging.«

»Sie sin' nicht ganz gleich«, widersprach Murch mürrisch. »Der Schliff is' anders. Aber das sollt' er nicht wissen; die hier sieht genauso aus, und der Stöpsel is' auch der gleiche.«

»Ach ja, der Stöpsel! Soll ich ihn herausziehen, Murch? Erstaunlich, daß Sie den Mut haben, das Ding da zwischen Ihrer Unterwäsche zu verstauen. Sie hätte ja auf dem Transportfuhrwerk zerbrechen können, trotz der Strümpfe. Und wie hätten Sie dann den Bittermandelgeruch erklärt?«

»Ich weiß nicht, was Sie meinen.«

»Tut mir leid, Murch, aber das Spiel ist aus. Wo haben Sie das Arsen, mit dem Sie Ihre Herrin umgebracht haben?«

»Ich hab' ihr alles gegeben«, sagte Murch.

Plötzlich warf sie in tiefster Verzweiflung die mageren Hände in die Luft.

»Ach, was soll's denn noch! Sie is' tot. Das Katz-und-Maus-Spielen bringt nichts mehr! Nehmen Sie mich mit! Knüpfen Sie mich auf. Was soll ich noch weiterleben? Ich muß den Verstand verloren haben. Ich hätt' nie gedacht, daß es danach so is'. Mein Herz … mein Herz tut so schrecklich weh. Freilich, sie hat mich dazu getrieben, 's war alles ihre Schuld. Aber dieser Schmerz! Ich hab' ihr nie was abschlagen können, und dabei war ich für sie immer nur die arme Murch, die man herumkommandiert und um den kleinen Finger gewickelt hat. Ich hab' sie gewarnt, sie soll nicht heiraten, aber sie war so dickköpfig wie'n verzogenes Kind. Und so wie sie's gesagt hat, war's ja auch gar nicht schwer. Sie hat alles vorbereitet. Ich hab' nichts weiter tun müssen, als die Karaffe wegnehmen und die richtige dafür hinstellen. Lauf nach oben, hat se gesagt, und bring se in dein Schlafzimmer. Alles andere kommt dann von selber.«

»Und was wäre geschehen, wenn Mr. Groom keinen Brandy getrunken hätte, sondern Rum wie der Doktor?«

»Sie hat gesagt, das macht nichts, dadurch wird alles nur noch einfacher. Sie hat gesagt, er hätt's nicht anders verdient, weil er sie nicht mehr liebt, obwohl er geschworen hat, er wird sich nie ändern.«

»Sie hat Sie zum Narren gehalten, Murch«, sagte Yeald und klopfte mit den Fingerspitzen leicht gegen den Stöpsel der Glaskaraffe. Aber er fühlte sich merkwürdig beschämt, so als habe er eigentlich nicht das Recht gehabt, den Schmerz dieses armen Wesens, dem die Umstände von seinem ersten Atemzug an nicht die geringste Chance gelassen hatten, als Falle zu benutzen. Die Häßlichen und die Ungeliebten haben keine Fürsprecher, aber gelegentlich fordern sie doch Mitleid.

»Ja, sie hat mich zum Narren gehalten. Ich dachte, wir würden hinterher für alle Zeit zusammenleben, nur wir beide, so eng mit'nander verbunden wie zwei Schwestern. Aber es is' alles ganz anders gekommen. Ich hab' se gekannt, und ich hätt's wissen müssen. Aber ich hab's mir so gewünscht, nur sie und ich. Ich hätt' auch keinen Lohn verlangt, ich hätt' mir für nichts und wieder nichts die Finger wundgearbeitet, und ich hätt's gern getan. Sie war ganz anders. In mancher Hinsicht war sie ein dummes Ding. Schmeichelei und Bewunderung, das war ihr wichtig, und sie hat gern Männer um sich gehabt, obwohl sie selber eiskalt war. Wie dann die beiden jungen Burschen, Mr. Hearst und Mr. Thorne, zu Besuch gekommen sind, da hab' ich gleich gesehen, wie's weitergehen würde. Sie war eine, die nie was dazulernt. Sie hätt' wieder geheiratet, bei der nächsten Gelegenheit, und was wär' dann aus mir geworden?«

»Sie wären nicht schlechter dran gewesen als vorher.«

»O doch, das können Sie mir glauben. Irgendwann is' nämlich der Teufel in sie gefahr'n. Miss Ruth hat sie besucht, und die hat meiner feinen Dame 'nen Floh ins Ohr gesetzt. Auf einmal hat sie ihre treue Murch satt gehabt, und da isse auf die nette, kleine Idee gekommen, sie aus'm Weg zu räumen und im gleichen Aufwasch auch noch ihren alten Liebhaber zu retten. Ganz zu schweigen von der Ehre und dem Ruhm für sie selbst. Sie wollt' mich verpfeifen. Sie wollt' mich der Polizei ausliefern.«

»Wie sind Sie denn darauf gekommen?«

»Sie hat mir's ins Gesicht gesagt, hat gar kein Geheimnis draus gemacht. ›Murch‹ hat sie geschmeichelt, so wie sie's immer getan hat, wenn sie was von mir wollte, ›Murch, Miss Ruth Donkin war bei mir und hat um meine Seele gerungen, und jetzt weiß ich, was ich zu tun habe.‹ Und dann hat sie's mir gesagt.«

Einen Augenblick lang machte sich in Inspektor Yeald

die Überzeugung breit, Hester Morby habe ihren Tod voll und ganz verdient. Diesem kaltschnäuzigen, kleinen Biest war nur recht geschehen. Doch dann gewann der Polizist in ihm wieder die Oberhand.

»Aber sie hätte Sie doch gar nicht verraten können, ohne sich selbst zu belasten.«

»O doch, das hätt' se durchaus gekonnt. Ich war doch diejenige, die die Karaffen ausgetauscht hat, daran gab's nichts zu rütteln. Und was alles andere anging, wer hätt' einer Angestellten schon mehr geglaubt als der gnädigen Frau? Sowas gibt's doch gar nicht. Außerdem hat se genau gewußt, daß ich immer zu ihr gehalten hätt', Galgen hin oder her. Das is' die Wahrheit. Solang' se noch am Leben war, hätt' ich nie ein Wort gegen sie gesagt. Aber jetzt, wo sie tot ist, kann se die Schuld ruhig mittragen, da wo se jetzt is', kann's ihr nicht mehr schaden. Da weiß man sowieso alles, ohne daß es gesagt werden muß, und ich wünsch' mir nur noch eins, daß ich nämlich bald wieder mit ihr zusammen bin. Und wenn se in der Hölle ist, werden wir eben mit'nander dort sein.«

»Und doch haben Sie es über sich gebracht, sie zu vergiften, und zwar mit dem übelsten Zeug, das Sie in die Finger bekommen konnten.«

»Nicht so schrecklich wie die Blausäure. Die hätt' ich ihr nie gegeben, nicht, nachdem ich das Gesicht vom Doktor gesehen hab'. Ich hätt' auch nie gedacht, daß es so schlimm wird. Ich hab's in 'ne schöne Tasse Kakao reingerührt, sie hat alles gemocht, was süß war, und sie hat gedacht, der Kakao nimmt vielleicht den Geschmack von dieser sauren Marmelade weg. Aber Gott ist mein Zeuge, ich hab' mir nich' vorgestellt, daß sie so viel leiden muß. Ich war ganz verzweifelt, als ich gesehen hab', wie schlecht's ihr gegangen is' und welche Schmerzen sie gehabt hat.«

»Warum in aller Welt haben Sie dann niemanden zu Hilfe gerufen? Sie hätten sie noch retten können.«

»Ach, sie hat doch gar nicht gewußt, daß ich's gewesen bin. Sie hat gedacht, die Krämpfe kommen von dem Pflaumenmus. Und ich hab' nicht gewollt, daß se erfährt, was ich ihr angetan hab'. Sie hat sich doch ganz auf mich verlassen, das arme Lämmchen. Sie war eigentlich nie absichtlich grausam, nicht einmal ganz zum Schluß. Sie wollt' nur immer im Mittelpunkt stehen, von allen bewundert und geliebt, und stattdessen isse immer nur unterdrückt worden, zuerst von ihrer Mutter und dann vom Doktor.«

Der Inspektor nickte. Plötzlich erkannte er, daß Mrs. Ferrars, diese magere, gehässige Frau, der eigentliche Bösewicht in diesem Stück war – nicht das unglückliche Ding da neben ihm, nicht einmal das dumme Mädchen, das seine treueste Freundin und Beschützerin hatte verraten wollen. Doch dann fiel ihm noch etwas ein, und er sagte streng: »Sie wußten doch, daß Sie es waren. Wieso haben Sie dann zu schreien angefangen und Mr. Hearst und Mr. Thorne als Mörder beschuldigt, von den drei Miss Donkins gar nicht zu reden? Damit haben Sie ihnen allen große Unannehmlichkeiten bereitet.«

»Das war mir doch egal. Mit denen war's wie mit Richard Groom, sie war'n einfach zum richtigen Zeitpunkt zur Hand. Außerdem war'n se doch wirklich Mörder – die ganze verdammte Bande. Wenn se sich nicht eingemischt, wenn se nich' überall ihre Nase reingesteckt hätten, dann wär' meine Gnädige heut' noch am Leben. O mein Gott, sie is' tot! Sie is' nicht mehr da! Ich kann's einfach nicht fassen!«

Sie rang die Hände. Ihr Jammer war so herzergreifend, daß man es fast nicht mitansehen konnte. Der Inspektor beugte sich unwillkürlich über den Korb.

In diesem Augenblick der Unaufmerksamkeit stürzte sich Murch auf die Karaffe. Was sie eigentlich beabsichtigte, sollte er nie erfahren, aber bei dem nun folgenden Kampf schien es ihr einziges Ziel zu sein, die schwere Kristallkaraffe auf seinem ungeschützten Kopf zu zertrümmern. Sie hatte sie mit ihrer großen, kräftigen rechten Hand am Fuß gepackt und schwang sie in die Höhe. Yeald wippte auf den Fersen nach hinten und tat das einzig Mögliche: er packte sie am Knöchel. Die kantige, schlüpfrige Karaffe entglitt ihrem unsicheren Griff, fiel auf die nackten Fußbodendielen und zersprang mit einem lauten Krach. Schwere, glitzernde Scherben spritzten umher, und sofort breitete sich ein stechender Geruch nach Rum, vermischt mit etwas anderem, im ganzen Raum aus.

Inzwischen war Yeald bereits wieder auf den Beinen, und seine Finger hielten ihr Handgelenk mit stählerner Härte umfaßt. Sein Mitleid, sein Widerwille, sie zu verhaften, waren verflogen. Blinde Wut erfüllte ihn, die rechtschaffene Empörung des Angegriffenen. Er zerrte sie zum Fenster, öffnete mit einem Schlag den Riegel und schob mit einer Hand den verklemmten Rahmen nach oben. Sie kämpfte wie eine Tigerin, nicht, um ihn zu Boden zu werfen, sondern um sich seinem Griff zu entwinden.

»Lassen Sie mich los!« schrie sie und entblößte dabei ihre vorstehenden Zähne. »Lassen Sie mich los!«

Im Hintergrund hörte er, wie sein Sergeant mit seinen schweren Stiefeln in höchster Eile die Treppe heraufgestapft kam.

»Sie dürfen mich nicht aufhalten. Ich will zu ihr! Ich sag' Ihnen doch, sie wartet auf mich. Sie kann sich ja nich' mal ihr Kleid selber zuknöpfen. Ich muß zu ihr, damit ich für sie eintreten kann!«

»Dummes Ding! Wollen Sie auf dem Treibhaus landen? Hat's noch nicht genug Scherben gegeben?«

»Hester! Mein Baby!«

»Mein Gott, jetzt reicht's mir aber!« keuchte Yeald. »Gegenüber dieser Mörderin haben Sie keine Verpflichtung mehr, aber Sie müssen am Leben bleiben, damit für Master Richard und seine Tanten alles wieder in Ordnung kommt.«

Er nahm alle seine Kräfte zusammen und riß sie mit einer gewaltigen Anstrengung vom Fenster weg in die Mitte des Zimmers. In diesem Moment stürmte der Sergeant durch die Tür.

Mit einem Mal brach ihr Widerstand zusammen, und sie fiel wieder in die gewohnte Rolle der Hausangestellten zurück, reizlos, ohne Gefühle, jemand, der außer seiner langjährigen Dienstzeit keine persönliche Vergangenheit hatte.

Doch den langen, von Haß, Verzweiflung und Resignation erfüllten Blick, den sie ihm zuwarf, den sollte er sein ganzes Leben nicht vergessen.

»Helfen Sie ihr die Treppe hinunter«, befahl er dem Sergeant und wischte sich ein Stück Mörtel vom Ärmel. »Wir müssen ihre Aussage zu Protokoll nehmen.«

## *Guy Cullingford im Diogenes Verlag*

Constance Lindsay Taylor, geboren 1907, publizierte jahrelang unter dem Namen Guy Cullingford erfolgreiche Kriminalromane, bis sie ihr sorgfältig gehütetes Pseudonym preisgab. Die Schriftstellerin lebt in der Nähe von London.

»Guy Cullingford hat interessante, ungewöhnliche Kriminalromane geschrieben, deren typisch englische Atmosphäre jeden, sogar jeden Engländer, überzeugt. Wenn man Guy Cullingford etwas als Fehler anlasten wollte, dann höchstens, daß ihre Schilderungen so unterhaltend sind, daß man über ihnen Verbrechen und Opfer aus den Augen verlieren kann...«
*Twentieth Century Crime and Mystery Writers*

*Post mortem*
Roman. Aus dem Englischen von
Helmut Degner und Peter Naujack

*Wenn Wünsche töten könnten*
Roman. Deutsch von Irene Holicki

*Der Zauberer von Soho*
Roman. Deutsch von Irene Holicki

*Frauen gemeinsam sind stark*
Roman. Deutsch von Nikolaus Stingl

*My Unfair Lady*
und andere Geschichten
Deutsch von Irene Holicki